W0223265

Tommy Krappweis

MARA

und der Feuerbringer

Edition Roter Drache

MARA UND DER FEUERBRINGER besteht aus den Bänden:
Mara und der Feuerbringer (Band 1)
ISBN 978-3-946425-71-7
Mara und der Feuerbringer – Todesmal (Band 2)
ISBN 978-3-946425-72-4
Mara und der Feuerbringer – Götterdämmerung (Band 3)
ISBN 978-3-946425-73-1

Überarbeitete Auflage 2022

Copyright © 2019, 2022 Tommy Krappweis
Copyright © 2019, 2022 by Edition Roter Drache für die deutsche Ausgabe
Edtion Roter Drache, Holger Kliemannel, AmHügel 7, 59872 Meschede
edition@roterdrache.org; www.roterdrache.org

Umschlaggestaltung: *zeichenpool, München
Buchgestaltung: Holger Kliemannel
Lektorat: Sophia Krappweis
Korrektorat: Diane Krauss & Holger Kliemannel
Zeichnungen: Adriaan Prent
Fachberatung & Namens- und Sachregister: Prof. Rudolf Simek
Gesamtherstellung: Jelgavas tipografia, Lettland

Alle Rechte vorbehalten.
Kein Teil dieses Buches darf in irgendeiner Form (auch auszugsweise) ohne die schriftliche Genehmigung des Verlags reproduziert, vervielfältigt oder verbreitet werden.

ISBN 978-3-946425-71-7

Teil 1

Viel weiß der Weise, sieht weit voraus,
Der Welt Untergang, der Asen Fall.

Kapitel 1

Mara war froh, dass keiner ihrer Schulkameraden sie so sehen konnte. Vor allem nicht Larissa. Wenn die hier plötzlich am Isarhochufer aufgetaucht wäre … Megapeinlich!

Mara blickte sich um. Nur zur Sicherheit, man konnte ja nie wissen. Aber außer ihr selbst, ihrer Mutter und den Schreckschrauben war niemand zu sehen. Das war gut so – aber gleichzeitig auch das einzig Gute an dieser Situation. Der Rest war einfach nur fürchterlich.

Wenn Larissa sie so gesehen hätte, hätte sie auf Mara gezeigt und dann wieder dieses blöde Geräusch gemacht, das sie immer von sich gab, bevor sie lachte. So eine Art Knacks-Geräusch, das irgendwo aus ihrer Nase kam. Aber die Lache danach, die war am schlimmsten. Niemand lachte wie Larissa. In der Hölle wäre Larissas Lachen der Wecker.

Blödsinn!, zwang sich Mara im selben Moment zu denken. Larissa war einfach nur eine hohle Nuss, und die Hölle existierte entweder gar nicht oder Mara war schon mittendrin, denn schlimmer konnte es ja wohl nicht mehr werden.

Sie stand auf, streckte sich ein wenig und seufzte leise. Anscheinend war aber selbst das schon zu laut, denn sofort spürte sie die vorwurfsvollen Blicke von zehn Augenpaaren wie Nadelstiche in ihrem Rücken. Die Schreckschrauben fühlten sich offensichtlich in ihrer Konzentration gestört. Also seufzte Mara noch einmal hörbar, um zu zeigen, dass sie sich nicht so leicht einschüchtern ließ, klopfte demonstrativ ein paar Steinchen von der Jeans, zog ihr verwaschenes T-Shirt zurecht und kauerte sich dann doch wieder folgsam vor diesen blöden Baum. So wie alle anderen. Oh Mann, wie peinlich!

Larissa hätte sicher gleich mit dem Handy ein Foto gemacht und es hysterisch lachend überall rumgezeigt. Wenn Larissa lachte, drehten sich jedes Mal alle achthundert Schüler der Pestalozzi-Schule im

Pausenhof um. Schließlich wollte man sehen, wer diesmal vor ihrem höhnisch ausgestreckten Zeigefinger stand. Mit dem bohrte sie einem einen zweiten Nabel in den Bauch, damit sich die Lache ungehindert im ganzen Körper ausbreiten und einem die Knie in schwabbeligen Bampf verwandeln konnte. Mara zwang sich dazu, das Bild aus ihrem Kopf zu vertreiben, wie sie vor Larissas Finger einknickte und zerlief wie ein Schokoladen-Osterhase auf der Herdplatte. Quatsch!

Sie blickte sich wieder um. Warum hatte Mama sie nur hierhergeschleppt! Und das ausgerechnet am Samstag! Was hätte man bei diesem wunderschönen, sonnigen Wetter doch alles unternehmen können! Zum Beispiel zu Hause bleiben, die Rollläden runterziehen, sich ins Bett legen und unter der Bettdecke Musik hören! Aber nein, Mama musste sie ja mal wieder zu einem dieser sogenannten »Seminare« ihrer Frauengruppe mitschleifen. Mara hasste diese Seminare fast so sehr wie …

… da war sie schon wieder: Larissa. Normalerweise ärgerte sich Mara darüber, dass diese blöde Kuh in ihren Gedanken so viel Platz einnahm. Aber im Moment war sie froh, etwas zu haben, worüber sie brüten konnte. Sonst wäre sie wahrscheinlich vor Langeweile gestorben. Sie saß jetzt schon geschlagene zwei Stunden vor diesem blöden Baum und seit einer Stunde tat ihr auch noch der Rücken weh! Damit hatte ihre Mutter echt den Bogen überspannt!

Mara war jedes Mal aufs Neue erstaunt, mit was für einem Unsinn man sein Wochenende vergeuden konnte. Das »Erdmutter-Seminar« vor drei Wochen war schon ziemlich dämlich gewesen und Mara erinnerte sich mit Schaudern an die Berge von Rindenmulch aus dem Baumarkt, mit denen sie sich alle gegenseitig zudecken mussten, um »eins zu werden mit dem Mutterboden«. Wenn es so was wie eine Erdmutter wirklich gab, hatte sie sich an diesem Tag bestimmt großartig amüsiert. Heute jedoch hätte sich die Erdmutter vermutlich einfach nur kopfschüttelnd abgewendet. Denn nichts auf der Welt war so unfassbar hirnrissig wie: eine *Baum-Audienz*!

Nur ein paar Meter von ihr entfernt hielt eine schreckschraubige Dame mit weißem Spitzenkragen, die längst nicht so alt war, wie ihre Klamotten sie aussehen ließen, einen Baum mit beiden Armen umschlungen und die Augen geschlossen. Dabei bewegten sich unentwegt ihre Lippen, und Mara wusste, was diese Frau seit Stunden lautlos vor sich hin brabbelte. Es war der Satz, den die sogenannte Seminarleiterin ihnen allen vor ein paar Stunden vorgesagt hatte und den sie an einen von ihnen ausgewählten Baum richten sollten.

Er lautete: *Willst du mit mir sprechen?*

Und sie, Mara, fünfzehn Jahre und genervt, saß mitten zwischen diesen Bekloppten und fühlte sich so deplatziert wie ein Pinguin beim Beachvolleyball. Nur ein paar Meter entfernt saß ihre Mutter vor einem weiteren Baum und machte einen besonders vergeistigten Eindruck. Mara wusste, dass sie sich gerade mal wieder unglaublich viel Mühe gab, alles richtig zu machen, und hinterher in den höchsten Tönen von dem Seminar schwärmen würde. Das musste sie ja auch, wenn sie nicht zugeben wollte, dass sie siebzig Euro dafür bezahlt hatte, drei Stunden lang sinnlos vor einem Baum zu sitzen.

Die hohle Nuss Larissa war natürlich nicht schuld daran, dass Mama sie hierhergeschleppt hatte – das war Mara klar. Aber irgendwo musste die brodelnde Wut über ihre selten dämliche Situation ja hin. Und mit Larissa traf es ganz sicher nicht die Falsche! Schließlich war Larissa ein Monster, und die waren bekanntlich hart im Nehmen. Wieder drängte sich ein Bild mit vollem Ellenbogeneinsatz in Maras Gedanken: Sie sah vor ihrem geistigen Auge, wie ein haushohes Larissamonster mit brüllender Lache über den Schulhof wankte und dabei alles unter seinen Füßen zermalmte. Büsche, Bänke, Fünftklässler …

Schluss damit! Mara schüttelte sich, um die Bilder aus ihrem Kopf zu vertreiben. Ja, sie war mit einer blühenden Fantasie gesegnet, aber Mara hasste jede Sekunde, die sie mit diesen albernen Tagträumen vergeudete. Die waren nämlich der Grund, warum man sie in der Schule so hänselte! Wenn Mara mal wieder in einen ihrer Träume versank, bekam sie rundherum einfach nichts mehr mit. Und das Schlimmste war, dass man es ihr auch noch sehr deutlich ansah. So wusste zum Beispiel der blöde Basti von der Bank hinter ihr ganz genau, wann er ihr wieder irgendwelche Papiergebilde in die Haare stecken konnte, ohne dass sie es mitbekam. Mara bemerkte auch nicht, wenn man ihren Schulranzen heimlich mit Steinen aus dem Pausenhof auffüllte oder ihren Stift an der Unterseite dick mit Lippenstift beschmierte. Das fiel ihr alles meistens erst später auf, wenn der Gong sie aus ihrem Tagtraum riss und sie ein paar Minuten später unter dem Gelächter von Larissa und ihrer Clique die Steine aus ihrem Ranzen sortierte und dabei überall rote Flecken hinterließ, während ihr laufend Papierkügelchen aus den Haaren purzelten.

Und das alles passierte ausgerechnet ihr, wo sie sich doch immer so viel Mühe gab, nicht aufzufallen! Mara war eigentlich die Art Mädchen, die man auf dem Schulhof nicht bemerkte, und das war ihr auch bisher ganz recht so gewesen. Ihr Aussehen hatte ihr dabei immer geholfen: Maras Nase war weder zu groß noch zu klein, ihre Augen irgendwas zwischen grau und blau, die Haarfarbe irgendwo zwischen köterbraun und dunkelblond und außerdem war sie weder groß noch klein, dick oder dünn oder sonst wie besonders.

Doch dann war eines Tages Lästerqueen Larissa an die Schule gekommen und hatte sich aus der Menge der Unscheinbaren ausgerechnet Mara als Opfer herausgepickt. Und mit ihr hatte sich auch die gesamte Klasse auf sie eingeschwenkt wie ein Geschützturm.

Manchmal kam Mara sich vor wie ein Gecko in einem viel zu kleinen Terrarium, der tagaus, tagein angestarrt wurde und nichts anderes tun konnte, als zurückzustarren. Und schuld daran waren nur ihre Tagträume … und natürlich Larissa, diese blöde Kuh.

Apropos blöde Kuh. Diese altmodische, aber schön griffige Bezeichnung passte auch wie die Faust aufs Auge auf die meisten Mitglieder von Mamas komischer Frauengruppe. Die ganz schlimmen waren blöde Kühe, die weniger schlimmen waren nur blöd und die harmlosen waren nur Kühe. Ihnen allen gemeinsam war ein bestenfalls »fluffig« zu nennender Kleidungsstil sowie die Fähigkeit, sich allem zu verschließen, was man gemeinhin als »Realität« bezeichnete. Und natürlich der selbst gewählte Name ihrer Gruppe. Sie nannten sich stolz die »Wiccas von der Au«.

Wicca war angeblich ein altenglischer Begriff für *Hexe*, aber ihre Mutter wurde immer sauer, wenn Mara sie fragte, ob sie wieder zu ihrer Hexengruppe ging. Denn laut ihrer Mutter waren die Wiccas »ein

Zusammenschluss weiser und starker Frauen, die wissen, worum es in der Welt wirklich geht«. Für Mara hingegen waren sie »ein Zusammenschluss weichkeksiger Schabracken, die von der Welt überfordert sind und sich darum eine eigene bauen«. Das hatte Mara ihrer Mutter allerdings noch nie so gesagt, denn sie konnte sich gut daran erinnern, was passiert war, als ihr Vater das einmal so ähnlich ausgedrückt hatte. Jetzt lebte er in Berlin und Mara hatte seit einem halben Jahr nicht mal mehr mit ihm telefoniert. Doch jetzt war sie ehrlich gesagt kurz davor, ihrer Mutter zu sagen, was sie von diesem ganzen Wicca-Zirkus hielt!

Was bitte erwarteten sich die Schwurbelhexen von diesem »Seminar«? Dass ihnen ein Baum die Antwort auf die Frage nach dem Leben, dem Universum und dem ganzen Rest gab? Warum glaubten die Wiccas von der Au eigentlich immer, dass alles, was alt und stumm war, gleichzeitig auch unglaublich weise sein musste und nur darauf wartete, sein Wissen ausgerechnet mit *ihnen* zu teilen? Wenn Bäume sprechen könnten und irgendwas mitzuteilen hätten, dann hätten sie das ja wohl schon längst getan, oder nicht?

Wieder formte sich urplötzlich ein Bild in Maras Kopf: Sie sah einen mittelgroßen Apfelbaum, der an einem Rednerpult stand, und vor ihm eine Schar von Reportern, die ihn mit Fragen bestürmten. Der Baum winkte mit einem Ast ab und sagte: »Wir werden uns mit diesen Fragen zu gegebener Zeit beschäftigen, aber bitte haben Sie Verständnis, dass ich dazu im Moment wenig sagen kann.«

NEIN. Mara drückte die skurrile Szene zu einem kleinen Knäuel zusammen und warf sie in Gedanken ganz weit weg. Oh, wie sie dieses Kopfkino hasste! Ihre Gedanken waren eh schon voll mit Mama, Papa, Schule, Larissa und dem Rest der Welt! Oh ja, Mara hatte wirklich schon genug mit der Realität zu kämpfen und heute war es ein besonders harter Kampf.

Sie sah zu ihrer Mutter hinüber. Die war zu Maras namenlosem Entsetzen gerade dazu übergegangen, zur Verstärkung des Gesprächsangebots an ihren Baum ein paar Yogaübungen mit einfließen zu lassen.

Mama, bitte nicht, dachte Mara. Aber da war es bereits zu spät. Die nackten Füße ihrer Mutter reckten sich hoffnungsvoll nach dem untersten Zweig des Baumes.

Das hatte zwei Effekte. Effekt eins: Der Baum war jetzt garantiert so peinlich berührt, dass er nie wieder zu irgendwem oder irgendwas sprechen würde. Effekt zwei bestand aus zehn Augenpaaren, die sich allesamt von ihren Bäumen ab- und Maras Mutter zuwandten.

Und da kam die Seminarleiterin auch schon angeflattert in ihrem komischen Kleid, das aus mehreren Schichten bunt bedruckter Seidentücher zu bestehen schien. Dazu klapperte die doppelt gelegte Bernsteinkette um ihren Hals, als wäre die ganze Frau eine Rassel für Riesenbabys. Sie klapperte an Mara vorbei zu ihrer Mutter und kam gerade noch rechtzeitig, um mit anzusehen, wie diese bei dem Versuch, sich vor dem Baum in einen Kopfstand zu stemmen, abrutschte und mit einem ihrer typischen, unterdrückten Quietscher seitlich in die Büsche fiel.

»Du liebe Zeit, Frau Lorbeer, ist Ihnen was passiert?«, näselte die Flatterfrau und klang dabei, als würde sie mit einem Kindergartenkind sprechen. Das war allerdings nichts Besonderes, denn so sprach sie mit allen Anwesenden – außer mit Mara, denn mit Mara sprach sie gar nicht. Vielleicht weil die Flatterfrau wusste, dass Mara sie durchschaut hatte, mitsamt ihrem ganzen Räucherstäbchen-Blabla. Vielleicht aber auch, weil sie Mara keines Wortes füt wert befand. Was auch immer der Grund war, Mara war einfach nur froh, dass man sie in Ruhe ließ.

Jetzt war die Flatterfrau gerade damit beschäftigt, Maras Mutter aus dem Gebüsch zu befreien. Das stellte sich aufgrund des massiven Seidentuchaufkommens als ziemlich schwierig heraus, da sich die Tücher laufend in den Ästen verfingen. Mara stand auf und half, ihre Mutter wieder auf die Beine zu stellen.

Der schien das alles gar nicht peinlich zu sein. Sie kicherte nur die ganze Zeit. Bemerkte sie denn nicht, wie albern sie gerade wirkte? Hatte sie denn gar kein Schamgefühl? Natürlich nicht, denn sonst wären sie gar nicht erst hierhergekommen.

Okay, Mara hatte ihre Mutter schon viele dämliche Dinge tun sehen, aber das hier kam auf jeden Fall in die Top 3. Auf Platz Nummer 2 war die kleine »Energy-Vital-Pyramide« aus Kupferdraht, die angeblich dafür sorgte, dass Äpfel im Obstkorb länger frisch blieben. Und Nummer 1 war Mara so peinlich, dass sie sich zwingen musste, nicht daran zu denken. Die Flatterfrau erklärte den Teilnehmern, dass nun leider die Konzentration empfindlich gestört sei und es auch den Bäumen nicht zuzumuten wäre, wieder von vorne zu beginnen. Ein paar der Wiccas murrten unwirsch, so als hätte man sie gerade in einem anregenden Gespräch mit ihrem Baum unterbrochen. Nach Maras Einschätzung traf wohl eher das Gegenteil zu, aber das würde natürlich keine der Wiccas zugeben. Dafür würden sie gleich etwas von Energien schwafeln und von Schwingungen, die sie gespürt hatten, und dazu würde sehr viel wissend genickt. Wie immer eben.

Eine halbe Stunde später saß Mara neben ihrer Mutter im Bus nach Hause und versuchte, einen Zweig mit Blättern aus den zerzausten Haaren ihrer Mutter zu zupfen.

»Mara, bitte! Was soll denn das?«, zischte ihre Mutter, wedelte mit der Hand, als wollte sie ein Insekt verscheuchen, und lächelte dann den Mann gegenüber entschuldigend an. Der lächelte nicht zurück, denn er starrte nach wie vor auf den Zweig in Mamas Haaren, dessen Blätter bei jeder Bodenwelle vor sich hin zitterten. Nur weil Mara den Blicken des Mannes gefolgt war, hatte sie den Zweig überhaupt entdeckt, und jetzt durfte sie ihn nicht herausziehen. Na gut, dann eben nicht.

Mara setzte ihr »Ich bin nicht die Tochter dieser fremden Frau«-Gesicht auf und wartete mit leerem Blick, bis die erlösende Haltestelle von der seltsam toten Stimme angesagt wurde, die man seit ein paar Jahren anstelle der Stimme des Busfahrers aushalten musste. Ihr war das schlecht gelaunte Genuschel des Busfahrers irgendwie lieber gewesen. Sofort ploppte wieder ein Bild in Maras Gedanken auf: Sie sah, wie der Bus, nur von der toten Stimme gesteuert, rücksichtslos die programmierten Stationen abfuhr – immer darauf bedacht, im Zeitplan zu bleiben und keinesfalls wertvolle Sekunden zu verlieren. Und da rollte plötzlich der Ball eines spielenden Jungen auf die Fahrbahn und …

NEIN! Mara schüttelte die Bilder von sich und fasste einen Entschluss: Keine. Tagträume. Mehr. Nie wieder!

An diesem völlig verkorksten Samstag würde Mara ihr Leben ändern! Ab heute würde sie nie wieder abwesend und mit entrücktem Blick in der Klasse sitzen. Sie würde niemandem mehr die Gelegenheit geben, ihre Frisur mit Papierkügelchen zu dekorieren. Und selbst Larissa würde nichts mehr an ihr finden, über das man lachen konnte. Ab heute würde Mara das normalste Mädchen der Welt sein. Durchschnitt! Unauffällig! Nichts Besonderes. Einfach nur Mara Lorbeer, Schülerin. Auf Wiedersehen, Traumwelt. Guten Tag, Realität. So. Leben geändert, fertig.

Am liebsten hätte Mara ganz laut geseufzt. Das war ja ganz einfach!, dachte sie und fühlte sich von einer Sekunde auf die andere richtig befreit. Fast hätte sie sogar gelächelt, als sie hinter ihrer Mutter an der Haltestelle Mariahilfstraße aus dem Bus stieg. Trotzdem ließ sie sich auf dem Gehweg ein paar Meter hinter ihre Mutter zurückfallen, denn der Zweig in Mamas Haaren schien allen Passanten im Rhythmus der Schritte freundlich zuzuwinken.

Na und, sollte sich Mama doch weiter zum Gespött der Leute machen und mit den Wiccas von der Au jeden Samstag im Kompost rollen, Bäume bequatschen oder zu schrägem Geflöte und rhythmuslosem Getrommel ungelenk durch den Wald hopsen! Ab heute würde sie das ohne ihre Tochter tun, und wenn sie sich auf den Kopf stellte! Also, *noch mal* auf den Kopf stellte. Oder was auch immer.

Ihre Mutter wusste natürlich, dass Mara der ganzen Wicca-Nummer äußerst skeptisch gegenüberstand.

»Du hältst mich für verrückt, ich weiß«, sagte sie immer. »Dein Vater hat das auch gedacht, und er denkt es bestimmt noch heute. Aber das ist mir egal! Denn eines Tages wirst du vor mir stehen und mir dafür danken, dass ich dir die Augen geöffnet habe. Und ich hoffe, dass du ihm dann ausrichtest, dass er einen großen Fehler gemacht hat. Nur weil ihr euch nicht vorstellen könnt, dass es mehr gibt als dieses Leben, so wie ihr es kennt und gerne hättet, heißt das noch lange nicht, dass das unbedingt so sein muss!«

Tja, dachte Mara. Aber der Baum hat dir nun mal nicht geantwortet. Denn ich als deine unauffällige, vernünftige, tagtraumlose und äußerst realistisch veranlagte Tochter kann dir hiermit versichern: Pflanzen. Sprechen. Nicht.

»Das würde ich so nicht sagen«, sprach der Zweig auf dem Kopf ihrer Mutter und Maras Welt veränderte sich.

Kapitel 2

Mara gehörte nicht zu der Sorte Mädchen, die leicht zu schockieren waren. Es war ihr immer schon wichtig gewesen, auf plötzliche Geräusche, Geschrei oder die Erwähnung von Nagetieren im näheren Umfeld hin einfach cool bleiben zu können.

Ja, Mara hatte sich meistens verdammt gut unter Kontrolle. Nein, sie war kein Mädchen, das kreischend und mit den Armen rudernd auf und ab rannte.

Im Augenblick aber starrte Mara mit einem selten dümmlichen Gesichtsausdruck auf den Zweig in den Haaren ihrer Mutter und die Möglichkeit, kreischend die Straße auf und ab zu laufen und dabei mit den Armen zu rudern, erschien ihr als eine interessante Alternative.

Hatte sie gerade doch wieder einen Tagtraum gehabt? Ein sprechender Zweig, ja, das wäre typisch für sie. Klar, das musste es gewesen sein, sie war einfach nur noch mal kurz rückfällig geworden. Das konnte schon mal passieren, wenn man sich so von jetzt auf gleich total umkrempelte. Und ein Tagtraum musste es auf jeden Fall gewesen sein, denn schließlich sprach der Zweig jetzt kein Wort mehr.

»Was soll ich denn auch sagen?«, sprach der Zweig und Mara wäre vor Schreck fast gegen eine Laterne gerannt. »Aber falls es dich beruhigt, ich bin auf jeden Fall kein Traum.«

Aha, so ist das also, wenn man durchdreht. Man hört Zweige sprechen!, dachte Mara und eine seltsame Ruhe breitete sich in ihr aus.

Was machte man in so einem Fall? Vielleicht die Situation ausnutzen und irgendwas anstellen, was man immer schon machen wollte, sich aber bisher nie getraut hatte?

Klar, warum nicht, denn jetzt kann ich es ja auf meine Geisteskrankheit schieben! Hey, ich höre Pflanzen sprechen, also bin ich ja wohl ganz eindeutig bekloppt, und solche Leute bekommen doch vor Gericht mildernde Umstände!, dachte Mara und bemerkte ihr eigenes merkwürdiges Lächeln nicht.

Ja, das war ein guter Plan: Sie würde völlig durchdrehen, Larissa mit einem Langhaarschneider auflauern, ihr gewaltsam eine Glatze rasieren und sich danach einfach in die Klapse einweisen lassen. Super, dann hatte der Wahnsinn wenigstens noch was Gutes!

»Wenn ich vielleicht etwas vorschlagen dürfte«, kam es nun wieder von dem Zweig. »Ich würde sagen, dass du versuchst, irgendwie an mich ranzukommen, und wir suchen uns ein stilles Eckchen. Ich muss dir nämlich ein paar sehr wichtige Dinge erzählen, Mara Lorbeer. Du bist doch Mara Lorbeer, oder?«

Huii, der sprechende Zweig kannte ihren Namen. Was denn, natürlich kennt er den!, dachte Mara sofort, denn schließlich handelte es sich dabei ja um eine Wahnvorstellung in ihrem eigenen Kopf. Und diese Wahnvorstellung hatte natürlich auch alle Informationen zur Verfügung, die in Maras Kopf gespeichert waren – somit auch Maras Namen.

Ich sollte mich wohl beeilen mit der Glatzen-Idee, überlegte Mara, bevor ich so bekloppt werde, dass ich den Langhaarschneider nicht mehr von einer Zucchini unterscheiden kann und versuche, mit einem Gemüse, das nach nichts schmeckt, Larissa den Kopf zu rasieren!

»Hör auf damit!«, rief der Zweig und Mara schaute wieder zu ihm auf. »Du bist nicht verrückt, das musst du mir jetzt einfach glauben! Ich kann dir später alles erklären, aber jetzt musst du erst einmal aufhören mit diesem Unsinn! Bitte nicke einmal, wenn du einverstanden bist.«

Mara nickte. Was hätte sie auch sonst tun sollen, denn offensichtlich konnte der Zweig ihre Gedanken lesen. War das der Grund, warum sonst niemand seine Stimme zu hören schien? Weil er irgendwie in Maras Kopf sprach? Oder war das noch ein weiterer Beweis dafür, dass Mara jetzt verrückt geworden war? Verrückte Menschen hörten doch auch Stimmen, wo keine waren …

Und während Mara noch darüber nachdachte, was ihre nächsten Schritte sein würden, machten ihre Beine von alleine eben diese und trugen sie hinter ihrer Mutter her durch die Haustür und die paar Treppen hinauf zu ihrer Wohnung im Erdgeschoss.

»Also, was ist denn das?«, entfuhr es Maras Mutter, als sie sich im Spiegel neben den Garderobenhaken musterte und dann mit vorwurfsvollem Blick den Zweig aus ihrer Frisur zupfte. »Du hättest mir ja mal sagen können, dass ich den ganzen Weg hierher ausgesehen habe wie die Hottentotten!«

Unter normalen Umständen hätte Mara vielleicht mit ihrer Mutter diskutiert, ob man mit nur einem einzigen Zweig im Haar schon aussah wie ein ganzer afrikanischer Volksstamm, der im Übrigen sicher völlig zu Unrecht als Sinnbild für Chaos und Unordnung gilt. Aber im Moment interessierte Mara nur eines: Sie musste unbedingt den Zweig wieder aus dem Müll fischen, ohne dass ihre Mutter es bemerkte.

Nur 52 Sekunden später saß Mara schon an ihrem Schreibtisch und musterte den Zweig, der nun vor ihr in einem Stiftebehälter stand. Von ihrem Platz hatte Mara einen Blick in den Hinterhof und auf die große Esche, die zwar wenig Sonnenlicht in ihr Zimmer ließ, aber dafür vor den Blicken der Nachbarn schützte. Mara schaute auf den Zweig und irgendwie schaute der Zweig auch auf Mara, aber keiner sagte das erste Wort.

Hatte sie sich das Ganze doch nur eingebildet? Oder sah es tatsächlich so aus, als würde der Zweig gerade ihr Zimmer inspizieren?

Von seinem Platz auf dem Schreibtisch konnte er immerhin an ihr vorbei den ganzen Raum überblicken und plötzlich war Mara ihr alter Hello-Kitty-Bettbezug unangenehm. Eigentlich mochte sie den ganz gerne, aber nicht, wenn Besuch da war.

Links neben dem Bett stand Maras klappriger Kleiderschrank, rechts davon ein kurzes Wandregal mit Büchern und neben dem Regal kam auch schon die Tür. Mehr passte in das kleine Zimmer beim besten Willen nicht hinein – zumindest nicht, wenn man irgendwo noch eine Mara unterbringen wollte.

An allen Wänden und sogar an der Decke klebten Poster der Beatles. Mara war ein großer Beatles-Fan. Ganz besonders von Ringo, dem Schlagzeuger, denn der wirkte irgendwie immer gut gelaunt und auch ansonsten so ganz anders als Mara selbst. Außerdem hatte Ringo eine deutlich dickere Nase. Kannten Zweige die Beatles? Konnte man die Beatles nicht kennen? Machten Zweige Musik? Hilfe!

Mara hielt es einfach nicht mehr aus.

»Hast du jetzt gesprochen oder hab ich mir das nur eingebildet?«

Der Zweig blickte sie an, als wolle er sagen: »Das ist eine alberne Frage.«

»Das ist eine alberne Frage«, sagte der Zweig und es passte gut zu seinem Blick.

Seine weiche, volltönende Stimme klang wie die eines erwachsenen Mannes, obwohl er gar nicht so alt wirkte. Aber das war bei Zweigen vermutlich etwas anders. Die bekamen ja auch keine grauen Haare und fanden auch nicht automatisch alles besser, was es seit mindestens zwanzig Jahren nicht mehr gab.

»Entschuldigung«, murmelte Mara.

»Schon in Ordnung«, sagte der Zweig. »Aber du solltest wissen, dass wir für so etwas leider keine Zeit haben. Genau genommen, haben wir höchstens noch vier bis fünf Stunden.«

Mara blickte den Zweig so verständnislos an, wie man einen Zweig nur anblicken konnte, der Dinge sagte, die man nicht verstand.

Der Zweig machte ein Geräusch, das wie ein Seufzen klang, und dabei schienen seine Blätter leise zu flattern.

»Gut, dann stell dir mal einen Zweig vor, der mehr als ein paar Stunden von seinem Baum getrennt ist.«

»Ah! Oh! Äh … soll ich dir vielleicht ein Glas Wasser holen?«, schlug Mara vor.

»Das wäre wirklich nett von dir«, antwortete der Zweig in einem im wahrsten Sinne des Wortes trockenen Tonfall.

Mara sprang so hektisch von ihrem Stuhl auf, dass der fast nach hinten umgefallen wäre, und nur 21 Sekunden später fand sich der Zweig in einem wohltemperierten Wasserglas wieder.

»Ah … schon viel besser!«, sagte er und irgendwie drängte sich Mara der Vergleich zu einer Badewanne auf, als sich ihr Gast in dem Glas wohlig räkelte. Oder war das nur ein Luftzug gewesen?

Aber Mara wollte darüber gar nicht weiter nachdenken, denn sie hatte ganz andere Fragen zu klären: »Was meintest du denn damit, dass wir keine Zeit haben? Für was denn?«

»Nun, ich muss dir ein paar Dinge erklären, und du musst erst mal gar nichts machen, außer gut zuzuhören …«

Mara wollte gerade nachfragen, was der Zweig mit *erst mal* meinte, als sich überraschend die Tür zu ihrem Zimmer öffnete.

»Sprichst du mit irgendwem?«, fragte Maras Mutter und sah sich suchend im Zimmer um.

Mara sprang hektisch auf und hätte dabei fast das Wasserglas umgeworfen.

»Nein, nein, ich meine … na ja, fast … ich übe für … für das Schultheater!«, stotterte Mara, die nicht im Schultheater war.

Das Gesicht von Maras Mutter erhellte sich schlagartig: »Du bist im Schultheater? Aber das ist ja großartig! Warum hast du mir das denn nicht erzählt?«

»Ämpf«, machte Mara und fragte sich im selben Moment, was sie eigentlich hatte sagen wollen.

Doch ihre Mutter lächelte sie an: »Ach, ist schon gut. Solange es das einzige Geheimnis ist, das du vor mir hast, mache ich mir keine Sorgen, haha!«

»Ja. Haha. Ha«, sprach Mara und wusste, dass man sie so im Schultheater gleich wieder gefeuert hätte.

Aber ihrer Mutter fiel das genauso wenig auf, wie ihr ja auch ansonsten nicht so viel auffiel. Also zog sie sich Mama-mäßig lächelnd zurück und die Tür hinter sich zu.

»Ist ja leicht zu überzeugen, deine Mutter«, bemerkte der Zweig.

»Meine Mutter geht dich gar nix an!«, zischte Mara schärfer, als sie beabsichtigt hatte.

Wie sie selbst über ihre Mutter dachte, war ganz allein ihre Sache. Andere hatten gefälligst nicht über sie herzuziehen, und das galt auch für sprechende Pflanzen.

»Schon gut«, sagte der Zweig. »Tut mir leid. Setz dich bitte wieder hin.«

Mara, die es hasste, wenn man sie herumkommandierte, setzte sich wieder hin, und der Zweig sprach weiter: »Vielen Dank. Nun ja, eigentlich war das alles ein bisschen anders geplant. Aber dummerweise habe ich den Wind falsch eingeschätzt und bin statt auf deinem Kopf neben deiner Mutter auf dem Boden gelandet. Aber dafür haben die anderen sich alle richtig angestrengt und ihr eingeflüstert, dass sie sich mal eben auf den Kopf stellen soll. Na gut, eingeflüstert trifft es nicht so ganz. Einge*schrien* wäre vielleicht eine passendere Umschreibung. Um genau zu sein: Mehrere tausend Zweige haben sich gleichzeitig wundgebrüllt, und nach einer geschlagenen Stunde hat deine Mutter endlich reagiert. Es scheint, als wäre sie nicht gerade die beste Zuhörerin, wenn du verstehst, was ich meine!«

Mara verstand so was von dermaßen gut, dass sie genau deswegen darüber kein Wort verlieren wollte. Trotzdem hakte sie noch einmal nach: »Du willst mir gerade erklären, die anderen Zweige haben meine Mutter … angeschrien, dass sie einen *Kopfstand* machen soll, weil du auf dem Boden lagst und in ihre Haare wolltest?«

»Ganz genau.« Der Zweig klang belustigt. »Aber keine Sorge, deine Mutter denkt natürlich, dass es ganz allein ihre Idee war, und vermutlich ist sie sogar stolz darauf. Hat auf jeden Fall für Aufmerksamkeit gesorgt unter deinen Freundinnen, oder?«

»Kann man so sagen«, murmelte Mara. »Und das sind nicht meine Freundinnen, sondern die von meiner Mutter.«

»Gut, dann wäre das geklärt«, sagte der Zweig in geschäftigem Tonfall und fuhr ebenso zielstrebig fort: »Du bemerkst, ich versuche all deine ersten Fragen möglichst schnell zu beantworten, damit wir bald zum Wesentlichen kommen können. Und somit nehme ich an, dass du dich als Nächstes fragst, warum Pflanzen überhaupt sprechen. Antwort: Pflanzen sprechen nicht. Pflanzen denken. Stell dir einfach vor, wir könnten so laut denken, dass du es in deinem Kopf hören kannst. So, als würdest du in einem See stehen und die Wellen spüren, weil jemand irgendwo weiter weg einen Stein ins Wasser geworfen hat. Du hörst nicht das Platschen, aber du spürst die Wellen, verstehst du?«

Mara nickte stumm. Was hätte sie auch sonst tun sollen?

»Fein. Weiter«, sagte der Zweig und wirkte zunehmend in Eile. »Jetzt ist deine nächste Frage natürlich, ob Bäume auch sprechen können, und die Antwort ist ebenso natürlich: Ja! Nur sprechen Bäume so verdammt langsam, dass man davon nicht mehr mitkriegt als eine Art Brummeln.

Der Baum, von dem ich stamme, zum Beispiel, der hat vor 34 Jahren angefangen, dem Baum rechts von ihm zum 200-jährigen Geburtstag zu gratulieren. Aber wenn er dann endlich mit der Gratulation fertig ist, kann er gleich wieder von vorne anfangen, weil es dann Zeit ist fürs 450-jährige Jubiläum.«

Mara hatte ein Gesicht aufgesetzt, das man bestenfalls als überforderte Verwirrtheit bezeichnen konnte.

»Und mach ja nicht den Fehler, einen Baum unterbrechen zu wollen!«, sagte der Zweig gerade. »Denn dann dauert es noch länger – weil er zwischendrin noch drum bittet, ihn doch höflicherweise erst mal ausreden zu lassen, bevor er dann genau da weitermacht, wo man ihn unterbrochen hat. Diesen Fehler machst du genau ein einziges Mal!« Der Zweig kicherte und Mara konnte nicht anders, sie musste auch grinsen. »Na ja, irgendwann hat man sich gewöhnt an das dauernde Gebrumme der Bäume, ich hör's schon gar nicht mehr. Manchmal denk ich mir, es wäre fast angenehmer, ein Mensch zu sein, weil ihr euch das alles nicht mit anhören müsst. Was uns, und hier bitte die elegante Überleitung beachten, zurück zu dir bringt, Mara … vorausgesetzt, du bist jetzt ein bisschen entspannter?«

Aha, das war also der Grund gewesen für den Smalltalk über die Baumsprache!, dachte Mara und fand, dass das den Zweig irgendwie sympathisch machte. Doch bevor sie darüber nachgrübeln konnte, dass sie gerade einen Zweig als sympathisch bezeichnet hatte, sprach dieser weiter und zog das Tempo wieder an: »Also, du bist nicht verrückt und ich bin auch kein Traum oder so was Ähnliches. Du hörst mich, und du verstehst mich. Es gibt nicht mehr viele Menschen von deiner Sorte. Ehrlich gesagt, sieht es ganz danach aus, als wärst du die Letzte, die das kann. War wohl irgendwann bei euch nicht mehr so populär, mit Pflanzen zu sprechen.«

»Aber das verstehe ich nicht!« Mara konnte nicht anders, sie musste den Zweig unterbrechen. »Ich meine, ich verstehe eigentlich das meiste nicht von dem, was du sagst, aber das verstehe ich erst recht nicht! Heute saßen diese ganzen Schreckschrauben aus dem Kurs von der Flatterfrau vor euch, und ihr habt kein Wort gesagt, obwohl die stundenlang drum gebettelt haben!«

Können Zweige grinsen? Wenn ja, dann tat ihr Zweig das jetzt.

»Du meinst, einmal abgesehen davon, dass Menschen wie diese meistens nur sich selbst hören, und das in voller Lautstärke? Nein, Mara, wir Pflanzen sprechen nur zu euch Menschen, wenn wir etwas mitzuteilen haben. Das war schon immer so. Und ich muss mich jetzt trotz Wasserglas mal ein bisschen beeilen, denn man hat mir eine Menge aufgetragen, was ich dir erzählen muss.«

Doch Mara unterbrach ihn schon wieder: »Wer? Wer hat dir das aufgetragen? Und warum erzählt er mir das nicht einfach selbst?«

Der Zweig klang jetzt zum ersten Mal etwas unsicher: »Das weiß ich nicht. Ich kann dir nur sagen, dass uns allen heute Morgen bei Sonnenaufgang plötzlich klar war, was wir zu tun hatten und was ich zu sagen habe.«

Der Zweig schwieg einen Moment, als würde er nachdenken.

»Komisch eigentlich, ich könnte schwören, dass ich mir gestern über kaum mehr Gedanken gemacht habe als über ein paar Blattläuse«, sagte er. »Aber was soll's, es ist, wie es ist, und wer auch immer wollte, dass ich dir was ausrichte, soll nicht von mir enttäuscht werden. Also, jetzt pass auf, denn nun geht es um dich: Mara, du bist eine *Spákona.*«

Mara starrte den Zweig verständnislos an. »Was bin ich?«, fragte sie, und der Zweig wiederholte das Wort noch einmal sehr langsam und überdeutlich: »Spá-ko-na. Eine *Spákona.*«

Der Zweig hielt kurz inne.

»Du weißt nicht zufällig, was das bedeutet?«, fragte er, aber Maras Gesichtsausdruck machte eine Antwort überflüssig. Der Zweig seufzte. »Tja, dann sind wir schon zwei. Aber so hat man mir das aufgetragen. Du bist eine *Spákona*! Was immer es ist – du bist es. Herzlichen Glückwunsch. Oder Beileid. Oder beides. In jedem Fall bitte merken: *Spákona*!«

»Ah … ich … ich schreib's mir auf«, stammelte Mara und schrieb das Wort ebenso gewissenhaft wie verwirrt mit Bleistift auf die vollgekritzelte Unterlage auf ihrem Schreibtisch. Dabei bemerkte sie, dass sie über das *a* einen kleinen Strich gemacht hatte, obwohl sie dieses ungewöhnliche Detail niemals so aus den Worten des Zweigs hätte heraushören können.

Trotzdem hatte sie das seltsame Strichlein ebenso unbewusst mitgeschrieben, wie sie auch einen Punkt über ein *i* gesetzt hätte.

Dann sah sie wieder den Zweig an, und zwar mit dem Blick eines vier Meter großen, leuchtend rot blinkenden Fragezeichens, das jeden Moment in den schillerndsten Farben platzen und das gesamte Zimmer verwüsten würde, wenn nicht sofort irgendjemand erklärte, wer oder was eine *Spákona* war!!!

Falls der Zweig Maras fragenden Blick bemerkte, ließ er sich zumindest nichts anmerken. Stattdessen räusperte er sich geräuschvoll, um weiterzusprechen.

Mara ignorierte den Gedanken, dass der richtige Platz für Leute, die Zweige sich räuspern hörten, die Irrenanstalt war. Wenn dieses Gespräch zu nichts führte, konnte sie ja immer noch ihren Plan mit dem Langhaarschneider in die Tat umsetzen. Larissa würde ihr ja nicht weglaufen. Vorerst.

»Kommen wir jetzt zu dem wichtigsten Teil meiner Botschaft«, sprach der Zweig und Mara bemerkte, dass seine Stimme plötzlich einen sorgenvollen Unterton bekam. »Bitte leg deine Finger auf meine Blätter.«

Kurz dachte Mara darüber nach, was Larissa wohl sagen würde, wenn sie sie dabei erwischte, wie sie Händchen hielt mit einem Zweig. Doch da berührten ihre Finger auch schon seine Blätter, und etwas in Mara explodierte …

Kapitel 3

Später würde Mara einmal beschreiben, dass sich dieses erste Mal angefühlt hatte, als wäre in ihrem Kopf ein Ballon geplatzt. Ein Ballon, den man nicht mit Luft, sondern mit Eindrücken aufgepumpt hatte: laut, verwirrend und vor allem sehr schmerzhaft!

Bilder, Gefühle und Geräusche prasselten so heftig auf Maras Bewusstsein ein, als wollten sie eine Schlacht um die Vorherrschaft in ihrem Gehirn gewinnen! Doch so einfach ließ Mara das nicht zu! Und das war der schmerzhafte Teil des Ganzen. Mit aller Kraft stemmte sie sich gegen diese Bilder und versuchte, sie aus ihrem Kopf zu vertreiben. Aber der Bildersturm bäumte sich nur noch mächtiger auf und prallte mit all seiner flackernden, lärmenden Kraft gegen ihre schwindenden Barrieren. Mara warf vor Schmerz den Kopf in den Nacken und biss die Zähne zusammen, um nicht laut loszuschreien.

Doch der Sturm machte den gleichen Fehler wie Maras Mutter – er rechnete nicht mit Maras Trotz. Jajaja, sie hatte akzeptiert, dass ein Zweig mit ihr sprach, und sie hatte sogar geantwortet. Aber sie würde nicht zulassen, dass man ihren Kopf mit noch mehr Wahnsinn flutete. Jetzt nicht und so schon gleich überhaupt nicht! Schließlich hatte sie doch vorhin erst beschlossen, endlich normal zu werden, und diesen Entschluss würde auch ein sprechender Zweig nicht rückgängig machen!

Wütend ignorierte Mara die Tatsache, dass der Bildersturm viel stärker war als sie, und stemmte sich mit ihrem gesamten fünfzehnjährigen Trotz dagegen!

Aber da drang wie aus weiter Ferne und doch klar und verständlich eine bekannte Stimme zu ihr: »Was tust du da, Mara?«, und sie erkannte, dass es die Stimme des Zweiges war.

Es fiel ihr schwer, einen klaren Gedanken zu fassen, aber trotzdem schaffte sie es, vier Worte hervorzustoßen: »Aber … ich … hasse das!«

Daraufhin drang die Stimme des Zweiges nun noch eindringlicher zu ihr: »Tu das nicht!«

Doch Mara hatte sich bereits für das Gegenteil entschieden und mobilisierte nun auch noch das letzte Fünkchen bockigen Widerwillens gegen die tosende Bilderflut!

Fast glaubte sie ein *Plopp* zu hören, als sie mit einem Mal wieder in ihrem Zimmer landete. Unsinn, warum denn *wieder*, dachte Mara. Ich bin doch gar nicht weg gewesen. Ich sitze schließlich immer noch an meinem Schreibtisch und …

Da bemerkte sie, dass sie genau das nicht tat. Stattdessen starrte sie auf ein Poster der Beatles, von dem sie wusste, dass es über ihrem Bett an der Decke hing. Sie sah sich um und stellte fest, dass sie tatsächlich in Rückenlage auf ihrem Bett gelandet war. Der Drehstuhl war umgefallen und die Tür zu ihrem Zimmer stand weit offen. Im Türrahmen stand Maras Mutter und starrte ihre Tochter an.

»Was … was tust du denn da, Mara? Hast du dir wehgetan?«

Mara sprang sofort auf, um den Eindruck zu vermitteln, dass alles in bester Ordnung war. Dabei wurde ihr augenblicklich schwarz vor Augen, aber sie schaffte es trotzdem, mit fester Stimme und möglichst beiläufig zu antworten: »Neinnein, haha, alles gut. Ich muss doch in unserem Theaterstück umfallen, weilweilweil jemand ein … eine … ein Skateboard auf der Bühne liegen gelassen hat, und ich spiele ja die Putzfrau, und die rutscht dann darauf aus.«

Und als Mara in das zweifelnde Gesicht ihrer Mutter blickte, fügte sie noch hinzu: »Das ist. Lustig. Haha.«

»Also ich weiß ja nicht, wie ich das finden soll, wenn die Lehrer euch so gefährliche Sachen machen lassen«, sagte ihre Mutter, und Mara wusste ganz genau, wie sie das meinte. Es bedeutete eigentlich: »Da werd ich wohl mal wieder in der Schule anrufen und mich beschweren müssen.«

Und das war für Mara immer das Aller-Aller-Allerschlimmste! In diesem Fall kam noch hinzu, dass sie ja gar nicht in der Theatergruppe war und dort auch ganz bestimmt kein Stück gespielt wurde, in dem irgendwer auf einem Skateboard ausrutschen musste! Das wusste Mara sicher, und zwar weil es in ihrer Schule gar keine Theatergruppe gab.

»Neinnein, so schlimm ist das doch gar nicht, Mama!«, beeilte sie sich zu erklären. »Du musst dir keine Sorgen machen, ich steh doch in der Szene auch direkt vor einem Bett, und da fall ich dann drauf. Ich bin nur eben mit dem Fuß gegen den Drehstuhl gestoßen und der ist dabei umgekippt.«

Mara wollte den Drehstuhl mit nur einer Hand und einer besonders beiläufigen Bewegung wieder aufstellen, aber irgendwie klappte das nicht so recht, und sie musste etwas ungelenk die andere Hand zu Hilfe nehmen. Während die Lehne ziemlich lautstark gegen die Tischplatte krachte und die Plastikrollen an den fünf Beinen besonders nervig klapperten, sprach Mara trotzdem weiter, als wäre nichts gewesen: »Die Frau Englbrecht passt schon auf uns auf, wir machen keine gefährlichen Sachen. Ehrlich nicht. Schau!« Und sie ließ sich noch einmal betont spielerisch auf ihr Bett fallen. »Siehst du? So sieht das dann aus. Ich kann bestimmt auch noch eine Decke zusätzlich auf das Bett legen oder so. Kein Problem. Echt. Gar nicht. Schau!«

Maras Mutter sah zu, wie sich ihre Tochter ein weiteres Mal aufs Bett warf und dabei ihren Mund zu einem breiten Lächeln verzog. Leider war Mara keine besonders gute Schauspielerin und hatte vergessen ihre Augen mitlächeln zu lassen, was ihrem Ausdruck die Echtheit einer Karnevalsmaske verlieh. Aber ihre Mutter schien die lahme Vorstellung trotz allem überzeugt zu haben. Sie nickte.

»Na gut, aber bitte sei nicht so laut beim Üben. Du weißt doch, dass sich Herr Dahnberger von nebenan bei jeder Kleinigkeit beschwert. Und bitte mach den Lattenrost nicht kaputt, der war teuer.«

Mit diesen Worten schloss sie endlich die Tür. Ja, manchmal hatte es fast den Anschein, dass Mama nur sah, was sie sehen wollte.

Mara wartete, bis sich die Schritte ihrer Mutter durch den Flur entfernt hatten und sie die Tür zum Wohnzimmer anschlagen hörte. Erst dann wandte sie sich wieder ihrem Gast auf dem Schreibtisch zu.

»Warum hast du das getan?«, fragte der Zweig.

»Was hätte ich denn sonst tun sollen?«, antwortete Mara. »Die Wahrheit sagen?«

»Das meinte ich nicht«, sagte der Zweig. »Du hast dich gegen meine Botschaft gesperrt!«

»Ja, das habe ich«, entgegnete Mara scharf. »Und ich sage dir auch warum – und zwar, obwohl ich genau weiß, dass man sich mit Zweigen nicht unterhalten kann. Ich ignoriere das jetzt nur im Moment, weil ich nicht weiß, was ich sonst machen soll!«

Der Zweig antwortete nicht, aber Mara war ja auch noch nicht fertig.

»Es ist nämlich so: *Ich will keine Visionen*! Verstehst du das, äh … Zweig? Ich träum ständig irgend so einen Blödsinn und es nervt mich! Ich kann mich in der Schule kaum konzentrieren, weil ich immer wieder diese albernen Tagträume habe. Ich schau aus dem Fenster, sehe die Wolken und träum sofort irgendwas von einem Baum, der so hoch ist, dass er bis in die Wolken ragt, und wie ich daran hochklettere und die Zeit oberhalb der Wolken rückwärtsläuft. Ich schaue absichtlich woandershin, zum Beispiel auf das Hochhaus gegenüber, und sehe plötzlich den Wind, wie er lauernd um das Haus streicht, immer schneller wird und dabei zu einem Sturm anwächst. Alle in dem Hochhaus haben Angst vor ihm. Dabei will er nur das Feuer in der Wohnung eines alten Mannes ausblasen, bevor es auf die Vorhänge übergreift! Aber der Wind schafft es nicht, das Fenster zu öffnen, und wird deswegen immer stärker! Ich vertreibe auch das aus meinem Kopf, schaue auf die Straße und stelle mir im nächsten Moment vor, wie es wohl aussehen würde, wenn die Menschen von heute auf morgen verschwinden, und sehe, wie der VW Käfer von meinem Mathelehrer in hundert Jahren von Büschen und Bäumen überwuchert ist und darauf kleine Wolfsjunge fangen spielen! Und dann fragt mich der Lehrer irgendwas, und ich weiß plötzlich nicht einmal mehr, wo ich überhaupt bin!«

Mara wusste, dass die Zeit knapp war, aber sie konnte trotzdem nicht aufhören zu reden.

»Kein Wunder, dass mich alle komisch finden! Die halten mich für einen Freak! Und jetzt kommst du auch noch und erzählst mir, dass ich wirklich einer bin! Eine Dings nämlich, eine … *Spákona*, die mit Pflanzen spricht und wo du auch nicht weißt, ob du mir gratulieren oder Beileid wünschen sollst, und auch dafür vielen Dank! Und ich steh dann ab morgen im Pausenhof vor irgendwelchen Bäumen, warte, bis die mit ihrer Begrüßung durch sind, merk nicht mal, wie sich alle über mich kaputtlachen, und setz langsam Moos an, während die anderen ihr Abi machen, oder was?! Ich will aber nicht so sein! Ich will nicht, dass alle denken, ich wär nicht ganz dicht! Ich will *normal* sein! So wie alle anderen, verstehst du? Ich will nicht mehr die sein, auf die Larissa mit dem Finger zeigt! Und ich will nicht so sein wie …« Sie unterbrach sich gerade noch rechtzeitig, bevor sie »meine Mutter« sagen konnte.

Stille trat in Maras Zimmer ein. Obwohl sie ihren gesamten Monolog im Flüsterton eher gezischt als gesprochen hatte, schien es ihr, als hätte der Zweig ihre Worte durchaus verstanden. Nur die Antwort war etwas anders, als Mara sich nach dieser Erklärung erhofft hatte. Denn der Zweig sagte nur: »Man bleibt, wer man ist.«

Mara schluckte. »Damit willst du sagen, dass man sich nicht verändern kann? Auch wenn man das unbedingt will?«

»Unsinn«, antwortete der Zweig. »Ich verändere mich jeden Herbst, und jeden Frühling wachsen mir neue, andere Blätter. Und doch bin ich im Sommer derselbe Zweig wie im Jahr davor, egal wie sehr ich mir manchmal wünsche, eine Steckrübe zu sein.«

»Du wünschst dir manchmal, eine St…«

»Scherz.«

»Ah, okay.« Mara war einfach nicht in der Stimmung für Scherze.

»Und du«, setzte der Zweig wieder an, »du kannst dein einzigartiges Talent so lange niederkämpfen, bis es sich anfühlt, als hättest du es nie besessen. Und vielleicht wirst du dir dann sogar vorkommen, als wärst du ein anderer Mensch. Aber wisse dies, Mara, und wähle dann weise: Wenn du jetzt nicht alles tust, um deine Gabe zum Wohl von uns allen einzusetzen, wirst du später keine Gelegenheit mehr haben, dich für oder gegen irgendetwas zu entscheiden. Denn dann wirst du zusammen mit uns allen aufhören zu sein.«

Mara hatte bereits den Mund geöffnet, um etwas zu entgegnen, aber mit dem letzten Satz hatte sie nicht gerechnet. Sie sollte ihre Gabe einsetzen, um zu verhindern, dass alle aufhörten *zu sein*?

Das klang so unscheinbar, so einfach und direkt. Aber gerade deswegen war Mara so erschrocken. Sie bemerkte, dass ihr linkes Bein begonnen hatte, hektisch auf- und abzuwippen, und befahl ihm, dies zu unterlassen. Zu ihrem Erstaunen schien das Bein nicht auf sie zu hören und hopste weiter nervös auf und ab, als würde sie einbeinig Fahrrad fahren.

»Also kann ich dich nur bitten, *dich nicht zu verschließen*, Mara«, beendete der Zweig seine Ansprache in eindringlichem Tonfall.

Mara schwieg. Was konnte man schon erwidern, wenn ein Zweig mit einem in kursiven Buchstaben sprach?

Und dann tat sie das Einzige, was ihr in diesem Moment sinnvoll erschien. Sie streckte die Hände aus, berührte noch einmal die Blätter des Zweigs und hieß die Bilder mit offenen Türen herzlich willkommen.

Zu ihrem Erstaunen wartete diesmal kein schmerzhafter Bildersturm hinter der Berührung. Stattdessen flossen die Eindrücke sanft in ihr Bewusstsein und fügten sich dort sofort zu einem Ganzen zusammen, dessen Echtheit ihr schier den Atem raubte …

Sie spürte steinernen Boden unter ihren Füßen … einen leichten Windhauch, der ihr über die Augen strich. Mara musste blinzeln. Sie sah sich um. Sie stand in einer Art Höhle oder eher Grotte, weiße Kalksteine hingen von der Decke und verloren sich nach oben in unergründliche Schatten. Tropfen kalkweißen Wassers rannen an ihnen herab und trafen viele Meter weiter unten auf ihre spitzen Zwillingsbrüder, die sich nach ihren steinernen Verwandten an der Decke zu strecken schienen. Ein einziger heller weißer Lichtstrahl fiel von oben in den ansonsten dunklen Raum. Er beleuchtete eine Stelle, an der man ein paar der dicken Kalksteine offenbar mit roher Gewalt schräg abgeschlagen hatte. Die schroffen Kanten wirkten so scharf, als könnten sie den Himmel von der Hölle trennen.

Plötzlich tanzten Schatten über den Boden und in der nächsten Sekunde blickte Mara in das Gesicht eines blonden Mannes mit den wildesten und dunkelsten Augen, die sie jemals gesehen hatte. Sie standen in starkem Kontrast zu seiner hellen Haut und dem lockigen aschblonden Haar, das so lang war, dass es bis auf den Boden hinunterreichte.

Der Mann trug einen geflochtenen Kinnbart, dessen Spitze nach oben gebogen war und ihm einen seltsam frechen Ausdruck verlieh. Außerdem lächelte er schief, und das, obwohl er wahrlich keinen Grund dazu hatte: Denn er wurde von mehreren starken Händen auf die scharfkantigen Steine gedrückt, während an seinen Armen und Beinen etwas langsam emporkletterte. Schlangen? Oder Würmer? Die seltsam nass glänzenden Bänder wirkten lebendig, als sie sich fast sehnsüchtig um den Körper des Mannes legten. Und darum schien es Mara auch fast wie ein Verrat, als sich diese ganz plötzlich wie auf ein Kommando gleichzeitig festzogen, tief in das Fleisch des Mannes einschnitten, seine Glieder streckten, den Rücken beugten und ihn so mit einer fürchterlichen Gewalt auf die spitzen Felsen drückten. Lebendige Fesseln? Mara spürte, wie die Panik in ihr hochstieg, und sie musste sich zwingen, weiter zuzusehen.

Fast glaubte sie nun zu hören, wie sich die schroffen Kanten in den Körper bohrten. Und sie sah, dass sich die Fesseln veränderten … Hatten sie eben noch nass und irgendwie weich gewirkt, schien es nun, als seien sie aus glänzendem Eisen geschmiedet. Und als sich der Mann gegen die Fesseln sträubte, bewegten sie sich keinen Millimeter.

Mara wollte sich abwenden und wagte es doch nicht, die Bilder zu vertreiben. Sie beobachtete, wie sich die Schatten der anderen Männer zurückzogen und eins wurden mit der Dunkelheit in der Höhle …

Und da entwand sich der Kehle des blonden Mannes ein seltsames Geräusch. Es passte so wenig zu der Situation, in der er sich befand, dass Mara erst gar nicht erkannte, was es war. Doch schließlich verstand sie, was der Mann tat. Er lachte. Er lachte sowohl höhnisch als auch wütend, schmerzerfüllt und hysterisch. Gleichzeitig aber klang dieses Lachen so verzweifelt, dass Mara scharfe Tränen in die Augen schossen.

Die Stimme des Mannes wurde immer lauter, immer schriller, und Mara fühlte sich erst an den Schrei eines Raubvogels erinnert. Im nächsten Atemzug aber war ihr, als wäre es ein tief grollender Bär, nein, ein heiser jaulender Wolf … und doch eine menschliche Stimme.

Die Höhle erzitterte, die Tropfsteine an der hohen Decke knackten bedrohlich. Mara duckte sich unwillkürlich, als neben ihr einer der Kalksteine aufschlug und explosionsartig in Scherben und Staub zerbrach. Doch urplötzlich war es wieder so still, dass Mara Angst hatte, der Mann würde sie atmen hören … Da! Sah er nicht gerade zu ihr hinüber? Mara hielt den Atem an, obwohl ihre Lungen sich anfühlten, als würden sie gleich platzen … Nein. Sie musste sich getäuscht haben. Der Kopf des Mannes sank erschöpft auf das steinerne Bett und er blickte ins Nichts.

Sie wagte es wieder, flach zu atmen, und sah sich um.

Die Höhle war erfüllt von dem steinernen Staub des zerborstenen Kalksteins und drehte sich langsam in dem gleißenden Lichtkegel wie eine Windhose in Zeitlupe.

Da erkannte Mara im Halbdunkel neben dem Gefangenen eine weitere Gestalt, die sich aus den Schatten löste. Als sie schließlich ins Licht trat, blickte Mara in das traurigste Gesicht, das sie jemals gesehen hatte. Es war das Gesicht einer Frau. In der Hand hielt sie eine Holzschale. Doch ihr Blick war nicht auf den Gefesselten gerichtet, sondern auf irgendetwas, das sich oberhalb seines Kopfes aus der Dunkelheit schälte. Ein bösartiges Zischen, das Mara eine Gänsehaut über den Rücken jagte, drang zwischen den Tropfsteinen hervor und erfüllte die Höhle mit einem mehrstimmigen Echo. Der Gefesselte schien etwas zu schimpfen oder zu fluchen, doch die Frau an seiner Seite blieb still. Stattdessen hob sie langsam die Holzschale empor und …

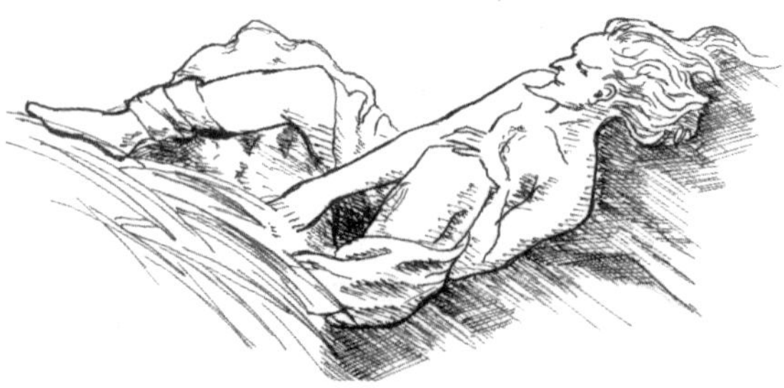

Die Bilder verschwanden wie in einer Nebelwand. Mara sog die Luft ein, als wäre sie nach einem Tauchgang durch die Wasseroberfläche gestoßen, riss die Augen auf und … starrte verwirrt auf die Unterseite ihres Schreibtischs.

Sie lag zum zweiten Mal auf dem Rücken in ihrem Zimmer, ihre Augen waren rot und ihr Gesicht nass von Tränen.

»Wer ist dieser Mann? Was hat er getan, dass man ihn so quält?«

Mara fiel es schwer, das Zittern in ihrer Stimme zu verbergen. Auf eine seltsame Weise fühlte sie sich mitschuldig an dem Schicksal des Mannes, obwohl sie nichts getan hatte, außer zuzusehen. Oder etwa, *weil* sie nichts getan hatte? Aber was hätte sie denn machen sollen? Doch da spürte Mara noch etwas anderes: Ja, irgendetwas hatte sie daran gehindert, ihm zu helfen. Sie hatte außer Mitleid noch etwas gefühlt. Ja, natürlich hatte sie Angst gehabt – aber nicht nur vor dem geheimnisvollen Mann oder seinen Feinden! Nein, Mara hatte vielmehr Angst vor sich selbst gehabt. Davor, eine große Dummheit zu begehen, eben *weil* sie so viel Mitleid mit dem Gefesselten hatte. Was für ein seltsames Gefühl …

Und schon wieder eine ungelöste Frage mehr! Mara zwang sich dazu, mit dem Grübeln aufzuhören, und warf die Frage zu den anderen auf den riesigen Haufen. Dann atmete sie abermals tief durch und rappelte sich auf.

Nachdem sie sich an der Tischplatte hochgezogen und mit einem leisen Seufzer auf ihrem Drehstuhl niedergelassen hatte, stellte sie dem Zweig noch einmal dieselbe Frage.

»Wer ist dieser Mann und was hat er getan?«

Hoffentlich hatte der geheimnisvolle Auftraggeber dem Zweig wenigstens das mit auf den Weg gegeben. Denn wie sollte sie den Mann sonst befreien? Denn das war es doch sicher, was man von ihr verlangte, oder?

Der Zweig aber schwieg und Mara spürte, wie die Angst in ihr wieder stärker wurde. War der Zweig vielleicht bereits … bitte nicht, noch nicht!

Doch da ertönte endlich die inzwischen vertraute Stimme des Zweiges in ihrem Kopf und Mara beruhigte sich.

»Ganz im Gegensatz zu dir bin ich leider nicht mit der Gabe des Sehens gesegnet«, sprach er sanft. »Ich glaube, dass dies ein Talent ist, das nur euch Menschen vorbehalten ist.« Der Zweig seufzte. »Das ist wohl auch der Grund, warum man sich immer schon gerne der Pflanzen als Botschafter zwischen den Mächtigen und den Menschen bediente.«

Der Zweig schien sich noch einmal in seinem Glas hochzustemmen. »Nun ist es Zeit für den letzten Teil der Nachricht, Mara. Hör gut zu, ich werde es nicht wiederholen können, denn meine Kräfte schwinden. Aber mach dir keine Sorgen, das ist ganz normal. Wie alles auf der Welt komme auch ich wieder, selbst wenn es vielleicht ein bisschen dauert.«

Mara wusste nicht, was sie darauf sagen sollte, und musste stumm zusehen, wie sich der Zweig ein letztes Mal aufrichtete. Nur das leise Zittern ihrer Unterlippe konnte sie nicht abstellen. Die nun folgenden Worte brannten sich so unauslöschlich in Maras Bewusstsein, als hätte man sie ihr direkt aufs Großhirn tätowiert. Und zwar in leuchtendem Rot und mit einem dicken Pfeil daneben.

»Fürchte dich vor Loki, halb Gott, halb Riese, listiger Lügner, wortgewandter Schmähredner, trickreicher Gestaltwandler, Bringer von Streit und Zwietracht, einst Freund und Gefährte der Götter, dann hinterlistiger Feind und Vater noch größerer Feinde.«

Mara wusste sofort, dass damit niemand anderes als der Gefesselte gemeint war, obwohl sie all das gerade zum ersten Mal hörte. Der Zweig klang, als würde er alles auswendig aufsagen, als er weitersprach:

»Die Fesseln, mit denen wir den Loki einst banden, drohen sich zu lockern. Darum finde ihn und binde ihn. Du hast die Gabe des Sehens, du wirst sehen, wo andere suchen, und du wirst wissen, wo andere zweifeln. Versagst du, droht das Ende. Nur du stehst zwischen uns und …«

Der Zweig hatte Mühe, sich aufrecht zu halten, seine Blätter hatten sich bereits eingerollt. Mara fühlte sofort wieder, wie ihr die Panik den Hals zuschnürte. Was sollte sie denn tun ohne den Zweig? Oder würde sie gleich aufwachen und feststellen, dass alles nur ein Traum war?

Plötzlich gaben die Blätter nach und der Zweig rutschte in das Glas zurück. Mara erschrak und hob ihn behutsam ein Stück aus dem Wasser, das inzwischen eine leicht gelbliche Färbung angenommen hatte.

Die Stimme des Zweiges in Maras Kopf war nur noch ein leises Flüstern, als er versuchte die Botschaft zu Ende zu bringen »… *zwischen uns und den …*«

Wieder rutschte der Zweig ein Stück weiter in die gelbliche Flüssigkeit, hielt sich aber einen Moment, als müsste er noch etwas loswerden, und hauchte ein letztes Wort.

Für Mara klang es wie *Anorak.*

»Was?«, stieß Mara hektisch hervor. »Bitte, warte, ich meine … ich hab dich nicht verstanden, bitte, was meinst du denn mit …«

Doch statt eine Antwort zu geben, glitt ihr der Zweig kraftlos durch die Finger in das trübe Wasser und verstummte.

Mara konnte nicht sagen, wie lange sie danach noch an ihrem Schreibtisch gesessen hatte. Sie war einfach sitzen geblieben, unfähig, auch nur ein Glied zu bewegen. Und als die Sonne bereits hinter dem gegenüberliegenden Haus verschwunden war und auf der Straße die Laternen aufflackerten, war Mara an ihrem Schreibtisch eingeschlafen.

Kapitel 4

Es war Sonntag, als Mara wieder erwachte. Sie versuchte sich zu bewegen und stellte fest, dass jeder einzelne Körperteil außer ihrem Gehirn noch im Land der Träume weilte. Mara versuchte trotzdem, sich irgendwie von dem Stuhl zu erheben, und trat ein ins Haus der Schmerzen!

Kein Muskel, der sich nicht verkrampft hatte, kein Gelenk, das nicht über Nacht eingerostet war … Mara wäre fast ein drittes Mal in 24 Stunden vom Stuhl gefallen, als ihre tauben Beine den Dienst versagten. Doch sie konnte sich gerade noch an der Tischplatte festhalten. Nein, das war sicher nicht der richtige Platz, um sich nach einem anstrengenden Tag mal so richtig auszuschlafen! Es war ja nicht mal sonderlich bequem, hier zu sitzen …

Im selben Moment erinnerte sich Mara daran, was sie geträumt hatte. Im nächsten Moment sah sie den Zweig in seinem Wasserglas auf dem Schreibtisch und im direkt darauffolgenden dritten Moment wusste sie … ja, was eigentlich? Dass auf ihrem Tisch ein Zweig in einem Wasserglas schwamm. Mehr nicht. Da fiel ihr Blick auf die Schreibunterlage vor ihr und auf das Wort, das sie gestern in ihrem Traum hastig notiert hatte.

Spákona

Okay, selbst das konnte man zur Not noch erklären. Hab ich eben im Schlaf was aufgeschrieben, na und?, dachte Mara und zuckte dazu ganz besonders gleichgültig mit den Achseln. Andere Leute liefen auf Dächern herum oder fraßen den Kühlschrank leer, ohne sich am nächsten Tag daran zu erinnern! Dagegen war ein hingekritzeltes Fantasiewort doch echt harmlos …

Trotzdem. Mara musste sicher sein. Und der schnellste Weg, um herauszufinden, ob es so etwas wie eine *Spákona* wirklich gab, war: Mamas Laptop.

Sie fand das ramponierte Notebook im Wohnzimmer, halb vergraben unter den Zeitschriften ihrer Mutter. Aber wo war das Kabel mit dem Netzteil? Der Akku war komplett leer.

Maras Mutter hatte den Laptop vor drei Jahren gekauft, um auch »drin« zu sein. Dann hatte sie aber schnell festgestellt, dass man sich dafür länger mit der Technik beschäftigen musste als ein paar Minuten, und nach einigen wirren Mausklicks schlagartig das Interesse daran verloren.

Mara war darüber zuerst froh gewesen, weil sie sich natürlich Chancen auf das Gerät ausgerechnet hatte. Umso erstaunter war sie, als Mama ihr den Umgang mit dem Laptop strikt untersagte. »Finger weg von diesem Gerät, junge Frau! Das ist kein Spielzeug und am Ende lädst du dir noch irgend so ein Dings rein!«

Die Antwort, was für ein »Dings« sie eigentlich meinte und wo genau Mara es sich »reinladen« sollte, war ihre Mutter ihr schuldig geblieben.

Also konnte Mara den Computer nur dann benutzen, wenn Mama arbeitete, bei den Wiccas war, schlief oder meditierte. Kein Problem, denn einer dieser vier Fälle traf ja meistens zu.

Mara überlegte. Es war Sonntag und die Uhr zeigte 10:12. Das bedeutete, Mama war unterwegs zu ihrer Aura-Stunde. Also mindestens noch zwei Stunden Zeit. Sehr gut! Schließlich fand sie auch das Netzteil in der Schublade unter dem Fernseher und es konnte endlich losgehen.

Einschalten, ins WLAN ihrer Nachbarin einwählen (sie hatte ihr das Passwort gegeben und dabei verschwörerisch in Richtung von Maras Mutter gegrinst), Internet-Browser öffnen und im Suchfenster *Spákona* eingeben …

Mara musste ein bisschen herumprobieren, bis sie es geschafft hatte, dass das kleine Strichlein direkt über dem *a* erschien und nicht etwa davor oder dahinter. Ihr Finger zitterte ein wenig, als sie mit dem Touchpad den Cursor auf *Suche starten* bewegte. Sie atmete einmal tief ein, hielt die Luft an und klickte.

Am liebsten hätte sie gleich noch einmal eingeatmet, denn vor ihren Augen erschien tatsächlich eine Liste mit Treffern: über 10 000! Doch weil sie dann geplatzt wäre, atmete Mara erst einmal wieder aus.

Na gut, was heißt das schon?, dachte sie. Das Wort gibts also. Na und? Es gibt viele Wörter auf der Welt und zufällig eben auch das da.

Die Frage war doch, was es bedeutete! Und da wurde die ganze Sache schon kniffliger, denn die erste Seite der Treffer war voller Wörter in fremden Sprachen. Allerdings nicht ein bisschen fremd wie zum Beispiel Englisch, sondern *fremd*.

Mara musterte die ungewohnten Buchstaben und ihre Kombination mit wilden Häkchen, Strichlein und Kreuzchen: *væri, góðri, LÆKNAMIÐILL,* und es gab kaum Hinweise, aus welchem Land diese Texte stammten.

Liest sich eher wie ein IKEA-Katalog, murmelte Mara als sie mit zusammengekniffenen Augen weiter durch die Ergebnisse scrollte.

Doch dann endlich, ganz unten auf der Seite, stieß sie auf eine Website mit deutschen Übersetzungen alter isländischer Texte über die Wikinger!

Jetzt wird's spannend, dachte Mara, als sie die Page aufrief und fand, was sie gehofft und gleichzeitig befürchtet hatte:

Eine Frau namens Thorbjörg war da in der Siedlung.
Sie war eine Seherin …

Und darunter stand das isländische Original:

Sú kona var þar í byggð, er Þorbjörg hét.
Hon var Spákona …

Mara verglich die beiden letzten Zeilen miteinander:

Hon var Spákona …
Sie war eine Seherin …

Verdammt.

Seltsamerweise dachte Mara nicht zuerst an die Konsequenzen, die das für sie selbst hatte, sondern lief zurück in ihr Zimmer. Dort fischte sie den Zweig vorsichtig aus dem trüben Wasser, wickelte ihn behutsam in eine rote Serviette und trug ihn dann hinaus ins Freie.

In dem kleinen Hinterhof, den sie von ihrem Fenster aus sehen konnte, grub sie mit den Händen ein kleines Loch in die Erde neben der großen Esche. Dort hinein legte sie den eingewickelten Zweig und deckte das Loch sorgfältig wieder zu. Sie gab sich Mühe, die Grasbüschel wieder so festzudrücken, dass man nicht mehr erkennen konnte, ob jemand hier etwas vergraben hatte. Man wusste ja nie …

Danach stand sie eine Weile vor dem unsichtbaren Grab und schwieg. Sie sah hinauf in die Blätter der Esche und ihr war, als hörte sie ein leises, unglaublich tiefes Brummen. Melodisch irgendwie und auch beruhigend. Die Blätter raschelten leise im Wind, aber sie sprachen nicht mit ihr. Schließlich war dies ja auch ein Begräbnis und Mara war gerade nicht nach Konversation zumute. Sie hätte auch gar nicht sagen können, wie sie reagiert hätte, wenn die Äste ihr alle ihr Beileid ausgesprochen hätten.

Mara bemerkte, dass sie unbewusst die Hände gefaltet hatte, blieb aber noch ein paar Minuten genauso stehen und schwieg.

Erst als sich irgendwann ihr ewig schlecht gelaunter Nachbar Herr Dahnberger mit zwei Mülltüten aus der Tür schälte und dabei unterdrückt schimpfend versuchte, seinen Hausschlüssel für das Mülltonnenhäuschen aus der Hosentasche zu fischen, drehte sie sich um und ging zurück ins Haus.

Was schade war, denn so verpasste sie das Lied, das die Blätter der Esche genau in dem Moment anstimmten, als sich hinter Mara die Haustür schloss …

Eine Esche weiß ich,
heißt Yggdrasil,
den hohen Baum netzt
weißer Nebel;
davon kommt der Tau,
der in die Täler fällt.
Immergrün steht er
über Urds Bunnen.

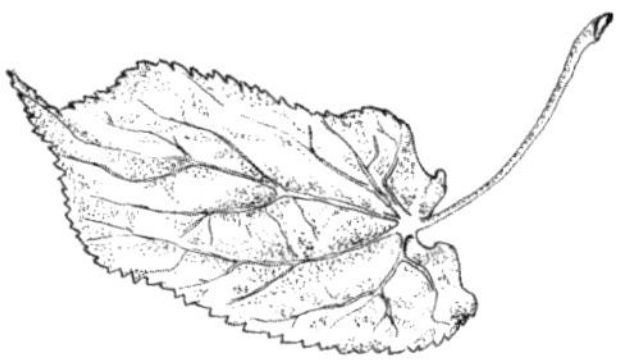

Schon auf der Treppe prasselten all die Gedanken auf Mara ein, die sich durch ihre Entdeckung im Internet ergaben – und zwar mit einer solchen Wucht, dass sie weiche Knie bekam.

Sie brauchte Hilfe. Aber von wem? Und wenn sie diesen Jemand gefunden hatte, was zum Teufel sollte sie ihm denn sagen? Hallo, ein Zweig schickt mich und ich muss einen Typen in einer Höhle fesseln. Oder was?!

Es wäre auf jeden Fall eine ganz schlechte Idee, ihrer Mutter von alldem zu erzählen, denn zwei Dinge konnten passieren: Entweder sie glaubte ihr kein Wort und das Ganze wurde peinlich. Oder ihre Mutter glaubte ihr alles, beschloss zu helfen, das Ganze wurde noch peinlicher und ging fürchterlich schief.

Nein, Mara musste woanders nach Hilfe suchen und klemmte sich dafür noch einmal hinter das Notebook. Über die Seite mit den Wikinger-Übersetzungen gelangte sie schnell zu einem Wikipedia-Eintrag, in dem von germanischer Mythologie die Rede war.

Den Begriff *Mythologie* kannte Mara. Den hatte sie schon mal gehört, als sie in der Schule die alten griechischen Sagen von Herkules und

Göttern wie dem Blitzeschleuderer Zeus und seiner Frau Hera durchgenommen hatten. Und *germanisch* hatte sicherlich was mit *Germany*, also Deutschland, zu tun. Ja klar! Also war *germanische Mythologie* so etwas wie die Göttersagen ihrer Vorfahren.

Anscheinend sind diese Damen und Herren wohl ziemlich tief in der Versenkung verschwunden und haben heutzutage nichts mehr zu melden, dachte Mara. Doch wie um das Gegenteil zu beweisen, winkten ihr plötzlich zwei Wörter aus einer Liste mit germanischen Götternamen zu, die ihr natürlich bekannt vorkamen: *Thor* und *Odin*. Von den Thor-Comics und den Verfilmungen hatte sie selbstverständlich gehört, aber bislang hatte sie es in diesem Franchise nur bis zum dritten Iron Man-Teil geschafft. Aller Popularität zum Trotz hatte man nach Tony Stark, Hulk und Co allerdings noch keinen Wochentag benannt. Wie Mara mit wachsendem Interesse lesen konnte, hieß der Donnerstag nicht etwa so wegen des schlechten Wetters, sondern tatsächlich wegen des Donnergottes *Thor*, auch *Donar* genannt. Eigentlich hieß es also *Donars Tag*! Oder im Englischen *Thursday*, also *Thor's Day*!

Ein Gott namens *Týr* hatte wohl dem *Týrsdag*, dem Dienstag, seinen Namen gegeben. Dafür ging der englische *Wednesday* auf *Wodan* zurück, wie der Gott *Odin* auch genannt wird. Dessen Frau *Frigg* war wiederum Namensgeberin für den *Freitag*.

Wow!, dachte Mara erstaunt, warum sagt einem das eigentlich keiner? Kann mich nicht erinnern, das in der Schule mal von irgendeiner Tafel abgeschrieben zu haben.

Also hatte es wohl doch nichts damit zu tun, ob man am Dienstag Dienst oder am Freitag frei hatte. Und bedeutete dann wohl auch, dass am Samstag nicht das Sams kam. Eigentlich schade.

Auf jeden Fall wusste sie jetzt, dass sie nach den Begriffen *germanisch, Mythologie* und *Seherin* zu suchen hatte. Gedacht, getan, und so stieß sie ziemlich schnell auf einen Text, in dem von einer sogenannten *Völva* die Rede war. Okay, das war zwar erst einmal nur ein weiteres Wort für die Unbekannten-Liste, aber Mara fühlte, dass sie auf der richtigen Spur war. Darunter standen gleich mehrere Bedeutungen für den Begriff ‚Seherin': Schamanin, Zauberin, Prophetin, Wahrsagerin … und Hexe!

Hilfe! Was macht Mamas verrückte Frauengruppe in meinen Nachforschungen! Bitte sag, dass die nix mit mir zu tun haben!, dachte Mara, ohne zu wissen, an wen sie diese Bitte eigentlich gerade gerichtet hatte.

Wer-auch-immer war aber offensichtlich nicht bereit, Mara diesen Wunsch zu erfüllen. Denn etwas weiter unten in dem Text war doch tatsächlich von einer *Spákona* die Rede: *Weit verbreitet war dagegen »die Frau, die sieht«, eine Seherin – die etwas schwächer begabte Spákona.*

Eine *Spákona* war also so was wie eine Seherin und eine Art Vorfahrin der *Hexen*? Mara blickte von dem Bildschirm auf. Ihr Atem ging plötzlich schneller. Sie sollte eine Hexe sein? Gerade sie? Eine *Hexe*?

Würde sie also auch bald alberne Flatterklamotten tragen und mit Mamas weichkeksigen Schabraken zu unrhythmischem Getrommel durch muffige Yogaräume hopsen, um sich mit vergeistigtem Grinsen gegenseitig die Aura aufzuwuscheln?

Anfangs hatte sich Mara ja durchaus für die Wiccas interessiert. Beziehungsweise für die Geschichte weiser Frauen, die sich auskannten mit Kräutern und Naturheilverfahren, denen die Kirche aber aus Furcht vor Konkurrenz irgendwann allerlei Teufeleien angedichtet hatte. Doch dann hatte ihre Mutter sie mal zu einem der Treffen mitgenommen und Maras Interesse hatte sich schnell verwandelt in eine Art mitleidige Fassungslosigkeit.

Jeden Donnerstag luden die Wiccas einen neuen Klangschalen-Schamanen, Wünschelrutengänger, Manifestationskünstler oder spirituellen Heeling-Irgendwas zu sich ins Café ein. Mara war bald aufgefallen, dass es meist Männer waren, die da auftauchten und ihre fragwürdigen Waren feilboten und allesamt zur Gattung windbeuteliger Wunderwuzzis gehörten.

Während der Donnerstags-Treffen hörten die Wiccas ihren Gaga-Gurus andächtig zu, tranken dazu komischen Tee mit zu viel Schwebeteilchen und nickten vergeistigt wissend, während der Schwätzer der Woche seinen ganz speziellen Einblick in die Mechaniken des Multiversums mit ihnen teilte. Und ganz am Ende zauberte jeder dieser Laberkekse natürlich irgendein einzigartiges Kleinod aus seinem

Koffer, das einen angeblich ebenfalls hellsichtig, universell liebend oder sonstwie besonders machte. Natürlich zum Vorzugspreis.

Und was hatte sich ihre Mutter von diesen Typen nicht schon alles andrehen lassen! Die lächerliche Drahtpyramide zum energetischen Frischhalten von Obst hatte zum Beispiel irrsinnige 84 Euro gekostet! Und das einzige, was dieses seltsame Gestell verursacht hatte, waren bräunliche Druckstellen an den Äpfeln.

Dabei war das Ding noch ein Schnäppchen gewesen im Vergleich zu der CD mit dem schlecht gemalten Dreieck darauf, die Mara eines Tages in ihrem Kopfkissenbezug gefunden hatte. Ihre Mutter hatte ihr erklärt, es handle sich um eine sogenannte Celtic Energy Disc™ … Sie würde ihr helfen, traumatische Erlebnisse während des Schlafes besser zu verarbeiten. Ja, klar.

Mara wusste natürlich, dass das die unbeholfene Art ihrer Mutter war, Hilfe anzubieten, weil Mara ihren Vater so schmerzlich vermisste.

Mara wusste aber auch, dass eine Celtic Energy Disc™ nur dann etwas bewirkte, wenn man ganz fest an sie glaubte und sich dabei nicht allzu blöd vorkam.

Mara wusste aber noch etwas, und zwar, dass sie ihre Mutter sehr traurig machen würde, wenn sie ihr erklärte, dass es sich bei den wahnsinnigen EINHUNDERTACHTUNDACHTZIG EURO für einen CD-Rohling mit draufgemaltem Dreieck um rausgeschmissenes Geld handelte …

Also steckte sie die Celtic Energy Disc™ wieder zurück in ihr Kopfkissen und bedankte sich bei ihrer Mutter so echt, wie es irgendwie ging, für das tolle Geschenk.

Nein, die kaufwütigen Tupper-Hühner vom Wicca-Café waren wirklich nicht die Art Hexen, die Mara jetzt weitergeholfen hätten.

Während sie so hin und her überlegte, hatte Mara gedankenverloren weiter nach unten gescrollt. Ohne wirklich zu wissen, warum, klickte sie nun auf einen Link zu einer Seite über *Nordgermanische Religion* und landete auf dem Wikipedia-Eintrag zu *Germanischen Gottheiten*.

Und dort fand sich etwas, das Mara auf eine Idee brachte: Namen! Aber nicht die irgendwelcher Wochentagspatrone, sondern Namen von hundertprozentig real existierenden Personen, die sich mit diesem Thema beschäftigten! Deren Arbeiten hatten offensichtlich als Grundlage für die Online-Artikel gedient. Leute, die man fragen konnte! Natürlich, dachte Mara aufgeregt. Das ist doch viel besser, als wenn ich versuche, weiter das ganze Internet zu lesen! Ich frag' einfach wen, der sich damit auskennt!

Doch Mara war etwas erstaunt, als sie den ersten Namen las: Jakob Grimm? Und tatsächlich: Nur einen Klick entfernt erfuhr sie, dass es sich tatsächlich um den »Märchen-Grimm« handelte, der zusammen mit seinem Bruder Wilhelm die berühmte Märchensammlung herausgegeben hatte. Und dieser Jakob Grimm hatte also ein Buch über deutsche Mythologie geschrieben? Interessant, aber im Moment nicht sonderlich hilfreich, denn Jakob Grimm war nicht nur eine ziemlich spannende Persönlichkeit, sondern leider auch ziemlich tot, und zwar seit knapp hundertfünfzig Jahren. Mist.

Der nächste Name auf der Liste lautete Karl Simrock. Immerhin erst seit hundertvierzig Jahren tot. Wir kommen der Sache schon näher, dachte Mara und scrollte durch die Liste, bis sie endlich auf einen Namen stieß, der zwar ein Geburtsdatum verzeichnet hatte, aber keinen Todestag! Dieser Professor Reinhold Weissinger war somit deutlich jünger als Jakob Grimm und allem Anschein nach auch deutlich weniger tot!

Maras Herz machte förmlich einen Sprung, als sie nur einen Mausklick später erfuhr, dass dieser Professor an der Ludwig-Maximilians-Universität in München lehrte!

Das ist ja nur ein paar U-Bahn-Stationen entfernt!, dachte Mara begeistert. Doch dann kämpfte sie sich erst einmal durch einen endlos scheinenden Kettensatz, in dem das Forschungsgebiet des Mannes beschrieben war: *germanische Mythologie und Religion, mittelalterliche Sprachen und Kulturen Skandinaviens, Renaissance des 12. Jahrhunderts und ihre Literatur, religiöse, mystische und visionäre Texte des Hochmittelalters, volkssprachliche Wissenschaftstexte des Mittelalters mit besonderem Blick auf die Naturwissenschaften, spätmittelalterliche Reise- und autobiografische Literatur sowie Literatur in den geografischen Randgebieten des (heutigen) deutschen Sprachraums …*

Puh. Na, wenn der nicht wusste, was man als frischgebackene *Spákona* so zu tun hatte und wie man dafür sorgte, dass ein mythologischer Halbgott gefälligst da blieb, wo er war – wer dann?

Mara fuhr den Laptop herunter, klappte ihn zu und deckte ihn wieder sorgsam mit den Zeitschriften ein. Dann verstaute sie auch das Netzteil wieder in dem ach so geheimen Versteck unter dem Fernseher. Und gerade als sie die Schublade zugeschoben hatte, hörte sie das bekannte Geräusch des Schlüssels an der Wohnungstür.

Einer Ahnung folgend verschwand Mara so schnell wie möglich in ihrem Zimmer und zog leise die Tür hinter sich zu. Kurz darauf hörte sie, wie ihre Mutter den Flur betrat. Was machte sie denn so früh wieder zu Hause?

Da klopfte es bereits an Maras Zimmertür, und ohne eine Antwort abzuwarten, steckte ihre Mutter auch schon ihren Kopf herein. So war sie eben.

»Mara? Maraschatz? Bist du wach?«

Mara drehte sich betont unschuldig auf ihrem Drehstuhl herum und klappte ein Heft zu. »Na klar, schon lange. Mach gerade Mathe«, sagte sie. »Wie war's denn bei den Hexen?«

Dann stand sie auf und drängte sich an ihrer Mutter vorbei in den Flur, um davon abzulenken, dass außer dem Erdkundeheft auf ihrem Schreibtisch nichts lag als ein Bleistift und eine vollgemalte Schreibunterlage.

Mama setzte ein tadelndes Gesicht auf: »Nicht Hexen, Mara! Wie oft muss ich dir das noch sagen? Das Wort Hexen ist ein dummes Schimpfwort von Leuten, die Angst vor Frauen haben, die mehr können als kochen, putzen und bügeln! Wir nennen uns Wiccas, und das weißt du ganz genau!«

»Hm. Aber jede Frau kann doch mehr als kochen, putzen und bügeln, oder? Sind dann alle Frauen Wiccas?«, fragte Mara so unschuldig wie sie nur konnte, während sie sich einen Apfel unter der Drahtpyramide herausfischte.

Falls ihre Mutter verwundert war, dass ihre Tochter sich plötzlich für die Wiccas interessierte, ließ sie es sich nicht anmerken.

»Nein, natürlich nicht!«, antwortete sie. »Eine Wicca ist man nur, wenn man besondere Fähigkeiten hat!«

Mara schnitt von dem Apfel die braune Druckstelle ab, die die Drahtpyramide darauf hinterlassen hatte, und versuchte, möglichst beiläufig zu klingen, als sie fragte: »Besondere Fähigkeiten? Was für Fähigkeiten denn?«

Anscheinend war diese Frage für Mama gar nicht so einfach zu beantworten, was aber nicht hieß, dass sie es nicht trotzdem versuchte: »Na ja … also … eine Wicca kann zum Beispiel … sie spürt, wenn … sie spürt eben mehr als … mehr als ein *Mann* zum Beispiel.«

Na hurra! Mama hatte es also mal wieder geschafft, ohne viele Umwege auf ihr Lieblingsthema zu kommen: Männer. Und wie so oft würde sie auch gleich eine Überleitung zu ihrem zweiten Lieblingsthema finden: Papa.

Mara seufzte tonlos, während Mama weitersprach: »Weißt du, Maraschatz, Männer spüren im Vergleich zu Frauen sowieso sehr wenig und sind auch nicht so empfänglich für … Dinge. Insgesamt. Und dadurch kann eine Wicca … also dadurch ist sie … einem Mann überlegen. In vielen Dingen. Das kannst du mir ruhig glauben, und vielleicht sagst du das deinem Vater auch mal, aber der ruft ja eh nicht mehr an!«

Mama hatte ganze vier Sätze gebraucht, um von *Wiccas* über *Männer allgemein* bei ihrem Vater zu landen, und ganz nebenbei hatte sie auch noch das ewige Streitthema mit der Anrufe eingebaut. Nicht schlecht.

Mara schluckte eine direkte Antwort hinunter, wie empfindlich ihre Mutter war, wenn jemand Papa verteidigte.

»In was für Dingen sind die denn überlegen, die Wiccas?«, fragte sie stattdessen im Plauderton und biss in den Apfel.

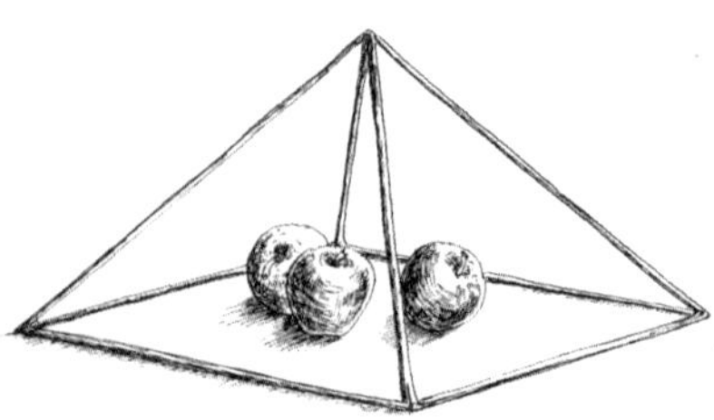

»In … vielen Dingen eben!«, antwortete Mama. »Aber das kann ich dir nicht so einfach erklären. Dazu musst du noch ein bisschen älter werden. Nicht umsonst gibt es keine Wiccas unter … achtzehn Jahren.«

»Gibt es nicht?«, fragte Mara.

»Gibt es nicht«, sagte Mama.

»Aha«, sagte Mara.

»Jaja, so ist das eben«, sagte Mama.

Und dann wuschelte sie ihrer Tochter durch die Haare, wie sie es immer tat, wenn sie das Thema wechseln und Mara gleichzeitig darauf hinweisen wollte, dass sie dafür sowieso noch nicht alt genug war.

Ihr Blick fiel auf den Obstkorb. »Also, ich bin immer wieder begeistert, wie lange das Obst unter der Energy-Vital-Pyramide frisch bleibt. Hast du denn außer diesem Apfel schon etwas gegessen?«

»Nein«, sagte Mara und log weiter: »Ich hab den ganzen Vormittag Hausaufgaben gemacht, aber dafür bin ich jetzt fast fertig.«

Mara schwindelte weder gerne noch besonders gut, aber in diesem Fall musste ihre Mutter vor der Wahrheit geschützt werden. Vor allem, weil Mara selbst erst mal herausfinden musste, was eigentlich die Wahrheit war. Aber irgendwie tat Mara das Gespräch mit ihrer Mutter gut: Es gab ihr auf eine ganz spezielle Art das sichere Gefühl, dass sie nicht verrückt war.

Diese verschwurbelten Erklärungen über die Wiccas, das Geschimpfe über ihren Vater – das war die reale Welt.

Dummerweise ist zu der realen Welt noch was total unreal Reales dazugekommen, dachte Mara, als sie wieder in ihrem Zimmer war und die Tür hinter sich zuzog. Sie setzte sich an ihren Schreibtisch und sah aus dem Fenster, dorthin wo sie heute Morgen den Zweig vergraben hatte. Als sie daran dachte, was sie am Montag vorhatte, war ihr schon ein bisschen mulmig zumute, aber ihr Entschluss stand fest: Mara würde direkt nach der Schule zur Münchner Maximilians-Universität fahren.

Sie war zwar noch nie dort gewesen, aber sie wusste genau, wo auf dem U-Bahn-Plan die Haltestelle mit dem Namen *Universität* war. Schließlich verbrachte sie jeden Tag elfeinhalb Minuten damit, diesen

Plan anzustarren. So lange brauchte die U-Bahn, um bis zur Haltestelle Giesing zu fahren, wo Mara zur Schule ging.

Sie starrte immer auf den Plan während der Fahrt, weil er ihr irgendwie interessanter erschien als alle ihre Mitschülerinnen und Mitschüler. Die Mädchen gackerten die ganze Zeit und schielten dabei laufend auf ihr eigenes Spiegelbild in den dunklen Fenstern. Und die Jungs führten sich jeden Tag gegenseitig aufs Neue vor, dass sie mit ihren Handys besonders blechern Musik hören und dabei mit den Händen täuschend echte Furzgeräusche produzieren konnten. Mara hatte den Eindruck, dass die Jungs ernsthaft darauf bauten, dass eins der Mädels sich mal umdrehte und sagte: »Hey, das klang ja wie ein echter Furz! Und fast im Rhythmus von dem Lärm aus deinem voll coolen Handy! Wahnsinn! Wer von euch Superhelden hat das denn gerade so toll hingekriegt und hat Lust, mit mir zu gehen?«

Andererseits, so doof konnten nicht mal Jungs sein, oder?

Oder?

Kapitel 5

Am Montag in der Schule war es zunächst so wie immer – langweilig bis nervtötend. Dazu war es auch noch regnerisch und erstaunlich kalt für diese Jahreszeit.

In der Pause fand Larissa zur Abwechslung ein neues Opfer, das sie auslachen konnte: einen kleinen blonden, dicklichen Jungen, vermutlich aus der Fünften, den Mara bisher noch nie bemerkt hatte. Sie fragte sich, wie er wohl Larissas Aufmerksamkeit erregt hatte. Ganz offensichtlich hatte der Junge nämlich nichts gemacht, außer verloren herumzustehen. Aber vielleicht war er einfach nur zwei Dinge gewesen: da. Und dick.

Mehr brauchte Larissa ja gar nicht, und schon schallte ihr meckerndes Gelächter mal wieder quer über den Pausenhof. Dabei zeigte sie auf die zugegebenermaßen selbst für dieses Wetter recht übertriebene Bommelmütze, die der Junge wahrscheinlich von seiner fürsorglichen Mutter aufgesetzt bekommen hatte. Sofort stimmten auch die ganzen Schleimhilden rund um Larissa in das Gelächter mit ein.

Der Junge wurde immer kleiner, traute sich aber auch nicht wegzugehen. Mara kannte das Gefühl. Wenn man sich so vorkam, als wären die Beine mit dem Boden verwachsen. Und jede Bewegung, die man machte, fühlte sich so schwer an, als wäre man gefangen in einem Schwimmbecken voller Götterspeise.

Als Larissa dann auch noch anfing, den Jungen an seinem Schal zu ziehen und ihn sich unter dem Gelächter der Zickenclique hin- und herdrehen ließ wie auf einem Präsentierteller im Home Order TV, kam Mara plötzlich ein völlig irrsinniger Gedanke: Musste sie nicht dazwischengehen und dem Jungen helfen? War es nicht sogar ihre Pflicht? Wie sollte sie denn die Welt retten, wenn sie nicht einmal den Mut hatte, einen kleinen Jungen von Larissa und ihren Hohlbirnen wegzuziehen?

Irgendwie kam ihr im Vergleich die Sache mit der Weltrettung gerade deutlich einfacher vor. Trotzdem, sie konnte nicht länger zusehen, wie Larissa den Jungen an seinem Schal hin- und herzerrte wie einen Tanzbären am Nasenring! Wie von selbst setzten sich ihre Beine in Bewegung. Sie stapfte wild entschlossen direkt auf Larissa und die anderen zu …

… und hätte auch innerhalb der nächsten 30 Sekunden zwischen dem Jungen und Larissa gestanden, wenn nicht in dem Moment der Gong das Ende der Pause signalisiert hätte.

Aus Hunderten von Schülerkehlen löste sich das übliche frustrierte Aufstöhnen. Sofort blockierten mehrere Schülerkörper Maras Weg zu Larissa und dem Jungen und trotteten zurück in ihre Klassen.

Nur der kleine Junge stand immer noch alleine mit hängendem Kopf an der Stelle, wo Larissa und ihre Clique ihn stehen gelassen hatten. Mara versuchte, sich einen Weg zu ihm zu bahnen. Sie wollte ihm wenigstens erklären, dass er sich das nicht so sehr zu Herzen nehmen sollte. Doch dann wurde auch sie vom Gewusel erfasst und zurückgespült in das Schulgebäude …

Kaum ertönte der erlösende letzte Gong des Tages, war Mara auch schon unterwegs zur U-Bahn. Von dort würde sie mit der U2 zum Sendlinger Tor fahren und dann umsteigen in die U6 oder U3 zur Universität.

Für die Fahrt musste sie stempeln, denn hier galt ihre Monatskarte nicht. Aber Gott sei Dank hatte sie noch eine Streifenkarte mit zwei übrigen Streifen in ihrer Jacke. Die Fahrt ging für Mara überraschenderweise schneller vorbei als der tägliche Schulweg, obwohl es mehr Stationen waren und sie sogar einmal umsteigen musste.

An der Haltestelle Universität folgte Mara einfach der Beschilderung, bis sie auf dem Geschwister-Scholl-Platz direkt vor dem Haupteingang der Ludwig-Maximilians-Universität stand.

Mara sah sich um. Mitten auf dem Platz befand sich ein großer Brunnen, auf dessen Rand mehrere Studenten saßen. Dahinter erstreckte sich ein ausladendes u-förmiges Gebäude, das genauso aussah, wie sich Mara eine Universität immer vorgestellt hatte: ein riesiges, irgendwie schlossartiges Gebäude mit vielen Fenstern und einem großen Eingang, das von außen düster wirkte. So als wäre innen alles voller dunklem Holz und mit alten Ölbildern toter Professoren an den Wänden, außerdem voll mit unzähligen Treppen und noch mehr Gängen mit Hunderten von Schildern, auf denen sinnlose Abkürzungen standen und Pfeile in alle Richtungen zeigten.

Mara atmete tief ein und ging dann wie auf Autopilot zwischen den Studenten hindurch, direkt auf das Gebäude zu.

Dabei bemerkte sie, dass ein paar Meter vor dem Eingang eine Art Denkmal flach in die Pflastersteine auf dem Boden eingearbeitet war. Sie wollte erst drum herumlaufen, aber genau in dem Moment kam ihr ein ziemlich großer schwarzer Vogel laut krähend direkt entgegen und machte keinerlei Anstalten, ihr aus dem Weg zu fliegen!

Mara ging einen Schritt zur Seite und der Vogel flatterte tatsächlich genau dort an ihr vorbei, wo sich gerade noch Maras Kopf befunden hatte. Aber dadurch tappte sie nun doch auf das eingelassene Kunstwerk …

Kaum hatte die Sohle ihres Schuhs das polierte Metall im Boden berührt, explodierte ein Bild so urplötzlich in ihrem Kopf, dass sie fast in die Knie gegangen wäre.

Trotz der Überraschung unterdrückte Mara einen ersten Impuls, das Bild sofort zu vertreiben. Sie dachte daran, was der Zweig ihr gesagt hatte. Sie war nun mal eine *Spákona* und sie musste wohl oder übel lernen, mit ihrer Gabe umzugehen. Also zwang sich Mara zu ignorieren, dass sie auf einem Platz voller Studenten stand, die sie jetzt womöglich alle verwundert anstarrten, und als sie die Augen schloss, war ihr, als würde sich dafür ein inneres Auge öffnen …

Direkt vor ihr stand eine junge Frau mit schulterlangen dunklen Haaren. Sie blickte von einer Art Balkon oder Balustrade hinunter in eine große Halle mit vielen Menschen. Die Frau hielt einen Stapel eng beschriebener Blätter mit beiden Händen an die Brust gedrückt. Sie presste die Lippen zusammen, ihre Finger gruben sich tief in die Blätter … und mit einem Mal warf sie den ganzen Stapel hoch in die

Luft … wie in Zeitlupe fächerten sich die Blätter auf, und für einen Moment wirkte es, als würden sie sich entschließen einfach in der Luft stehen zu bleiben … bis sie dann doch tänzelnd und leise raschelnd in die Tiefe taumelten … Der Anblick war wunderschön und auf eine seltsame Weise erhebend.

Obwohl Mara nicht wusste, was das alles zu bedeuten hatte, war ihr klar, dass dieser Moment etwas ganz Besonderes sein musste.

Doch in derselben Sekunde erstarrte sie: Das Bild hatte sich plötzlich verändert. Mara blickte auf eine Konstruktion aus Holz, an deren oberem Ende etwas metallisch glänzte. Bevor sie Gelegenheit hatte zu erkennen, worum es sich handelte, raste das glänzende Etwas an ihr vorbei und schlug mit einem Geräusch auf, das Mara das Blut in den Adern gefrieren ließ. Sie schreckte hoch …

Als sie die Augen öffnete, standen mehrere Leute um sie herum und sie lag am Boden. Sie spürte tastende Finger an ihrem Handgelenk.

»Kannst du mich hören? Hallo?«, fragte eine tiefe Stimme und jemand hielt ihr Wasser aus einer Plastikflasche entgegen.

Zitternd griff Mara nach der Flasche, richtete sich auf und nahm einen Schluck. Schließlich fand sie auch ihre Stimme wieder.

»Was … was ist denn passiert?«, stammelte sie und blickte den Mann an, der offensichtlich ihren Puls fühlte.

»Du bist umgekippt, junge Dame«, sagte er und wandte sich dann zu den Umstehenden. »Bitte geht doch ein Stück zurück, ihr zerdrückt die Kleine ja fast.«

Sofort folgten alle seiner Bitte.

Mara sah den Mann neben sich verwundert an. Er war älter als ihre Mutter, aber noch nicht so alt wie ihr Opa. Er trug eine Art Sakko aus grobem, bräunlichem Stoff, ein helles Hemd und eine bequem wirkende Cordhose mit ausgebeulten Knien und einem dicken Schlüsselbund am Gürtel. Neben ihm stand eine ehemals vermutlich schwarze Ledertasche mit einem abgegriffenen Henkel, der so dünn und spröde wirkte, als würde er bei der nächsten Berührung zu Staub zerfallen.

Obwohl der Mann einen dichten weißen Vollbart trug und eine altmodische Brille auf der Nase hatte, wirkte er doch irgendwie jung. Das mochte vielleicht an seinen auffallend grünen Augen mit den kleinen Lachfältchen drum herum liegen. Mit einer seltsamen Mischung aus jungenhafter Neugier und erfahrenem Wissen funkelten sie Mara an.

»Da hast du dir ja einen geschichtsträchtigen Platz für deine Ohnmacht ausgesucht«, brummte der Mann unter seinem Bart hervor. Irgendwie hatte seine Stimme eine beruhigende Wirkung auf Mara. Sie sah sich um und stellte fest, dass sie direkt auf dem eingelassenen Denkmal saß, auf das sie getreten war. Der Mann schien zu bemerken, wohin sie blickte, und sagte: »Ja, deswegen heißt das hier Geschwister-Scholl-Platz. Habt ihr wohl noch nicht in der Schule durchgenommen, oder?«

Mara schüttelte den Kopf. In dem Moment schien sich der Mann daran zu erinnern, dass er immer noch Maras Handgelenk hielt.

»Oh, entschuldige. Puls ist da. Ich würde mal sagen, du lebst noch, oder was meinst du?« Er lächelte. Dann streckte er ihr die Hand entgegen und half ihr aufzustehen.

Wortlos ließ sich Mara von ihm hochziehen.

»Na also, geht doch schon wieder ganz gut«, sagte der Mann. »Willst du noch einen Schluck Wasser?«

»Nein, danke«, antwortete Mara. »Und danke für … die Hilfe.«

»Aber das ist doch selbstverständlich, junge Dame. Oh, entschuldige, ich habe mich noch gar nicht vorgestellt. Weissinger mein Name. Reinhold Weissinger. Ich bin hier an der Uni Professor für …«

»Germanische Mythologie«, vollendete Mara freudig seinen Satz. Sie konnte ihr Glück gar nicht fassen! Am liebsten hätte Mara dem Kamikaze-Vogel gedankt, ließ es aber aus mehreren Gründen sein. Einer davon war, dass der Vogel weit und breit nicht mehr zu sehen war …

Der Professor blickte sie mit einer belustigten Mischung aus Neugier und gespieltem Stolz an.

»Hoppla! Nun denn, wenngleich ich mich natürlich geehrt fühle, dass mein Name bis über die Universitätsmauern hinausgedrungen zu sein scheint, muss ich doch gestehen, dass ich neugierig bin, woher du ihn kennst, junges Fräulein.«

»Aus dem Internet!«, antwortete Mara aufgeregt. »Ich war auf der Suche nach jemandem, der sich mit … mit …« Sie verzichtete darauf, das Wort *Spákona* in den Mund zu nehmen, und sagte stattdessen: »… der sich mit germanischen Göttern auskennt und noch lebt.«

Im selben Moment erkannte sie, dass das wohl nicht sonderlich charmant ausgedrückt war, aber der Professor schien es ihr nicht übel zu nehmen – ganz im Gegenteil.

Er grinste, als er sagte: »Nun ja, ein bisschen Zeit hab ich wohl noch. Nicht so viel wie du vielleicht – aber ich hoffe, es genügt, um deine Fragen zu beantworten. Bitte folgen Sie mir in mein Besprechungszimmer, junge Dame.«

Er machte ein schalkhaftes Zuhörergesicht und setzte sich auf den breiten Rand des großen Brunnens. Dann schlug er mit einer überraschend gelenkigen Bewegung die Beine übereinander, schob sich mit dem Zeigefinger die Brille etwas zu tief auf die Nasenspitze und blickte Mara über die Gläser hinweg mit dem übertriebensten Professorenblick an, den sie jemals gesehen hatte.

Mara konnte nicht anders: Sie musste lachen. Es tat ihr richtig gut! Sie setzte sich neben den Professor und überlegte kurz, was genau sie eigentlich fragen wollte.

Dann atmete sie ein Mal tief durch und sprach: »Also, mein Name ist Mara Lorbeer, ich wohne in der Au, in der Edlingerstraße und … und …«

Eigentlich war es völlig unerheblich, wo sie wohnte, aber irgendwie fühlte sich Mara jetzt besser. Sie hatte das Gefühl, dass sie wieder im Hier und Jetzt angelangt war.

Allerdings war sie immer noch nicht bereit, dem Professor wirklich alles zu erzählen. Und so stellte sie stattdessen erst einmal eine andere Frage: »Also, ich wüsste gerne, wie man … Loki wieder fesseln könnte, wenn er … falls er sich … befreien könnte. Eventuell.«

Wenn ein Gespräch von einem Augenblick auf den nächsten völlig zum Erliegen kommt und keiner mehr ein Wort sagt, hört man plötzlich viele Geräusche, die einem vorher nicht aufgefallen wären.

Mara hörte ein Taxi, das eine nahegelegene Straße entlangfuhr. Sie hörte eine Frau, die schrill und künstlich lachte. Direkt vor Maras

Füßen pickte gurrend eine Taube an den Resten einer Gurkenscheibe, wie man sie gerne mal aus dem Hamburger pult. Immer wieder schlug der Schnabel auf die Pflastersteine.

Pok pok. Pok pok. Pokpokpok.

Professor Weissinger schien währenddessen immer noch damit beschäftigt zu sein, eine Antwort zu finden. Allerdings nicht unbedingt eine Antwort auf Maras Frage, sondern wohl eher eine Antwort darauf, wie ein fünfzehnjähriges Mädchen ausgerechnet auf die Idee kommt, so eine Frage zu stellen! Oder überhaupt irgendwer.

Maras Gedanken rasten. Sie hatte doch nichts Falsches gesagt, oder? Ihn vielleicht beleidigt, ohne es zu bemerken? Aber sie hatte doch nur gefragt, ob …

In diesem Moment hörte Mara jemanden sprechen: »Ach ja, und wer ist die traurige Frau, die neben ihm steht, und was will sie mit der Holzschale?«, und fast gleichzeitig stellte sie fest, dass sie das wohl gerade selbst gesagt hatte.

Stimmt, dachte sie, das wollte ich ja auch noch fragen. Na ja, hab ich jetzt wohl.

Professor Weissinger sah Mara jetzt mit einem Blick an, der sie eindeutig an ein Sofakissen erinnerte. Ohne dass sie jetzt hätte sagen können, was genau ihr an diesem Vergleich so passend erschien, fand Mara, dass es für den Ausdruck im Gesicht des Professors tatsächlich keine bessere Beschreibung gab.

Als hätte er selbst gemerkt, dass es sich für einen Universitätsprofessor nicht geziemte, mit dem Gesichtsausdruck eines Sofakissens auf ein junges Mädchen zu starren, fand der Professor schließlich seine Stimme wieder und befahl dieser, sich gefälligst zurück in seinen Hals zu scheren! Mit einem metallischen Räuspern, das klang, als hätte er ein Loch im Auspuff, rasteten seine Stimmbänder ein und nahmen ihre Arbeit wieder auf.

»Was hältst du davon, wenn wir das doch in meinem Büro besprechen, junge Dame? Es ist gleich da oben im zweiten Stock.«

Kapitel 6

Hinter dem Professor betrat Mara durch die große Glastür zwischen den Säulen die Universität. Instinktiv duckte sie sich vor der zu erwartenden Düsternis! Gleich würden sie auch unzählige längst verstorbene Professoren aus bedrückenden Bildern mit strengem Blick anstarren, als würden sie fragen: »Was machst du denn hier, kleines Mädchen? Weißt du denn nicht, dass diese Universität nur für Studenten ist und für bärtige Professoren in Cordhosen, die Papierstapel durch die Gänge tragen und dabei laufend lose Blätter verlieren?«

Umso überraschter war sie über das grellweiße Licht, das die große Halle erfüllte, in der sie nun stand. Als sie nach oben sah, musste sie sogar die Augen zusammenkneifen. Das Licht fiel gleißend hell durch eine Art gläserne Kuppel hoch über ihren Köpfen und wurde noch verstärkt vom weißen Stuck an der hohen Decke.

Dem Professor schien erst jetzt bewusst zu werden, dass Mara dieses Gebäude wohl zum ersten Mal betrat. Er kam die paar Schritte zurück, die er die große Freitreppe bereits hinaufgestiegen war.

»Ja, das ist der sogenannte Lichthof, der seinen Namen ganz offensichtlich zu Recht trägt. Dort hinten ist der Aufgang zu unserem Auditorium maximum, dem größten Hörsaal in der Uni. Aber wir gehen jetzt hier hinauf in den zweiten Stock und dann rüber in den anderen Trakt.«

»Ich dachte, Ihr Büro ist gleich hier oben?«, fragte Mara.

»Das ist es auch«, antwortete der Professor. »Zumindest im Vergleich zu so manch anderem Büro hier. Die Universität München ist riesengroß. Sie erstreckt sich über mehrere Straßen und dies hier ist nur eines von über zwanzig Gebäuden. Allein in diesem Teil der Universität gibt es den Adalbertstrakt, den Dekanatstrakt, den Senatstrakt, den Amalientrakt und den Bibliothekstrakt. Wir gehen jetzt in das sogenannte

Gartengebäude. Und bevor du dir nun einen Schreibtisch in einer Gartenlaube vorstellst, solltest du wissen, dass dieses Gebäude wiederum über drei Geschosse plus drei Zwischengeschosse und drei Innenhöfe verfügt.«

Mara malte sich kurz aus, wie sie auf der tagelangen Suche nach Professor Weissinger irgendwo in den endlosen Hallen und Gängen elend verdurstet wäre. Doch sie erlaubte sich, diese Vision aus ihrem Geist zu vertreiben.

Visionen. Na wunderbar, ich hab wieder dieses Wort benutzt, dachte Mara, als sie dem Professor durch die vielen Gänge, Doppeltüren und Treppenhäuser folgte. *Visionen* war eins der Lieblingsworte ihrer Mutter. Dauernd hatte irgendeine von ihren Wicca-Frauen irgendwelche *Visionen* – meistens davon, dass irgendeine Stimme ihnen einflüsterte, dass sie doch »endlich mal an sich selbst denken« sollten oder »sich auch mal was gönnen« dürften. Praktische Sache, so eine Vision, wenn sie immer genau das aussprach, was man gerade am liebsten hören wollte. Auch ihre Mutter hatte schon oft Visionen gehabt: zum Beispiel davon, dass ihr Vater zurückkommen würde, weil er eingesehen hatte, dass sie immer schon recht gehabt hatte und es ein großer Fehler gewesen war, sie zu verlassen.

Vor allem im ersten Jahr nach der Trennung hatte sie Mara sehr oft davon erzählt.

Als Mara noch jünger gewesen war, hatte sie sogar daran geglaubt und gehofft, dass Mama diesmal die Wahrheit vorausgesehen hatte.

Doch dann verging das Jahr, schließlich drei, vier … und ihr Vater war immer noch nicht wieder da. Und das, obwohl ihre Mutter inzwischen schon unzählige weitere Visionen, Zeichen und Orakeldeutungen angeführt hatte, die letztlich alle das Gleiche aussagten: Papa kommt zurück. Ganz sicher. Diesmal wirklich. Demnächst. Bald.

Mittlerweile wusste Mara nur eines ganz sicher: Wenn sie selbst irgendwann mal eine Tochter hätte, dann würde sie ihr nur Dinge versprechen, die sie auch halten konnte.

Was ihre Mutter wohl denken würde, wenn Mara ihr erzählte, dass sie sich neuerdings mit Pflanzen unterhielt und Visionen hatte? Na ja, eigentlich hatte sie die ja immer schon gehabt. Nur haben *wollen* hatte sie die Visionen eben nicht.

Und jetzt das.

Spákona.

Was sollte sie dem Professor eigentlich erzählen? Alles? Nein, auf keinen Fall. Wer glaubte schon einem fünfzehnjährigen Mädchen? Und dann auch noch so etwas Unvorstellbares. Andererseits war sie doch genau deswegen hergekommen, oder?

Nein, sie würde den Professor jetzt einfach ausfragen über alles, was sie wissen musste, und dabei möglichst wenig über sich erzählen. Oder gar nichts. Und auch nichts über ihre Mutter. Genau, das war ein toller Plan!

Zufrieden nickte Mara und stellte im selben Moment fest, dass sie damit wohl gerade irgendetwas bejaht haben musste, denn der Professor sagte: »Na, dann hol ich dir mal einen, bin gleich wieder da!«

Mara blieb allein zurück, vor irgendeiner Tür in irgendeinem Gang in irgendeinem Stockwerk in irgendeinem Gebäude.

Doch gerade als sie spürte, wie ihre Fingernägel sich anschickten in den Handballen bleibende Spuren zu hinterlassen, hörte sie vertraute Geräusche: klimpernde Geldstücke in einer Hosentasche, klickendes Einwerfen von Münzen und ein Tastendruck. Danach ein Summen und ein leises »Sch-Blunk«, gefolgt von einem Geräusch, das klang, als würde jemand in einen Plastikbecher pinkeln.

Professor Weissinger kam mit einer heißen Schokolade auf Mara zu.

»Ich frage mich manchmal, warum diese Kästen immer Kaffeeautomat heißen, obwohl sie alle möglichen Arten von Heißgetränken ausspucken«, sagte er und grinste, als er ihr den Becher reichte.

»Vielleicht weil *Schokolade-Kaffee-Tee-und-Rinderbrühe-Automat* zu lang ist?«, antwortete Mara und meinte es gar nicht so witzig, wie es offensichtlich beim Professor ankam.

»Hahaha, ja, das kann sein. Und vielleicht weil *Diverses-heißes-Gebräu-Automat* nicht gerade appetitlich klingt.«

Der Professor trat an Mara vorbei an die Tür und steckte einen der Schlüssel von seinem dicken Schlüsselbund ins Schloss. Nachdem er den Schlüssel dreimal herumgedreht hatte, zückte er einen weiteren Schlüssel und steckte ihn in ein kleines Vorhängeschloss. Und als Mara dann endlich einen Blick in das Büro werfen konnte, wusste sie auch, wofür das zusätzliche Schloss war: Der Professor wollte die Putzfrau aussperren.

Dies war auf jeden Fall der kleinste Raum mit den meisten Büchern, Ordnern und Papierstapeln darin, den Mara jemals gesehen hatte.

»Jaja, ich weiß«, sagte Professor Weissinger, während er sich zwischen den Stapeln hindurchmanövrierte, ohne auch nur einen einzigen der Türme ins Wanken zu bringen. »Aber ich warte jetzt seit vier Monaten auf ein größeres Büro und sehe nicht ein, warum ich hier noch mal aufräumen soll, wenn ich vielleicht schon morgen alles wieder in Pappkartons packen muss. Bitte versuch so wenig wie möglich durcheinanderzubringen.«

Keine Sorge, dachte Mara. Dieses Zimmer kann man gar nicht noch mehr durcheinanderbringen. Trotzdem achtete sie sehr darauf, nichts zu berühren.

Andere Besucher waren dabei offensichtlich weniger erfolgreich gewesen. Ein paar Haufen zeigten deutlich, dass hier bereits die eine oder andere Papierlawine niedergegangen war und tiefer gelegene Notizblock-Dörfer und Post-it-Ortschaften unter sich begraben hatte.

Professor Weissinger umrundete einen der Papier-Gletscher und ließ sich dann mit einem leisen Seufzer in einem abgewetzten Ledersessel nieder. Gleichzeitig zeigte er Mara an, die Tür zu schließen. Dann seufzte er noch einmal und legte gemütlich die Beine auf einem der Bücherstapel ab, als wäre es ein Couchtisch.

»So«, sagte der Wissenschaftler und musterte Mara mit seinen wachen Augen. »Mach es dir bitte bequem.«

»Danke«, sagte Mara und setzte sich auf den Papierhaufen, unter dem sie den Besucherstuhl vermutete. »Oh, und danke für die Schokolade.«

»Hast du sie schon probiert?«, fragte der Professor und Mara schüttelte den Kopf.

»Dachte ich mir schon, denn sonst hättest du dich nicht bedankt. Aber jetzt zu dem Grund deines Besuchs. Du hast mir da vorhin ein paar sehr seltsame Fragen gestellt, Mara Lorbeer aus der Au. Und ich bin von meinen Studenten wirklich einiges gewöhnt.«

»Tut mir leid«, sagte Mara kleinlaut. »Ich wollte nicht …«

Doch der Professor winkte sofort ab: »Aber nein, du musst dich nicht entschuldigen! Es tut mir leid, wenn ich dich angestarrt haben sollte wie ein Gummistiefel.«

Auch schön, dachte Mara, aber ich fand das Sofakissen trotzdem besser.

»Und jetzt bin ich natürlich gespannt, wie du zum Beispiel auf die Frage nach der Frau mit der Holzschale im Loki-Mythosgekommen bist«, fuhr der Professor fort. »Das ist zugegebenermaßen schon recht ungewöhnlich, wenngleich auch einfach zu beantworten … Oh, entschuldige, vielleicht nimmst du besser auf dem Besucherstuhl Platz, denn du sitzt auf den Klausuren meiner Studis … ja, genau, der Stapel daneben, da ist er drunter oder war es zumindest mal … komisch, na ja, dann setz dich doch wieder auf die Klausuren, denn die erleben sicher noch Schlimmeres, wenn ich erst mal mit den Korrekturen anfange … So, und jetzt erzählst du mir erst mal, wie du auf diese Fragen gekommen bist.«

Oh nein!, dachte Mara panisch, bis eben ist es doch so gut gelaufen. Er hat schon von selbst angefangen, über Loki zu reden, und jetzt das! Ich soll was erzählen! Von mir! Was mach ich denn jetzt?

Sie blickte kurz auf. Der Professor wartete immer noch! Mann, hatte der eine Geduld! Mist!

Okay, ich muss ja nicht alles erzählen! Ich lass die seltsameren Momente weg und erzähle nur die weniger seltsamen!

Doch sofort fiel Mara auf, dass sie sich an keinen einzigen weniger seltsamen Moment erinnern konnte. Also tat sie weiter das, was sie eh schon tat: Sie schaute auf den Boden und schwieg.

Der Professor wartete noch weitere ewige fünfzehn Sekunden. Dann seufzte er.

»Darf ich dein Schweigen derart auslegen, dass du mir nichts über dich erzählen möchtest?«, sagte er und klang dabei nicht im Entferntesten vorwurfsvoll.

Mara nickte nur stumm.

»Hm, da kann man wohl vorerst nichts machen. Mal sehen, vielleicht erzählst du es mir ja ein andermal. Also widmen wir uns erst einmal Loki. Einen Moment bitte.«

Professor Weissinger wandte sich ab, um in dem Stapel neben sich nach etwas zu wühlen.

Mann, stell ich mich grad blöd an!, schimpfte Mara sich selbst in Gedanken. Trotzdem konnte sie einfach nicht anders, sagte weiterhin kein Wort und zog dabei ihren Mund zusammen, als hätte sie in eine Zitrone gebissen.

Als der Professor mit einem abgegriffenen Buch in der Hand wieder auftauchte, blickte er verwundert in Maras verkniffenes Gesicht.

»Hast du jetzt doch den Kakao probiert?«, fragte er, während er in dem Buch blätterte und recht schnell fand, was er suchte. Der Professor hielt Mara das Buch aufgeklappt entgegen. »Kommt dir hier etwas bekannt vor?«, sagte er und versuchte dabei besonders beiläufig zu klingen, was ihm gerade deswegen nicht einmal ansatzweise gelang.

Mara sah eine Doppelseite mit einem Bild vor sich, auf dem die Zeichnung eines grinsenden Mannes zu sehen war.

Das Bild war in Braun und Rottönen gehalten und wirkte irgendwie sehr alt. In der linken oberen Ecke stand irgendetwas in einer seltsamen Schrift und in einer Sprache, die Mara nicht verstand. Um den Text war ein Rahmen gezogen. Der Mann auf dem Bild schien auf die Schrift zu blicken, denn obwohl sein Körper nach rechts gedreht wirkte, war der Kopf rückwärts gewandt. In der erhobenen Hand hielt er eine Art Seil mit einer Schleife oder einem Knoten am oberen

Ende. Das Seil hing herab und endete an einem Gitter oder eher einem grobmaschigen Netz, das hinter dem Mann ausgebreitet war.

Mara betrachtete die Figur genauer. Der Kopf war nur von der Seite zu sehen. Mara erkannte einen hellen Bart, der zu mehreren Spitzen zusammengedreht war, und eine ziemlich lange Nase, die fast wirkte wie die einer Kasperlpuppe. Die Mütze, die weite Kleidung mit den gelb-roten Streifen, das Grinsen … alles irgendwie kasperlhaft. Doch da blickte sie dem Mann in das eine sichtbare und tiefschwarze Auge und wusste sofort, wen sie da vor sich hatte! Und bevor sie seinen Namen aussprechen konnte, verlor sich Mara auch schon in der äußerst unkasperlhaften Schwärze der Pupille …

Mara sah sich um und erschrak nicht, als sie das Wasser sah, das sich vor ihr im Nebel verlor. Sie wunderte sich auch nicht besonders über den hölzernen Steg, auf dem sie stand. Unter dem Steg zog ein Fluss vorbei und Mara hörte das Plätschern des Wassers, das die roh behauenen, dicken Pfähle umspülte, auf denen der Steg im Flussbett stand.

Es ist nur eine Vision, murmelte Mara sich selbst zu. Nur eine Vision. Ich bin nicht wirklich hier. Und gleich, wenn ich wieder die Augen aufschlage, werde ich im Büro des Professors sein. Wo ich die ganze Zeit war. Und immer noch bin. Das ist einfach wie im 3-D-Kino, nur ohne die doofe Brille!

Oje, vermutlich war sie inzwischen wieder umgekippt wie die beiden Male zuvor. Hoffentlich würde Professor Weissinger keinen Arzt rufen oder so etwas.

Wenigstens falle ich auf dem Papierkram weicher als vorhin auf den Pflastersteinen vor der Uni, dachte Mara und fand sich dabei sogar fast ein bisschen … na ja … cool.

Doch als sie plötzlich merkte, dass sie nicht allein war auf dem Steg, schmolz ihre Coolness dahin wie Käse auf einem Toaster: Direkt vor ihr am Ende des Stegs stand ein Mann. Er hatte den Rücken zu ihr gedreht und raffte mit ausladenden Bewegungen ein Fischernetz zusammen. Mara hatte keine Zweifel, wer der Mann vor ihr war, und sofort ging ihr Atem schneller.

Er kann mich nicht sehen, auch wenn er sich umdreht. Die anderen Male hat mich auch keiner gesehen, oder? Also ganz ruhig, er kann mir nichts tun, weil er gar nicht weiß, dass ich da bin, dachte Mara.

Der Mann trug eine Art Kleid aus grober Wolle oder vielleicht Leinen. Es war dunkelrot gefärbt, aber viel unregelmäßiger, als Mara es von ihren Klamotten kannte. Das eher schmucklose Kleidungsstück reichte ihm bis über die Knie und war über der Hüfte gerafft mit einem Gürtel, an dem ein auffallend verzierter Dolch in einer Scheide befestigt war. Seine Beine waren mit einem ähnlich groben Stoff umwickelt, der von Lederbändern an den Waden gehalten wurde.

Mara konnte nicht umhin, sich kurz vorzustellen, wie fürchterlich das jucken musste! Ihr selbst waren ja schon gestrickte Mützen unerträglich. Vor allem, wenn ihre Mutter sie gestrickt hatte, denn dann kratzten sie nicht nur – sie sahen auch noch doof aus.

Der Mann sah das vielleicht genauso, denn eine Mütze trug er nicht. Dafür war sein langes blondes Haar zu einem kunstvollen Knoten geformt. Seltsamerweise trug er ihn aber nicht am Hinterkopf, sondern an der Seite, knapp über dem rechten Ohr. Käme Mara mit einem solchen Haarknoten über dem Ohr in die Schule, wären sogar noch in Australien die Leute auf die Straße gelaufen, um nachzusehen, woher das Gelächter kam.

Der Mann warf nun sein riesiges Fischernetz hinaus in den nebligen Fluss. Mara runzelte die Stirn. Sie wusste zwar nicht genau, wie man als Fischer ein Netz auszuwerfen hatte, aber das sah irgendwie anders aus. Der Mann wirkte nämlich überhaupt nicht wie jemand, der diese Bewegungen schon Hunderte von Malen gemacht hatte, sondern eher wie … Mara überlegte. Irgendwo hatte sie dieses komische Gehabe doch schon mal gesehen …

Und da fiel es ihr plötzlich ein: Im Fernsehen! Genau, der Mann erinnerte sie an die aufgedonnerten Grinsebacken aus den Dauerwerbesendungen. Er wirkte, als wolle er sich selbst und der Welt besonders eindrucksvoll die Vorzüge dieses großartigen Profi-Fischernetzes demonstrieren, um dann zu verkünden, dass man dazu noch *diese* Hochleistungs-Präzisions-Angel und *diesen* titaniumverstärkten

Power- Kescher mit Beschichtung aus der Raumfahrt umsonst bekommen würde – vorausgesetzt, man riefe *sofort* an!

Mit spielerischen, fast tänzelnden Bewegungen holte der Mann das Netz wieder ein. Dabei schien es ihn nicht im Geringsten anzustrengen, ein mehrere Meter langes Netz mitsamt einem wild wuselnden Haufen armlanger Fische auf den Steg zu wuchten. Und jedes Mal, wenn er nachgreifen musste, ließ er vorher den Arm durch die Luft sausen wie ein schlechter Straßenpantomime, bevor er zum imaginären Treppengeländer griff.

Dieser Mann tat ja gerade so, als wäre dieses simple Fischernetz die größte Sache seit Erfindung des Rades. Nein, er benahm sich, als hätte er das Fischernetz höchstpersönlich erfunden!

»Das hab ich auch, und zwar erst gestern«, sagte der Mann, drehte sich herum und sah Mara an. Mit seinen schwarz glänzenden Augäpfeln, leuchtend wie ein schwarzer Mond in einer weißen Nacht. Mit den Augen des Mannes, den Mara eben noch auf dem Bild gesehen hatte. Mit den Augen des Mannes, den die Götter auf den Felsen gebunden hatten.

»So erstaunt über die eigene Gabe, *Litilvölva*?«, fragte Loki. Dabei grinste er breit und seine dünnen Lippen umrahmten perlmuttweiß blitzende Zähne.

Und Mara schrie so laut, wie sie noch nie zuvor geschrien hatte. Sie wich unwillkürlich einen Schritt zurück und bemerkte im gleichen Moment den Fehler, als sie plötzlich keinen Boden mehr unter sich spürte. Gerade noch konnte sie sich an einer der dicken Bohlen des Stegs festhalten und hing nun hilflos im eiskalten Wasser des Flusses. Der riss mit erstaunlicher Kraft an ihren Beinen, als wolle er sie zu sich hinunterziehen!

»Hilfe!«, rief Mara: »Bitte helfen Sie mir!« Und tatsächlich sah es für einen Moment so aus, als würde Loki sich zu ihr hinunterbeugen.

Doch da erstarrte das spöttische Lächeln im Gesicht des Mannes. Er musste irgendetwas entdeckt haben, das ihm einen fürchterlichen Schrecken einjagte, denn sofort wandte er sich von Mara ab und verschwand vom Rand des Stegs.

Gleichzeitig spürte Mara, wie etwas Schweres über den Steg rumpelte und dabei die Holzbohlen immer stärker vibrieren ließ!

Sie konnte aus den Augenwinkeln sehen, wie Loki mit einem weiten Satz vom Ende des Stegs sprang … und doch nicht im Wasser aufschlug. Stattdessen tauchte ein rötlich glänzender Fisch in die Wellen, sprang noch einmal übermütig in die Luft, bevor er dann endgültig in den Fluten verschwand.

Für eine Sekunde vergaß Mara ihre missliche Lage, als sie begriff, dass sich dieser Mann gerade vor ihren Augen in einen Fisch verwandelt hatte.

Da donnerte der geheimnisvolle Verfolger auch schon an ihr vorbei und das Letzte, was Mara erkennen konnte, waren das Geweih und die Hufe eines Geißbocks und das Rad eines riesigen Streitwagens. Der wackelige Steg ächzte noch ein letztes Mal unter dem Gewicht des mächtigen Gespanns, doch dann gab er endgültig nach. Seile platzten, armdicke Bohlen wurden in die Luft geschleudert, überall krachte und dröhnte es, als der Steg sich in seine Einzelteile auflöste und Mara unbarmherzig mit sich riss.

»Nein!«, schrie sie und wusste nicht, ob sie es laut geschrien hatte oder nur in ihrem Kopf. Doch da umschloss sie der reißende Fluss auch schon mit seinen eisigen Armen …

Mara versank wie ein Stein und die Kälte schnürte ihr den Hals zu. Ein schwerer Balken verfehlte sie nur um Haaresbreite und schwebte für einen Moment neben ihr, als würden sie zusammen eine Art Unterwasserballett aufführen. Mara brauchte einen Moment, bis sie die Chance erkannt hatte, doch dann griff sie endlich zu und umklammerte das Holz mit beiden Armen.

Als sie nach ein paar weiteren endlosen Sekunden tatsächlich wieder die Wasseroberfläche durchbrach, war sie schon viele Meter von den Resten des Stegs entfernt. Immer weiter riss sie die Strömung fort und jede Hoffnung, wieder zum Steg zurückzugelangen, schwand ebenso schnell wie Maras Kräfte. Trotz der Kleider, die sie nach unten zogen, versuchte sie, den Kopf über Wasser zu halten, und klammerte sich mit dem Mut der Verzweiflung an dem glitschigen Balken fest.

Mit verschwommenem Blick nahm Mara noch wahr, dass der weit entfernte Wagen mit den Böcken mitten im Fluss mühelos der Strömung trotzte. Eine riesenhafte Gestalt hielt die Zügel mit einer Hand und schwang mit der anderen ein Fischernetz in weitem Bogen um sich. Lokis Fischernetz?

Doch da wurde die Gestalt auch schon vom Nebel verschluckt und Mara sah gar nichts mehr außer Wasser und milchigem Weiß …

Das dumpfe Brausen des Wasserfalls nahm Mara einfach nur noch hin. Sie hatte nicht mehr die Kraft zu schreien. Und es wäre auch völlig sinnlos gewesen, sich gegen die Strömung zu wehren. Als sie schließlich zusammen mit den Wassermassen in die Tiefe stürzte, spürte Mara nur noch, dass sie nicht mehr Wasser treten musste …

Mara erinnerte sich nicht an den Aufschlag. Eben war sie noch gefallen und nun umschloss sie eine eiskalte Dunkelheit. Die Wucht des stürzenden Flusses schlug unaufhörlich auf sie ein, ließ sie sich immer und immer wieder überschlagen. Nirgendwo war oben, irgendwo war unten und überall war nichts als eiskaltes Wasser.

Aufwachen!, war das Vorletzte, an das Mara dachte. Das Letzte waren ihre Eltern.

Kapitel 7

Plötzlich spürte Mara, wie sich etwas Großes gegen ihren Rücken drückte und sie mit einer unglaublichen Wucht durch das Wasser schob. Durch den Druck des Wassers wurde Mara hart gegen die seltsame Oberfläche gepresst. Als sie sich dazu zwang, ihre Augen zu öffnen, sah sie über sich ein schwaches Licht: Sie raste der Wasseroberfläche entgegen.

Augenblicklich spürte sie auch ihre Lungen wieder und das wilde Verlangen zu atmen. Im nächsten Moment durchbrach Mara endlich die Wellen und schnappte mit einem lauten Keuchen nach Luft.

Mara verschwendete keinen Gedanken an das, was sie da aus dem Wasser gehoben hatte. Sie konnte nur an eins denken: Luft, Luft, endlich Luft!

Und dann begann sie zu weinen. Hustend, zitternd und schluchzend rollte sie auf dem seltsam glitschigen Untergrund hin und her und wurde dabei vom eiskalten Wasser des Meeres umspült. Sie verlor mehrmals das Bewusstsein und dämmerte dahin, bis ein weiterer, noch kälterer Guss sie abermals aufschrecken ließ und sie doch sofort wieder die Augen schloss …

Mara wusste nicht, wie lange sie so dagelegen hatte. Ein paar Minuten? Stunden? Doch irgendwann öffnete sie die Augen und bemerkte, dass die Sonne durch die Wolken gebrochen war und heiß auf sie herunterbrannte. Es fühlte sich so wunderbar an, dass sie gleich wieder zu weinen begann, aber diesmal aus einem so tiefen Glücksgefühl, wie sie es noch nie zuvor empfunden hatte. Schließlich schaffte sie es, sich aufzusetzen, und blickte sich um.

Sofort stieg in Mara eine so glühend heiße Panik hoch, dass ihr fast schwindelig wurde. Ihre Muskeln gaben nach, sie fiel schwer atmend auf die Hände und starrte zu Boden. Oder zumindest auf das, was momentan ihren Boden darstellte.

Mara hockte auf einem Lebewesen! Es musste ein Lebewesen sein, denn etwas kontrollierte spürbar die Bewegungen unter ihr. Das eigentlich Schreckliche aber war nicht die Gewissheit, auf dem Rücken eines gigantischen Lebewesens zu reiten. Das eigentlich Schreckliche war: Dieses Lebewesen hatte ganz offensichtlich kein Ende!

Um Mara herum erstreckte sich weit und breit nichts als der glitschige, schwarze und schuppige Körper eines Monstrums von gigantischen Ausmaßen. Eine Schuppenplatte alleine hatte in etwa die Größe einer Straßenkreuzung, und so weit sie blicken konnte, sah Mara nichts anderes als eine Schuppe neben der nächsten.

Sie versuchte, sich einen irgendwie drachenartigen Kopf vorzustellen, der so groß war, dass er ihre Heimatstadt mit einem Biss verschlucken konnte, und scheiterte.

Hoppla. Dass sie sich etwas nicht vorstellen konnte, war bisher erst ein einziges Mal vorgekommen, und zwar als ihr Mathelehrer davon gesprochen hatte, dass man unendlich weiterzählen konnte und nie an ein Ende gelangen würde. Der Gedanke, dass etwas kein Ende hatte, war für Mara sehr verwirrend gewesen. Sie hasste es, Dinge nicht zu Ende denken und als erledigt irgendwo in ihrem Hirn ablegen zu können. Aber Mara verdrängte das Bild ihres gähnend leeren Karteikastens mit der Aufschrift *Zu Ende gedachte Gedanken*. Denn plötzlich spürte sie, wie eiskaltes Wasser ihre Füße umspülte! Monsterland ging wieder unter!

Sie reagierte sofort und stolperte eher los, als dass sie rannte. Bloß weg vom Wasser, bergauf!

Doch leider tauchte das Monster schneller, als Mara rennen konnte. Sie war ohnehin nicht die Beste im Laufen und außerdem so sehr geschwächt, dass ihre Knie mehrmals nachgaben und sie ständig stolperte. Doch immer wieder rappelte Mara sich auf und rannte keuchend weiter – weg von den schmatzenden Wellen, immer weiter über den gigantischen Körper des Monsters.

Wäre Mara so schnell gerast wie ihr Verstand, sie wäre vermutlich sogar über das Wasser gelaufen. Ihr Kopf war übervoll mit Bildern, die alle wild durcheinanderwuselten. So als würde sie in einem Whirlpool voller Fotos schwimmen und irgendwer hätte die Blubberfunktion auf tausend gestellt.

Und über all dem schwebte das Wort, das sie jetzt seit Tagen begleitete und ihr ganzes Leben verändert hatte.

Spákona.

Sie war eine Seherin. Die letzte Seherin vielleicht und angeblich *die letzte Hoffnung für die ganze Welt*! Wie das schon klang …

Das hörte sich schon sehr nach diesen typischen Sonntagnachmittags-Filmen an, in denen irgendwelche Kinderstars namens Kevin perfekt gestylt gegen irgendeinen austauschbaren Alt-Filmstar kämpften, der laufend HarrHarrHarr machte und dabei seinen gesamten Plan ausplauderte. Und immer explodierte am Ende eine alte Fabrik, ein Schloss oder ein Berg – je nachdem, wo der Bösewicht diesmal sein Hauptquartier aufgeschlagen hatte – HarrHarrHa… Bumm! Und die Welt war gerettet.

Und da passierte es. Mara musste lachen: Sie hatte nämlich gerade festgestellt, wie viel sie mit diesen Weltenrettern gemeinsam hatte, und die Antwort ging weit, weit über die Null hinaus bis ganz tief ins Minus! Aus Maras Hals, der sich inzwischen anfühlte wie eine Regenrinne voller Nagelfeilen, purzelte stoßweise und schmerzhaft ein höchst albernes Kichern hervor.

Doch dann fiel sie ein weiteres Mal der Länge nach hin und hatte einfach nicht mehr die Kraft aufzustehen. Zitternd und kichernd wartete sie nun darauf, dass das Meer sie, Mara Lorbeer, Heldin, Weltretterin und *Spákona*, verschluckte und ihr Verstand tat das einzig Richtige: Er knipste Maras Hirn aus und riss das Mädchen in eine tiefe Ohnmacht.

Mara öffnete die Augen und sah Wolken, die über einen tiefblauen Himmel zogen. Sie versuchte, sich zu bewegen, aber etwas hielt sie fest umklammert.

Sie blickte noch mal auf die Wolken und den blauen Himmel und spürte, dass irgendetwas nicht zusammenpasste. Verwirrt schloss sie die Augen wieder und hielt sie einen Moment geschlossen.

Ich liege nicht auf dem Rücken, dachte Mara. Das spüre ich ganz genau. Es fühlt sich eher so an, als würde ich irgendwie … hängen.

Langsam öffnete sie nun die Augen und endlich passte das, was sie sah, auch zu dem, was sie fühlte: Etwas trug sie über den Wolken durch die Luft und das Blaue da unten war kein Himmel, sondern Wasser.

Sie versuchte, den Kopf zu drehen, um zu sehen, was sie so eisern festhielt, schaffte es und war sofort so unglaublich baff, wie man baffer gar nicht sein konnte.

Sie steckte in den Krallen eines riesigen Vogels, der sie behutsam durch die Luft trug. Mara glaubte, den kräftigen, gelben Schnabel eines Adlers irgendwo über sich zu erkennen und auch die Krallen sahen irgendwie adlerartig aus. Die riesigen Schwingen waren reglos ausgebreitet wie die Flügel eines Segelflugzeugs und trotz des tosenden Windes fühlte es sich irgendwie still und friedlich an.

Also entschied sich Mara vorerst gegen eine weitere Ohnmacht und blickte stattdessen noch einmal nach unten. Im Wasser schwamm nämlich etwas, von dem sie wusste, dass sie gerade noch darauf herumgelegen hatte. Ja, Mara sah auf das Monstrum hinab, das sie erst vor dem Ertrinken gerettet, aber danach durch seinen Tauchgang fast wieder ertränkt hatte. Und sie sah es in seiner gesamten imposanten Größe.

Sogar die Form des Kopfes konnte Mara schemenhaft erkennen, obwohl er sich wie der Rest des gewaltigen Leibes bereits unterhalb der Wasseroberfläche befand. Das Monstrum hatte Beine. Viele Beine. Und ein großes Maul. Ein sehr, sehr großes …

Diese letzte Erkenntnis war für Mara Grund genug, sich dann doch für eine weitere Ohnmacht zu entscheiden, und sie war sich selbst dafür sehr dankbar.

Mara erwachte, doch sie hielt die Augen geschlossen und hatte nur einen Gedanken: Wenn ich die Augen aufmache, möchte ich im Büro vom Professor auf dem Boden liegen. Wenn ich die Augen aufmache, möchte ich im Büro vom Professor auf dem Boden liegen. Wenn ich ...

Da kam ihr eine Szene aus dem Vorspann der *Simpsons* in den Sinn, in der Bart Simpson zur Strafe jedes Mal etwas anderes zigfach an die Tafel schreiben musste, und sie fühlte sich sowohl albern als auch irgendwie besser. Immerhin konnte sie schon wieder an die Simpsons denken und diese Erkenntnis gab ihr Halt.

Mara öffnete die Augen.

Vor ihr ragte der Bug eines Schiffes in die Höhe und auf dem Schiff stand regungslos ein Mann mit wildem Bart. Über seinem Kopf schwang er den abgetrennten Kopf eines Ochsen an einem Seil. Hinter ihm stand ein weiterer Mann, der ein Messer gezückt hatte und ebenso regungslos verharrte.

Mara schrie auf.

»Beruhige dich, Mara Lorbeer«, sagte die vertraute Stimme von Professor Weissinger. »Es ist alles okay, hörst du? Mara? Bleib erst einmal ruhig liegen.«

Doch ganz im Gegensatz zu Professor Weissingers Wunsch setzte sich Mara mit einem Ruck auf und starrte auf das Boot mit den zwei Männern. Es war nur eine getöpferte Miniatur aus bemaltem Ton.

Mara war direkt neben dem Ding auf den Boden gefallen, und als sie die Augen geöffnet hatte, war ihr der wenige Zentimeter von ihren Augen entfernte Bug des Schiffes gigantisch vorgekommen. In Wirklichkeit war das gesamte Kunstwerk nicht größer als ein Schnellkochtopf.

Mara spürte, dass sie weder nass noch ihre Kleidung zerschlissen war. Auch ihre Schuhe trug sie noch an den Füßen.

Sie sah sich um und blickte in die sorgenvollen Augen des Professors. »Was ist bloß los mit dir? Das ist jetzt das zweite Mal, dass du in meinem Beisein umgekippt bist. Du musst zu einem Arzt.«

»Nein!«, rief Mara und sprang auf, um im selben Moment die Augen zu verdrehen und wieder auf die Knie zu sacken.

Sofort war Professor Weissinger zur Stelle und hielt sie an den Schultern fest. »Was heißt hier ›Nein‹? Dir geht es nicht gut und du machst mir Angst. Du warst ein paar Sekunden bewusstlos! Was meinst du denn, was deine Mutter mir erzählt, wenn …«

Nur ein paar Sekunden, dachte Mara. Ich war nur ein paar Sekunden weg!? Ihre Gedanken wollten losrasen, doch dafür hatte sie jetzt keine Zeit.

»Bitte, Herr Professor, rufen Sie keinen Arzt!«, flehte sie. »Und meine Mutter darf gar nichts davon mitbekommen, dass ich hier bin! Bitte!«

Professor Weissinger blickte Mara lange mit seinen hellen Augen an. Schließlich brummte er: »Was soll ich denn tun, wenn du mich so anschaust. Also gut.« Mara atmete erleichtert auf. »Aber wenn du mir noch ein drittes Mal umkippst, rufe ich sofort einen Arzt! Ein Mädchen in deinem Alter klappt normalerweise nicht dauernd zusammen. Das macht man erst, wenn man so alt ist wie ich.« Er überlegte kurz. »Oder viel älter.«

Er half Mara, sich hinzusetzen, und reichte ihr einen Pappbecher mit zimmerwarmem Wasser, das entweder niemals gesprudelt hatte oder es in den letzten Tagen einfach aufgegeben hatte, weil eh keiner zusah.

»Hier, trink das. Und dann erwarte ich, dass du mir endlich erzählst, was hier eigentlich los ist!«, sagte Professor Weissinger, und es klang nicht unfreundlich, aber sehr bestimmt.

Mara stellte den Pappbecher auf die einzige freie Ecke des Schreibtischs, nahm all ihren Mut zusammen und sagte schließlich: »Ich weiß, wer der Mann auf dem Bild ist.«

»Das ist zwar noch kein Grund, einfach umzukippen, aber trotz allem sehr interessant«, sagte der Professor. »Woher kennst du denn das Bild?«

»Gar nicht«, antwortete Mara. »Das Bild habe ich noch nie gesehen, aber ich weiß, dass der Mann darauf Loki ist. Ich habe ihn erkannt.«

Der Professor hob die Augenbrauen und Mara war sich völlig sicher, dass er ihr kein Wort glauben würde. Doch er sagte nur: »Tatsächlich?

Respekt. Das schafft so mancher Wissenschaftler nicht auf den ersten Blick. Woran hast du ihn denn erkannt?«

»An seinen Augen. Das ist nämlich das Einzige, was der Maler an dem Bild richtig gemacht hat. Alles andere ist falsch.«

»Ach was. Na, das ist ja interessant.« Ein leichtes Lächeln umspielte die Lippen des Professors.

Doch Mara fuhr stur fort: »Loki hat keine Mütze auf, sondern ganz lange blonde Haare, die er auf der Seite zusammengeknotet hat. Über dem rechten Ohr. Und er trägt auch keine bunten Klamotten mit roten Streifen wie auf dem Bild, sondern ein dunkelrotes Kleid oder so was Ähnliches. Auf jeden Fall geht es ihm bis zu den Knien, und er hat einen Gürtel, an dem ein Dolch hängt. Er sieht aus wie ein Wikinger, obwohl er keinen Helm aufhat.«

Mara bemerkte mit einer gewissen Genugtuung, dass das Lächeln auf Professor Weissingers Gesicht verschwand und dafür das Sofakissen zurückgekehrt war. »Außerdem stand er auf einem Steg an einem Fluss und er hatte ein Fischernetz dabei. Das soll wohl dieses Gitter da auf dem Bild bedeuten, auf dem er steht. Obwohl das Netz auch anders ausgesehen hat: Die Maschen waren viel enger und es war auch insgesamt viel größer und schwerer. Aber er hat damit rumgemacht, als würde er es irgendwem verkaufen wollen, und er ist komisch hin und her getanzt. Er war wohl ziemlich stolz drauf. Er hat es nämlich selbst *erfunden*. Das hat er mir gesagt, bevor er vor dem Wagen abgehauen ist, der anscheinend von Ziegenböcken gezogen wurde. Oder so was Ähnlichem. Loki ist auf jeden Fall als Fisch geflüchtet und der Steg ist zusammengeklappt. Danach wäre ich zweimal fast ertrunken, aber nur fast.«

»Nur fast. Ah«, tönte es aus dem Professor. Und dann noch: »Äh … dann ist ja gut.«

Stille trat ein.

Mara realisierte, dass sie, abgesehen von der flammenden Rede vor dem Zweig, selten so lange am Stück geredet hatte. Wenn sie vor ihrer Klasse ein Referat halten musste, bekam sie oft nicht einmal einen zusammenhängenden Satz heraus. Und jetzt hatte sie so schnell gesprochen, dass ihr Mund kaum den Worten hinterhergekommen war.

Sie schaute den Professor an.

Sein Gesichtsausdruck hatte sich inzwischen geändert. Das Sofakissen war verschwunden. An dessen Stelle war der skeptische Blick eines Wissenschaftlers getreten, der gerade etwas aus dem Boden ausgegraben hat und nun überprüft, ob es sich um einen Römerhelm oder eine Coladose handelt. Mit einem Gefühl wachsender Unruhe stellte Mara fest, dass die Tendenz in Richtung Coladose ging.

»Nun gut, dann fangen wir doch mal an«, sagte der Professor etwas zu plötzlich, griff nach einem Buch, blätterte darin, fand, was er gesucht hatte, drehte sich wieder zu Mara herum und sprach in bestem Wissenschaftler-Tonfall: »Ein Haarknoten, sagst du? Bitte beschreib ihn genauer!«

»Na ja, wie ein Haarknoten eben aussieht. Nur halt über dem Ohr.« Sie überlegte. »Es sah aus, als hätte er seine Haare so zusammengedreht und dann einen Knoten reingemacht, also, einen richtigen Knoten. Zumindest war da kein Haargummi oder eine Spange. Das Ganze hielt irgendwie von alleine direkt über dem Ohr.«

Der Professor blickte in sein Buch und flüsterte etwas. Mara war sich nicht sicher, ob sie es richtig verstanden hatte.

»*Schwedenknoten*?«, fragte sie.

Der Professor blickte auf. »Wie? Nein, nicht *Schweden*, sondern *Sueben*. Su-e-ben-knoten. Der sieht so aus.«

Nun hielt ihr der Professor die Fotografie eines Totenschädels mit rostroten Haaren entgegen, die tatsächlich exakt so geknotet waren wie die von Loki.

»Ja, genau so hat es ausgesehen, aber was ist denn ein *Sueben*?«, wollte Mara wissen.

»In dem Fall ein *Suebe*, ohne ›n‹. Nun, der hier auf dem Bild ist zum Beispiel einer«, antwortete der Professor. »Oder das, was von ihm übriggeblieben ist, nachdem ihm Mitte des ersten Jahrhunderts nach Christus der Schädel eingeschlagen wurde, man ihn danach auch noch geköpft und anschließend im Moor versenkt hat. Die Säuren im Moor haben ihn aber konserviert wie eine ägyptische Mumie und darum trägt der Schädel noch seine Haare. Und ein Suebenknoten ist, wie der Name schon sagt, der Haarknoten, den man nach der germanischen Stammesgruppe der *Sueben* oder *Sweben* benannt hat. Von ihnen leitet sich auch der Name des Volkstammes der *Schwaben* ab.«

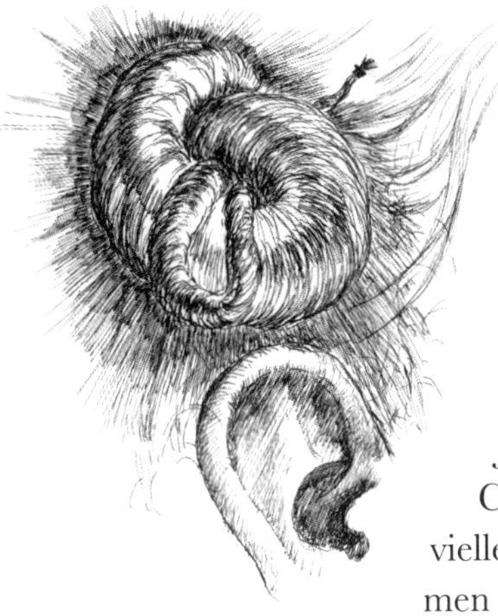

Mara begann, auf einem kleinen Zettel herumzumalen, und hoffte, dass Professor Weissinger so vielleicht bemerken würde, dass sie im Moment nur begrenzt an schwäbischen Volksstämmen interessiert war. Doch der sprach einfach weiter: »Die Sueben werden zum ersten Mal vor mehr als 2000 Jahren vom römischen Kaiser Julius Cäsar schriftlich erwähnt. Den kennst du vielleicht aus den Asterix-Comics. Wir nehmen heute an, dass auch andere Stämme solch einen Knoten getragen haben, aber ein römischer Historiker mit Namen Tacitus hat diese Art der Haartracht vor allem im Zusammenhang mit den Sueben im Jahr 98 nach Christus beschrieben.«

Okay, dachte Mara. Das hört sich doch alles schon mal ziemlich alt und lange her an. Passt doch irgendwie ganz gut zu einem germanischen Gott, oder?

Doch da fuhr der Professor seufzend fort: »Es tut mir also leid, dir sagen zu müssen, was das für deinen Traum bedeutet, Mara Lorbeer. Wenn du wirklich einen Mann mit einem *Suebenknoten* gesehen hast, dann war das ganz sicher nicht der alte Loki.«

Mara hatte plötzlich das Gefühl, als würden die Bücherstapel über ihr zusammenstürzen. Ihr Herz schlug pochend hinauf bis in den Hals.

»Das kann nicht sein!«, platzte es aus ihr heraus. Es klang gepresst, weil die Worte durch den gleichen Hals nach draußen mussten, der von ihrem wild klopfenden Herzen verstopft war. »Der Mann war Loki, und wenn der komische Dutt so heißt, wie Sie sagen, dann hatte Loki den am Kopf! Weil es Loki war! Auf einem ollen Steg auf einem blöden Fluss! Mit einem doofen Fischernetz! Und mit mir daneben!«

Mara war verzweifelt. Und wütend. Auf den Professor. Ging es ihm etwa darum, ihr zu beweisen, dass sie nicht recht hatte? Was war denn das für ein Wissenschaftler, wenn er alles erst mal kaputtreden musste? Doch Mara war nicht die Einzige, die die Geduld verlor.

»An dieser Stelle scheint uns die Diskussion wohl ein wenig zu entgleiten, und du vergreifst dich auch im Ton, wenn ich das mal sagen darf!«, fuhr der Professor sie an. »Ich kann nichts dafür, wenn du Dinge träumst, die nicht dem Stand der Wissenschaft entsprechen. Noch einmal: Der Mann kann niemals Loki gewesen sein, denn mit dem Suebenknoten bist du mal eben ein paar hundert Jahre zu früh. Es gibt überhaupt keinen Nachweis aus dieser Zeit, dass damals schon irgendwer an Loki geglaubt haben könnte. Hier!«

Der Professor knallte ein sehr stark gebrauchtes Buch so auf den Schreibtisch, dass Mara von dem Knall zusammenzuckte. Zielsicher schlug er eine Doppelseite auf. Darauf war eine Steintafel abgebildet, auf der die grobe Zeichnung eines Gesichts zu erkennen war.

»Hier! Das ist Loki! Auf einem Stein aus Dänemark, 1000 Jahre *nach* Christi Geburt! Kein Suebenknoten! Und warum auch, denn Tacitus beschreibt den Suebenknoten ganze *900* Jahre zuvor! Und da bezieht er sich auch noch auf viel ältere Berichte! 900 Jahre später lief keiner mehr mit einem Suebenknoten herum. Nicht einmal dann, wenn er einen Hang zu längst vergangenen Modeerscheinungen hatte! Loki wird nirgends mit einem Suebenknoten abgebildet – ganz egal, wie trotzig du jetzt sagst, dass du das aber genau so gesehen hast!«

»Ich hab's aber so gesehen«, sagte Mara trotzig.

Professor Weissinger wurde laut: »Das darf doch nicht wahr sein! Du bist ja starrköpfiger als alle meine Studenten zusammen! Weißt du was? Es spielt sowieso überhaupt keine Rolle, welche Frisur du dem alten Loki an die Rübe dichtest, denn wir wollen hier mal eines festhalten: Du *kannst* Loki nicht gesehen haben, und sag jetzt nicht *habichaba* – denn das hast du nicht! Loki ist eine mythische Figur aus den germanischen Göttersagen! Entstanden irgendwo zwischen dem 9. und 12. Jahrhundert nach Christus. Und darum fischt dieser Halbgott ganz sicher nicht neunhundert Jahre zuvor verkleidet als suebischer Fischer irgendwo im Trüben rum!«

Der Professor kam jetzt richtig in Fahrt. Er sprang auf und nutzte die eineinhalb Meter zwischen seinem Stuhl und dem nächsten Bücherstapel, um aufgeregt hin und her zu laufen und zu sich selbst zu murmeln: »Kommt hier rein, erzählt mir, sie hat Loki gesehen, und wirft mal eben einfach so die Jahrhunderte durcheinander. Ja, wo kommen wir denn da hin, wenn sich jeder seinen Loki so zusammenbaut, wie er gerade möchte! Das hier ist ernsthafte Wissenschaft und kein Götter-Lego!«

»Aber«, sagte Mara und sprach gar nicht erst weiter, denn der Professor würde ihr sowieso gleich wieder ins Wort fallen. Wie recht sie doch hatte.

»Und wenn du aberst bis du schwarz wirst, macht es das alles nicht richtiger, zum Teufel noch mal!« Er tigerte in seinem kleinen Büro hin und her, wie man hier nur tigern konnte, wenn man wusste, wohin man den Fuß setzen durfte. Das Ganze wirkte dann zwar weniger tigerhaft als vielmehr storchengleich, aber das war dem Professor gerade ziemlich egal. »Ich habe keine Ahnung, was du gesehen hast und zugegeben: Ich weiß auch nicht, wo du das alles aufgeschnappt hast, dafür gibt es viele Erklärungen. Für Loki mit einem Suebenknoten gibt es aber nun mal weniger als null! Du hast dir da irgendwas in deinem Kopf zusammengebaut und durcheinandergebracht! Woher du all diese Mythen kennst, weiß ich nicht, aber dazu gibt es ja Bücher, Fernsehen und Internet!«

Professor Weissingers Gesicht war noch ein wenig röter geworden und er atmete auch etwas tiefer nach diesem Vortrag. Anscheinend wurde ihm erst jetzt wieder bewusst, dass er nicht vor seinen Studenten stand, sondern vor einem fünfzehnjährigen Mädchen.

Und diesem Mädchen stiegen gerade Tränen in die Augen. Sie konnte doch auch nichts dafür und hatte zu keiner Sekunde darum gebeten, Visionen über germanische Götter zu haben. Mara hatte sich ganz andere Dinge gewünscht: dass sie sich unsichtbar machen könnte, wenn Larissa sie mal wieder auf dem Kieker hatte. Oder dass sich an ihrer Zimmertür ein dicker Pfannkuchen befände, durch den sich ihre Mutter erst einmal fressen musste, bevor sie hereinplatzte. Oder dass ihr Vater mal wieder anrufen würde. Was auch immer, auf jeden Fall wollte sie ganz sicher nie eine Seherin sein! Wenn überhaupt, dann das Gegenteil, denn Mara sah auch so schon viel zu viel, verdammt noch mal!

Warme Tränen liefen über ihre Wangen, als sie ganz leise sagte: »Ich schwöre, dass ich nicht lüge.«

Und plötzlich war es sehr still in dem kleinen Büro und man hörte nichts als das leise Schniefen eines fünfzehnjährigen Mädchens.

Der Professor schaute zu, wie sie das Glas mit dem staubigen Wasser abstellte und sich dann wortlos umdrehte, um den Raum zu verlassen.

Umständlich stand er auf und sprach mit sanfter Stimme: »Ähm … es tut mir leid, ich wollte nicht … ich wollte dich nicht enttäuschen, aber was soll ich tun? Es passt einfach nichts zusammen. Vielleicht hast du all das tatsächlich irgendwo aufgeschnappt und durcheinandergebracht. In einem Buch vielleicht mit alten Göttersagen oder in einer Zeitschrift. Oder vielleicht hast du was im Fernsehen gesehen und bist eingeschlafen … oder …« Professor Weissinger legte die Hand auf Maras Schulter und fragte leise: »Willst du wirklich schon gehen?«

Mara nickte. Der Professor seufzte. Dann holte er seinen Schlüsselbund vom Tisch, musterte Mara dabei mit wachen Augen und sprach in sehr ruhigem Ton: »Liebe Mara Lorbeer. Ich gebe hiermit gerne zu, dass ich keine Erklärung dafür habe, wie du auf diese ganzen Dinge kommst. Und ich gebe auch zu, dass du mich ganz schön überrumpelt hast. Aber ich bin Wissenschaftler. Und ich glaube nun mal, dass es viele Erklärungen gibt, wie du darauf gekommen sein könntest. Es mag ja sein, dass du wirklich denkst, das alles gesehen oder von mir aus erlebt zu haben, aber das ist nun mal völlig unmöglich. Bitte fang jetzt nicht wieder an zu weinen, ich meine es wirklich gar nicht böse.«

Was dachte sich dieser Professor eigentlich? Mara hatte gar nicht vorgehabt zu weinen! Doch sie sagte nichts, sondern hörte weiter zu, als er fortfuhr: »Schau mal, wenn man so will, ist deine Geschichte sogar noch unwahrscheinlicher als eine Zeitreise in die Vergangenheit, und selbst das ist nach dem momentanen Stand der Wissenschaft nicht möglich. Aber nehmen wir mal an, du wärst wirklich in der Zeit zurückgereist, dann ergibt es trotzdem keinen Sinn – denn du erzählst ja nichts, was irgendwann einmal wirklich passiert ist! Du behauptest, du siehst Gestalten und Situationen aus den alten Sagen rund um die germanische Götterwelt. Das ist, als würdest du mir erzählen, dass du gesehen hast, wie Aschenputtel den goldenen Schuh verlor. Und dann beschreibst du mir Aschenputtel aber nicht als Prinzessin oder Bauernmagd, sondern wie einen Steinzeitmenschen, verstehst du? So wie du Loki auf eine Art und Weise beschreibst, die absolut nicht zu der Zeit passt, in der er gelebt hat. Ach, was red ich denn da, er hat nie gelebt!

Du machst mich ganz wirr im Kopf!« Professor Weissinger holte tief Luft und ließ sie dann besonders langsam entweichen. Erst dann setzte er in ruhigerem Ton nach: »Du musst doch verstehen, dass das für mich als Wissenschaftler wirklich schwierig ist.«

»Ich verstehe, was Sie meinen«, entgegnete Mara leise.

Sie war enttäuscht. Dieser Besuch hatte sie keinen Schritt weitergebracht. Nur eines wusste sie jetzt: Sie war völlig auf sich allein gestellt.

»Also dann. Vielen Dank für Ihre Hilf… dass Sie mir zugehört haben, Herr Professor«, sagte Mara kurz entschlossen, öffnete die Tür und trat nach draußen auf den Gang. Als Professor Weissinger ihr folgen wollte, winkte sie höflich ab. »Danke, aber ich weiß schon, wo es rausgeht. Hier entlang, dann die Treppe runter, durch den Gang mit den hohen Fenstern zurück in das andere Gebäude und dann über das Treppenhaus in die Halle mit der Kuppel, wo wir reingekommen sind.«

Professor Weissinger stutzte und setzte wieder sein schalkhaftes Lächeln auf: »Respekt für dein Gedächtnis, junge Dame. Dafür hab ich ein halbes Jahr gebraucht.«

»Ja, danke. Auf Wiedersehen«, sagte Mara, drehte sich um und ging mit festem Schritt zum Treppenhaus. Dort widerstand sie dem Impuls, sich noch einmal umzudrehen, denn sie spürte die Augen von Professor Weissinger wie den Infrarotblick von Superman in ihrem Rücken. Wenigstens jetzt wollte sie den Eindruck einer starken Persönlichkeit machen. Bisschen spät, hätte vielleicht weniger heulen sollen, dachte sie und seufzte innerlich.

Schnell war sie auch schon einen Treppenabsatz weiter unten und der Professor konnte sie jetzt ganz sicher nicht mehr sehen.

Trotzdem blieb Mara nicht stehen. Sie lief einfach weiter die Treppe nach unten und fand wie von selbst den Weg durch die Gänge über den Hof und durch das Hauptgebäude hinaus auf den Geschwister-Scholl-Platz.

Kapitel 8

Wie ferngesteuert tappte Mara die Treppen hinunter zur U-Bahn und setzte sich am Bahnsteig auf eine der Bänke. Ein großes Plakat machte Werbung für mehrere Geschäfte in unmittelbarer Nähe der U-Bahn-Station. Mara stierte darauf und ein kleiner Teil ihres Gehirns beschäftigte sich mit der Aufschrift *www.von-denen-man-spricht.de*. Sie konnte nicht verhindern, darüber nachzudenken, dass diese Werbetafel ja wohl eher deswegen hier angebracht war, weil man-eben-nicht-von-denen-sprach, legte diese Erkenntnis aber sofort in einem Bereich ihres Gedächtnisses ab, der zum Löschen freigegeben war.

Nun war ihr Gehirn wieder zu hundert Prozent mit Grübeln beschäftigt. Na hurra.

Was jetzt? Sollte sie weiter im Internet wühlen? Das Angebot war so verwirrend riesig gewesen, dass sie kaum wusste, wo sie noch überall hätte hinklicken können. Und woher sollte sie wissen, ob der Verfasser einer Seite, auf der sie dann zufällig gelandet war, auch wirklich Ahnung von der Sache hatte? Am Ende war er vielleicht bloß einer von den Leuten, die der Wicca-Gruppe irgendwelchen Schrott andrehten. Oder vielleicht hatte er einfach nur Freude daran, seinen Namen über irgendeinem Text in Großbuchstaben zu sehen.

Wie wäre es denn stattdessen mit Büchern? Gute Idee. Wobei … vor einer Sache hatte sie besonders Angst: Was, wenn sich ihre Erlebnisse noch in vielen anderen Punkten vom Stand der Wissenschaft unterschieden? Was würde das bringen, außer dass sie noch unsicherer wurde?

Oder sollte sie vielleicht doch mit ihrer Mutter drüber reden? Nein, bloß nicht. Das würde unabsehbare Konsequenzen haben.

Kurz erschien ihr die Idee, einfach noch mal ans Isarhochufer zu fahren und dort mit den Zweigen des Baumes zu reden, ziemlich clever. Doch sie verwarf den Gedanken schnell wieder. Der Zweig hatte kein bisschen mehr gewusst, als man ihm aufgetragen hatte. Also wussten andere Zweige eher noch weniger. Wenn sie überhaupt mit ihr sprachen.

Oh Mann!, dachte Mara. Jetzt wär ich doch fast freiwillig da hingefahren und hätte mich unter einen Baum gestellt! Wenn ihre Mutter das wüsste. Und ihr Vater erst. Der würde nicht nur nie mehr anrufen, sondern wahrscheinlich auch gleich noch seine Handynummer wechseln.

Kaum hatten sich die Türen der U-Bahn hinter ihr geschlossen, drang eine Stimme wie aus weiter Ferne an ihr Ohr: »Fahrkartenkontrolle, bitte die Fahrausweise vorzeigen.« Und in diesem Moment wurde Mara klar, dass sie vergessen hatte, eine neue Fahrkarte zu kaufen. Mist!

Da stand der Kontrolleur auch schon vor ihr. In seiner grauen Windjacke und mit dem Täschchen über der Schulter. Das Gesicht bestand zum überwiegenden Teil aus Schnurrbart. Darüber blickten zwei müde Augen durch den Waggon.

Neben Mara saß eine ältere Dame und ihr gegenüber lümmelte ein etwa 16-jähriger Typ. Die Frau war in typisch grau-beige-braune Oma-Sachen gekleidet und ihr eben noch so sparsamer Blick wandte sich gerade nach innen vor den großen Gehirnschrank mit der Aufschrift *Gedächtnis A–K*. Ganz offensichtlich überlegte sie, wo sie ihre Fahrkarte hingesteckt hatte. Der Typ gegenüber war das wandelnde Gegenteil: Er trug eine abgewetzte Lederjacke mit vielen Aufnähern, ein auffallend dickes Piercing im linken Nasenflügel, eine schrill-bunte Punkfrisur und dazu tiefere Augenringe als Bernd das Brot. Ganz anders als die Frau, die bereits hektisch in ihrer Handtasche wühlte, blieb der Typ völlig ruhig und streckte dem Kontrolleur einfach seine Monatskarte entgegen. Dieser quittierte die Gültigkeit mit einem Nicken. Mit seinem müden Blick wandte er sich dann der älteren Dame zu. Die hatte inzwischen begonnen, ihre Tasche neben Mara auf dem Sitz auszuräumen und dabei nervös zu brabbeln.

Und Mara hatte eine Idee: »Moment, ich mache Ihnen Platz«, sagte sie und stand von der Bank auf. Dabei stupste sie mit der rechten Hand so aus Versehen, wie sie nur absichtlich konnte, das weinrote Brillenetui an, das die Frau als Letztes aus der Handtasche geräumt hatte. Es rutschte vom Sitz und kullerte zwischen den Füßen des Kontrolleurs hindurch auf die andere Seite des Wagens.

»Oh, entschuldigen Sie bitte!«, flötete Mara so kleinmädchenhaft wie möglich und quetschte sich an dem Kontrolleur vorbei, scheinbar um das Etui wiederzuholen. Der ließ sie durch, achtete aber nicht weiter auf sie. Er war vorrangig daran interessiert, ob die Dame nun doch noch eine Fahrkarte finden würde oder nicht. Im Moment nuschelte die etwas von »*noch nie* schwarz gefahren« und »*noch nie* passiert«. Und während sie weiter vor sich hin noch-niete, blätterte sie in den Fächern eines sehr großen, schwarzen Geldbeutels durch diverse Banknoten, Quittungen, Park- und Abholscheine des letzten Jahrzehnts. Wie es schien, führte diese Frau sämtliche Belege aller quittierbaren Unternehmungen ihres gesamten Lebens in der monströsen Geldbörse mit sich. Komischerweise war jedoch kein einziger abgestempelter Fahrschein dabei.

Ob das auch dem Kontrolleur auffiel, konnte Mara allerdings nicht mehr miterleben. Sie stand nämlich bereits auf dem Bahnsteig der Station Sendlinger Tor und sah die U-Bahn im Tunnel verschwinden.

Erst jetzt stellte Mara fest, dass sie seit dem Schubsen des Brillenetuis keinen einzigen Atemzug mehr gewagt hatte. Also schnappte sie erst einmal nach Luft.

Sie hatte bisher noch nie geklaut oder irgendwen absichtlich übers Ohr gehauen. Sie war erst recht noch nie schwarzgefahren und am erst rechtesten war sie nach dem Schwarzfahren noch nie abgehauen!

Trotzdem durchfuhr sie ein seltsam wohliger Schauer: Mal ehrlich, das hatte sie verdammt clever angestellt. Das Brillenetui war genau da gelandet, wo sie es geplant hatte, und keiner hatte Verdacht geschöpft. So was klappt doch sonst nur in Kinofilmen. Cool!

Und gerade als sie wieder dieses Wort dachte, fast genau in der Mitte von »cool«, kurz nach dem ersten »o«, wurden ihre Knie weich. Denn jetzt stellte sie sich vor, was passiert wäre, wenn es nicht geklappt hätte! War das nicht so, dass die einen zur Polizei schleppten, wenn man den Ausweis nicht dabei hatte? Oder mindestens dort anriefen? Und dann noch 60 Euro Strafe? Oh Mann …

In diesem Moment fuhr die nächste U-Bahn am Bahnsteig ein, aber Mara hatte erst mal genug vom Bahnfahren. Sie beschloss, die letzten drei Stationen zu Fuß zu gehen. Schließlich hatte sie eine Menge, worüber sie nachdenken musste.

Als Mara nach Hause kam, war ihre Mutter schon da.

»Wo warst du denn so lange?«, fragte sie, erwartete aber glücklicherweise keine Antwort, denn sie redete sofort weiter. »Ich möchte was mit dir besprechen. Hast du deine Hausaufgaben schon fertig?«

»Nein, aber wir haben nicht viel auf«, antwortete Mara, und das entsprach zur Abwechslung sogar der Wahrheit. Auch mal wieder ein schönes Gefühl so zwischendurch, dachte sie und folgte ihrer Mutter ins Wohnzimmer.

Auf dem Weg nach Hause war Mara zu dem Schluss gekommen, dass sie morgen nach der Schule in die Stadtbibliothek gehen würde, um sich Bücher über Loki und die Germanen auszuleihen. Dann würde sie selbst und ohne die Hilfe irgendwelcher Professoren entscheiden, ob sie den ganzen Wahnsinn glauben sollte oder ob es vielleicht doch eine gute Idee wäre, mal einen Psychologen aufzusuchen.

Auf jeden Fall war sie fest entschlossen, ihrer Mutter erst dann etwas von der Sache zu erzählen, wenn sie sich dafür entschieden hatte, bis auf Weiteres in einer geschlossenen Anstalt zu verschwinden. Also hoffentlich niemals …

»So«, eröffnete ihre Mutter das Gespräch und schwieg. Mara sagte nichts und wartete. Sie kannte diese So-Pausen und konnte daran immer gut erkennen, wie schwer es ihrer Mutter auf einer Skala von 0 bis 10 fiel, über ein Thema zu sprechen. Diesmal wurde es eine 11. Ups.

»Weißt du«, redete Mama endlich weiter, »ich habe irgendwie das Gefühl, dass wir nicht mehr … dass mir in letzter Zeit der Kontakt zu dir verloren gegangen ist.« Dem konnte Mara nur zustimmen, und sie hielt *in letzter Zeit* für eine maßlose Untertreibung, schwieg aber weiterhin. »Und ich dachte mir, damit wir wieder ein bisschen zueinanderfinden …«, fuhr ihre Mutter fort und holte noch einmal tief Luft, bevor sie weitersprach, »… möchte ich, dass wir zusammen wegfahren, Schatz.«

Mara war überrascht. Damit hatte sie nicht gerechnet! Ihre Mutter wollte mit ihr in den Urlaub fahren? Einfach mal nur Zeit mit ihr verbringen – ohne Wiccas, Drahtpyramiden und den ganzen anderen Quatsch? Das hörte sich ja richtig gut an! Doch im selben Moment fiel ihr ein, dass sie jetzt eigentlich gar nicht weg*konnte*. Schließlich musste sie herausfinden, was an dieser *Spákona*-Geschichte wirklich dran war. Sie konnte doch jetzt nicht einfach in Urlaub fahren, am Strand liegen und sich die Sonne auf die Birne scheinen lassen, wenn nur die geringste Wahrscheinlichkeit bestand, dass die Welt tatsächlich Maras Hilfe benötigte! Oder Mara die Hilfe eines Therapeuten. »Wir müssen auch gar nicht weit fahren«, sagte ihre Mutter nun.

Mara wurde sofort stutzig. Wollte sie denn nicht irgendwo in den Süden? »Okay, also nicht nach Italien oder so?«, fragte sie betont unschuldig.

Ihre Mutter schüttelte den Kopf. »Nein, nein, wir wollen doch keinen stumpfsinnigen Strandurlaub machen, oder? Ich will schließlich, dass wir beide etwas davon mit nach Hause nehmen!«

Doch bevor Mara ihrer Mutter erklären konnte, dass sie beide von ein paar Tagen zu zweit am Strand vermutlich mehr mit nach Hause nehmen würden, als diese vielleicht dachte, sprach diese auch schon weiter: »Wir besuchen zusammen einen Rückführungs-Workshop unter der Leitung von Dr. Thurisaz. Ich hab dir doch letzte Woche schon von ihm erzählt, weißt du noch? Er hat bei uns diesen Heilberührungs-Kurs gegeben, und es war einfach … magisch!«

Mara fühlte sich wie schockgefroren. Magisch, dachte sie. Als hätte ich davon nicht gerade genug! Und an den Heilberührungs-Kurs erinnerte sie sich noch allzu gut. Sie war zwar selbst nicht dort gewesen, aber als ihre Mutter von dem Kurs nach Hause gekommen war, hatte sie darauf bestanden, das Gelernte sofort an ihr auszuprobieren. Mara hatte sich aufs Sofa legen müssen, während ihre Mutter ihre Hände einige Zentimeter über Maras Körper gehalten hatte, und das in etwa gefühlte tausend Millionen Stunden lang. Dazu hatte sie alle paar Sekunden gefragt: »Und? Wird es schon warm?«

Irgendwann hatte Mara ziemlich entnervt mit »Ja!« geantwortet, was ihre Mutter dazu veranlasst hatte, mit einem freudigen Juchzer aufzuspringen und sich dabei mal wieder ihren Nackenmuskel zu zerren.

Mara hatte den Rest des Abends damit zugebracht, sich auf die Lippen zu beißen, um keine blöden Sprüche über den Zusammenhang von Heilberührung und Nackenschmerzen zu machen.

Aber anscheinend hatte ihre Mutter diesen Abend bereits erfolgreich verdrängt und ins Gegenteil verkehrt und war nun der Meinung, dass die Erinnerung an den verkorksten Heilberührungsabend für Mara Grund genug sein müsste, angesichts eines neuen Kurses von diesem Dr. Thurisaz begeistert »Ich will mit!« zu rufen.

Nichts dergleichen geschah.

Doch Maras Mutter ließ sich nicht beirren: »Du wirst begeistert sein von Dr. Thurisaz, ein toller Mann mit einer Wahnsinnsausstrahlung! Er gilt als absolute Koryphäe auf seinem Gebiet und ist ein anerkannter Fachmann in der Seelenrückführung!«

Blödsinn, das ist einfach noch so ein Schwurbelschlumpf, der begeisterungsfähigen Esoterikhühnern das Geld aus der Tasche zieht, indem er ihnen Räucherstäbchen aus dem Baumarkt als Seelenwäscher vertickt, dachte Mara.

Jetzt rückte Mama auch damit raus, was sie eigentlich meinte mit *gar nicht weit weg*: »Der Kurs findet nicht in München statt, sondern eine halbe Stunde von hier entfernt, im Mühlthal bei Starnberg. Wir werden alle im wunderschönen Forsthaus Mühlthal wohnen und …«

»Alle?«, unterbrach Mara. »Was meinst du damit? Wer …« Im selben Moment wusste sie die Antwort. »Nein!«, platzte es aus Mara hervor. »Nicht mit deinen Wiccas!«

Die Lippen ihrer Mutter zogen sich zusammen, als hätte sie in einen sauren Apfel gebissen: »Aha? Und warum bitte nicht mit *meinen Wiccas*?«

Normalerweise war das der Moment, in dem Mara möglichst schnell das Weite suchte, um einem Streit aus dem Weg zu gehen. Irgendetwas hielt sie diesmal davon ab, doch das Gefühl entglitt Maras geistigem Griff wie ein Stück schlüpfrige Seife. Alles, was zurückblieb, war der Eindruck von entflutschter Wichtigkeit. Okay, das musst du wohl noch ein bisschen üben, *Spákona*, dachte Mara bei sich.

Sie war sich ziemlich sicher, dass dieses Gefühl gerade eben etwas zu bedeuten hatte. Noch vor drei Tagen hätte sie so was entweder gar nicht bemerkt oder einfach mit einem inneren Achselzucken abgetan.

Aber jetzt war das anders. Sie musste einfach mehr auf das achten, was in ihr vorging. Wie sollte sie auch sonst herausfinden, ob sie noch mehr Talente hatte, als in Ohnmacht zu fallen und wirres Zeug von Fischernetz-Erfindern und Seeungeheuern zu träumen? Und jetzt wollte irgendetwas tief in ihr drin, dass sie mit ihrer Mutter ein Rückführungs-Seminar besuchte?! Das war so völlig absurd, dass es einfach etwas bedeuten *musste*, oder?!

Also gab sie sich einen Ruck und wollte doch tatsächlich gerade ihren Mund öffnen, um Mama mitzuteilen, dass sie mit ihr und den Wiccas zu diesem Kurs fahren würde. Die Türklingel hielt sie davon ab.

Mara und ihre Mutter sahen sich verwundert an. »Wer klingelt denn abends um sieben noch bei uns?«, fragte ihre Mutter. »Waren wir zu laut?«

Mara wusste, dass sie damit Herrn Dahnberger von nebenan meinte, denn der beschwerte sich sogar, wenn Mara ihre Suppe zu laut salzte.

Bevor Mara aufstehen konnte, um nachzusehen, war ihre Mutter schon im Flur.

»Ja bitte, wer ist da?«, fragte sie über die Gegensprechanlage.

Die Stimme, die nun blechern aus dem kleinen Lautsprecher quäkte, ließ Mara gleichzeitig erschrocken zusammenzucken und freudig die Augen aufreißen.

»Äh, Weissinger mein Name. Professor Reinhold Weissinger von der Uni München. Ich würde gerne mit Mara Lorbeer sprechen, wenn das möglich ist.«

Kapitel 9

Mara sprang sofort auf. Im ersten Moment wollte sie ihrer Mutter sagen, dass sie den Mann gar nicht kannte und sie ihn wieder wegschicken sollte. Doch dann überlegte Mara es sich anders, setzte sich wieder hin, versuchte sich an einer betont lässigen Pose und schlug dafür ihre Beine etwas zu krampfhaft übereinander. Da hörte sie die Stimme von Professor Weissinger im Flur, sprang doch wieder auf, vergaß dabei aber leider, vorher die Beine zu entknoten.

Als der Professor von Mama ins Wohnzimmer geführt wurde, lag Mara auf dem Boden und versuchte, so zu tun, als würde sie einen Ohrring suchen.

»Ich suche nur einen Ohrring«, sagte die ohrlochlose Mara.

Ihre Mutter schaute sie mit einem seltsamen Blick an, und Mara duckte sich bereits unter einer Serie von noch peinlicheren Momenten als diesem gerade eben.

Doch es sollte mal wieder völlig anders kommen, als Mara erwartet hatte, und später würde sie über diesen Moment sagen, dass sie ab dieser Sekunde einfach beschlossen hatte, nichts mehr zu erwarten, da sie ja ohnehin immer falsch lag.

»Entschuldigen Sie die Störung«, sagte der Professor. »Aber leider kam die Post an Ihre Tochter immer wieder zu uns zurück. Anscheinend hat jemand eine falsche Hausnummer aufgeschrieben. Na ja, kann passieren, und da ich in der Nähe wohne, dachte ich mir, komme ich eben persönlich vorbei.« Damit griff er nach Maras Hand und schüttelte sie so heftig, als wolle er mit der Bewegung Strom für eine Fahrradlampe erzeugen. Währenddessen sah er ihr verschwörerisch in die Augen und sprach mit lauter Stimme: »Herzlichen Glückwunsch, Mara Lorbeer, zum ersten Platz in unserem Wettbewerb *Münchner Schulen zur germanischen Mythologie*! Dein Aufsatz hat uns alle sehr überzeugt. Somit hast du einen einwöchigen Aufenthalt an einer Ausgrabungsstätte gewonnen, wo du den Archäologen nicht nur über die Schulter schauen, sondern auch noch richtig mitarbeiten kannst!«

Endlich hörte Professor Weissinger auf, Maras Hand zu schütteln, und das war gut so, denn sie hatte davon bereits Schmerzen in der Schulter.

Mara hatte einen Moment gebraucht, um sich zu sammeln. Aber sie ahnte, dass der Professor seine Gründe für dieses Schauspiel hatte. Also setzte sie eine Art überraschtes Lächeln auf, machte große Mädchenaugen und rief etwas zu laut: »Echt? Das ist ja der Hammer! Mama, ich hab gewonnen!«

Völlig un-Mara-haft sprang sie zu ihrer Mutter, umarmte sie und fragte dann scheinheilig: »Oh, hab ich dir davon gar nichts erzählt?«

»Äh, nein, ich glaube nicht«, antwortete ihre Mutter zögernd.

Ja, die Idee des Professors war großartig. Welche Mutter war nicht stolz darauf, dass ihre Tochter einen Preis gewann? Noch dazu einen von einer Universität! Und bevor ihre Mutter weitere Fragen stellen konnte, gab sich Professor Weissinger alle Mühe, möglichst viele davon im Voraus zu beantworten. »Ihre Tochter hat vor ein paar Wochen in ihrer Schule einen Aufsatz für unseren Wettbewerb abgegeben, in dem sie über die Sagen und Mythen um den germanischen Halbgott Loki schreibt. Das alles hat sie sehr lebendig und fundiert geschildert. Ihre Schlussfolgerung hat uns besonders gut gefallen.«

»Oh, danke, das freut mich sehr«, sagte Mara.

»Aber gern«, erwiderte der Professor.

»Welche Schlussfolgerung denn?«, fragte ihre Mutter interessiert.

Mist, dachten Mara und der Professor gleichzeitig. Doch Mara war selbst überrascht, als sie sich antworten hörte: »Ich habe geschrieben, dass wir heute immer nur so viel wissen können, wie die Wissenschaft erforscht hat! Und als Beispiel habe ich den germanischen Halbgott Loki genommen, der ja angeblich der Erfinder des Fischernetzes ist. Ich habe mich gefragt, was wäre, wenn ein suebischer Fischer hundert Jahre nach Christus schon an ihn geglaubt hätte! Denn dann hätte er sich diesen Halbgott doch bestimmt auch mit einem Suebenknoten im Haar vorgestellt, wie er selbst einen hat, oder? Und wenn man bis heute noch keine Steine mit Loki-Bildern aus dieser Zeit ausgegraben hat, heißt das ja noch lange nicht, dass damals keiner an ihn geglaubt hat. Es heißt eigentlich nur, dass man noch keinen Stein gefunden hat! Oder dass der Fischer keine Lust hatte aufs Steinritzen! Genau das war meine Schlussfolgerung, und ich finde es toll, dass Sie Ihnen *so gut gefallen hat, Herr Professor.*«

Mit einem breiten Grinsen sah sie Professor Weissinger an. Der aber nickte nur betont professoral und ließ sich nichts anmerken. Okay, *fast* nichts. Denn als ihre Mutter kurz nicht hinsah, warf er Mara einen Blick zu, der in etwa so was bedeutete wie »Komm *du* mir nach Hause …«

Maras Mutter allerdings war einfach nur erstaunt: »Ja, das ist … ich verstehe, worauf du … Aber woher weißt du denn das alles, Mara?«

Jetzt war es an dem Professor, eine Erklärung zu finden: »Nun, offensichtlich hat sie in den Stunden, die meine Kollegen und ich an der Schule im Rahmen des 2000-jährigen Jubiläums der Varusschlacht über die Germanen, ihr Leben und ihre Mythologie gegeben haben, sehr gut aufgepasst und sich noch ein bisschen informiert, äh, in der Schu…«

»In der Stadtbücherei«, ergänzte Mara, bevor der Professor *Schulbibliothek* sagen konnte, von der ihre Mutter wusste, dass es die nicht gab, weil Mara das vor einiger Zeit als schlagendes Argument für einen eigenen Büchereiausweis angeführt hatte. Und »Internet« sollte er natürlich genauso wenig sagen, denn dann wäre die nächste Frage ihrer Mutter gewesen, wie oft sie dafür denn bitteschön das Notebook benutzt hatte, ohne um Erlaubnis zu fragen!

»Nun denn, ich möchte nicht länger stören«, sagte der Professor. »Aber ich würde mich freuen, Mara, wenn du vielleicht morgen so ab 14 Uhr die Zeit finden würdest, dir deine Urkunde abzuholen. Bevor … bevor sie … kalt wird. Haha!«

»Hahaha«, machte Mara und stellte fest, dass Professor Weissinger ein deutlich besserer Schauspieler war als sie selbst. Sein Lachen hatte im Gegensatz zu ihrem richtig echt geklungen!

Der Professor schüttelte ihrer Mutter die Hand und beglückwünschte sie noch einmal zu ihrer wirklich ganz famosen Tochter, was diese ganz sicher nur von ihrer charmanten Mutter haben könne!

Örks!, dachte Mara. Was'n plumper Spruch! Seltsamerweise schien ihre Mutter das aber anders zu sehen. Sie lächelte Professor Weissinger so freundlich an, dass Mara irritiert zwischen den beiden hin und her blickte, um zu glauben, was sie da sah!

Endlich löste sich der Professor von der Hand ihrer Mutter, winkte Mara zum Abschied und warf ihr einen letzten verschwörerischen Blick zu. Dann schloss sich die Tür.

»Also, was für ein … *netter* Mann!«, sagte Maras Mutter und lächelte komisch.

»Deswegen muss er ja nicht gleich hier einziehen!«, blökte Mara.

Autsch! Sofort verschwand das Lächeln ihrer Mutter und Mara tat es leid. Aber gesagt war gesagt und nun mal nicht zu ändern.

Stille trat ein.

Plötzlich hörten die beiden ein dumpfes Klopfen, das von nebenan zu kommen schien. Ganz leise war auch die Stimme von Nachbar Dahnberger zu hören. Mara verstand irgendetwas von »Ruhestörung« und »Hausverwaltung«.

Dann wandte sie sich wieder ihrer Mutter zu.

»Aber über den Preis … also, da bist du doch schon … überrascht, oder?«, fragte sie, um das Klopfen und den Nachhall ihrer blöden Bemerkung zu übertönen.

»Allerdings, Mara«, antwortete Mama. »Ich bin vor allem sehr überrascht, dass du dich ausgerechnet für den germanischen Feuergott Loge interessierst.«

Jetzt war es an Mara, überrascht zu sein. Wieso Loge und nicht Loki? Und warum Feuergott?!

»Äh, wieso … woher …?«, stammelte sie.

»Nun ja«, setzte ihre Mutter an, und Mara entging nicht der ungewöhnlich stolze Unterton, als sie sagte: »Ich weiß eben auch ein paar Dinge. Gute Nacht, mein Schatz.«

Und mit diesen Worten ließ sie ihre verdutzte Tochter alleine, um sich ihrer allabendlichen Powercrystal™-Meditation zuzuwenden …

Auch am nächsten Tag musste Mara wieder in die Schule – was ihr zwischen all diesen Abenteuern irgendwie seltsam normal vorkam. Als Mara in die U-Bahn Richtung Sendlinger Tor einstieg, fragte sie sich sogar für einen Moment, was sich eigentlich realer anfühlte: der Ritt auf dem Seeungeheuer oder eine Stunde Sozialkunde bei Herrn Kaiser. Auf seine ganz eigene Weise war wohl beides irgendwie seltsam.

Der vergangene Abend ging Mara einfach nicht mehr aus dem Kopf. Professor Weissinger hatte sie nach ihrem verkorksten Treffen in der Uni besucht. Und er wollte sie dringend noch einmal sprechen! Das konnte doch nur eines bedeuten: Der Professor hatte eingesehen, dass Mara recht hatte!

Diese Geschichte mit der Einladung zu einer Ausgrabungsstätte allerdings war Mara nicht wirklich klar. Doch das würde ihr der Professor schon noch erklären.

Auf eine Sache aber war Mara ganz besonders stolz: Sie hatte dem Professor eine perfekte Begründung dafür geliefert, warum Loki eben *doch* einen Suebenknoten im Haar gehabt haben konnte! Und zwar egal, ob die Wissenschaft das bisher bestätigt hatte oder nicht! Na und? Sollten die eben weiter forschen! Natürlich wusste sie, dass man so auch behaupten konnte, dass die Dinosaurier an Heuschnupfen gestorben waren und dabei lustige Hütchen getragen hatten. Hatte eben bloß noch keiner einen Dinosaurier mit verstopfter Nase und Partyhütchen ausgegraben.

Wer weiß, dachte sie bei sich, als sie durch die große Doppeltür in das Schulgebäude trat: Vielleicht findet man ja irgendwann auf dem Grund des Meeres einen Stein mit einer Schnitzerei aus dem ersten Jahrhundert nach Christus, auf der man Loki mit Suebenknoten und Fischernetz erkennen kann. Und wenn nicht, ist mir das auch egal. Ich weiß, was ich gesehen habe. So.

Ja, Mara war stolz auf sich selbst. Und das war ein Gefühl, das sie bisher so nicht gekannt hatte.

Und noch etwas war anders. Mara brannte förmlich darauf, herauszufinden, ob sie vielleicht noch mehr konnte, als Visionen zu haben und dabei in Ohnmacht zu fallen …

In der großen Pause trieb es Mara trotz des schlechten Wetters hinaus auf den Pausenhof. Erst wunderte sie sich, warum sie sich eigentlich diesen deprimierenden Nieselregen antat. Aber als sie ein paar Meter weiter wieder den kleinen dicken Fünftklässler von gestern bemerkte, wusste sie auf einmal, warum sie nicht in der Aula geblieben war: Sie hatte da etwas angefangen, das sie unbedingt zu Ende bringen wollte.

Im selben Moment sah sie, wie sich Larissa mit einem bösartigen Grinsen von hinten an den Jungen heranschlich, der tatsächlich auch heute wieder die Bommelmütze trug. Ganz plötzlich packte sie ihn an seinem Schal, drehte ihn grob zu sich herum und lachte ihm mitten ins erschrockene Gesicht.

Schon hatte sich Larissas Clique wieder um ihre Anführerin geschart und genau wie gestern drehten sie den armen Kleinen an seinem Schal wie einen Brummkreisel hin und her. Währenddessen reimte Larissa etwas, das für Mara klang wie »Klopsiklopsi, Hopsihopsi«. Dieses Gedicht entsprach auf jeden Fall Maras Einschätzung von Larissas Reimkünsten.

Mara spürte plötzlich eine Wut in sich aufsteigen, die sie bisher nicht gekannt hatte. Wie von selbst setzten sich ihre Beine in Bewegung. Und während sie mit festen Schritten auf Larissa und ihre Clique zuhielt, merkte sie, wie sich etwas in ihrem Unterbewusstsein zusammenbraute. So als würde sich ein Gefühl zu einer Faust ballen und dann langsam ausholen … Mara konnte nicht sagen, was passieren würde, wenn sie dieses seltsame Gefühl von der Leine ließ. Aber eines spürte sie ganz deutlich: Was immer es war, es wollte zu Larissa!

Die sah Mara schon von Weitem mit dem geübten Blick einer wahren Lästerziege und ihr berüchtigter Zeigefinger wanderte von dem kleinen Jungen in ihre Richtung. »Hey!«, rief Larissa mit ihrer immer etwas heiser wirkenden Stimme. »Seht mal, wer da kommt. Die Spinnerin!«

Wie auf Kommando lachten die Mädels ihrer Clique sofort los und verstummten ebenso augenblicklich wieder, als Larissa weitersprach: »Warum setzt du dich nicht in irgendeine Ecke und schaust wieder blöd Löcher in die Luft, Spinnerin?«

Während die Clique wieder folgsam und einstimmig loslachte, versuchte der kleine Junge, sich heimlich davonzustehlen … Das Gefühl in Mara scharrte mit den Hufen wie ein wilder Stier, als Larissa den Jungen grob an seinem Schal zurückzerrte.

»Hiergeblieben, Klopsi! Du wirst doch jetzt nicht weglaufen, wo deine neue Freundin, die Sp…« Nein! Das sagst du nicht noch einmal, dachte Mara. Sie ließ das Gefühl von der Leine und Larissa blieb das »…innerin« im Hals stecken.

Immerhin, dachte Mara grimmig.

Doch da riss Larissa schockiert die Augen auf und warf das Ende des Schals angeekelt von sich. Wie ein Goldfisch schnappte sie nach Luft und stakste auf ihren stöckeligen Schuhen rückwärts. Die Mädels quietschten, als Larissa in ihre Clique stolperte. Aber anstatt ihre Anführerin festzuhalten, hopsten sie alle überrascht ein paar Schritte zurück und ließen sie wie einen nassen Sack zwischen sich aufs feuchte Gras plumpsen.

Mara sah irritiert zu. Was hatte das zu bedeuten? Sie spürte ein leichtes Kribbeln am ganzen Körper, so als würde etwas von ihr kontinuierlich Energie abzapfen. Nicht so viel, dass Mara gleich umkippen würde. Aber doch so spürbar, dass sie wusste, dass es nicht zu lange dauern durfte. Aber – was eigentlich?

Sie schaute wieder zu Larissa und konnte nicht glauben, was sie da sah. Völlig überfordert starrten auch die Ziegen nach unten auf ihre Anführerin und sahen zu, wie Larissa versuchte, etwas zu sagen. Aber immer wieder scheiterte sie an ihrem panisch klappernden Unterkiefer. Mit ausgestrecktem Finger zeigte sie dabei auf den kleinen Jungen. Doch ihr Arm zitterte so sehr, dass es eher so aussah, als hätte sie Albträume vom Tafeldienst. Endlich schaffte sie es, ein paar Buchstaben zwischen ihren bibbernden Lippen hervorzupressen: »S… Sp… Spipi…!«

Mara drehte den Kopf in Richtung des Jungen und sah nun endlich, wovor Larissa so eine panische Angst hatte.

Der kleine dicke Junge sah nämlich gar nicht mehr aus wie ein kleiner dicker Junge. An seiner Stelle stand nun auf acht flaumig-blond behaarten Beinen eine kleiner-dicker-Junge-große geifernde Tarantel und starrte mit tiefschwarz glänzenden Spinnenaugen auf Larissa.

Die Tatsache, dass die Spinne nach wie vor den hellblauen Schal und die Bommelmütze trug, machte den Anblick nicht gerade erträglicher. Das Erstaunlichste daran aber war, dass anscheinend nur Larissa und Mara die Spinne sahen. Larissas Clique und auch die ersten schaulustigen Schüler starrten nur auf das panische Mädchen auf der Wiese, während sie den kleinen Jungen nicht einmal beachteten.

Larissa aber stand trotz des kühlen Wetters der Angstschweiß auf der Stirn und der Horror ins Gesicht geschrieben.

Okay, das ist genug, dachte Mara, aber irgendetwas hielt sie mit aller Macht davon ab, die Sache jetzt zu beenden. Der Junge selbst konnte natürlich nicht wissen, was hier geschah. Er sah nur, dass das Mädchen, das ihn eben noch ausgelacht hatte, jetzt vor ihm durch die feuchte Wiese kroch und dabei ihre weiße Jeansjacke mit Grasflecken garnierte.

Mara bemerkte, dass es dem Jungen wohl auch gar nicht so wichtig war, *warum* Larissa plötzlich solch eine Angst vor ihm hatte. Viel bedeutender schien ihm, *dass* dem so war. Und darum beschloss er wohl kurzerhand, diesen Moment so gut es ging auszukosten, bevor er vielleicht nie wiederkehrte, und machte testweise ein paar Schritte auf Larissa zu.

Die steckte gerade mit einem Absatz zwischen Wiese und Randstein fest und begann nun so gellend laut zu kreischen, dass Mara sich die Ohren zuhalten musste!

Das reicht!, dachte Mara. Doch nichts geschah. Warum tue ich nicht, was ich tun will?, fragte sie sich, und ein wachsendes Gefühl der Machtlosigkeit breitete sich in ihr aus. Stopp!, hörte sie sich in ihrem Kopf rufen, aber nichts änderte sich. Larissa kreischte immer noch!

Inzwischen hatte sich um sie eine dicht gedrängte Traube von Schaulustigen versammelt. Allerdings lachte kaum einer, denn die Szene war einfach viel zu bizarr, um lustig zu sein. Nur ein paar besonders abgebrühte Zuschauer hatten ihr Handy gezückt und machten relativ ungerührt Fotos von Larissa, wie sie sich vor einem Fünftklässler auf der Wiese rollte und dabei aussah, als würde ein T. Rex nach ihren Beinen schnappen.

Genug!, dachte Mara. Verdammt noch mal, Schluss damit! Wie gelähmt musste sie zusehen, als sich die gigantische Tarantel auf Larissa zubewegte! Schließlich blieb das Monster einen halben Meter vor seinem scheinbaren Opfer stehen und beugte sich dann zu ihm herunter. Bald waren seine klebrigen Fresswerkzeuge nur noch ein paar Zentimeter von Larissas Nase entfernt. Die hatte sich jetzt wimmernd auf dem Boden zusammengekauert und so klein gemacht, dass die Spinne sie vermutlich mit einem einzigen Happs hätte verschlucken können. Doch die Tarantel tat nichts dergleichen. Stattdessen machte sie etwas äußerst Unspinnenhaftes, und zwar ein Geräusch.

Denn der Junge sagte: »Buh.«

Larissa verdrehte die Augen und wurde ohnmächtig. Endlich, endlich spürte Mara erleichtert, wie sich die seltsamen Kräfte wieder in ihr Innerstes zurückzogen.

Ob Larissas Ohnmacht der Grund für das Ende der Vision war oder umgekehrt, konnte Mara nicht sagen, und das fühlte sich überhaupt nicht gut an. Denn es bedeutete, dass Mara ihre Fähigkeit nicht wirklich unter Kontrolle hatte. Eigentlich wirkte es eher so, als hätte die Fähigkeit *Mara* unter Kontrolle …

Sie blickte auf das blonde Häuflein Elend am Boden und fühlte sich hundsmiserabel. Ohne weiter nachzudenken, beugte sich Mara zu Larissa hinunter und wollte ihr gerade die Hand auf die Stirn legen. Doch da ertönte die Stimme von Erdkundelehrer Haase, der heute mit Pausenaufsicht dran war und dieser Aufgabe wohl lieber in der trockenen Aula nachgekommen war. Während er seinen massigen Körper mitsamt dem dicken Schnauzbart durch die Schüler quetschte, rief er immer wieder: »Auseinander! Hier gibt es nichts mehr zu sehen!«

Das stimmte natürlich nicht, denn schließlich war der Anblick einer grasverschmiert auf dem Boden kauernden Larissa mit verheultem Make-up ganz großes Kino!

Als sich Herr Haase zu ihr herunterbeugte, um ihren Puls zu fühlen, schlang sie sofort die Arme um ihn und begann so bitterlich zu weinen, dass Mara noch mehr Mitleid mit ihr hatte. Selbst die hartgesottensten Schüler steckten jetzt ihre Fotohandys weg und blickten betreten zu Boden.

Der Lehrer war von der Situation völlig überfordert und stammelte Klassiker wie »Ist ja schon gut« und »Beruhige dich doch erst einmal«. Aber er wagte es auch nicht, sich aus Larissas Umklammerung zu lösen. Vermutlich hätte er es auch nicht geschafft, denn sie hatte ihre Arme so eng um seinen Hals geschlungen, dass er kaum noch Luft bekam.

So blieb Herrn Haase schließlich nichts anderes übrig, als Larissa hochzuheben und mit rotem Gesicht zurück ins Gebäude zu tragen, bevor sie ihm noch die Luft abdrückte.

Mara wusste, dass Herr Haase Larissa in das Krankenzimmer neben dem Sekretariat bringen würde. Sie sah sich noch einmal nach dem kleinen Jungen um, aber der war nirgends mehr zu sehen. Sie trottete hinter Herrn Haase und seiner wimmernden Last ins Schulgebäude.

Ihr auf dem Fuße folgte ein schlechtes Gewissen von der Größe eines Öltankers.

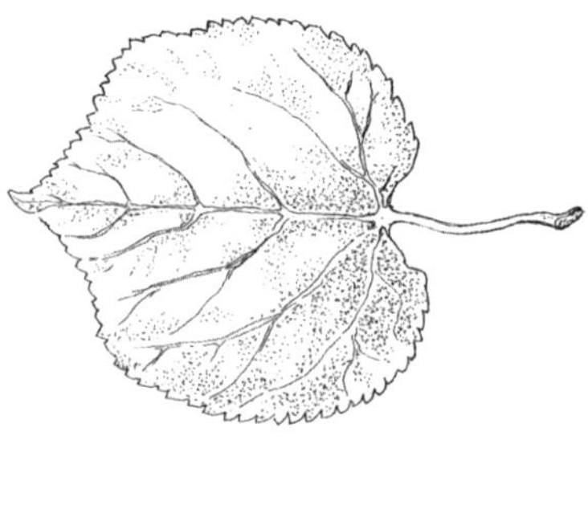

Kapitel 10

Mara stand ganz alleine vor dem Krankenzimmer im Sekretariatsflur. Von Larissas Clique war niemand da. Innerhalb weniger Minuten war aus der coolen Larissa die Definition von Peinlichkeit geworden. Vermutlich würde man von heute an Peinlichkeit in Einheiten von null bis hundert Larissas berechnen.

Mara schämte sich sofort, dass sie darüber auch nur nachdachte. Obwohl, war das nicht genau das, was sie gewollt hatte? Darauf hatte Mara keine richtige Antwort und das gefiel ihr gar nicht.

In diesem Moment öffnete sich die Tür und Herr Haase trat in den Flur. »Bist du eine Freundin von Larissa Richard?«

»Wir gehen in dieselbe Klasse«, antwortete Mara ausweichend, aber Herrn Haase schien das zu genügen. »Ich muss zum Unterricht. Die Ärztin kommt gleich. Bitte pass solange auf Larissa auf, und wenn etwas ist, sag im Sekretariat Bescheid, ja?«

Mara zögerte. Aber dann nickte sie, und Herr Haase brummelte irgendetwas in seinen Schnauzbart, das man mit ein bisschen Fantasie als eine Art Dank interpretieren konnte. Sekunden später eilte er auch schon den Flur hinunter Richtung Treppenhaus.

Mara trat in das kleine Zimmer und schloss die Tür hinter sich. Der Raum bestand im Wesentlichen aus einem Fenster, einer Krankenliege, einem Stuhl, einem Waschbecken mit Handtuchhalter und der Tür. Das Zimmer war so klein, dass alle Objekte und Personen darin sich gegenseitig höchst fatal blockierten: Wenn man zum Fenster wollte, musste man erst den Stuhl unter das Waschbecken schieben. Das ging aber nur, wenn man den Handtuchhalter an die Wand klappte. Wenn man jedoch an das Waschbecken wollte, musste man erst den Stuhl gegen die Krankenliege kippen, bis die Armlehnen daranstießen, und sich dann dahinter vorbeizwängen. Vergaß man aber, vor dem Händewaschen auch den Handtuchhalter wieder vorzuklappen, kam man nach Benutzung des Waschbeckens nicht mehr an das Handtuch. Einen kleineren Stuhl zu besorgen war kaum möglich, denn das war schon einer der kleinsten im gesamten Schulgebäude, wie er nur in den untersten Klassen verwendet wurde. Wenn man sich auf diesen Stuhl setzte, war man in genau der richtigen Höhe, um der Kopfstütze an der Liege mal zu sagen, was man einer Kopfstütze immer schon mal sagen wollte. Um mit dem Kranken obendrauf zu kommunizieren, saß man allerdings viel zu niedrig.

Der richtige Raum also, um innerhalb weniger Minuten die Nerven zu verlieren, dafür als Krankenzimmer perfekt geeignet, um sich seine eigenen Insassen herzustellen. Na, hoffentlich war die Schulärztin schlanker als Herr Haase!

Und hoffentlich kam sie bald, denn Larissa brauchte wirklich dringend Hilfe. Sie war immer noch kalkweiß im Gesicht und ihr Blick hatte sich irgendwo zwischen Pupille und Zimmerdecke im Nirwana fokussiert. Vorsichtig hob Mara Larissas Oberkörper an und schälte sie mühsam aus der schmutzigen, klammen Jacke. Dann zog sie ihre eigene Jacke aus und legte sie wie eine Decke über das zitternde Mädchen. Mit dem Handtuch wischte sie Larissa die völlig verschmierte Wimperntusche aus dem Gesicht, bevor sie es ihr um die feuchten Haare wickelte. All das ließ Larissa teilnahmslos mit sich geschehen und sagte kein Wort. Aber als sich Mara auf den Stuhl setzen wollte, ergriff Larissa sofort ihre Hand und ließ sie nicht mehr los. Darum musste Mara in einer äußerst unbequemen, halb gebückten Position verharren. Aber obwohl ihr bald der Rücken höllisch weh tat, blieb sie so lange in dieser unmöglichen Haltung stehen, bis die Ärztin die Tür öffnete.

Mara versuchte sich von Larissa zu lösen, denn sie musste den Raum verlassen, um Platz für die Dame zu machen. Da zog Larissa Mara zu sich heran und flüsterte ihr ins Ohr: »Du hast es auch gesehen, oder? Nur du und ich, wir haben es gesehen, stimmt's?«

Mara wollte erst reflexartig verneinen, aber stattdessen sagte sie so leise, dass die Ärztin es nicht hören konnte: »Ja, ich hab's auch gesehen.«

Und weil sie ganz genau wusste, was Larissa gerade durch den Kopf ging, setzte sie noch hinzu: »Du bist nicht verrückt, Larissa. Glaub mir.«

Larissa sah Mara mit einem undefinierbaren Blick direkt in die Augen. Mara dachte erst, sie würde wieder anfangen zu weinen – doch dann entspannte sich das erschöpfte Mädchen und sank mit einem tiefen Seufzer zurück auf die Liege. Endlich ließ sie auch Maras Hand los.

Als Mara ihr beim Hinausgehen noch einmal einen letzten Blick zuwarf, von dem sie hoffte, dass er irgendwie aufmunternd aussah, brachte Larissa sogar ein kleines dankbares Lächeln zustande.

Auf dem Weg zurück in die Klasse hatte Mara es nicht besonders eilig. Im Moment wurde dort oben sowieso nicht gerade eines ihrer Lieblingsfächer unterrichtet. Was allerdings auch kein Wunder war, denn Mara hatte kein einziges Lieblingsfach. Irgendwie konnte sie alles ein bisschen und nichts wirklich gut.

Ja, aber andere Leute zu Tode erschrecken, das kann ich super, dachte sie, und ihr schlechtes Gewissen wuchs an auf die Größe Australiens.

Gerade als Mara die Tür zum Klassenzimmer öffnen wollte, hallte der erlösende Gong durch das Gebäude. Sofort platzten Maras Klassenkameraden aus dem Raum. Mara blieb einfach hinter der Tür stehen, bis alle den Gang hinunter verschwunden waren. Sie hatte keine Lust, jetzt auch noch irgendwelche Fragen über Larissa zu beantworten. Erst als keiner mehr zu sehen war, trottete sie an ihren Platz im Klassenzimmer, um ihre Tasche zu holen.

Sie stutzte: Die Tasche war viel zu schwer … und darunter hatte sich eine Pfütze gebildet …

Als Mara die Tasche öffnete, ahnte sie eigentlich schon, was sie erwartete. Trotzdem musste sie sich erst mal setzen, als sie ihren Bleistiftspitzer auf der Wasseroberfläche tanzen sah. Irgendwer hatte also mal wieder eine witzige Idee gehabt, wie man die Spinnerin ärgern konnte. Na supi.

Okay, das ist auf jeden Fall immer noch eine milde Strafe für das, was ich heute angestellt habe, dachte Mara und seufzte.

Schließlich entschied sie sich dagegen, das Wasser auszuleeren, und ließ die Tasche einfach stehen. Auf Bücher-und-Hefte-Trocknen hatte sie jetzt wirklich keinen Bock! Sie würde morgen einfach wiederkommen und dafür sorgen, dass ihr Klassenlehrer dabei war, wenn sie die Tasche öffnete. Sollte der doch rausfinden, wer sich diesen Spaß erlaubt hatte! Dass sie es nicht selbst war, würde er ja wohl gerade noch kombinieren. Und wenn sie Glück hatte, gingen für die unausweichliche Schuldbefragung vielleicht auch noch ein paar Minuten des Unterrichts drauf. In der ersten Stunde morgen früh hatte sie ja ohnehin nicht gerade ihr Lieblingsfach.

Eigentlich hatte Mara vorgehabt, noch einmal bei Larissa vorbeizuschauen, um sicherzugehen, dass sie sich erholt hatte. Doch als sie in der Pausenhalle ankam, sah sie durch eines der großen Fenster, wie Larissa in das Auto ihres Vaters einstieg, und das ohne fremde Hilfe.

Ob das nun bedeutete, dass sie keine Hilfe wollte, keine brauchte oder ob man ihr einfach keine gab, konnte Mara aus dieser Entfernung nicht erkennen. Aber man musste ja nicht immer gleich das Schlechteste von Eltern annehmen, oder? Immerhin war Larissas Vater gekommen, um sie abzuholen, und das war mehr, als Maras eigener Vater getan hätte. Dazu müsste er auch erst einmal von Berlin nach München kommen.

Das letzte Mal hatte sie mit ihrem Vater an ihrem Geburtstag telefoniert und er hatte das ganze Gespräch über geklungen, als sei er sehr weit entfernt. Nicht, dass Berlin so sonderlich weit weg war, zumindest nicht im Vergleich zu Orten wie Japan oder Kanada. Aber manchmal hatte »weit weg« eben gar nicht so viel mit Entfernung zu tun.

Mara hoffte, dass ihr Vater diese Distanz absichtlich suchte, weil es ihm sonst noch mehr wehtat, nicht mehr bei seiner Tochter zu sein. Andererseits, wenn es ihm so zusetzte, dass er von ihr getrennt war, warum kam er dann nicht einfach zurück? Er musste ja nicht gleich wieder zu Hause bei ihnen einziehen, aber wenigstens in die gleiche Stadt.

Natürlich kannte Mara die Antwort, und sie lautete: »Mama«. Die beiden hatten so unterschiedliche Ansichten, dass sie sich schon stritten, wenn der jeweils andere nur in Rufweite war. Mit den beiden in einer Wohnung zu leben, war schon kaum auszuhalten gewesen, aber ihre Eltern zusammen in einem Raum waren nur ein einziges, lautes Geräusch. Die zwei hatten es tatsächlich immer geschafft, aus jeder Mücke einen Elefanten zu machen und dann noch darüber zu streiten, wer die Mücke reingelassen und deswegen die Elefantenkacke wegzuräumen hatte.

Laut ihrer Mutter war der Grund der, dass ihr Vater nicht einsehen wollte, dass sie, Christa Lorbeer, auch ein Mensch mit Wünschen, Sehnsüchten und Träumen war, die sie gerne verwirklicht hätte, und dass sie nun mal nicht so war, wie ihr Mann sie vielleicht gerne gehabt hätte. Diesen Teil der Begründung für die Trennung konnte Mara gut verstehen, aber leider waren die Wünsche, Sehnsüchte und Träume ihrer Mutter im Laufe der Zeit immer seltsamer geworden – und das, obwohl sich ihr Vater immer mehr dagegen sträubte. Okay, vielleicht genau deswegen.

Und als ihre Mutter dann auch noch mit einem Säckchen voller Holzsplitter und einem Stapel bunt bemalter Spielkarten heimgekommen war, aus denen sie die Zukunft für ihre Ehe glaubte herauslesen zu können, war das der Anfang vom Ende gewesen. Vor allem deswegen, weil sie mit den angeblichen Runen-Stäbchen das Wort GWOGL warf und es als **G**emahl **W**ill **O**hne **G**emahlin **L**eben interpretierte. Danach sollte ihr Vater aus dem Stapel Tarot-Karten eine Karte ziehen und dabei an ihre Beziehung denken.

Er hatte die Karte des *Hängenden* gezogen. Daraufhin hatte ihre Mutter ihm mitgeteilt, dass die Karte Bestrafung, Verlust, Leiden und Niederlage bedeutete, und ihr Vater hatte nur gesagt, dass das sein Gefühl zu ihrer Ehe tatsächlich perfekt umschrieb.

Danach war Mama verdächtig still gewesen und hatte auch nichts mehr weggelächelt. Drei Wochen später war Papa ausgezogen.

Mara blickte dem Auto hinterher, das Larissa nach Hause brachte, und überlegte. Wenn ihre Mutter etwas anderes als die Wiccas gefunden hätte, um ihre Wünsche, Träume und Sehnsüchte auszuleben, wäre ihr Vater vielleicht noch bei ihnen. Andererseits konnte man schließlich niemandem befehlen, wofür er sich zu interessieren hatte.

Mara konnte sich ja nicht einmal selbst befehlen, wofür sie sich *nicht* interessieren wollte. Man ist, wer man ist, hatte der Zweig gesagt. Und der, der Papa war, kam wohl mit der, die Mama war, einfach nicht zurecht und umgekehrt.

Vielleicht wäre ihre Mutter ja eher mit einem Mann glücklich geworden, der so was war wie eine männliche Wicca, dachte Mara und musste unweigerlich an die Blicke denken, die sich Professor Weissinger und ihre Mutter zugeworfen hatten. Du liebe Zeit, der Professor war ja noch weniger Wicca als ihr Vater. Na hoffentlich blieb es bei diesem Blickwechsel und einem etwas zu langen Händedruck!

Mara seufzte. So viele Gedanken … Also raffte sie sich auf und machte sich auf den Weg zur U-Bahn. Sie hatte schließlich einen Termin mit Professor Weissinger. Dem ach so charmanten.

Mara stand am Geschwister-Scholl-Platz und starrte auf das in den Boden eingelassene Denkmal. Der schwarze Vogel hatte sie förmlich dazu gezwungen, ihm auszuweichen. Sie war auf das Denkmal getreten, hatte eine Vision gehabt und so Professor Weissinger kennengelernt. Zufall?

Nein, Mara glaubte nicht mehr an Zufälle. Der Zweig war schließlich auch mit voller Absicht in den Haaren von Mama gelandet, weil er von irgendwem geschickt worden war. Warum schickt man überhaupt einen Boten? Doch nur, weil man entweder nicht selbst kommen kann oder weil man sich nicht zu erkennen geben will …

Plötzlich traf es Mara wie ein Blitz. Verdammt, dachte sie, was, wenn Loki selbst hinter alldem steckt? Vielleicht verfolgt Loki irgendeinen Plan und dafür braucht er ausgerechnet die Hilfe einer *Spákona.*

Unschlüssig stand Mara vor dem großen Portal der Universität. Wenn es wirklich so war, dass Loki sie nur als Mittel zum Zweck benutzte, um seinem Gefängnis zu entkommen, dann würde ihn doch jeder ihrer Schritte nur seinem Ziel näherbringen!

Andererseits: Mara konnte sich nicht vorstellen, wie sie Loki mit ihrer Gabe von Nutzen sein konnte. Was half einem Halbgott schon ein Mädchen mit Visionen?

Mara fühlte sich, als würde sie barfuß in der Ecke eines Zimmers stehen, dessen Boden sie gerade erst mit frischer Farbe gestrichen hatte. Und nun konnte sie nicht zur Tür auf der anderen Seite gelangen, ohne mit den Füßen in die Farbe zu tappen.

Andererseits: Solange sie in der Ecke stehen blieb, würde sie nie herausfinden, was eigentlich los war.

Also setzte Mara ihre Füße endlich in Bewegung.

Sie hatte keine Probleme, das Büro von Professor Weissinger wiederzufinden. Tatsächlich schien Mara ein gutes Gefühl für Wege und Orte zu haben. Sie hatte vorher noch nie darüber nachgedacht, aber so war das ja oft mit Dingen, die man einfach so konnte, ohne sich anzustrengen: Man bemerkte sie erst, wenn einen jemand darauf ansprach.

Beim Anblick des Kaffeeautomaten überlegte Mara kurz, ob sie sich einen heißen Kakao holen sollte. Aber sie entschied sich so schnell dagegen, dass sie im Kopf nur bis »heißer Kak…« kam, was in etwa auch dem Geschmack der Brühe entsprach. Stattdessen ging sie weiter und klopfte schließlich an die Tür des Büros.

Kapitel 11

Herein!«, erklang dumpf, aber schwungvoll die Stimme des Professors.

Mara öffnete die Tür und blickte in das hocherfreute Gesicht von Professor Weissinger, der mitten im Zimmer auf dem Boden hockte.

Mara bahnte sich einen Weg in den Raum, was heute noch schwieriger war als beim letzten Mal, denn der Boden war jetzt wirklich lückenlos bedeckt mit Büchern, Zetteln und Professor.

»Einfach hier gegenüber von mir, wenn's genehm ist«, sagte Professor Weissinger gut gelaunt und winkte sie heran. »Keine Sorge, auf die Bücher da kannst du dich ruhig setzen. Das ist alles irgendwelcher Quatsch.«

Folgsam setzte sich Mara auf die Bücher, die der Professor als Quatsch bezeichnet hatte, und fragte sich, warum er sie dann nicht schon längst entsorgt hatte. Im selben Moment erinnerte sie sich jedoch, dass sie noch nicht einmal »Hallo« gesagt hatte.

»Hallo«, sagte Mara.

»Auch hallo!«, entgegnete Professor Weissinger und streckte ihr ebenso plötzlich wie geheimnisvoll grinsend einen kleinen Zettel entgegen. »Weißt du, was das ist?«, fragte er.

Mara blickte auf das Papier und erkannte es sofort wieder. »Klar, das hab ich gemalt, als Sie mir von den Sueben erzählt haben«. Und ein wenig schuldbewusst fügte sie hinzu: »Also, nicht dass Sie denken, mir wäre langweilig gewesen oder so …«

Der Professor lachte: »Ach, du liebe Zeit, na, da kann ich dich beruhigen! Du wärst nicht die Erste, die in meinen Vorlesungen anfängt, aus Langeweile irgendwas zu kritzeln.«

Mara schaute auf ihr Werk. Ihr sogenanntes Bild verdiente diese Bezeichnung wirklich nur bedingt, denn es war tatsächlich nichts anderes als eine schwarze Wurst mit vielen Beinen. Eine wirklich miese kindliche Zeichnung, die ihr ganz schön peinlich war.

Mara war sich nicht sicher, warum ihr der Professor den Zettel vor die Nase hielt. Nur für alle Fälle stammelte sie daher erst mal eine Entschuldigung: »Äh … war das denn etwas Wichtiges und ich hab drauf rumgeschmiert? Tut mir leid, das war natürlich keine Absicht.«

Doch der Professor unterbrach sie mit einer beschwichtigenden Handbewegung. »Stoppstoppstopp!«, rief er belustigt. »Glaub mir, Mara, da ist nur auf einer Seite was Wichtiges drauf, und das ist sicher nicht das hier.« Er drehte den Zettel um. »Das ist lediglich ein Abholschein für meinen guten Anzug, den ich nur bei besonderen Anlässen trage. Der liegt schon etwas länger fertig gereinigt und geplättet in der Reinigung. Ich vergesse täglich, ihn endlich mal abzuholen.«

Mara musterte den Abholschein genauer und ihr Blick fiel auf das Datum. Der Professor hatte den Anzug ungefähr zu der Zeit in die Reinigung gegeben, als sie eingeschult worden war.

»Der wäre mir inzwischen vermutlich eh zu eng und nicht mehr ganz so modern«, bemerkte Professor Weissinger und drehte dann den Zettel wieder um, sodass Maras Zeichnung zu sehen war. »Das da, *das* ist die interessante Seite! Ach was, das ist sogar richtig spannend! Das ist die spannendste Kritzelei, die ich jemals gesehen habe, Mara Lorbeer!«

Mara hatte bereits festgestellt, dass der Professor dazu neigte, sein Gegenüber mit Vor- und Nachnamen anzureden, wenn er aufgeregt war. Es verfehlte allerdings auch nicht seine Wirkung. Mara wollte nun endlich wissen, was Professor Weissinger an ihrem Bild denn so spannend finden konnte. Sie hatte doch nur …

… und da verstand sie endlich, und ihr Blick hellte sich so sichtbar auf, dass der Professor die Augen aufriss und eifrig zu nicken begann.

»Ganz genau, Mara Lorbeer! Wenn ich alles richtig gedeutet habe, komme ich zu einem ziemlich einzigartigen und ungewöhnlichen Schluss, der trotzdem die einzig wahrscheinliche Antwort auf die Frage ist, was du da gezeichnet haben könntest!« Und dabei blickte der Professor sie mit den Augen eines Kindes an, das jetzt gleich die Kerzen einer Geburtstagstorte ausblasen darf.

Natürlich wusste auch Mara, was sie da gemalt hatte: Es war das Monstrum, auf dem sie in ihrer Vision durchs Meer geritten war. Der Anblick hatte sich so unauslöschlich in ihr Gedächtnis eingebrannt, dass sie das Wesen genauso aufs Papier gekritzelt hatte, wie sie es von oben gesehen hatte: eine schwarze Wurst mit vielen Beinen, einem riesigen Kopf und einem aufgerissenen, fast krokodilartigen Maul.

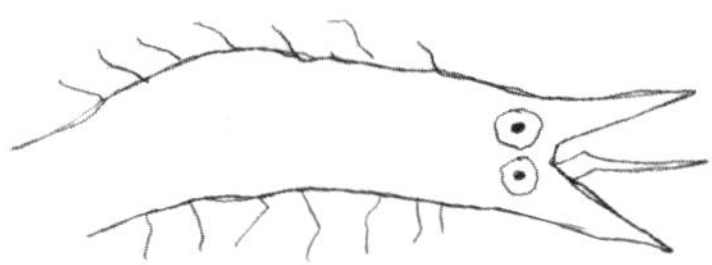

Der Professor schaute Mara immer noch erwartungsvoll an.

»Ja, ich weiß schon, was … was ich da gezeichnet habe«, stammelte sie schließlich, »aber ich weiß nicht, was es *ist*. Ich meine, ich weiß nicht, wie es heißt oder wie man es nennt. Außer vielleicht ›Monster‹ oder ›Vieh‹ oder so.«

Unsicher blickte sie den Professor an. Der grinste und holte wie beiläufig einen weiteren Zettel hinter sich hervor. »Schau mal, Mara«, sagte er. »Auch das hat mal jemand gezeichnet.«

Mara blickte auf ein schwarz-weißes Foto, auf dem so was wie ein Grabstein abgebildet war. Der Stein stand aufrecht in einem Kiesbett und zeigte ein großes rundes Ornament in der Mitte. Rechts darüber war eine Figur, die aussah wie ein menschliches Strichmännchen, und direkt neben dem Männchen war … Maras Zeichnung!

Kein Zweifel, das war Maras Wurstmonster, und das auch noch fast genauso, wie sie es gekritzelt hatte. Hatte sie dieses Foto vielleicht doch irgendwo unbewusst schon mal gesehen?

Nein, dachte Mara im gleichen Moment. Dieses Wesen hatte sie auf keinem Foto gesehen, sondern tausend Meter unter sich, während ihr der Wind die Tränen in die Augen getrieben und die schwieligen Krallen eines riesigen Vogels sie daran gehindert hatten, in die Tiefe zurück ins Meer zu stürzen! Und das hatte sie sich nicht eingebildet!

»Aber wie … wie kann das sein?«, fragte Mara stockend und zeigte auf das Foto.

»Dafür, Mara Lorbeer, habe ich keine Erklärung«, antwortete Professor Weissinger. Doch er klang dabei immer noch ganz aufgeregt. »Dieses Foto zeigt einen Bildstein, den eine Kollegin von mir erst vor wenigen Tagen auf Gotland ausgegraben hat. Es gibt noch keine öffentlich zugänglichen Abbildungen davon. Somit ist die Wahrscheinlichkeit, dass du dieses Bild gesehen haben könntest, gleich null!«

Professor Weissinger sah Mara an und seine Augen funkelten wie die eines Sechsjährigen, dem man gerade das Playmobil-Piratenschiff geschenkt hat. »Mara, erstens weiß ich jetzt, dass an deiner Geschichte mehr dran sein muss, als ich zunächst glauben wollte. Und zweitens hast du mich in der langgehegten Vermutung bestärkt, dass der Mythos von der Midgardschlange …«

Mara unterbrach den Professor: »Moment, wie heißt das Vieh? Mid…«

Der Professor erkannte, dass er sich mal wieder selbst überholt hatte und drosselte nun sein Sprechtempo: »Oh, wie unaufmerksam von mir. Darf ich vorstellen, Mara, das ist *Jörmungandr*, der *Weltumgürter*, gemeinhin bekannt als die *Midgardschlange*.«

Mara hatte diese Worte noch nie gehört. »Was bedeutet denn *Midgard*?«

»Damit ist in der germanischen Mythologie die Welt zwischen der Götterwelt und der Unterwelt gemeint, also unsere. Wobei *Mid* tatsächlich die Mitte bedeutet und mit *gard* eigentlich eher der Hof oder der Garten gemeint ist. Aber da dieser Bereich eben als der Lebensraum der Menschen angesehen wurde, könnte man es mit ein bisschen gutem Willen auch *Mittelwelt* oder meinetwegen sogar *Mittelerde* nennen. Die meisten Leute kennen den Begriff *Mittelerde* aber eher aus *Herr der Ringe*. Der Autor J. R. R. Tolkien hat sich für seine Geschichten nämlich viel von der germanischen Götterwelt inspirieren lassen.«

»Dieses Monstrum heißt also übersetzt *Mittelerdeschlange*?«, fragte Mara schnell dazwischen, bevor der Professor beginnen konnte, alle anderen Parallelen zwischen Tolkien und der germanischen Mythologie aufzuzählen.

»Na ja, so in etwa. Der Name *Midgardschlange* hat auf jeden Fall seine Gründe. Das Monster wuchs nach seiner Geburt immer weiter, bis es irgendwann einmal um die gesamte Mittelwelt herumreichte und sich so selbst in den Schwanz biss. Dieses Bild wiederum könnte dir aus der *Unendlichen Geschichte* bekannt vorkommen. Auf jeden Fall ist die Midgardschlange ein irrsinnig riesiges Viech. Ach ja, fast hätte ich es vergessen: Rate doch mal, wer der Vater der Midgardschlange sein könnte.«

Mara sah den Professor ratlos an. Woher sollte sie das denn w... Moment mal! Doch nicht etwa ...

»Loki?«, stieß Mara tonlos hervor.

Der Professor nickte. »Ganz genau. Loki, halb Gott, halb Riese. Dem Mythos nach werden die Götter in einer gigantischen Schlacht gegen *Jörmungandr*, wie die Midgardschlange auf Altnordisch heißt, antreten müssen. Dieser Zeitpunkt wird als *Ragnarök* bezeichnet, das *Gericht der Götter ...«*

Mara unterdrückte den schalen Witz, dass es sich beim *Gericht der Götter* vielleicht einfach nur um Götterspeise handelte. Aber bevor sie sich auch noch einen lahmen Karnevalstusch dahinter denken konnte, erinnerte sie sich plötzlich an das letzte Wort des Zweigs! Für Mara hatte es wie *Anorak* geklungen, aber nun wurde ihr klar, was der Zweig gemeint hatte: »Verhindere *Ragnarök*!«

Und was Professor Weissinger jetzt sagte, vertrieb bei Mara wirklich alle Gedanken an schlechte Wortwitze: »*Ragnarök* übersetzen wir heute mit *Endschicksal der Götter*. Und es ist nicht *das* oder *der* Ragnarök, es sind *die* Ragnarök, aber das nur nebenbei. Bis heute werden die *Ragnarök* aufgrund eines alten Übersetzungsfehlers immer wieder fälschlicherweise als *Götterdämmerung* bezeichnet. Auch dank der Opern von Richard Wagner übrigens. Über dessen künstlerisch-musikalischen Wert will ich ja gar nicht meckern, aber was dieser Herr Wagner an falschen Vorstellungen über die germanische Mythologie verbreitet hat ... Nun ja, ich schweife ab. Nennen wir die *Ragnarök* doch der Einfachheit halber mal das *Ende der Welt*.«

Der Professor machte eine Pause, als er in Maras bleiches Gesicht sah.

»Du liebe Zeit«, sagte er und lachte. »Aber Mara, das ist doch nur ein Mythos, kein Grund zur Sorge!«

Doch Mara wusste es besser. Der Professor hatte das Ende der Welt erwähnt und damit die Worte des sprechenden Zweigs bestätigt.

Ich muss wirklich die Welt retten, dachte Mara, so irre das klingt! Es ist also wirklich wahr: Mara Lorbeer, Weltretterin!

Das hörte sich nach wie vor so dermaßen bescheuert an, dass sie fast wieder gelacht hätte, wäre ihr nicht so hundsmiserabel zumute gewesen.

Den Professor erstaunte Maras heftige Reaktion. »Es besteht wirklich keinerlei Grund, so ein Gesicht zu machen, Mara. Endzeitmythen gibt es in vielen Religionen und das bedeutet nun wirklich nicht, dass morgen die Welt untergeht. Auch im Christentum hat man Jahrhunderte lang geglaubt, die sogenannte *Apokalypse* stünde unmittelbar bevor, und die Zeugen Jehovas glauben das nach wie vor. Aber ich kann dich da wirklich beruhigen: Es gibt keine Anzeichen dafür, dass das Ende der Welt demnächst eintreten wird. Ich persönlich glaube sogar, dass wir Menschen mit unseren Atomstrom-Bomben-Klima-Öl-Abholz-Dummheiten den Göttern eher noch zuvorkommen.«

»Da bin ich mir nicht so sicher«, sprach Mara mehr zu sich selbst als zum Professor, doch der hatte sie sehr wohl gehört.

»Wie, bitte, darf ich das nun verstehen?«

»Na ja«, antwortete Mara zögerlich. »Reicht es vielleicht, wenn ich sage, dass es da jemanden gibt, der anderer Meinung ist? Der sozusagen glaubt, dass das Ende der Welt mehr oder weniger … also sozusagen … direkt, also sehr, sehr direkt bevorsteht. Wegen Loki. Weil der einen Weg gefunden hat, seine Fesseln zu lösen. Und dass dieser Jemand, der das erzählt hat – oder vielmehr hat ausrichten lassen –, auch jemand ist, dem ich das glaube? Obwohl ich gar nicht weiß, wer er ist? Würde Ihnen das vielleicht für den Moment genügen?«

»Nein«, antwortete der Professor sehr bestimmt und ein wenig gereizt. »Das genügt mir schon allein deswegen nicht, weil ich genau weiß, dass da noch viel mehr ist, was du mir nicht erzählen willst, Mara Lorbeer! Ich weiß bis jetzt nur, dass du etwas über Lokis Bestrafung wissen wolltest. Und dass du von Loki geträumt hast, wie er ganz entgegen aller historischen Befunde in Suebentracht das Fischernetz erfindet. Ach ja, und natürlich, dass du die Midgardschlange so gezeichnet hast, wie sie irgendwer zwölf Jahrhunderte zuvor in einen gotländischen Stein geritzt hat. Ich hatte ehrlich gesagt ein wenig darauf gehofft, dass das alles heute eher etwas klarer wird und nicht noch verworrener, wenn du verstehst was ich meine! Also entweder du erzählst mir jetzt einfach alles, was es von deiner Seite zu diesem Thema zu erzählen gibt, oder wir brechen das Gespräch an dieser Stelle ab und warten von mir aus geduldig auf die angeblich unmittelbar bevorstehenden *Ragnarök*! Ich hier in meinem Bücher-Inferno und du zu Hause in der Au.«

Okay, das war's, jetzt gibt's wirklich kein Zurück mehr, dachte Mara. Und bevor sie es sich anders überlegen konnte, nahm sie innerlich Anlauf, atmete tief ein … und hatte auch schon angefangen zu reden.

Der Professor unterbrach sie dabei kein einziges Mal. Er hörte nur zu, blinzelte ab und an, wie um zu zeigen, dass er noch lebte. Nur einmal wechselte er seinen Sitz behutsam in eine etwas bequemere Position, als hätte er Angst, Mara mit einer zu überraschenden Bewegung am Reden zu hindern.

Auch Mara wollte auf keinen Fall riskieren, dass sie bei der kleinsten Unterbrechung der Mut verließ und sie daraufhin kläglich verstummen würde. Denn dann wäre nicht sicher, ob sie sich noch einmal aufraffen konnte, weiterzuerzählen oder doch lieber das Ende der Welt in Kauf nahm. Also redete Mara wie ein Wasserfall auf den Professor ein und versuchte die ganze Zeit über, sich nicht vorzustellen, für wie bekloppt er sie jetzt wahrscheinlich hielt.

Eine halbe Stunde später beendete eine heiser gequatschte Mara ihren Monolog mit den Worten: »… und jetzt bin ich hier, habe Halsweh und, nein danke, ich möchte kein Wasser und auch keinen Kakao.«

Augenblicklich trat genau das ein, wovor Mara sich die ganze Zeit über gefürchtet hatte.

Die peinliche Pause.

Oh, wie sie solche Momente hasste! Egal, ob sie nur Details erzählte oder alles und noch mehr – jedes Mal passierte das Gleiche: Sie hörte auf zu reden, Stille trat ein, man sah sie komisch an und die verstreichende Zeit verwandelte sich in eine zähe Masse.

Mannomann, diese peinlichen Pausen hab ich sowas von satt, dass es satter schon gar nicht mehr geht!, schimpfte Mara in sich hinein. Und gleichzeitig formte sich eine Idee in ihrem Hinterkopf, die so verblüffend einfach war, dass sie sich nicht einmal die Mühe machte, sie zu Ende zu denken!

Ha, das mach ich!, dachte sie nur, griff entschlossen nach der Hand des Professors und zog ihn quer durch den kleinen Raum. Dort nämlich stand auf einem roh behauenen Holzsockel ein Objekt, das sie bereits kannte: das Schiff mit den zwei Figuren, von denen eine am Bug stand und eine Art Kuhkopf an einem Seil über Bord hielt.

Mara streckte die freie Hand aus, nahm das kleine Kunstwerk hoch und suchte gleichzeitig nach dem Gefühl vom Vortag, als sich der kleine Junge vor Larissas Augen in eine Spinne verwandelt hatte. Sie spürte, dass es diesmal nicht darauf wartete, auszubrechen. Vielmehr musste sie danach tasten, als würde sie unter ihrem Bett nach einem heruntergefallenen Stift suchen. Und natürlich war der wieder mal im hinterletzten Eckchen gelandet, wo man nur hinkam, wenn man sich besonders weit streckte. Da! Mara griff eisern zu, zerrte die Empfindung nach vorne ins Licht ihrer Sinne und zog sie vor sich auseinander wie eine Rolle Backpapier. Sie bemerkte erstaunt, wie viel Kraft sie das alles kostete, und trotzdem holte sie noch mehr Energie aus ihrem Inneren, um auch den Professor mit einzuschließen.

Los jetzt!, dachte sie grimmig, wühlte sich förmlich in das Bild vor ihrem geistigen Auge, und endlich spürte sie, wie ihre Beine nachgaben.

Sie hörte noch ein Poltern, das vermutlich auf die ebenso weichen Knie des Professors zurückzuführen war, und dann wurde sie von der ersten freiwillig herbeigeführten Vision ihres Lebens vollständig überwältigt.

Kapitel 12

Salz. Es war überall in der Luft. Man konnte es riechen und schmecken. Außerdem war da dieses unbestimmte Gefühl von Geschwindigkeit. Mara öffnete die Augen und sah sich um. Das Kunstwerk in ihrer Hand war verschwunden. Dafür blickte sie auf eine Mauer. Nein, keine Mauer. Sie hob ihren Blick.

Vor ihr erstreckte sich eine gigantische Rolle aus Tau, so groß wie ein Häuserblock. Die Rolle war aus einem Seil gewickelt, das dicker war als ein Güterzug. Kein Zweifel, das hier war nicht mehr das Büro des Professors …

Gleichzeitig bemerkte Mara, dass sie nicht mehr seine Hand festhielt. Hektisch drehte sie sich um: Mit einer Mischung aus Erleichterung und Schrecken sah sie Professor Weissinger auf dem Holzboden liegen und beugte sich zu ihm herunter. Dem Professor schien es den Umständen entsprechend gut zu gehen. Er war nur so über alle Maßen überwältigt von dem, was ihn umgab, dass er es eben vorzog, noch eine Weile auf dem Hosenboden sitzen zu bleiben. So konnte er auch den Teil seines Gehirns, der sonst damit beschäftigt gewesen wäre, seinen Körper auf zwei Beinen zu balancieren, dafür verwenden, völlig baff in die Gegend zu starren.

Mara unterdrückte den Impuls, dem Professor ein triumphierendes »Na, was sagen Sie jetzt?« entgegenzurufen. Stattdessen fand der Professor nun seine Sprache wieder. Er stieß allerdings nur ein einziges Wort hervor und es lautete: »Fuß!«

Gleichzeitig sprang er auf, riss Mara zur Seite und zerrte sie stolpernd ein paar Meter über den unebenen Holzboden. Zwischen den Armen des Professors hindurch erhaschte Mara einen Blick auf das, was ihn zu dieser Reaktion genötigt hatte: Ein wahrhaft riesiger, lederumwickelter

Fuß schälte sich wie in Zeitlupe aus dem Nebel und setzte im nächsten Moment donnernd neben ihnen auf!

Die Erschütterung warf sie hart mit dem Rücken gegen die unterste Schlinge des Seils. »Wir müssen sofort hier weg! Los!«, rief der Professor und Mara widersprach ihm nicht. Wenn der Fußbesitzer noch einen weiteren Schritt zurückmachte, würden sie nicht mehr ausweichen können. Mara folgte dem Professor, der auf eine Stelle rechts neben der Taurolle deutete. Dort war eine Art Stoff wie ein Zelt vom Boden aus nach oben in den Himmel gespannt.

Mara versuchte, all die Eindrücke mit dem kleinen Schiffchen aus Ton in Einklang zu bringen, das sie eben noch in der Hand gehalten hatte: Der gigantische Fuß, der sie beide gerade fast zerquetscht hatte, konnte nur dem geheimnisvollen Mann am Bug gehören. Dessen Rest verlor sich irgendwo hoch oben im Nebel. Sie ahnte, dass der Riese gerade das Seil durch seine Finger laufen ließ, da sich das Tau neben ihnen mit einem grollenden Knarzen abrollte.

Der Professor half Mara auf das grob gewebte Stoffdach, das sich wie eine Sanddüne vor ihnen erhob. Als sie darauf ein paar Meter schwankend bergauf gestolpert waren, erkannten sie schließlich, um was es sich handelte: Es musste so etwas sein wie ein Mantel oder ein Umhang, den einer der beiden Insassen des Bootes offenbar abgelegt hatte. Gegen Ende wurde der Aufstieg immer steiler, aber die Falten im Stoff erstreckten sich vor ihnen wie riesige Hohlwege. So konnten sie die Steigung bezwingen, als wären es schleifenförmige Serpentinen an einem Berg.

Mara hatte das Gefühl, dass sie mindestens eine Viertelstunde schweigend geklettert sein mussten, als sie endlich die Kante erreicht hatten und der Professor ihnen beiden zum ersten Mal gestattete, Atem zu schöpfen. Hier oben blies der Sturm deutlich stärker und Mara spürte, dass dies der Fahrwind war, dem sie unten am Boden des Kahns nicht so ausgesetzt gewesen waren. Dafür war hier die Wahrscheinlichkeit, zertrampelt zu werden, entschieden geringer.

Zwischen mehreren tiefen Schnaufern stieß nun der Professor endlich ein paar Worte hervor: »Lass uns ein andermal darüber reden, wie wir hier gelandet sind. Mir reicht erst mal die Erkenntnis, dass es ist, wie es ist, und dass du das anscheinend mit voller Absicht getan hast.«

Mara fühlte sich sofort schuldig. Immerhin hatte sie damit nicht nur sich selbst, sondern auch ihn in Lebensgefahr gebracht! Aber da erschien ein breites Grinsen im Gesicht des Professors und er rief: »Nur damit das klar ist, ich bin dir dafür außerordentlich dankbar, Mara Lorbeer.« Er breitete die Arme aus, als wolle er die gesamte Umgebung umarmen, und rief übermütig in die tosende Gischt hinaus: »Denn welcher Wissenschaftler wollte nicht persönlich anwesend sein bei *Thors Fischzug*!«

Dann lachte er so lang anhaltend und laut, dass Mara kurz dachte, der Professor wäre verrückt geworden. Doch das war nicht der Fall. Professor Weissinger war einfach nur unglaublich begeistert, und man spürte diese feine Prise Hysterie auch wirklich nur, weil sich beim Lachen seine Stimme so seltsam überschlug, als würde er Jodeln üben.

Zwischen zwei mühsam unterdrückten Kicherern schlug der Professor schließlich vor, eine Stelle aufzusuchen, die etwas mehr Schutz bot vor Wind, Wetter und eventuellen Blicken der Bootsinsassen. Er zeigte nach rechts in den Nebel und lief los. Mara folgte dicht hinter ihm, während sie darauf achtete, nicht auf dem feuchten Holz auszurutschen. Nun sah sie auch, worauf sie liefen: Es war wohl eine Art Ruderbank, die die beiden Seiten des Kahns miteinander verband.

Allerdings hatte diese Bank die Dimensionen einer Autobahnbrücke und so dauerte es eine Weile, bis sie ihr Ende erreicht hatten. Hier war die Bank am Rand des Kahns montiert und die haushohe Bootskante bot tatsächlich etwas mehr Schutz vor Wind und Wetter. Außerdem mussten die beiden nicht mehr brüllen, um sich zu verständigen.

»Es tut mir leid. Ich wollte nicht, dass Ihnen was passiert!«, sagte Mara zerknirscht.

Doch der Professor winkte ab. »Mach dir darüber keine Gedanken! Das war die einzig sinnvolle und zugleich direkteste Weise, mir zu zeigen, um was es hier eigentlich geht. Egal, wie du das machst oder woher es kommt – ich kann und will jetzt nicht mehr bestreiten, dass ich sehe, was ich sehe. Und damit sind wir doch schon einen großen Schritt weiter, oder nicht?«

Mara atmete erleichtert auf. Es hatte tatsächlich geklappt! Na, dann konnten sie ja genauso gut wieder von hier verschwinden. Denn was es mit *Thors Fischzug* auf sich hatte, ließ sich Mara lieber im warmen Büro bei einem Becher Gruselkakao erzählen als auf einem riesigen Kahn, wo zwei Riesen mit einem Kuhkopf fischten.

Doch leider stellte Mara nun zwei Dinge fest: erstens, dass das nicht so einfach war, wie sie es sich vorgestellt hatte. Und zweitens, dass sie es sich *gar nicht* vorgestellt hatte. Sie war völlig darauf fixiert gewesen, zusammen mit dem Professor hier zu landen, aber an die Rückreise hatte sie keinen Gedanken verschwendet.

Mara sah den Professor an, der sich nach wie vor begeistert umsah. Er wirkte, als wolle er alles, was ihn umgab, für immer und ewig im Gedächtnis behalten und als sei ihm kein Detail zu unwichtig. Im Moment betastete er die gigantischen Holzplanken, aus denen der Kahn gebaut war, und kicherte wirklich nur sehr leise.

Okay, ich hab es mit Gewalt gestartet, dann kann ich es so vielleicht auch wieder beenden, dachte Mara.

Also holte sie tief Luft und stemmte sich mit aller Kraft gegen die Vision. Doch schon nach wenigen Sekunden musste sie erschöpft aufgeben. Vielleicht wegen des anstrengenden Aufstiegs? Und langsam machten ihr auch die klammen, durchnässten Klamotten zu schaffen, die an ihr zerrten wie ein Tauchergürtel. Maras Atem ging schwer und stoßweise und sie musste sich an die Bordwand lehnen, um nicht umzukippen.

»Was ist denn mit dir, Mara?«, fragte der Professor. »Geht es dir nicht gut?«

»Doch, doch, geht schon«, antwortete sie tapfer. »Aber ich glaube, ich hab nicht … ich meine, *noch* nicht … die Kraft, um das hier zu beenden.« Dass sie im Moment gar nicht wusste, ob es wirklich daran lag, verschwieg sie lieber. »Vielleicht warten wir noch ein bisschen, wenn das für Sie in Ordnung ist?«

Der Professor lachte. »Aber natürlich, Mara, ruh dich erst mal aus. Ich kann dich beruhigen. Ich weiß, wie die Geschichte ausgeht, und sie endet nicht mit dem Untergang des Kahns. Also haben wir noch genügend Zeit. Ich glaube auch, dass wir hier für eine Weile sicher sind, wenn auch leider nicht trocken. Ach, was bin ich doch für ein Trampel, warte!«

Und mit diesen Worten streifte er sein Jackett ab und legte es Mara über die Schultern, bevor sie protestieren konnte – was sie im Übrigen gar nicht vorgehabt hatte.

Angestrengt starrte Professor Weissinger in den Nebel hinein, als würde er nach etwas suchen. Als er Maras fragenden Blick bemerkte, sagte er: »Stell dir das nur mal vor: Dort am Bug steht Thor, der Donnergott höchstpersönlich, und ich kann ihn wegen des vermaledeiten Nebels nicht sehen! Am liebsten würde ich am Bootsrand entlanglaufen, nur um ihm einmal Aug in Aug gegenüberzustehen! Oder in die andere Richtung, denn irgendwo am Heck des Bootes klammert sich gerade der Riese Hymir am Ruder fest. Laut der Sage müsste ihm jetzt bereits der Angstschweiß auf der Stirn stehen, hahaha! Das würde ich doch zu gerne einmal sehen!« Doch bevor Mara protestieren konnte, winkte der Professor lachend ab: »Keine Sorge, ich bleibe natürlich hier bei dir. Das Ganze ist auch so schon spannend genug! Du musst wissen, dass *Thors Fischzug* zu den ältesten und bekanntesten Geschichten der germanischen Mythologie gehört. Die Sage erzählt davon, wie Thor zusammen mit dem Riesen Hymir auf einem Kahn zum Fischen hinausfährt, um dort mit dem Kopf eines Ochsen zu angeln. Dummerweise beißt ausgerechnet die dir bereits bekannte Midgardschlange an.« Der Professor machte eine kurze Pause und sah zu Mara hinüber. »Bist du wirklich auf ihr geritten?«, fragte er völlig unvermittelt.

Mara nickte.

»Was frag ich.« Der Professor schüttelte den Kopf. »Natürlich bist du das. Da stehe ich auf Hymirs Kahn, neben Thors Mantel und stelle so eine Frage …« Er wandte sich wieder der Nebelwand zu, als er weitererzählte: »Man muss allerdings annehmen, dass die Midgardschlange zu dieser Zeit noch nicht so riesig gewesen sein kann wie später, als sie schließlich die gesamte Welt umspannte. Bei dieser Größe hätte sie Thors Köder vermutlich nicht einmal bemerkt. Ganz im Gegensatz zu jetzt. Denn wie ich der Geschwindigkeit unseres Gefährts entnehme, hat sie wohl schon vor unserer Ankunft angebissen. Also zieht sie uns gerade in einem wahren Höllentempo übers Wasser und dieser Ritt endet auch erst, nachdem Thor …« Die Stimme des Professors erstarb abrupt. »Mara …«, begann er schließlich und seine Stimme klang mühsam beherrscht. »Ich will dich nicht unter Druck setzen, aber das wäre nun wohl *doch* der geeignete Moment, um von hier zu verschwinden!«

Mara runzelte die Stirn. »Haben Sie nicht gerade erst gesagt, dass der Kahn nicht untergeht?«, fragte sie.

Der Professor nickte etwas zu hektisch, als er antwortete: »Jajaja, das ist ja auch richtig, aber eben ist mir Tölpel wieder eingefallen, zu welchem Mittel Thor greift, als er die Midgardschlange nicht bändigen kann. Und das könnte trotz allem äußerst unangenehm für uns w…«

Ein ohrenbetäubendes Krachen durchbrach den tosenden Wind, gleichzeitig erzitterte der Kahn heftig und kippte bedrohlich nach links. Mara und der Professor wurden gegen die Bordwand gedrückt, und schon prasselte ein wahrer Regen aus Holzsplittern von der Größe ausgewachsener Baumstämme auf die riesige Sitzbank! Der Professor musste aus vollem Halse schreien, damit Mara ihn verstand, und das, obwohl er nur ein paar Zentimeter von ihrem Ohr entfernt war.

»Das meinte ich! Thor durchschlägt mit den Beinen den Boden des Kahns, um …«

Ein weiteres Mal erzitterte das Boot und neigte sich diesmal nach rechts. Die beiden schlugen hart auf das nasse Holz, als es um sie herum erneut litfaßsäulendicke Splitter und scheunentorgroße Bretter regnete. Der Professor riss Mara im letzten Moment zur Seite, als ein Stück Bodenplanke direkt neben ihnen aufschlug und krachend zerbrach!

»… um sich mit den Füßen auf dem Meeresgrund gegen die Midgardschlange zu stemmen!«, beendete er brüllend seinen Satz.

Okay, das war eine logische Erklärung für die Erschütterungen, aber trotzdem keine gute Nachricht! Mara verlor keine Sekunde und ergriff die Arme des Professors. Sie musste dafür sorgen, dass diese Vision ein Ende hatte! *Jetzt!*

Doch mit einem Mal schien die gesamte Erdkugel in die entgegengesetzte Richtung zu rotieren und der riesige Kahn wurde unter ihnen weggerissen! Thors Bremsmanöver hatte das Boot gestoppt und die beiden gehorchten nun zusammen mit allen anderen losen Gegenständen an Bord den Gesetzen der Fliehkraft: Wie zwei Geschosse flogen Mara und der Professor in Fahrtrichtung durch die Luft Richtung Bug. Mara spürte mehr, als dass sie sah, wie hinter ihnen der massige Körper des ebenso überraschten Riesen Hymir nach vorne geschleudert wurde und dabei die Ruderbank zerschmetterte, auf der sie gerade noch gelegen hatten!

Mara konnte nichts anderes tun, als sich am Professor festzukrallen. Der hielt sie ihrerseits umschlungen, und so rasten sie beide ohne jedes Gefühl für oben und unten durch die spritzende Gischt.

Mara zwang sich trotzdem dazu, ihre Augen zu öffnen. Und das, was sie sah, erfüllte sie schlagartig mit einem völlig neuen Gefühl: Ehrfurcht.

Wie in Zeitlupe schälte sich vor ihnen die Gestalt eines gigantischen Mannes mit wallendem, dunkelblondem Haar aus dem Nebel. Sein geflochtener Bart flatterte wild an seinem energisch gereckten Kinn: Thor, der Gott des Donners! Seinen Wagen und seine Zugtiere kannte Mara ja bereits, aber die waren doch nie und nimmer so riesig gewesen, dass sie als Gefährt für diesen Giganten getaugt hätten! Oder?

Eine gute Frage an den Professor, falls wir das hier überleben, dachte Mara, während sie den germanischen Gott weiter anstarrte.

Thors muskulöser Oberkörper war nackt und Mara spürte förmlich, über welch unbändige Kraft er verfügen musste. Das dicke Seil hatte er in mehreren Schlingen in seine rechte Hand gelegt. Von dort lief es hinter seinem Kopf über den breiten Nacken und in weiteren Schlingen über den linken Arm, wo es im Boot verschwand. An seinem breiten Gürtel bemerkte Mara noch einen auffallend großen und breiten, reich verzierten Hammer mit einem ziemlich kurzen Stiel, als sie sich endlich daran erinnerte, dass dies nicht der Moment war, sich in Ruhe halbnackte Götter anzusehen. Sofort riss sie erneut mit aller Kraft an der sie umgebenden Vision, damit diese sich endlich wieder in ihr Innerstes zurückscherte!

Aber nichts passierte.

Um Mara herum jedoch passierte viel zu viel: Sie und der Professor rasten an Thor vorbei auf die aufgepeitschte Meeresoberfläche zu und jeden Moment würden sie mit der Wucht einer Kanonenkugel auf dem Wasser aufschlagen.

Wie von Sinnen zerrte Mara an der Vision. Aber damit erreichte sie nur, dass sie diesmal noch schneller erschöpft war und loslassen musste.

Da erhob sich plötzlich direkt neben ihnen eine spiegelglatte, hellgrüne Fläche, die Mara zuerst gar nicht einordnen konnte. Dafür erkannte sie darin ihr eigenes Spiegelbild und sah sich selbst eng umschlungen mit einem bärtigen Professor der Maximilians-Universität durch die Luft rasen. Fühlte sich so die Freundin von Superman, wie hieß die doch gleich … Lois Lane? Würde auch Superman irgendwann graue Haare bekommen wie der Professor? Oder würde er sie aus Eitelkeit färben? Und warum hatte man kurz vor dem bitteren Ende so seltsame Gedanken?

Als Mara schließlich begriff, dass sie am geöffneten Auge der Midgardschlange vorbeiflogen und sich in ihrer Pupille spiegelten, erfasste sie eine seltsam panische Ruhe …

Da war sie also wieder: *Jörmungandr*, die Midgardschlange. Wenigstens würde sie jetzt geangelt, und das geschah ihr ganz recht!

Da hörte sie ein seltsames Geräusch und erkannte die Stimme von Professor Weissinger. Er jodelte wieder. Aber diesmal klang es wie Goofy, wenn er in eine Schlucht stürzt – fröhlich und verrückt zugleich: »*Jaaahahachuuui!*«

Der Professor hatte wohl so etwas Ähnliches wie Spaß!

Und da passierte es: Die beiden schlugen hart auf. Aber anstatt sofort zu versinken, prallten sie von der Wasseroberfläche ab wie ein flach geworfener Stein … Dumpf spürte Mara den Schmerz in ihrer Seite. Ein weiterer Abpraller. Heißes Brennen am Rücken. Der Professor stöhnte. Und Mara sehnte sich nach dem widerlichen Kakao aus dem Automaten, der seit gestern auf dem Schreibtisch des Professors stand …

Rumms.

Kapitel 13

Als Mara wieder zu sich kam, hörte sie den Professor lachen. Man konnte ihn zwar nicht besonders gut hören, da er fast vollständig unter Büchern begraben war, aber es genügte, um zu wissen, wo man nach ihm zu graben hatte. Sie ignorierte, dass ihr Arm bis zur Schulter von zimmerwarmer Trinkschokolade triefte, und wühlte nach dem Professor.

Der kicherte noch immer, als Mara ihm half, sich aufzurichten: »Weißt du was, Mara? Das waren die großartigsten, unglaublichsten, schönsten, verrücktesten, gefährlichsten und bewegendsten Minuten meines bisherigen Lebens, und ich zähle hier meinen ersten Kuss und das Ende meiner Schulzeit ausdrücklich dazu!«

Mara, die fand, dass sich der Professor sehr seltsam benahm, fragte vorsichtig: »Geht's Ihnen denn gut?«

Immer noch leise vor sich hin kichernd rappelte sich der Professor auf, vollführte grinsend eine Kniebeuge und fühlte sich dann spielerisch den Puls. »Oh ja, alles in Ordnung. Mir geht es gut. Um ehrlich zu sein, ging es mir selten besser! Aber viel wichtiger scheint mir die Frage, wie es dir geht? Denn du hast ja anscheinend ziemlich zu kämpfen gehabt, um uns wieder hierher zu holen, was?«

Mara nickte beschämt, denn das war ihr äußerst unangenehm. »Ich … ich hab's dauernd versucht und es hat nicht geklappt.«

Der Professor breitete grinsend seine Arme aus: »Also, wenn mich nicht alles täuscht, hat es sehr wohl geklappt, oder siehst du hier irgendwo einen Donnergott? Hahaha!«

Aber Mara war nicht nach Lachen zumute. »Ich dachte, ich wüsste jetzt, wie das funktioniert mit diesen Visionen oder was immer das eigentlich ist … Aber meistens kommen sie, ohne dass ich was dafür tun muss, und hören wohl erst auf, wenn … na ja, wenn sie aufhören.«

Der Professor schien einen Moment lang nachzudenken, dann klatschte er tatkräftig in die Hände und sagte: »Also, ich würde vorschlagen, wir akzeptieren jetzt für den Moment, dass dein Talent offensichtlich ein wenig … sagen wir mal ›eigensinnig‹ ist. Oder zumindest, dass du noch nicht genau weißt, welche Knöpfe du drücken musst, damit das passiert, was du gerne hättest. *Wir* müssen uns jetzt nämlich erst einmal um ein paar andere Dinge Gedanken machen und mir scheint, der alte Loki steht ganz oben auf unserer Liste!«

Mit diesen Worten drehte sich Professor Weissinger schwungvoll zu einem der Bücherregale um. Doch im nächsten Moment musste er sich mit beiden Händen am Regal festhalten. Anscheinend ging es ihm doch nicht ganz so gut, wie er eben noch getönt hatte.

Sofort stand Mara neben ihm. »Herr Professor? Was haben Sie denn?«, fragte sie voller Sorge.

Doch der hob schon wieder den Kopf und gab sich alle Mühe, möglichst wach dreinzuschauen. »Alles in Ordnung, wirklich. Bin nur keine achtzehn mehr und nicht so daran gewöhnt, durch die Luft zu fliegen.« Und schon hatte er sich wieder den Büchern zugewandt, zog mit zielsicherem Griff ein paar davon heraus und warf sie ebenso zielsicher hinüber auf den Tisch. »Und ich denke, es ist vor allem endlich an der Zeit, dass wir deine Fragen beantworten, oder was meinst du?«

Wenn Mara so heftig mit dem Kopf genickt hätte, wie sie ganz genau der gleichen Meinung war, hätte der Platz vom Boden bis zur Decke nicht dafür ausgereicht. Also sagte sie nur: »Oh ja, bitte!«

»Nun gut«, sagte der Professor, zückte einen großen Block und begann, sich darauf Notizen zu machen. »Dann wollen wir doch als Allererstes ein bisschen Struktur in die Sache bringen: Wenn wir den sprechenden Zweig mal für einen Moment nicht als eine deiner ›typischen‹ Visionen ansehen wollen, dann wäre die erste in dieser Reihe wohl die Vision von Loki in Gefangenschaft. Richtig?«

Mara nickte und setzte sich auf den Stuhl gegenüber vom Professor an den kleinen Tisch.

Der fuhr fort: »Nun denn, Loki wurde tatsächlich zur Strafe für all seine Missetaten von den Göttern gefangen gesetzt. Deine andere Vision, die Geschichte mit dem Fischernetz, geschah eigentlich kurz davor. Was du hier miterlebt hast, war nichts anderes als die Gefangennahme des Loki! Er wurde von Thor mit seiner eigenen Erfindung, dem Fischernetz, eingefangen, als er …«

»Als er in der Gestalt eines Fisches fliehen wollte!«, rief Mara aus. Natürlich, so ergab es plötzlich einen Sinn!

»Richtig«, brummte der Professor. »In Gestalt eines Lachses, um genau zu sein. Dann hat man ihn an einem uns unbekannten Ort in einer Höhle auf mehrere abgebrochene Steine gefesselt – und zwar mit den Gedärmen seines eigenen Sohnes Narfi. Wenn ich mich nicht täusche, passt das ganz gut auf die Beschreibung, die du mir von den Fesseln gegeben hast, oder?«

Mara fühlte, wie sich ihr Hals zuschnürte. Diese seltsam lebendigen Fesseln waren also … Sie schüttelte sich. Wie grausam und ekelhaft! Sie wollte gar nicht erst wissen, wie die Götter überhaupt an die Gedärme von Lokis Sohn herangekommen waren.

»Ich deute das als ein Ja«, sagte der Professor und wandte sich wieder seinen Notizen zu. »In der Tat ist das mit den Gedärmen eine äußerst widerliche und brutale Angelegenheit, aber glaube mir, die Details sind noch um einiges dramatischer.«

»Ich will sie *wirklich* gar nicht wissen«, nuschelte Mara gepresst.

Der Professor verstand und fuhr fort: »Den erzürnten Göttern war das aber noch nicht Strafe genug. Darum wurde direkt über Lokis Kopf eine Schlange platziert, deren giftiger Speichel unablässig tropfte und so Lokis Gesicht verätzte.«

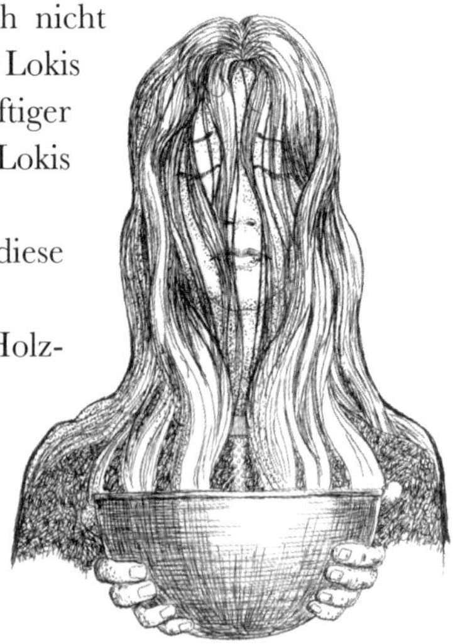

Mara stöhnte und versuchte, auch diese Bilder aus ihrem Kopf fernzuhalten.

»Wäre da nicht die Frau mit der Holzschale, die du gesehen hast!«

Sofort war Mara wieder ganz Ohr: Endlich erfuhr sie, wer die Frau mit dem traurigen Gesicht war.

»Ihr Name ist *Sigyn*«, erzählte der Professor weiter. »Und sie machte es sich tatsächlich zur Aufgabe, den Speichel der Schlange in der Holzschale aufzufangen. So schützte sie ihren Geliebten vor den Verätzungen. Das nenne ich wahre Liebe.« Der Professor seufzte kurz und theatralisch, bevor er weitersprach. »Dummerweise musste *Sigyn* die Holzschale auch ab und an wegziehen, um sie zu leeren. Schon die wenigen Gifttropfen, die Loki dann trafen, genügten, um den Halbgott vor Schmerzen wie von Sinnen brüllen zu lassen. Laut der Sage entstehen so im Übrigen die Erdbeben auf der Welt. Also hoffen wir mal, dass die arme Frau ihre Schale in nächster Zeit nicht allzu oft leeren muss!«

In der Tat erinnerte sich Mara daran, dass die Erde bei jedem von Lokis Schreien gebebt hatte.

»Glauben Sie denn, dass Lokis Frau immer noch bei ihm ist und das Gift auffängt?«, fragte sie.

»Das ist eine schwierige Frage für mich, Mara. Vom wissenschaftlichen Standpunkt aus gesehen muss ich natürlich antworten, dass es sich hier um einen Mythos handelt. Demzufolge fängt nirgendwo irgendwer irgendwelches Gift auf. Aber diese Sichtweise bringt uns natürlich nicht weiter. Außerdem habe ich heute Dinge gesehen, die sich nicht so einfach erklären lassen. Aber wie sagte der griechische Philosoph Sokrates doch so schön: Ich weiß, dass ich nichts weiß. Daher schlage ich vor, wir machen einfach weiter, als hättest du diese Frage nie gestellt. Einverstanden?«

Was sollte Mara auch sonst sein. Sie nickte also mal wieder und kam sich langsam vor wie ein Wackeldackel. Der Professor wandte sich ihrer nächsten Vision zu. »Du hast erzählt, ein großer schwarzer Vogel hat dich dazu gedrängt, auf das Denkmal zu treten. Und auf einmal hattest du die Vision von einer jungen Frau, die Zettel von einem Balkon geworfen hat. Das Ganze endete sehr plötzlich mit einer Art Metall, das herabsauste, richtig?«

Vielleicht sollte ich bei den Nick-Weltmeisterschaften antreten, dachte Mara und absolvierte schon mal eine Trainingseinheit.

Der Professor blätterte in einem Buch mit dem Titel *Lexikon der germanischen Mythologie*, als er sagte: »Nun, was den schwarzen Vogel angeht, hätte ich nur eine vage Idee …« Er legte das Buch aufgeschlagen zur

Seite und fuhr fort: »Was die Vision selbst angeht, liegt die Erklärung allerdings auf der Hand. Das Denkmal, auf das du getreten bist, ist eine Erinnerung an die Studenten Sophie und Hans Scholl.« Kaum hatte der Professor »Sophie« gesagt, hatte es in Maras Hirn so laut ‚Klick' gemacht, dass sie kurz dachte, ihr Gegenüber müsste das eigentlich auch gehört haben.

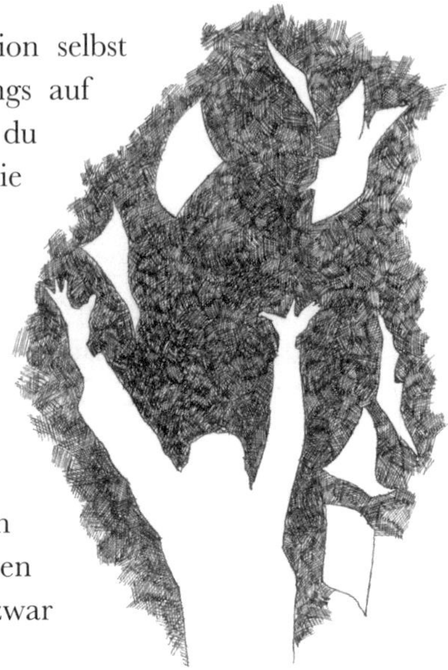

Natürlich, genau an dieser Uni hatten die beiden Flugblätter gegen die Nazis verteilt. Ihren Mut mussten sie mit dem Leben bezahlen. Und zwar auf der Guillotine.

»Ich hab …«, stammelte Mara und der Professor nickte.

»Du hast das Fallbeil gesehen.«

Mara schluckte und schwieg. Einen Moment lang war es still im Raum und auch dem Professor war deutlich anzumerken, wie ergriffen er war.

Trotzdem fand dieser als erster seine Stimme wieder und Mara bemerkte sehr wohl, dass er ihr damit auch helfen wollte, sich von dem grausamen Bild der Hinrichtung abwenden zu können: »Also, wie du dir vorstellen kannst, habe ich seit unserem letzten Treffen viel nachgedacht. Und natürlich hat deine Feststellung, dass etwas nicht automatisch falsch sein muss, nur weil die Forschung es bisher noch nicht belegen konnte, durchaus etwas für sich. Aber so darf man als Wissenschaftler selbstverständlich nicht vorgehen, denn sonst könnte man ja alles Mögliche behaupten. Andersherum gesagt: Nur weil etwas noch nicht widerlegt wurde, heißt das noch lange nicht, dass es stimmt.«

Klar, daran hatte Mara ja auch schon gedacht. Trotzdem war sie enttäuscht, denn auf ihre Idee war sie schon ziemlich stolz gewesen.

Doch als der Professor weitersprach, wurde Mara der Schönheitsfehler ihrer Theorie immer schmerzhafter deutlich.

»Weißt du, Mara, die Buchhandlungen und das Internet sind randvoll mit den verrücktesten Ideen über vorgeblich nie stattgefundene Mondlandungen, geheime Ufo-Forschungsstationen, Gedankenleser, Aliens, Mensch-Maschinen, Super-Soldaten und genetische Experimente. Und die Verschwörungstheoretiker gehen nun mal nach der *Mara-Technik* vor, das heißt, sie behaupten etwas und suchen sich alle Gründe zusammen, die dafür sprechen. Dabei wird aber alles ignoriert, was definitiv dagegen spricht. Auf diese Weise kann man sich also jede noch so verrückte Idee irgendwie so herleiten, dass sie im ersten Moment plausibel klingt. Aber sobald man auch nur eine richtige Frage stellt, fällt alles wie ein Kartenhaus in sich zusammen.«

Mara musste leider zugeben, dass diese Erklärung absolut logisch klang. Von einigen dieser Verschwörungstheorien hatte sie auch schon gehört. Über die Geschichte von der angeblich künstlichen Mondlandung hatten sie sogar einmal im Physikunterricht diskutiert und die Theorie gemeinsam mit ihrem Lehrer als Unsinn entlarvt.

Trotzdem blieb Mara hartnäckig: »Aber warum hatte Loki dann eine angeblich völlig falsche Frisur?«

»Jajaja, der Suebenknoten«, seufzte der Professor. »Ich habe natürlich auch darüber nachgedacht und schlage dir ein Friedensangebot vor. Also, mag sein, dass es die Sage von der Erfindung des Fischernetzes schon viel früher gegeben hat. Vielleicht haben sich suebische Fischer tatsächlich eine solche Geschichte erzählt. Wer kann das heute schon so genau beantworten? Und über die Jahrhunderte verknüpften die Geschichtenerzähler an den Lagerfeuern das Ganze mit den Abenteuern des germanischen Halbgottes Loki. Ergibt ja auch wirklich eine runde Story, wenn jemand als Fisch flüchten will und dann mit seiner eigenen Erfindung wieder eingefangen wird. Ich formuliere es einmal bewusst salopp: Zurzeit gibt es wohl niemanden, der uns hier das Gegenteil beweisen kann. Daher würde ich vorschlagen, dass wir das Kriegsbeil begraben und uns erst mal um wichtigere Themen kümmern als Frisuren. Oder wie sehen Sie das, Frau Kollegin?«

Und damit streckte ihr der Professor seine Hand entgegen und sah sie über seine Brille hinweg so fürchterlich professoral an, dass Mara endlich einmal wieder lachen musste. Sie schlug mit einem lauten Patsch in die dargebotene Hand ein und stellte dabei erleichtert fest, dass sie nun nicht mehr alleine war. Endlich.

Teil 2

Dreimal verbrannt ist sie dreimal geboren,
Oft, unselten, doch ist sie am Leben.

Kapitel 1

Mara war auf dem Heimweg. Sie hatte sich mit Professor Weissinger für den kommenden Nachmittag verabredet. Gemeinsam wollten sie überlegen, was sie als Nächstes tun würden. Der Professor war der Ansicht gewesen, dass man das sicher genauso gut, wenn nicht noch viel besser bei einem Spaziergang im Englischen Garten tun könne. Der Englische Garten war eine riesige Parkanlage mitten in der Stadt mit großen Wiesen, einem Bach, einem künstlich angelegten und tretboottauglichen See und nur ein paar Minuten zu Fuß von der Universität entfernt. Mara war sehr dafür gewesen, denn der Ausblick auf einen weiteren Nachmittag in dem kleinen muffigen Büro voller Stolperfallen hatte sie nicht gerade mit Vorfreude erfüllt.

Mara setzte sich auf einen freien Platz in der U-Bahn und bereute es sofort, nicht an den Türen stehen geblieben zu sein. Ein äußerst beleibtes Touristenpärchen mit je einem großen Rollkoffer, je einer noch größeren Reisetasche und je zwei noch viel größeren Pobacken quetschte sich neben, hinter und vor sie.

Die beiden verstopften mit ihrem Gepäck den Mittelgang und die Frau blockierte mit ihrem ausladenden Hinterteil den kompletten Doppelsitz gegenüber. Ihr Mann stand daneben im Gang und machte somit auch entgegen der Fahrtrichtung dicht.

Na super, dachte Mara, was wäre denn, wenn ich jetzt aussteigen müsste? Und gleichzeitig bemerkte sie mit Schrecken, dass sie gerade gedacht hatte wie ihre Tante Claudia: Die bemerkte sogar an Dingen, die gerade noch mal gut gegangen waren, vor allem, was alles hätte schiefgehen können. Dann rief sie immer Maras Mutter an, um sich am Telefon stundenlang über etwas aufzuregen, das gar nicht passiert war.

Während Mara so über Tante Claudia und ihre Sicht der Welt nachdachte, klappte der Tourist mit rotem Gesicht eine U-Bahn-Karte aus. Mara hörte mit halbem Ohr zu, als er seine Frau etwas zu laut und in breitestem Amerikanisch darauf hinwies, dass sie schon drei Stationen später wieder aussteigen würden.

Und gerade als Mara den Mann genauer musterte und sich fragte, ob das auffallend schwarze Haar vielleicht sogar ein Toupet war, da er darunter verdächtig hervorschwitzte, passierte es. Der Amerikaner sah auf und starrte ihr mit einem verlorenen Blick in die Augen. Mara erschrak, denn seine Augäpfel glänzten tiefschwarz, und sie kannte diese Augen viel zu gut … Allerdings erschrak sie noch mehr, als er klar und deutlich ein Wort an sie richtete.

»Hilf.«

»W… was?«, stammelte Mara.

Doch da hatte sich der Blick des Mannes wieder in den U-Bahn-Plan versenkt.

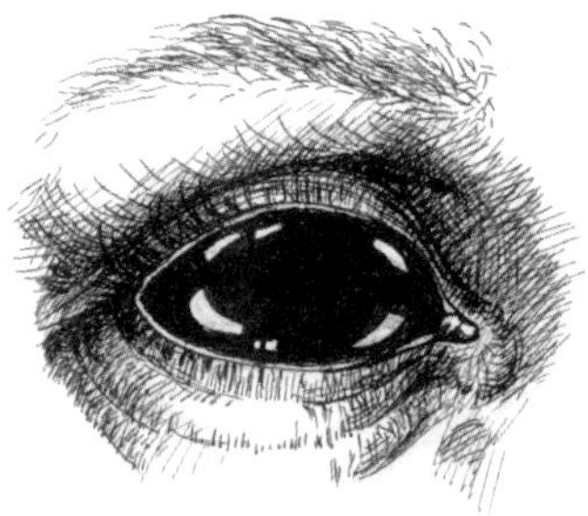

Mara war noch viel zu schockiert, um den Blick von ihm abzuwenden, und irgendwann bemerkte der Tourist, dass er von einem fünfzehnjährigen Mädchen angestarrt wurde. »Can I help you?«, fragte er verbindlich und hätte dabei nicht normaler aussehen können.

Mara war sofort klar, dass der Amerikaner nichts von alldem gerade eben mitbekommen hatte. Was mach ich denn jetzt, dachte sie hektisch und entschloss sich dann zum denkbar Peinlichsten. »Äh … no, jes, ei äm fein, äh … senk ju«, stotterte sie höchst armselig und dachte dabei: *Rausrausraus!*

Kurzerhand griff sie an die beiden Stangen links und rechts des Mittelgangs, zog sich hoch und kletterte über den Gepäckhaufen. Dass sie dabei eine der Taschen herunterstieß und irgendetwas darin verdächtig nach zerbrechenden Bierkrügen tönte, ignorierte sie genauso wie die Tatsache, dass sie an dieser Station gar nicht aussteigen musste.

Gerade noch schaffte sie es nach draußen, als sich die Türen auch schon hinter ihr schlossen.

Mara sah der U-Bahn hinterher, wie sie im Tunnel verschwand. Sie war verwirrt und zitterte am ganzen Körper. Hatte sie gerade das Richtige getan? Der dicke Mann hatte schließlich klar und deutlich ›Hilf!‹ gesagt! Aber diese schwarzen Augen waren nicht die seinen gewesen, sondern ganz eindeutig die von Loki!

Mara musste sofort den Professor anrufen! Mit zitternden Fingern fischte sie ihr Handy aus der Jackentasche. Doch hier unten auf dem Bahnsteig hatte sie keinen Empfang. Mara eilte zur nächsten Rolltreppe.

Kaum war sie oben am Sendlinger-Tor-Platz angekommen, schlug die Empfangsanzeige auf dem Display aus. Hektisch suchte sie die Nummer aus ihrem Adressbuch und drückte zitternd auf das grüne Hörersymbol.

Nervös blickte sie sich um. Es schien eine Ewigkeit zu dauern, bis die Verbindung hergestellt war. Mara war direkt an der Rolltreppe stehen geblieben und sah auf das alte Stadttor, das dem Platz seinen Namen gab. Schon gestern war sie hier gelandet, als sie aus Versehen schwarzgefahren war. Hoffentlich genügte ihr Guthaben noch für dieses Gespräch.

Mara war keine besonders eifrige Handy-Nutzerin. Mit wem hätte sie auch telefonieren sollen? Die Leute aus ihrer Klasse nahmen sie eigentlich nur wahr, wenn Larissa auf sie zeigte. Mara hätte genauso gut ein Schild um den Hals tragen können mit der Aufschrift: *Vorsicht, radioaktiv!*

Mist! Warum dauerte der Rufaufbau denn so lange? Oder rasten ihre Gedanken nur so schnell? Larissa … Wie es der jetzt wohl ging? Ob ihr Vater mit ihr zu einem Arzt gefahren war? Mara erschrak, als ihr auffiel, dass Larissa vielleicht irgendwem von ihrer kurzen Unterhaltung im Krankenzimmer erzählt haben könnte! Warum hatte sie nur zugegeben, dass sie die Spinne auch gesehen hatte? Wie hatte sie nur so dumm sein können? Aber Larissa hatte ihr so leidgetan …

»Weissinger?«, brummte es an ihrem Ohr und Mara war im ersten Moment fast erschrocken.

»Hallo, ich bin's, Mara! Entschuldigen Sie, dass ich jetzt schon anrufe, aber mir ist gerade etwas Gruseliges passiert! Ein Mann in der U-Bahn hat mich angesehen mit …«

Mara verstummte, denn plötzlich war vor ihr eine Frau aufgetaucht. Sie trug einen eleganten, rötlich braunen Mantel, eine ziemlich extravagante Kopfbedeckung, die wie eine Mischung aus Hut und Mütze aussah, und zwei Einkaufstüten. Außerdem starrte sie Mara aus tiefschwarz glänzenden Augen an.

»Hilf.«

Mara ließ vor Schreck ihr Handy fallen.

Im Gegensatz zu dem Mann in der U-Bahn wandte die Frau aber ihren Blick nicht ab, sondern starrte Mara weiter mit diesem seltsam verlorenen Ausdruck an, ließ ihre Einkaufstüten fallen und machte einen zittrigen Schritt nach vorn.

Mara schrie auf, wich zurück und spürte, wie ihr der Boden unter den Füßen weggezogen wurde! Rolltreppe, dachte Mara noch, aber da hatte sie schon die Balance verloren, versuchte, das Handlaufband zu greifen, das sich aber ebenso wie die Rolltreppe selbst in die entgegengesetzte Richtung bewegte! Sie verlor den Griff und wusste in dem Moment, dass sie nichts mehr tun konnte, als hart auf den Stahlkanten der Rolltreppe aufzuschlagen!

Stattdessen aber fiel sie gegen etwas Weiches und rutschte zur Seite ab gegen ein weiteres Hindernis, das ihren Fall bremste. Im nächsten Moment sah sie sich zu Füßen mehrerer Menschen, die mit der Rolltreppe nach oben fuhren. Mara wollte sich gerade aufrappeln, da beugten sich ihr plötzlich mehrere Gesichter entgegen und starrten sie mit schwarz glänzenden Augen an. Gleichzeitig reckten sich viele Hände nach Mara, und als sie die Berührungen spürte, fraß sich sofort ein Bild wie ein Blitz in ihre Gedanken: Eine schemenhafte Gestalt, die aus purem Feuer zu bestehen schien, griff nach einer Frau. Die Frau rief etwas, streckte verzweifelt ihre Arme nach jemandem aus … und war zusammen mit dem Feuerwesen verschwunden!

Mara riss die Augen auf und schlug dic Hände von sich. Dabei schrie sie so laut, wie sie noch nie geschrien hatte, und versuchte wie von Sinnen, sich irgendwie freizustrampeln. Sie robbte über die scharfkantigen Stufen, ohne den Schmerz zu spüren, und wollte nur weg, weg, weg! Irgendwer sprach zu ihr, berührte sie an der Schulter, doch Mara schlug um sich, schrie und trat mit aller Kraft zu.

Stimmen wurden laut, mehrere Hände versuchten abermals, sie festzuhalten, Mara strampelte noch mehr, fiel wieder zu Boden und spürte nasses Kopfsteinpflaster, sie war nicht mehr auf der Rolltreppe. Panisch rappelte sie sich auf, stolperte unkontrolliert nach vorne und stieß dabei mit der Frau zusammen, die sie nun mit einem völlig verständnislosen Blick anstarrte. Doch Mara registrierte das nur unbewusst. Wild mit den Armen rudernd löste sie sich, spürte wie ihre Sohlen auf dem Kopfsteinpflaster aufschlugen, hörte das patschende Geräusch auf der nassen Sendlinger Straße … und wie aus der Ferne die Stimmen von Menschen, Autos, Bremsen, eine Hupe, einen Schrei.

Sie rannte.

Mara blieb erst stehen, als ihre Lungen so sehr brannten, dass sie auf die Knie sank und keuchend nach Luft schnappte. Jeder Atemzug schien ihren Hals aufzukratzen, als bestünde die Luft aus Schleifpapier. Dafür glaubte Mara von ihren Beinen nicht mehr zu spüren als ein seltsam taubes Gefühl weit entfernter Schmerzen.

Von irgendwo her tönten Stimmen und eine Polizeisirene kam näher. Mara wartete gar nicht erst ab, ob der Tumult ihr galt, sondern krabbelte trotz ihrer schreienden Lungen und tauben Beine in ein dichtes Gebüsch, das sich direkt neben ihr befand. Überraschend hörte aber hinter dem Gebüsch plötzlich der Boden auf und Mara befand sich für eine lange Sekunde im freien Fall, bevor sie hart auf einem groben Kiesbett aufschlug.

Der gerade so schmerzhaft erkämpfte Atemzug entwich ihr mit einem stoßenden Keuchen. Mara erkannte unscharf die Schemen von hohem Gras oder Pflanzen um sich. Dann schloss sie die Augen.

Als sie sie wieder öffnete, war sie in der Hölle. Zumindest hatte sie sich die Hölle immer genauso vorgestellt. Es war heiß, alles schien rot zu glühen und Mara hatte das Gefühl, sie würde alles durch eine viel zu starke Brille sehen, die zudem noch beschlagen war. Die Hitze ließ die Umgebung so sehr flirren, dass sie nichts erkannte außer irgendwelcher Schemen. Sobald Mara etwas direkt ansah, um es genauer erkennen zu können, schien es, als würde sich ein rot glühender Schleier da- rüberlegen. Sie blickte hin und her, denn es war ein fürchterliches Gefühl, seinen Blick nirgendwo festmachen zu können.

Doch da löste sich etwas aus der Glut und Mara erkannte es sofort. Dies war das Feuerwesen, das sie eben in der Vision mit der Frau gesehen hatte. Bevor sie mehr erkennen konnte, hörte sie schon eine leise, seltsam zischende Stimme: »*Litilvölva* …«

Mara war überrascht. Das Wort *Litilvölva* hatte sie schließlich schon mal gehört: Loki hatte sie so genannt. Auf dem Steg. Der Professor hatte ihr übersetzt, dass es nichts anderes hieß als *kleine Seherin*, also ein anderes Wort für *Spákona* war. Aber diese Feuergestalt war doch nicht Loki! Das war weder seine Stimme noch konnte sie seine schwarzen Augen irgendwo in dem flirrenden Gesicht erkennen. Oder doch? Hatte der Professor nicht gesagt, dass Loki seine Gestalt verändern konnte? Und hatte er sich nicht vor ihren Augen in einen Fisch verwandelt?

»*Litilvölva, weit gelangt dein leiser Blick*«, zischte die Gestalt, und ihre Stimme klang wie züngelndes Feuer. »*Siehst wohl viel, weißt so wenig und willst doch weichen.*«

Mara versuchte, mehr in den Schemen zu erkennen. Aber sie konnte nicht einmal einschätzen, wie groß das Feuerwesen war, da ihr jedes Gefühl für Entfernung fehlte.

»*Leicht ist es mich zu fürchten, im Feuer liegt vielen die Angst*«, flüsterte die feurige Gestalt. »*So fall nieder vor* Loge – *dem* Feuerbringer*!*«

Und wie um sicherzugehen, dass Mara diesem Befehl auch Folge leistete, erzitterte der Boden unter ihren Füßen. Sie konnte gar nicht anders, als auf die Knie zu sinken und sich mit den Händen auf dem heißen Stein abzustützen! Dabei klang ihr das seltsam züngelnde Lachen der Feuergestalt in den Ohren oder im Kopf, so sicher war sich Mara da nicht, und es machte im Moment auch keinen Unterschied. Ihre

Gedanken rasten: Er nannte sich *Loge*, hatte ganz offensichtlich etwas mit Feuer zu tun und nannte sich außerdem *Feuerbringer*. Hatte Mama nicht auch Loki als Feuergott bezeichnet und sogar Loge genannt?!

Konnte es vielleicht sein, dass Loki sich doch schon befreit hatte, um nun in Feuergestalt die Welt in die Götterdämmerung zu stürzen?

Stopp! Vielleicht war dies nur wieder die *Vision* einer alten Sage. So wie Lokis Gefangennahme oder Thors Fischzug, also schon längst *vergangen*. Und in Wirklichkeit lag Loki nach wie vor in seiner Höhle unter der Schlange und zerrte weiter an seinen Fesseln. Das bedeutete zumindest für den Moment, dass es nicht wichtig war, *wo* Mara sich befand. Sie musste erst einmal herausfinden, *wann* sie war.

»Ich … ich hätte eine Frage an … an Sie!«, rief sie daher unsicher in die Gluthitze hinein. »Äh … was für ein Datum haben wir heute?«

Der Feuerbringer schwieg und es entstand eine Pause, die ohne die ganze Feuernummer ebenso peinlich gewesen wäre wie die, die sie schon von Professor Weissinger kannte.

Vielleicht weiß der ja gar nicht, was ein Datum ist, dachte Mara fieberhaft. Götter brauchen so was vermutlich gar nicht und vielleicht macht es ihn ja wütend, wenn er nicht weiß, was ich meine. Götter sind es doch bestimmt gewöhnt, immer alles zu wissen, und vielleicht kann er damit ja gar nicht umgehen!? Vielleicht soll ich mal anders fragen …

Also nahm Mara noch einmal allen Mut zusammen und versuchte es erneut: »Ich meine, in welcher Zeit sind wir? In … äh … meiner oder in deiner, äh … Ihrer … Eurer …«

Oh Mann, sie wusste nicht einmal, wie man einen Gott anredete! Euer Gnaden? Hoheit? Nein, Herr! Oder war das nur die Anrede für *den* Gott? Also, für den Papa-von-Jesus-Gott aus dem Religionsunterricht? Nicht, dass sich die untereinander vielleicht spinnefeind waren und sie diesen Loge damit noch wütender machte! Oder wäre *der* Gott vielleicht am Ende sauer auf Mara, weil sie es gewagt hatte, einen dahergelaufenen Feuergott mit dem Namen des Herrn anzusprechen? Mara wollte es sich nach Möglichkeit mit gar keinem Gott verscherzen. Aber im Moment war nun mal dieser eine da ziemlich nahe und hatte eine Menge Feuer um sich herum. Mara schwankte zwischen Panik, Neugier und Hoffnung und konnte sich für nichts wirklich entscheiden.

Da endlich sprach die Feuergestalt und Mara spürte fast so etwas wie Erleichterung, denn das bedeutete vielleicht, dass er sie nicht sofort zu Asche zerschmurgeln würde. Allerdings ließ das, was er sagte, leider nichts Gutes hoffen: »*Hüte deine Zunge, Litilvölva, nicht geziemt dir zu mir solche Rede!*«

Dabei kam die Gestalt drohend näher, hob ihre mächtigen Arme, und Mara sah mit angstgeweiteten Augen zu.

Verdammt, ich hab's übertrieben, zu blöde Frage, zu falsche Anrede, verdammtverdammt! Oder fluche ich zu viel, und das ist jetzt die Strafe? Verd… ich meine, ohmannohmannohmann, dachte Mara. Dabei versuchte sie hektisch, auf dem heißen Boden zu ertasten, wohin sie flüchten konnte, blickte noch einmal auf zu dem Feuerbringer und … runzelte die Stirn: Der Feuerbringer war stehen geblieben! Mit halb erhobenen Armen stand er genau an der Stelle, wo sie ihn zuletzt gesehen hatte, und tat gar nichts. Außer weiter vor sich hin zu flackern!

Und Mara bemerkte noch etwas: Die Hitze schien abzunehmen, mit jeder Sekunde wurde es merklich kühler! Gleichzeitig loderte auch das Feuer immer weniger und Mara konnte nun sogar ringsherum die Formen einer zerklüfteten Steilwand erkennen. Der Boden, auf dem sie kauerte, erinnerte stark an eine Mondlandschaft. Sie wagte einen Blick nach oben und zu ihrem Erstaunen blickte sie nicht mehr in rötliche Nebelschwaden, sondern in einen schwarzen Himmel voll glitzernder Sterne. Wo war sie? Plötzlich fiel es ihr wie Schuppen von den Augen: Sie befand sich tatsächlich in einem Vulkan!

Und obwohl Mara es nicht für möglich gehalten hätte, passierte nun etwas, das sie noch mehr in Erstaunen versetzte: Sie hörte Stimmen! Ja, ganz klar und deutlich hörte Mara die Stimmen mehrerer Menschen. Und als diese lauter wurden, fiel ihr auf, dass sie alle zusammen etwas aufzusagen schienen! Es waren immer wieder dieselben vier Zeilen. Mara konzentrierte sich darauf, die Worte des seltsamen Gedichts zu verstehen:

Hohen Mut verleiht deine Macht;
grimmig und groß wächst in dir die Kraft!
Zur leckenden Lohe dich wieder zu wandeln,
spürst du die lockende Lust …

Obwohl Mara nicht ganz schlau daraus wurde, erkannte sie schnell, dass dieser Vers nicht nur schlecht zu merken war, weil er sich gar nicht reimte, sondern leider auch eine äußerst belebende Wirkung auf das Feuerwesen hatte. Es erwachte nun aus seiner Starre wie einer dieser als Statue verkleideten Straßenkünstler, dem man gerade eine Münze zugeworfen hatte. Mit Schrecken musste Mara feststellen, dass jetzt auch ein gefährliches Glimmen in seinen Augen schimmerte – womit er sich sehr deutlich von allen Straßenkünstlern unterschied, die Mara jemals gesehen hatte!

Schon loderte das Feuer wieder genauso erbarmungslos wie gerade eben, und zu Maras Horror machte der Feuerbringer wieder einen Schritt auf sie zu! Okay, das war auf jeden Fall der falsche Zeitpunkt, um sich das Fluchen abzugewöhnen. Verdammt!

Hohen Mut verleiht deine Macht;

Wie zur Bestätigung ließ die flackernde Gestalt unter dem andauernden Gemurmel des seltsamen Chors mit einer ausladenden Geste rings um Mara das Feuer so heiß auflodern, dass sie sich sofort wieder auf dem Boden zusammenkauerte und schützend die Arme vor das Gesicht schlug.

grimmig und groß wächst in dir die Kraft!

Mit jedem Satz wurde es heißer. Mit jeder Wiederholung glühten die Flammen noch mehr. Mit jedem Wort kam der Feuerbringer näher. Mara spürte im Gesicht, wie die Hitze immer weiter zunahm. Sie hatte bereits ihre gesamten Klamotten durchgeschwitzt und ihre Haare fühlten sich an, als hätten sie schon Feuer gefangen, so unglaublich heiß war die Luft!

Zur leckenden Lohe dich wieder zu wandeln,

»Hört auf!«, krächzte Mara heiser in das Dröhnen hinein. Sie wusste nicht, wie sie sich noch schützen sollte. Egal, wo sie ihre Arme hatte, die Hitze ließ sich nicht mehr abhalten!

spürst du die lockende Lust …

Der Boden schien förmlich zu glühen und Mara riss die Hände hoch. Brenne ich schon? Oh Gott, vielleicht brenne ich schon, schoss es Mara durch den Kopf und sie röchelte erschöpft unter ihren verschränkten Armen: »Aufhören! Bitte! Hört auf!«

Ein Guss eiskalten Wassers klatschte völlig unvermittelt auf sie nieder und die geballte Wucht warf sie auf den Boden, während das Wasser zischend in der Hitze verdampfte. Als Mara noch nach Luft schnappte, hörte sie klar und deutlich eine weitere Stimme über dem seltsamen Choral. Es war die Stimme einer Frau, und sie rief: »Ist deine Angst so groß, mächtiger Loge, dass du nun sogar ein Kind morden willst?«

Mara war so überfordert, dass sie sogar die Bezeichnung »Kind« überhörte! Zwischen den Strähnen ihrer nassen Haare wagte sie einen Blick zur Seite, und zu ihrer Überraschung stand dort tatsächlich eine Frau!

Sie hielt eine tropfende Holzschale in der Hand, aus der Mara wohl gerade der Wasserschwall getroffen hatte. Aber nicht nur an der Schüssel erkannte Mara sofort, wer da neben ihr stand: Es war unzweifelhaft die Frau aus der Höhle. Es war *Sigyn*, Lokis Frau! Und natürlich: Das war auch die Frau, die sie vorhin zusammen mit dem Feuerbringer gesehen hatte!

War dies nun der Beweis, dass gerade der echte Loki vor Mara stand?

Da sprach das Wesen namens Loge wieder und klang nun gar nicht mehr flüsternd und zischend, sondern vielmehr volltönend und gewaltig: »*Sei Kind oder Frau. Eine* Spákona *ist sie und* Völva *wird sie sein! Wer sehen kann, bringt Schaden, drum sterben muss sie!*«

Mit diesen Worten wandte der Feuerbringer seinen flammenden Blick von Sigyn ab und starrte hasserfüllt auf Mara hinunter. Fast war es ihr, als würde sich das schemenhafte Gesicht zu einem Grinsen verziehen, während seine lodernde Hand sich in den Himmel hob. Kein Zweifel! Er würde sie erschlagen wie eine Mücke!

Aber da schrie ihr Sigyn etwas ins Ohr. Mara verstand es erst nicht, so überrascht war sie: »W… was?«, stieß sie hervor, als die Hand des Loge über ihr langsam den Zenit erreichte, um jeden Moment herabzusausen.

»Wo warst du?«, wiederholte Sigyn. »Wo warst du, bevor du hierherkamst!?«

Ohne einen Gedanken daran zu verschwenden, warum Sigyn ausgerechnet diese Frage stellte, musste Mara unwillkürlich an ihre kopflose Flucht denken. Sie war durch das Gebüsch gehetzt, plötzlich abgestürzt und dann auf den Steinen aufgeschlagen. Büsche, große Kieselsteine … und Mara wusste die Antwort.

Kapitel 2

Sie erwachte. Ah, kühl …, dachte sie und schlug die Augen auf. Über ihr bewegten sich die Zweige eines dichten Busches leise vor einer rötlichen Abendsonne. Etwas plätscherte direkt neben ihrem Ohr, und unter ihrem schmerzhaft geprellten Rücken spürte Mara große Kieselsteine, die ihr sehr bekannt vorkamen. Kein Wunder, denn sie hatte schon oft – und immer wieder auch zu lang – auf ihnen gelegen und sich dabei einige Druckstellen zugezogen.

Mara atmete auf. Sie lag am steinigen Ufer der Isar, dem Fluss, der quer durch München führte. Sie unterdrückte den ersten Impuls, sich hochzustemmen, denn außer der untergehenden Sonne sah sie plötzlich noch etwas durch die Pflanzen über ihr strahlen: eine Art hellblau blitzendes Licht. Natürlich! Die Polizei!

Sie erinnerte sich an die Sirene, die sie vor ihrem Sturz gehört hatte und wusste ja nun, dass während ihrer Visionen immer nur wenige Sekunden verstrichen. Also hatte diese Streife oben an der Straße vermutlich gerade erst angehalten, um ihr zu folgen.

Mara sah sich um und bewegte sich dabei äußerst langsam. Das hatte zwei Gründe: Zum einen achtete sie darauf, möglichst kein Geräusch zu machen, und zum anderen hatte sie gerade festgestellt, dass ihr sogar Stellen an ihrem Körper wehtaten, die sie bisher gar nicht bewusst wahrgenommen hatte.

Direkt neben ihr stieg die Steinmauer an, von der sie auf ihrer kopflosen Flucht vor den Schwarzaugen gefallen war. Ganz leise und jedes »Autsch« unterdrückend schob sich Mara noch näher an die Mauer – weg vom Ufer und weiter hinein in die Büsche.

Erst dann wagte sie es, leise aufzustehen. Da hörte sie über sich auch schon die weibliche Stimme einer Polizistin mit hörbar bayerischem Akzent. Sie sprach anscheinend in ihr Funkgerät.

»Nein, mehr Personal alleine reicht nicht! Die Isar hat Hochwasser und zurzeit eine saubere Strömung! Wir brauchen einen Hubschrauber, von der Ludwigsbrücke aus flussabwärts … – Es ist noch nicht so kalt, als dass sie das nicht überlebt haben könnt'. – Na, freilich eilt's, was soll denn die damische Frage?!«

Ein Knacksen ertönte. Die Polizistin hatte die Unterhaltung anscheinend für beendet erklärt. Jetzt wandte sie sich offenbar ihrem Partner zu, denn sie sagte: »So, und wir zwei, Anselm, wir gehen da runter und suchen am Ufer.«

Der Mann mit dem altmodischen Namen Anselm schien nicht sehr begeistert zu sein. In einem noch breiteren Dialekt antwortete er: »Woos? Auf meine oid'n Tag da dat i no Fassad'n klettern, oda wia? Naanaa, do konnst di du fei schee alloa nunterwusl'n, durch des G'mias, i geh da nüber, wo die Trebb'n is'!«

Mara verstand sehr gut Bayerisch. Sie konnte sogar ganz gut Münchnerisch sprechen, wenn sie wollte, da ihre Oma – die Mutter von Mama – schon immer so mit ihr gesprochen hatte. Darum hatte sie verstanden, dass Wachtmeister Anselm anscheinend nicht bereit war, die Mauer hinunterzuklettern, und stattdessen den Weg über die Treppe an der Reichenbachbrücke nehmen würde. Seine Kollegin hatte dagegen schon mit dem Abstieg begonnen!

Mara musste etwas tun! Aber was? Wenn sie sich entlang der Mauer davonschleichen wollte, würde die Polizistin sie sofort sehen, sobald sie hier unten angekommen war. Hier gab es nichts, wo sie sich hätte verstecken können. Außerdem hörte das schmale Ufer in etwa hundert Metern einfach auf zu existieren und lief spitz zu, bis es nur noch Fluss und Mauer gab. In die andere Richtung war es zwar nicht weit bis zu den Brückenpfeilern, aber dort würde ja jeden Moment der andere Polizist die Treppen hinunterstapfen. Die Mauer selbst war zwar hoch genug, um herunterzufallen und sich dabei mit ein bisschen Glück den Arm zu brechen, aber vor allem viel zu hoch, um einfach mal eben daran hochzuklettern. Durch die Isar? Nein, Mara hatte die Nase erst mal gestrichen voll von Flüssen mit starker Strömung und zudem verspürte sie auch keine Lust, irgendwo bei der Floßlände aus dem Wasser zu klettern, während das Flutlicht eines Hubschraubers dafür sorgte, dass sie gut ausgeleuchtet war für den Bericht in den Nachrichten.

Über sich hörte sie es bereits rascheln und unterdrückt fluchen. Da sah sie auch schon einen schwarzen Schuh mit tiefem Profil, der sich tastend an der Mauer hinunterschabte, um für den Abstieg einen Halt zu finden.

Also entschloss sich Mara nun für den einzigen Weg, der ihr übrigblieb, wohl wissend, dass das zugleich der schwierigste werden würde. Ohne länger nachzudenken, sprang Mara auf, hechtete an den Fuß der Polizistin, zog sich daran hoch wie an einem Kletterseil, während sie die Füße gegen die Wand stemmte und darauf hoffte, dass die Frau irgendwo einen guten Halt gefunden hatte!

Das hatte sie wohl, aber natürlich war die Polizistin äußerst überrascht, dass da jemand an ihr hochkletterte, als wäre sie ein Gerüst auf einem Abenteuerspielplatz. Sie machte nur »Heh!«, und was hätte sie auch sonst tun sollen? Denn sobald sie versucht hätte, Mara festzuhalten, hätte sie dafür ihren Griff in den Büschen aufgeben müssen und wäre zusammen mit ihr auf die Flusskiesel gestürzt.

Also tat die Polizistin das Gegenteil und hielt sich umso fester. Gut für Mara, die bereits mit einer Hand nachfasste und gerade so den dicken, tief hängenden Ast eines Baumes zu fassen bekam. Trotz der Tatsache, dass Sport nicht gerade ihr Lieblingsfach war, schaffte sie es mit dem Mut der Verzweiflung, sich ächzend hochzuziehen, trat dann der Polizistin auf die Schulter, als wäre die eine Trittleiter, rappelte sich auf, rannte im nächsten Moment schon über den Gehweg, überquerte die Straße und verschwand kurz darauf zwischen den parkenden Reisebussen gegenüber.

Bevor sich die Polizistin schimpfend aus dem Gebüsch befreit hatte, war von Mara weit und breit nichts mehr zu sehen.

Ächzend zog Mara an der Garderobe im Flur ihre Jacke aus und quälte sich aus den Schuhen. Ihr ganzer rechter Arm schien aus einem einzigen blauen Fleck zu bestehen. Der Rücken fühlte sich ganz genauso an und auch ihr Oberschenkel tat höllisch weh. Jedes Mal, wenn sie ihren Kopf zur Seite drehte, hämmerte es außerdem gegen ihre Stirn und stach im Nacken. Also versuchte sie, den Kopf möglichst ruhig zu halten, was aber gar nicht so einfach war. Denn so musste sie immer den ganzen Oberkörper mitdrehen und fühlte sich dabei wie ein Spielzeugroboter aus dem 1-Euro-Laden.

Eins war jetzt schon klar: Wenn Mara gegenüber ihrer Mutter so tun wollte, als wenn nichts wäre – und was sollte sie sonst tun –, dann stand ihr ein schmerzhafter Abend bevor. Au.

Als Mara sich und ihre blauen Flecken vorsichtig aufs Bett bugsieren wollte, fiel ihr plötzlich der Professor ein. Sie musste ihn dringend anrufen, denn bestimmt machte er sich große Sorgen, nachdem ihr Anruf so dramatisch geendet hatte. Also wuchtete sie sich noch einmal schnaufend hoch und schleppte sich ins Wohnzimmer zum Telefon. Aber war der Professor am Nachmittag in der Uni? Ach nein, sie hatte ja seine private Handyn…

Ihr Handy! Verdammt.

Wie so oft in den letzten Tagen, passierten drei Dinge gleichzeitig: Das Telefon klingelte, die Tür öffnete sich und Mara verschwand trotz breit gefächerter Schmerzpalette in ihrem Zimmer wie ein geölter Blitz.

Direkt danach passierten nur zwei Dinge gleichzeitig: Mara biss sich in die Hand, um nicht vor Schmerzen aufzuschreien, weil »schnell bewegen« und »Schmerzen am ganzen Körper« gar nicht gut zusammengingen, und Mama trat ins Wohnzimmer und hob den Hörer ab.

Mara hörte nur die ersten Worte ihrer Mutter und wusste sofort, was passiert war: *Natürlich* hatte die Polizei ihr Handy an der U-Bahn-Station gefunden, wo sie es vor Schreck fallen gelassen hatte. *Natürlich* hatten sie die ersten Nummern aus der Anrufliste durchgesehen und *natürlich* waren sie ziemlich schnell auf die aussagekräftige Nummer *Mamahome* gestoßen. Man brauchte kein Superbulle zu sein, um zu ahnen, welche Nummer das wohl sein mochte. Also hatten sie angerufen, und jetzt erklärten sie ihrer Mutter wohl gerade, dass ihre Tochter diverse Passanten attackiert, sich danach eine Rolltreppe hinaufgebrüllt und schließlich eine Frau umgerannt hatte. Außerdem entzog sie sich einer polizeilichen Befragung durch Flucht … Nicht schlecht für eine halbe Stunde …

Mara überlegte fieberhaft: Gleich würde Mama zur Tür hereinplatzen, um nachzusehen, ob ihre Tochter zu Hause war, Mara würde irgendetwas erklären müssen und eins war jetzt schon klar: Sie würde sicher nicht die Wahrheit sagen!

Als die Mutter von Mara Lorbeer tatsächlich kurz darauf ins Zimmer kam, fand sie es leer vor. Allerdings hatte ihre Tochter mal wieder das Fenster gekippt gelassen, obwohl sie *wusste*, dass das gefährlich war im Erdgeschoss!

Aber wäre Christa Lorbeer nicht ins Zimmer getreten und hätte das Fenster zugemacht, sondern hätte sich stattdessen umgedreht, wäre ihr aufgefallen, dass ihre Tochter neben der Tür stand und genau darauf gewartet hatte. Und wäre Frau Lorbeer auch nur eine Millisekunde schneller gewesen mit dem Fenster, dann hätte sie vielleicht noch einen letzten Rest ihrer Tochter gesehen, die sich hinter dem Rücken ihrer Mutter aus dem Zimmer stahl …

Sekunden später huschte Mara aus der Haustür und duckte sich unter der Fensterbank von Nachbar Dahnberger entlang. Erst danach wagte sie es wieder, etwas tiefer zu atmen. Stolz lobte sie sich für ihre Geistesgegenwart, trotz allem noch eine andere Jacke und eine Mütze aus ihrem Schrank gerissen zu haben, um wenigstens aus der Ferne etwas anders auszusehen als das gesuchte Mädchen mit den gefährlichen Panikattacken.

Was nun folgte, war zwar vergleichsweise einfach, aber trotzdem ein gewagtes Spiel. Mara brauchte eine Weile, um eines dieser alten öffentlichen Telefone zu finden, aber es kam nun nicht mehr auf ein paar Minuten an. Sie wäre eh nicht in der Lage gewesen zu rennen, denn in den letzten Tagen hatte sie zu viel Sport getrieben – oder besser gesagt, war zum Sport getrieben worden.

Noch ein paar solcher Tage mehr und ich bin fit, dachte Mara und lachte fast. Aber wirklich nur fast.

Schließlich fand sie tatsächlich ein Münztelefon im Zwischengeschoss der U-Bahn-Station Kolumbusplatz, wählte die Nummer von

Zuhause und hielt die Luft an, bis sie die Stimme ihrer Mutter hörte: »Ja, Lorbeer hier?« Sie klang aufgeregt.

Bevor ihre Mutter irgendetwas dazwischenfragen konnte, plapperte Mara auch schon los und spulte ab, was sie sich überlegt hatte: »Hallo Mama, super, dass du zu Hause bist. Bin grad aus der Uni raus und es war total super, aber sag mal, mein Handyvertrag läuft doch auf deinen Namen, kannst du das bitte sperren? Ich hab es nämlich heute Vormittag verloren und ich will nicht, dass jetzt irgendwer mit meinem Telefon rumtelefoniert. Oder ist es besser, wenn wir die Polizei anrufen für den Fall, dass es irgendwer gefunden hat und nicht zurückgibt. Es tut mir echt leid, dass ich es verloren hab, aber es ist mir wahrscheinlich auf dem Weg zur Schule aus der Tasche gefallen, weil ich eine SMS schreiben wollte, dann aber aussteigen musste, und da hab ich wohl den Reißverschluss von der Jackentasche nicht zugemacht, bist du jetzt sehr sauer auf mich?«

Mara konnte nicht anders, sie musste jetzt erst einmal einatmen. Diese Chance nutzte ihre Mutter, um Mara von dem Anruf der Polizei zu berichten. »Du liebe Zeit, Mara, ich hab mir schon solche Sorgen gemacht, weil ich natürlich dachte, dass du dieses verwirrte Mädchen warst, von dem mir die Polizei erzählt hat! Diese Person hat angeblich dein Telefon bei einem Überfall auf Leute an einer Rolltreppe verloren und ist dann geflüchtet. Und natürlich hab ich erst einmal gedacht, das wärst du gewesen! Na, dann komm jetzt erst mal nach Hause, und ich rufe bei der Polizei an und erkläre alles, ja, Maramaus?«

Mara schluckte eine Bemerkung zu »Maramaus« runter. Stattdessen sagte sie: »Das tut mir so leid, Mama. Ehrlich.« Und meinte es auch so. »Also, dann bis gleich. Und danke, dass du nicht sauer bist!« Dann legte sie auf, atmete durch, hob den Hörer noch einmal ab und warf noch einen Euro in den Münzschlitz.

Nur wenig später standen Mutter und Tochter Lorbeer in ihrem Wohnzimmer und vor ihnen zwei Beamte der Münchner Polizei. Wachtmeister Anselm Kornbichl war tatsächlich ein schwerfällig wirkender Mann mit einem dichten, schwarzen Schnauzbart und leicht gerötetem Gesicht. Der Begriff »Rosenheim Cop« passte so perfekt, dass man dafür nicht mal die Fernsehserie kennen musste.

Die Frau jedoch, die sich mit dem Namen Gassner vorstellte, wirkte überhaupt nicht so, wie Mara sie sich angesichts des Schuhs und der Sprechweise vorgestellt hatte: Frau Gassner war eine eher kleine, strohblonde Frau mit überraschend weichen Gesichtszügen und Lachfältchen um die blauen Augen.

Sie musterte Mara freundlich, als sie ihrer Mutter das Handy zurückgab und sagte: »Na, dann ist ja alles in Ordnung und wir können gleich zu den Formalitäten übergehen. Darf ich mich für einen Moment setzen? Wir haben da leider immer eine ziemliche Zettelwirtschaft zu bewältigen.«

Mama deutete auf den Esstisch am Fenster, die Beamtin setzte sich und sofort setzte sich auch Herr Kornbichl, nahm seine Mütze ab und legte sie neben sich auf den Tisch. Frau Gassner füllte nun irgendwelche Formblätter aus und schien mit sich selbst zu sprechen, als sie sagte: »Sooo, Datum haben wir, Uhrzeit … auch, geschädigte Personen wären in dem Fall Sie, Frau Lorbeer, weil das Handy ja Ihnen gehört, richtig?« Maras Mutter nickte.

Frau Gassner nickte zurück, schrieb etwas auf eine vorgegebene Linie und fuhr dann fort: »Gut, dann haben Sie ja Ihr Eigentum zurück und müssen mir nur noch hier unterschreiben, dass Sie es erhalten haben und der Schaden somit behoben ist.« Die Polizistin hielt Maras Mutter auffordernd den Kugelschreiber hin. Diese nahm ihn und unterschrieb.

Dann lächelte die Beamtin Mara freundlich zu und wandte sich an ihren Kollegen: »Na schön, dann ham wir das schon mal.«

Der Polizist stemmte sich hoch, bestätigte: »Ja, hamma des scho amoi …«, und setzte seine Mütze wieder auf.

Fast standen die beiden Polizisten schon im Flur, als sich die Polizistin noch einmal zu Mara umdrehte: »Ach, fast hätt ich es vergessen, wo warst du denn eigentlich heute gegen 17:30, Mara?« Mama sah erst die Polizistin, dann den Kollegen und schließlich ihre Tochter erschrocken an, aber Frau Gassner beeilte sich sofort, sie zu beruhigen: »Machen Sie sich keine Sorgen, Frau Lorbeer, aber das müssen wir natürlich fragen. Wir sind ja nach wie vor auf der Suche nach der jungen Frau oder dem Mädchen, das mehrere Leute auf einer Rolltreppe attackiert und danach eine Frau über den Haufen gerannt haben soll. Die Dame hat sogar eine Anzeige wegen Sachbeschädigung gestellt, weil ihr anscheinend ein Joghurtbecher in der Einkaufstüte geplatzt ist und sie das Geld für den gesamten Einkauf erstattet bekommen will. Es ist schon ein Kreuz, mit was man sich manchmal so rumstreiten muss, oder, Anselm?«

»Ja, ein Kreuz is' des, was ma da manchmoi …«, bestätigte der Polizist.

Aber Mara wusste, dass die scheinbar beiläufige Art nur Fassade war, und bemerkte sehr wohl, wie genau die Polizisten sie die ganze Zeit beobachteten. Besonders die betont unauffällige Art von Wachtmeister Kornbichl war schwer zu übersehen. Es fehlte nur noch, dass er anfing zu pfeifen und mit dem Fuß Kreise in den Teppich zu malen.

Und das zeigte eins ganz deutlich: Mara war immer noch verdächtig. Na ja, darauf war sie ohnehin vorbereitet gewesen, und so antwortete sie ohne mit der Wimper zu zucken: »Also, um halb sechs? Klar, da war ich in der Uni bei Professor Weissinger.«

»In der Uni? Mit fünfzehn Jahren?« Die Polizistin zog die Augenbrauen hoch. »Aha, Respekt. Aber das ist ja sehr gut, dann kann dieser Professor Weissinger das doch bestimmt bestätigen?«

Mara nickte: »Aber klar, Moment!« Und schon wählte sie mit dem schnurlosen Telefon die Mobilnummer von Professor Weissinger, die sie extra dafür auf dem Heimweg auswendig gelernt hatte.

Als sich dieser mit einem sonoren »Weissinger?« am anderen Ende meldete, drückte Mara der erstaunten Polizistin das Telefon in die Hand.

Doch die hatte sich schnell wieder im Griff und klang völlig gefasst, als sie fragte: »Hallo, mit wem spreche ich? – Ah, tatsächlich, Herr Professor, soso. Gassner von der Polizei München, ich hätte nur eine Frage, und zwar, ob Sie heute Besuch hatten. – Hatten Sie, aha, und von wem, wenn ich fragen d… – Jaja, genau, Lorbeer das ist richtig. – Was? – Ach, es geht nur um ein gestohlenes und wiedergefundenes Mobiltelefon. Hat sich hiermit erledigt. Vielen herzlichen Dank und entschuldigen Sie die Störung. – Ja, danke, Ihnen auch. Wiederhören.«

Selten hatte sich ein Euro für Mara so gelohnt wie der für den Anruf bei der Auskunft und danach beim Professor. Sie war heilfroh, dass der Professor seine Mobilnummer hatte eintragen lassen und vor allem, dass er direkt rangegangen war, als sie ihn vorhin aus der U-Bahn-Station angerufen hatte.

Besonders hoch rechnete sie ihm an, dass er sofort eingewilligt hatte zu helfen, ohne auch nur eine einzige Frage zu stellen. Mara rang schwer mit einem triumphierenden Grinsen und konnte es gerade noch zu Boden wrestlen, als die Polizistin auf den roten Hörer drückte und Mara das Telefon zurückgab. Sie brachte zwar ein Lächeln zustande, aber ihre Augen sprachen Bände, als sie sagte: »Vielen Dank, kleines Fräulein, aber eigentlich entscheidet die Polizei im Allgemeinen selbst, wann sie irgendwelche Anrufe tätigt.«

»Oh, das … das … tut mir leid!«, stammelte Mara und nur das Erstaunen war gespielt, denn das Stottern war echt. »Ich … ich dachte, Sie wollten den Professor fragen, und darum hab ich …«

»Schon gut«, sagte die Polizistin. »Ist ja nix passiert.« Und doch war ihr anzusehen, dass sie Mara nicht traute. Dies sprach zwar für Frau Gassners Bauchgefühl, half ihr aber im Moment auch nicht weiter. Also verabschiedete sich die Polizistin recht knapp von Mutter und Tochter Lorbeer und wandte sich sichtlich unzufrieden zum Gehen. Ihr Kollege nickte nur brummig, und schon waren die beiden aus der Tür hinaus und ihre Schritte verhallten im Treppenhaus.

Mara hätte so gerne wieder mal tief durchgeatmet, aber sie wusste, dass sie ihre Fassade noch weiter aufrechterhalten musste, um nicht auch noch bei ihrer Mutter Verdacht zu erregen. Also drehte sie sich mit dem strahlendsten Lächeln um, das sie nach so einem Wahnsinnstag zustande brachte, und sagte: »Mann, da hab ich ja echt noch mal Glück gehabt, oder?«

Christa Lorbeer sah ihre Tochter komisch an, und darum setzte Mara zur Sicherheit noch mal nach: »Wegen dem Handy, mein ich.«

Nun seufzte auch ihre Mutter erleichtert: »Ja, aber in Zukunft mach bitte den Reißverschluss von deiner Jacke zu, Mara. Ich weiß nicht, wie oft ich dir das schon gesagt habe. Am Ende verlierst du noch den Geldbeutel mit deinem Schülerausweis, und du weißt doch noch, was für ein Theater das war, bis du endlich ein Foto hattest, das du in Ordnung fandest.«

Mara nickte, denn an diese Stunden im Fotoautomaten erinnerte sie sich tatsächlich noch mit Grausen. Ihre Mutter hatte gesagt, sie solle bitte nicht mit einem Foto zurückkommen, auf dem sie »diesen miesepetrigen Blick« habe und doch einfach mal »ein bisschen lächeln«.

Also hatte Mara mit zunehmender Verzweiflung versucht, möglichst ungekünstelt zu grinsen und die Ergebnisse waren so furchtbar, dass sie die Bilder alle noch an Ort und Stelle in klitzekleine Fetzen gerissen und in eine Mülltonne geworfen hatte. Aber es tat gut, sich an solche Momente zu erinnern. Mara erschien es gerade völlig unfassbar, dass sie damals wirklich gedacht hatte, der Weltuntergang bestünde aus einem albernen Passbild. Heute wusste sie, dass der Weltuntergang im Wesentlichen aus Schlange bestand, und seit ihrer Vision mit dem Feuerbringer hatte sie die Befürchtung, dass auch der einen großen Anteil daran haben würde …

Die Stimme ihrer Mutter weckte sie aus ihren Grübeleien: »Na, wenigstens hat Herr Dahnberger mal richtig was zu glotzen, wenn hier die Polizei bei uns auffährt. Hast du eigentlich schon was gegessen?«

Mara schüttelte den Kopf und bereute es sofort, denn ihr Nacken strafte sie dafür mit einem stechenden Schmerz.

Diese Grimasse blieb Mama nicht verborgen: »Was ist denn? Tut dir was weh?«

»Nein, nein«, beeilte sich Mara zu sagen. »Ich hab nur gerade gemerkt, dass ich echt einen Riesenhunger hab.« Und der zweite Teil war noch nicht mal gelogen, dachte sie, als sie das gähnende Loch an der Stelle bemerkte, wo bisher ihr Magen gewesen war.

»Na, dann komm mit in die Küche und hilf mir, dann geht's schneller«, sagte ihre Mutter und erfüllte damit eins der gängigsten Mutterklischees: erst was anbieten und dann die Falle zuschnappen lassen. Mist.

Kapitel 3

Mara hatte nicht geahnt, wie viel Schmerzen man beim Gemüseschneiden, Kartoffelpüree-Rühren und sogar beim Fischstäbchen-in-der-Pfanne-Wenden haben konnte. Jede Richtung, in die sie ihren geschundenen Arm bewegte, war die falsche. Jede Bewegung, die sie mit dem Kopf machte, ohne gleichzeitig den Oberkörper mitzubewegen, war eine Tortur und jeder Schritt fühlte sich an, als würde ihr Oberschenkel explodieren.

Umso erstaunlicher, wie gut es sich letztlich doch anfühlte, endlich was Warmes im Bauch zu haben. Allerdings hing das vor allem damit zusammen, dass Mara nicht viel mehr bewegen musste als die Hand mit der Gabel und den Unterkiefer.

Beim Essen erzählte sie ihrer Mutter das, was sie mit Professor Weissinger abgesprochen hatte: Er hatte sie angeblich in der Uni herumgeführt und ihr von der Ausgrabungsstätte in Kalkriese bei Osnabrück erzählt, die sie zu einem noch zu bestimmenden Termin besuchen dürfe. Das war die Idee des Professors gewesen. Somit hätten sie schließlich das perfekte Alibi, um eventuell ein paar Tage verschwinden zu können. Nur für alle Fälle! Wer wusste schon, ob Maras Mission dies nicht vielleicht erforderte.

Doch dann wurde Mara richtig sauer, denn alles, was ihre Mutter dazu zu sagen hatte, war: »Also wenn du möchtest, können wir den netten Herrn Professor ja mal zum Kaffee einladen oder zum Abendessen, was meinst du?«

»Mama!«, rief Mara aufgebracht. »Ich hab dir gerade davon erzählt, dass ich eine Reise gewonnen habe, und das Einzige, was dir dazu einfällt, ist, ob du Professor Weissinger lieber zum Kaffee oder zum Essen einlädst?!«

»Aber das mit der Reise weiß ich doch schon! Was regst du dich denn schon wieder so auf?«, antwortete ihre Mutter völlig gelassen, um dann fortzufahren: »Schau mal, das ist das Seminarprogramm von unserem Rückführungsseminar. Ich dachte, du willst es vielleicht vorher mal lesen.«

Mit diesen Worten drückte Frau Lorbeer Mara doch glatt ein paar zusammengerollte Zettel in die Hand und lächelte alles andere weg mit ihrem typischen Lächeln, das so sehr nach heiler Welt aussah, dass Mara am liebsten laut geschrien hätte. Doch sie ließ sich von diesem plumpen Versuch eines Themawechsels nicht ablenken und antwortete überraschend scharf: »Weißt du was, Mama? Ich hätte eben nur gerne so was gehört wie ›Oh, schön, das hast du aber gut gemacht, ich freu mich für dich‹ oder so. Und nicht irgendwelche Ideen, wie du am besten … anbandeln kannst!«

Mara wusste, dass dieser Nachsatz ziemlich unfair gewesen war. Aber sie war verletzt und wollte im Moment einfach nur zurückverletzen. Das war ihr auf jeden Fall gelungen, denn ihre Mutter wurde laut: »Ach, natürlich! Es soll also wieder mal nur um dich gehen, wie? Du gönnst mir doch nur nicht, dass ich vielleicht auch mal wieder ein Privatleben habe!«

»Bitte?!« Jetzt sprang Mara auf. Ihre Schmerzen waren wie weggeblasen. In einem einzigen Wortschwall brach es aus ihr heraus: »Das stimmt ja wohl überhaupt nicht! Worum, außer um dein Privatleben, geht es denn bitte sonst noch? Bei uns zählt nie irgendwas anderes außer deinem Privatleben mit deinen blöden Wiccas und deinen blöden … Blödi-Kursen!«

Mara spürte, dass sie nun eine Grenze überschritt. Aber sie konnte einfach nicht aufhören: »Ja, so ist es nämlich! Es geht immer nur um dich! Anstatt dass du mal fragst, wie es mir in der Schule geht oder überhaupt, schleppst du mich mit zum lustigen In-die-Erde-Graben und zur Baumsprechstunde mit Frau Flatterhirn oder ich muss mich stundenlang aufs Sofa legen, damit du die heilende Hand üben kannst. Aber dafür waren wir nicht ein einziges Mal zusammen im Kino oder ein Eis essen oder gehen vielleicht wenigstens mal einfach nur spazieren! Es geht immer nur um dich, dich, dich und wie verletzt *du* bist und wie schlecht es *dir* geht und wie schlecht Papa *dich* behandelt hat. Und jetzt wäre es eben einmal um *mich* gegangen, und schon drängelst du dich dazwischen und wirfst mir vor, dass ich dir kein Privatleben gönne! Das ist … das ist …«

Mara kämpfte mit den Tränen. Obwohl sie sah, dass es ihrer Mutter ganz genauso ging, musste sie einfach weitersprechen: »Weißt du was, Mama? Von mir aus triff dich doch mit wem du willst und fahr auch alleine in dein als Urlaub getarntes Hexen-Ferienlager! Und natürlich kannst du den Professor zum Kaffee einladen oder zum Abendessen oder auf ein paar Früchte mit Druckstellen von der Drahtpyramide oder auf ein Glas aufgelöstes Ziegenpipi-Pulver, das man dir als Magic Mind Tea™ verkauft hat! Aber eins sag ich dir, wenn du das dem Professor Weissinger vorsetzt und ihn mit deinem ganzen Wicca-Irrsinn vollsülzt, dann wird er genauso reagieren wie Papa: Er wird zu dieser Tür da hinausgehen, nicht mehr wiederkommen, und weißt du, wen er dann nicht mehr anruft? Mich! MICH!«

Und ohne eine Antwort von ihrer Mutter abzuwarten, drehte Mara sich um, stapfte wütend aus dem Zimmer und knallte so laut die Tür, dass ihr selbst davon die Ohren pfiffen.

Für einen Moment stand Mara einfach nur in ihrem Zimmer. Zitternd vor Wut und Enttäuschung und auch, weil sie wusste, dass sie diesmal Sachen gesagt hatte, die sie schon wieder bereute. Sie fühlte sich unglaublich mies.

»Ich kann nicht mehr«, flüsterte sie zu sich selbst, als sie spürte, wie das Adrenalin in ihrem Körper nachließ und sich die Schmerzen wieder zurückmeldeten. Sie ließ die Zettel aus ihrer Hand fallen, die sie die ganze Zeit krampfhaft festgehalten hatte, knickte nun einfach über ihrem Bett zusammen und war bereits eingeschlafen, bevor sie auf der Matratze aufschlug.

Zwei Stunden später wachte Mara auf, als das Handy neben ihr summte und blinkte. Benommen ging sie ran, brummelte ihren Namen in die grobe Richtung des Telefons und ging gleichzeitig damit auf die Suche nach ihrem Ohr.

Am anderen Ende war ein bis zum Platzen gespannter Professor Weissinger, der endlich wissen wollte, ob alles glatt gegangen war. »Ich dachte mir, wenn es geklappt hat, gehst du vielleicht ran und erzählst mir endlich alles. Und falls die Polizei immer noch dein Telefon hat, kann ich denen ja noch mal das Alibi diktieren.« Mara musste lächeln. Es tat so gut zu wissen, dass es da doch jemanden gab, mit dem sie den ganzen Wahnsinn teilen konnte. Und diesen Verbündeten würde sie nicht so einfach an Mama abgeben!

Noch etwas wirr im Kopf erzählte sie dem Professor in knappen Worten, dass mit der Polizei so weit alles gut gegangen war, sparte aber den Streit mit ihrer Mutter weiträumig aus. »… aber diese Frau Gassner von der Polizei hat Verdacht geschöpft, da bin ich mir ganz sicher! Ich glaub nicht, dass sie noch mal wiederkommt, aber ich hoffe, dass ich in der nächsten Zeit keine Probleme mehr mit der Polizei bekomme, weil sie dann garantiert wieder bei uns auf der Matte steht!«

»Du liebes bisschen«, seufzte der Professor. »Also, vielleicht fängst du doch mal ganz von vorne an und erzählst mir, was in Gottes Namen alles passiert ist. Allein deiner Stimme nach zu urteilen, hast du ja einiges durchgestanden! Ich habe mir schon die ganze Zeit Vorwürfe gemacht, dass ich dich nicht nach Hause gebracht habe.«

Mara drehte sich ächzend und äußerst ungelenk auf den Rücken, bevor sie antwortete: »Ja, aua, das war schon alles … ziemlich heftig. Aber Sie konnten ja nicht wissen, dass …«

»Ich hätte es mir aber *denken* können«, unterbrach sie der Professor. »Schließlich bin ich selbst mit dir am aufgerissenen Auge der vermaledeiten Midgardschlange vorbeigeflogen! Wie konnte ich nur davon ausgehen, dass du danach einfach so entspannt mit der U-Bahn nach Hause fahren würdest! Das passiert mir nicht noch einmal, das kann ich dir versprechen, Mara Lorbeer!«

Mara fand die Reaktion des Professors richtig rührend. Er hatte also wirklich beschlossen, sie ab sofort zu beschützen. Er konnte ja nicht ahnen, dass sich Mara zu diesem Thema in den letzten Stunden auch schon ein paar Gedanken gemacht hatte. Doch sie wusste noch nicht, wie sie ihm erklären sollte, zu welchem Schluss sie gekommen war, ohne dass es vielleicht beleidigend klang. Daher verschob sie dieses heikle

Thema vorerst auf das Ende des Gesprächs. Stattdessen setzte sie sich etwas aufrechter hin, sagte dabei zweimal leise »Au« und erzählte dann dem Professor, was seit ihrem Abschied aus der Uni alles passiert war. Und das war tatsächlich einiges …

Nach der Geschichte ihrer Flucht aus der U-Bahn, der Flucht vor der Frau, der Flucht vor den Menschen auf der Rolltreppe, der Flucht vor der Polizei und dem Sturz hinunter ans Isarufer kam sie schließlich an die Stelle, in der sie Loge, seine Feuerhölle und den seltsamen Chor beschrieb. Das war das einzige Mal, dass sie den Professor leise etwas brummeln hörte wie: »Das darf doch nicht … Natürlich, keine germanischen Götter ohne ihn, natürlich …« Im Hintergrund raschelten ein paar Blätter. Ansonsten aber blieb ihr Gesprächspartner am anderen Ende still und unterbrach sie kein einziges Mal.

Etwa zwanzig Minuten später war sie mit ihrer Erzählung endlich an der Stelle angekommen, an der der Professor sie mit dem Anruf geweckt hatte. Das bedeutete, dass sie jetzt entweder aufhörte zu erzählen, oder sie würde ihm jetzt erzählen, dass sie ihm etwas erzählte und sich so in eine Zeitschleife reden.

Darum verstummte Mara sinnvollerweise und hoffte sehr darauf, dass ihr der Professor den ganzen Irrsinn einigermaßen plausibel erklären konnte. Allzu viele Hoffnungen machte sie sich da allerdings nicht.

Der Professor räusperte sich erst einmal, als würde er im Hals nach seiner Stimme suchen. Dann sagte er: »Jetzt tut es mir noch viel mehr leid, dass ich dich alleine gelassen habe. Da hast du ja wieder mal ganz schön was mitgemacht, du armes Ding. Na, wenigstens habe ich ein paar Erklärungen für dich, die zumindest ein wenig Licht in die Zusammenhänge bringen. Ich kann allerdings noch gar nicht sagen, was für Schlüsse wir daraus ziehen müssen.«

»Macht nix«, antwortete Mara, die kurz überlegte, ob sie sich gegen die Bezeichnung *armes Ding* hätte wehren müssen. »Ich bin schon froh, wenn ich danach ein bisschen mehr weiß als jetzt, was wohl nicht so schwer ist, weil ich nämlich gar nix weiß.«

»Ach, das würde ich so nicht sagen«, brummte der Professor mit dem Anflug eines Lächelns in der Stimme. »Auf eine bestimmte Art weißt du jetzt schon mehr, als ich jemals aus meinen Büchern erfahren werde, Mara Lorbeer. Wie auch immer, fangen wir mal von vorne an: Die schwarzen Augen hast du ja selbst schon als die von Loki identifiziert. Also wollen wir doch mal davon ausgehen, dass es auch seine Augen sind. Das bedeutet aber, dass ausgerechnet der, den du laut dem Zweig *aufhalten* sollst, dich jetzt um Hilfe bittet. Das Flammenwesen mit dem Namen *Loge* allerdings kann ich identifizieren, aber ob du es glaubst oder nicht, das macht die Sache eher noch verrückter. Vor allem dieser vermaledeite Vers, den du gehört hast und der mir gerade auch noch die letzten schwarzen Haare hinter den Ohren weiß gefärbt hat.«

»Wieso das denn?«, fragte Mara.

»Nun, sagen wir es mal so. Ich bin ein wenig genervt«, sagte der Professor. »Denn dieser Vers und auch das Wesen namens *Loge* beweisen mal wieder, dass man heutzutage um einen ganz bestimmten Kerl einfach nicht mehr rumkommt, wenn es um die germanische Mythologie geht. Beides stammt nämlich von dem hochverehrten Opernkomponisten und Götterverwurstler Richard Wagner!«

Die Ironie in der Stimme von Professor Weissinger schwappte durch Maras Telefon auf ihr Bett und sickerte dort in ihren Hello-Kitty-Bettbezug.

Ein *Opernkomponist*? Damit hatte Mara nun wirklich nicht gerechnet!

»Es ist auch für mich gerade völlig unverständlich, aber hier besteht wirklich kein Zweifel. Dieser vierzeilige Vers ist ebenso wenig Teil der nordisch-germanischen Mythologie wie die Figur des Feuergottes *Loge*. Beides wird auch nirgendwo in den alten Quellen erwähnt. Vielmehr stammt all das aus der gerade mal läppische 140 Jahre alten Oper *Rheingold* von Richard Wagner, und tatsächlich nur daraus.«

Mara konnte nur fassungslos weiterschweigen. Loge stammte aus einer Oper? Diese Aufführungen, bei denen man völlig verloren war, wenn man nicht vorher die Handlung googelte, und die immer erst dann zu Ende waren, wenn irgendwer etwas völlig Unverständliches sang und danach etwas ungelenk umfiel?

Der Professor seufzte: »Wagners Version der Germanen und seine stabil gebauten Walküren mit geflügeltem Wikingerhelm verfolgen mich vermutlich noch bis ins Grab. Dank ihm denkt die ganze Welt, dass wir früher so ausgesehen haben. Dieses Germanenbild hat es sogar bis in die Bugs-Bunny-Cartoons geschafft. Und das passt ja ganz gut, denn Wagners Moppel-Madams haben auch ähnlich viel mit der germanischen Mythologie zu tun wie der Zeichentrick-Hase. Nein, warte, wenn ich es mir recht überlege, ist Bugs Bunny denen in puncto Realismus sogar um eine Hasenlänge voraus, und bitte entschuldige dieses grauenvolle Wortspiel!«

Dem Professor war anzumerken, dass er Richard Wagner für das alles wohl nicht gerade dankbar war, aber wenigstens nahm er es mit so etwas Ähnlichem wie Humor.

»Entschuldigung … zurück zu den wissenschaftlichen Fakten. Jetzt wird es ein bisschen kompliziert, aber ich versuche es möglichst einfach zu erklären: Es gibt in der germanischen Mythologie einen Feuerriesen. Der heißt aber Logi. Viele Wissenschaftler haben ihn früher aufgrund des Namens mit Loki verwechselt oder in einen Topf geworfen. So auch der Komponist Richard Wagner. Aber er ging noch weiter, denn er rührte noch mal kräftig um, machte aus dem Halbgott einen Feuergott und nannte diese neue Kreatur *Loge*. Der echte Loki hat aber gar nichts mit Feuer zu tun! Und vermutlich singt er auch nicht in der Stimmlage Tenor. Passenderweise ist der Vers, den du da gehört hast, auch aus verschiedenen Stellen der Oper zusammengeklaut. Es besteht daher kein Zweifel: Du hattest eine Vision von *Erfindungen* Richard Wagners.«

Mara war sprachlos. Die Erfindung eines Opernkomponisten hatte versucht, sie zu verbrennen? Und da fiel ihr noch etwas ein. »Wenn Loge nicht gleich Loki ist – wieso ist dann Lokis Frau bei Loge? Und sie muss es gewesen sein, denn ich habe sie erkannt. Sie hatte auch die Holzschale. Das ergibt doch alles gar keinen Sinn!«

Der Professor überlegte. »Hm …«, machte er schließlich. »Das ist in der Tat alles sehr verwirrend. Mal abgesehen davon, dass du dann das einzige mir bekannte Mädchen wärst, das von Wagneropern träumt. Und du hast natürlich auch recht mit deinem Hinweis auf Lokis Frau Sigyn. Von ihr findet sich nämlich bei Wagner keine Spur. In deiner Vision schon, und das ist wirklich sehr seltsam …«

»Seltsam? Ha! Das ist alles totaler Quatsch«, sagte Mara und fühlte ihr Hirn schwurbeln. »Wieso hab ich Visionen von einem echten

Halbgott aus der germanischen Mythologie und einem erfundenen Feuergott aus einer Oper? Und warum bettelt mich der echte Halbgott durch übergewichtige Touristen um Hilfe an, während mich der falsche Feuergott verbrennen will? Und dann steht auch noch die Frau vom echten Halbgott neben dem falschen Feuergott und löscht mich mit einem echten Wasserfall aus einer mythologischen Holzschale! Das passt doch alles überhaupt nicht mehr zusammen! Das ist doch alles … das … hihi …«

Mara merkte, dass sie albern kicherte, und konnte nichts dagegen tun. Gleichzeitig schossen ihr Tränen in die Augen.

Der Professor versuchte, Mara zu beruhigen. »Hör mal, vielleicht wäre es eine bessere Idee, wenn du dich erst einmal ausschläfst. Du hast heute wirklich viel durchgemacht. Es tut mir leid, dass ich dir nicht mehr helfen konnte und stattdessen noch mehr Verwirrung gestiftet habe. Das war wirklich nicht meine Absicht. Also, ich hole dich morgen am besten direkt von der Schule ab, damit du nicht wieder irgendwelchen schwarzäugigen Großmüttern den Joghurt zertrampelst. Und dann laufen wir ein bisschen durch den Englischen Garten. Wäre das ein Vorschlag?«

Mara nickte und erinnerte sich dann aber doch daran, dass ein Telefon solche Gesten nur sehr ungenügend übertrug. Darum nuschelte sie noch ein »Okay« hinterher.

Der Professor atmete hörbar auf. »Sehr gut, sehr gut. Vielleicht habe ich bis morgen ja sogar ein bisschen mehr Durchblick. Ich werde auf jeden Fall über die ganze Sache nachdenken und meine Notizen noch mal überarbeiten. Vielleicht finde ich ja irgendetwas, das wir bisher übersehen haben. Und in Zukunft werde ich auf jeden Fall besser auf dich aufpassen. In Ordnung?«

»Ja, danke, okay«, sagte Mara leise und räusperte sich. »Äh, also, da ist noch was, über das Sie vielleicht nachdenken könnten, wenn Sie wollen.«

»Aber gern, bitte verfügen Sie frei über mein Gehirn, solange es noch funktioniert, Werteste«, antwortete der Professor und Mara konnte sich sein schalkhaftes Grinsen dabei vorstellen. Das fühlte sich schon wieder etwas besser an, aber trotzdem wusste sie nicht genau, wie sie es sagen sollte, und sagte darum erst mal:

»Also, ähm …«

»Na, komm schon, raus damit, Mara Lorbeer!«, sagte der Professor und er klang wirklich so, als rechnete er nicht gerade mit dem Schlimmsten.

Mara sagte es ihm.

Der Professor machte: »Oh.« Und: »Hm, ja, denk ich mal drüber nach. Also dann …«

»Also dann …«, wiederholte Mara, weil ihr nichts Besseres einfiel. »Gute Nacht und danke für alles!«

»Gern. Gute Nacht«, antwortete Professor Weissinger, legte auf, und plötzlich war es sehr still im Zimmer.

Na toll, dachte Mara. Sie hatte schon geahnt, dass der Professor ihren Wunsch nicht gerade als ein Kompliment auffassen würde. Aber der Professor war nun mal ein Büchermensch. Jemand, der vor allem … na ja … Dinge *wusste*. Bis heute morgen hatte Mara auch gedacht, dass das ausreichen würde, um die Sache gemeinsam zu entwirren. Aber nach ihrer letzten Vision mit dem Feuerbringer war in ihr ein anderer Wunsch gewachsen. Seit diesem Höllentrip wünschte sich Mara nichts sehnlicher als …

… einen Beschützer.

Okay … einen Helden.

Okay … einen Helden mit einem sehr, sehr großen Schwert.

Kapitel 4

Als Mara erwachte, war auf der Akku-Anzeige ihres Handys noch genau ein Strich zu sehen. Außerdem hatte sie noch exakt 42 Minuten, bis Mathe losging. Das war zwar nicht gerade ihr Lieblingsfach, sie durfte trotzdem auf keinen Fall zu spät kommen, denn sie wollte jede weitere Aufmerksamkeit vermeiden. Schlimm genug, dass man sie garantiert zu Larissa befragen würde. Bestimmt wusste inzwischen jeder, dass ausgerechnet Mara Lorbeer im Krankenzimmer Larissas Händchen gehalten hatte.

Aufstehen!, rief sich Mara innerlich zu und fiel aus dem Bett wie ein Sack voll Bampf. Jeder Teil ihres Körpers schien sich über Nacht in ein auf links gedrehtes Nadelkissen verwandelt zu haben. Überall piekte, stach, schmerzte oder pochte es.

Das Wrack, das Mara Lorbeer war, zog sich am Schreibtisch hoch und richtete sich auf. Von dort stieß es sich ab und ließ sich bis zur Tür treiben, wo es die Strömung eines leicht rammdösigen Rechtsdralls ausnutzte, um bis ins Bad zu schlingern.

Das gestaltete sich aus mehreren Gründen schwierig. Am hinderlichsten war, dass Mara nun auch noch begann, alles doppelt zu sehen! Man musste keine Seherin sein, um zu erkennen, dass das mit den höllischen Nackenschmerzen zusammenhing.

Mara hatte keine Zeit mehr, heiß zu duschen. Außerdem hätte sie sich dann entscheiden müssen, welche der zwei Badewannen eigentlich die richtige gewesen wäre. Auch so verplemperte Mara wertvolle Sekunden damit, neben ihrer Zahnbürste mehrfach ins Leere zu greifen und die Zahnpasta überall, aber nicht auf ihrer Zahnbürste zu verteilen. Mit dem Gefühl, für heute wenigstens ihren Unterarm weitestgehend vor Karies geschützt zu haben, tappte Mara durch eine der beiden Türen aus dem Bad und entschied sich Gott sei Dank für die richtige.

So viel Glück hatte sie bei ihrem Kleiderschrank leider nicht, als sie versuchte, sich ein neues T-Shirt zu angeln, aber schnell merkte sie, dass keines ihrer Bücher aus dem Regal daneben dazu taugte, es über den Kopf zu ziehen.

Mama war natürlich schon weg. Sie arbeitete zurzeit in einer Bäckerei und ging darum immer schon um halb fünf aus dem Haus. Sie musste schließlich rechtzeitig die Aufbackbrötchen und -brezeln in den Ofen schieben, damit die Illusion von frischer Zubereitung wenigstens halbwegs gewahrt blieb. In Wirklichkeit handelte es sich um tiefgefrohrene Teiglinge. Und dieser Name passte nicht nur auf die Backwaren, sondern auch auf die Leute, die sich davon täglich ernährten. Fand zumindest Mara.

Im Moment allerdings passte der Ausdruck auch ganz gut zu Mara selbst. Unkoordiniert teigelte sie sich durch die Wohnung, um einen halbwegs straßentauglichen Zustand zu erlangen. Irgendwann wankte sie endlich durch eine der beiden Türen in eins der beiden Draußens und atmete erst einmal durch.

Doch da kam ihr ausgerechnet Nachbar Dahnberger vom Müllhäuschen aus entgegen und schimpfte dazu irgendwas von: »… war ja klar, dass früher oder später die Polizei bei euch vorbeischaut!« Doch bei der Hälfte von »Kein Wunder, denn wer seinen Fernseher so laut drehen muss, der hat doch Dreck am Stecken!« – also ziemlich genau bei dem Wort *so* – war irgendetwas sehr Mächtiges aus Maras Unterbewusstsein hinausgefahren und in Herrn Dahnberger eingeschlagen. Das Genörgel verstummte so urplötzlich, als hätte man bei einer Fernbedienung auf *Stumm* gedrückt.

Mara war aber viel zu sehr damit beschäftigt, die Balance zu halten, um sich jetzt auch noch nach ihrem Nachbarn umzudrehen. Hauptsache, er hielt die Klappe. Außerdem ging es jetzt ja auch noch darum, sich für eine der beiden U-Bahn-Stationen zu entscheiden, die vor ihr an den zwei Straßenrändern um Realitätsanspruch buhlten. Mara entschied sich für die linke.

Kurz darauf hatte sie wohl sogar die richtige Bahn von zweien bestiegen, denn etwas unter ihrem Hintern setzte sich spürbar in Bewegung und das war gut. Erschöpft sank sie im Sitz zusammen und schloss die Augen. Die gesamte Fahrt über massierte sie sich ohne Rücksicht auf eventuell verwunderte Blicke der anderen Fahrgäste den Nacken. Und bald fühlte der sich warm und etwas beweglicher an.

Als die mechanische Stimme die Haltestelle ihrer Schule schnarrte und Mara ihre Augen wieder öffnete, hatte sich der doppelte Blick immerhin schon so weit zusammengeschoben, dass es jetzt keine zwei Zugtüren mehr waren, sondern eine einzige matschig-unscharfe. Immerhin.

Zunehmend sicherer fand Mara den Weg durch das Schulgebäude hinauf in den dritten Stock zum Klassenzimmer. Sie kam gerade rechtzeitig, um ihren Mathelehrer Herrn Tonker mit nasser Hose herauskommen zu sehen. Mara war sofort klar, was passiert war: Ihr Mathelehrer hatte ihre einsame Schultasche entdeckt und wohl nicht damit gerechnet, dass irgendein Witzbold diese Tasche gestern mit Wasser aufgefüllt hatte. Die Bücher und Hefte darin hatten die Flüssigkeit wohl nicht komplett in sich aufgenommen und zudem war die Tasche überraschend wasserdicht. Ganz im Gegensatz zu Herrn Tonkers Hose.

Gibt ja auch keinen Grund, im Taucheranzug zu unterrichten, dachte Mara sinnloserweise, als sie sich hinkniete, um ihre matschigen Hefte und Bücher einzusammeln. Komisch, dachte sie dann. Warum ist es mir gerade voll egal, ob mich jemand anstarrt? Die sind doch alle schon da, warum sagt denn keiner was? Es lacht nicht mal jemand … kann nicht sein … Oh, bitte, lass es nicht, nein …

Der dunklen Vorahnung folgend hob sie langsam den Kopf. Alle Mitschüler starrten sie mit schwarz glänzenden Augen an.

»Hilf.«

Maras erste Reaktion war die gleiche wie gestern: SchreienArmerudernWeglaufenPanik! Aber schon nach einem Schrei, zwei Armruderern und drei wackeligen Schritten Richtung Tür stoppte sie. Maras Hirn hatte sich zu Wort gemeldet. Was würde es bringen, wegzulaufen?, fragte es. Im schlimmsten Fall wartete auf dem Gang schon die gesamte Schule schwarzäugig auf sie, und dann war es nur noch eine Frage der

Zeit, bis die Polizei das schreiende Nervenbündel namens Mara Lorbeer doch noch aus der Isar fischte.

Ja, sehr schlau!, rief Mara ihrem Gehirn zu. Aber was schlägst du dann vor, hä? Etwa *nicht* weglaufen?

Richtig.

Mist. Mara atmete sehr tief ein und wie in Zeitlupe wieder aus. Dann drehte sie sich um und blickte direkt in die tiefschwarzen Augen von Loki. Mal dreißig.

»Hilf«, sagte Maras Klasse, und Mara hoffte inständig, dass sie keinen großen Fehler beging, als sie allen Mut zusammennahm und mit fester Stimme sprach: »Warum sollte ich das tun … Loki?«

Mara schreckte zusammen, als ihre Mitschüler urplötzlich wie von Sinnen aufschrien! Es klang wie die Mischung aus einer menschlichen Stimme in rasenden Schmerzen und einem wilden Tier! Gleichzeitig warfen alle ihren Kopf zur Seite, rissen dabei ihren linken Arm hoch und griffen sich damit panisch ins Gesicht. So als würden sie sich vor etwas schützen.

Das Gift!, schoss es Mara durch den Kopf. Natürlich! Das war die Erklärung! Der Feuerbringer war nicht Loki, Sigyn aber war beim Feuerbringer und das bedeutete: Sigyn war *nicht* bei Loki, um den ätzenden Speichel der Schlange in der Holzschale aufzufangen! Also tropfte der laut Sage in Lokis Gesicht!

Schon schrien alle Schüler wieder und rissen dabei ihre Hand synchron zur Seite, als würde sie fürchterlich schmerzen. Gleich darauf warfen alle ihren Kopf hin und her und schrien!

Schockiert starrte Mara auf das grausame und verstörende Ballett und musste sich schließlich die Ohren zuhalten. Noch nie hatte sie etwas gehört, das so mächtig, so hilflos, so hasserfüllt und gleichzeitig so herzerweichend war wie Lokis Schmerzensschrei aus dreißig Schülerkehlen!

Plötzlich spürte sie etwas unter ihren Füßen … Der Kartenständer kippte um, die Scheibe des Overhead-Projektors zerschmetterte. Der Boden schwankte und die ersten Schüler fielen zu Boden. Dabei brüllten sie und machten keine Anstalten, ihren Fall irgendwie aufzufangen. Stattdessen versuchten sie immer wieder, mit der linken Hand ihr

Gesicht zu schützen. Ein tiefer Riss begann sich durch die Wand zu fressen, die ersten Scheiben platzten unter dem Druck aus ihren Rahmen und verwandelten den Schulhof in ein klirrendes Scherbenmeer.

Da erinnerte sich Mara: Der Sage nach waren Lokis Schmerzensschreie verantwortlich für Erdbeben! Sie hatte es erlebt, als sie Loki in seinem Gefängnis hatte schreien hören. Und es war *eine* Sache, ob irgendwo hinter dem Ende der Welt eine mythische Tropfsteinhöhle bebte, aber eine *andere*, ob es das eigene Schulgebäude war. Lokis Schreie drangen durch die Kehlen ihrer Klassenkameraden nun bis hierher in ihre Welt! Weil der Halbgott sie rufen wollte und von dem Gift der Schlange gequält wurde!

Mara musste diesen Albtraum beenden, und zwar sofort! Sie musste zu Loki! *Jetzt.*

Sie spürte Loki eher, als dass sie ihn hörte. Der Boden vibrierte unter seinem vielstimmigen Schrei und überall rieselte feiner Kalkstaub von der Decke. Es war ein fürchterliches Gefühl, wenn etwas so Stabiles wie der massive Steinboden einer Tropfsteinhöhle erzitterte. Das Beben musste mächtig sein! Und dafür verantwortlich war …

… der gefesselte Halbgott Loki! Nur wenige Meter vor ihr schlug er mit seiner linken Hand schreiend um sich, um sein Gesicht vor dem Gift der Schlange zu schützen. Seine Hand … Mara erstarrte. Wieso konnte Loki eigentlich seine linke Hand bewegen? Da erinnerte sie sich, dass auch ihre Klassenkameraden die Linke verwendet hatten, um sich vor dem imaginären Gift zu schützen. Es stimmte also, was der Zweig ihr erzählt hatte: Loki war im Begriff, sich loszureißen, und eine Hand hatte er sogar schon befreit!

Seine Schmerzen mussten unbeschreiblich sein, denn immer wieder riss Loki die Hand zurück, doch dann war sein Gesicht ungeschützt vor dem ätzenden Speichel! So ging es hin und her, und es war ein so schrecklicher Anblick, dass Mara sich schließlich abwenden musste. Was konnte sie tun?

Ihr Blick wanderte hinauf zwischen die Schatten der Tropfsteine. Aber wie bei ihrem ersten Besuch war von der Schlange nichts zu sehen. Oder doch: Im Licht glitzerte ein dünner Speichelfaden wie der Faden einer Spinne und rann von der Spitze eines der Tropfsteine unbarmherzig nieder auf den gepeinigten Halbgott!

Der Boden erzitterte abermals unter Lokis gellendem Schrei und gleichzeitig ahnte Mara mehr, als dass sie sah, wie sich direkt über ihr ein gigantischer Stalagtit von der Decke löste! Überhaupt nicht filmreif rollte sich Mara zur Seite, während neben ihr ein dicker zylinderförmiger Kalkstein auf dem Boden zerplatzte und alles in weißen Staub hüllte.

Was steh ich auch hier rum und glotze? Ich muss meine Klasse retten!, schimpfte Mara mit sich selbst, während sie hustend und spuckend versuchte, sich trotz der Erschütterungen aufzurappeln und dafür Halt an einem abgebrochenen Stalagmiten suchte.

Sie war allerdings äußerst erstaunt, als sie stattdessen eine Tischplatte ertastete, und sah sich erschrocken um: Sie stand wieder in ihrem Klassenzimmer! Auf dem Boden vor ihr warf sich einer ihrer Mitschüler mit schwarz glänzenden Augen unter den Schmerzen seiner imaginären Verätzungen hin und her. Es war Basti. Der Basti, der ihr ständig mit dem Strohhalm Papierkügelchen in die Haare spuckte. Wegen seines unüberhörbaren Lispelns hatte er ebenfalls unter Larissa zu leiden. Das war wohl auch der Grund, warum er Maras Haare immer wieder mit Papierkügelchen dekorierte. Nach dem Motto: besser sie als ich. Doch das, was er gerade durchzumachen schien, wünschte Mara niemandem. Schon gar nicht als Rache für ein paar harmlose Papierkügelch…

Wieder ertönte Lokis Schrei. Wieder erzitterte der Raum. Mara hörte erst ein ohrenbetäubendes Quietschen und dann einen Knall wie ein Pistolenschuss! Die Tafel war aus der Wand geplatzt und platt auf das Lehrerpult geknallt. So hatte sie wenigstens keinen der Schüler getr…

Mara hielt inne. *Wieso* war sie eigentlich wieder im Klassenzimmer!?

Ich muss doch zu Loki! Zu Loki!, hämmerte sich Mara ein und starrte dabei den armen Basti an, der gerade wieder panisch mit der Hand vor dem Gesicht herumwedelte und erneut aufschrie.

»Loki!«, rief Mara in die Schreie hinein. Im selben Moment verschwand der Junge vor Maras Augen und sie stand vor dem gepeinigten Halbgott – Mara war wieder in Lokis Höhle gelandet! Gott sei Dank, dachte sie, denn sie wusste, dass die verstreichende Zeit in der Realität diesmal besonders kostbar war. Bekanntlich lief die Zeit außerhalb ihrer

Traumreisen ja viel, viel langsamer ab. Oder verging die Zeit innerhalb ihrer Visionen einfach schneller? Wie auch immer. Es zählte nur, dass Mara viel mehr Zeit zur Verfügung hatte, solange sie sich *in einer Vision* befand. Und das war jetzt, wo es um jede Sekunde ging, wichtiger denn je!

Aber was sollte sie nun tun? Unschlüssig drückte sich Mara an eine Wand in Lokis Höhle, wo sie nicht von fallenden Tropfsteinen erschlagen werden konnte. Oder zumindest nicht so leicht. Das Erdbeben würde erst aufhören, wenn Loki nicht mehr schrie. Aber der würde so lange brüllen, wie die Schlange ihn quälte.

Von mir aus soll er doch die Höhle hier zusammenbrüllen, bis sie über ihm einstürzt. Dann ist das Problem wenigstens erledigt und die Schlange hoffentlich gleich mit. Hauptsache, er lässt endlich meine Klasse in Ruhe!, dachte Mara grimmig, obwohl sie schon längst Mitleid für den gequälten Loki empfand.

Mehr als jemals zuvor wünschte sie sich einen Helden mit einem großen Schwert, denn der hätte mit der Schlange sicher kurzen Prozess gemacht! Aber Mara war auf sich allein gestellt und musste selbst eine Lösung finden! Entweder die Schlange zog sich komplett zurück in die Schatten und tropfte irgendwo anders oder Loki zog sich zurück aus ihren Mitschülern!

Mara fasste sich ein Herz und trat näher an den tobenden Halbgott heran. Sie zwang sich, den Blick nicht abzuwenden, obwohl Lokis Gesicht von dem Gift fürchterlich entstellt war. Doch dann stutzte sie. War nicht gerade eben noch auf Lokis Stirn eine tiefe blutige Narbe gewesen? Und da erkannte Mara, um wie viel grausamer die Strafe der Götter wirklich war: Denn die fürchterlichen Wunden verschwanden ebenso schnell wieder, wie sie gekommen waren. Und gleichzeitig hörte Mara es zischen, als sich das Gift dafür an anderer Stelle in die Haut fraß.

»Hallo? Hallo, Herr Loki?«, rief sie schließlich. »Ich bin hier. Mara Lorbeer, äh, die *Spákona* … die Sie gerufen haben. Können Sie meine Klasse jetzt bitte freilassen? Hallo?«

Aber anstelle einer Antwort schrie der Gefesselte nur noch lauter, und als Mara es über sich krachen hörte, konnte sie sich gerade noch mit einem gewagten Sprung vor einem weiteren herabstürzenden Kalkstein in Sicherheit bringen.

Das kann ich vergessen, dachte Mara verzweifelt, als sie sich mit dem Rücken an die Wand drückte. Der Kerl hört und sieht nix, solange das Zeug auf ihn runtertropft. Und an die Schlange irgendwo da oben komm ich niemals ran. Und selbst wenn – was tu ich dann mit ihr?

Aber plötzlich hatte Mara eine Idee: Lokis Frau Sigyn hatte ihn immerhin nur mit einer Holzschale vor dem Gift geschützt. War es wirklich so einfach? Gehetzt sah sich Mara in der Höhle um, doch sie fand nichts, das ihr geeignet schien. Also zog sie kurzerhand ihre Jeansjacke aus und wagte sich aus ihrer Deckung zu dem rasenden und zappelnden Gefangenen. Dabei ließ sie die Decke mit den unaufhörlich bröckelnden Tropfsteinen keinen Moment aus den Augen. Als sie an Lokis Kopfende stand, gab sie sich einen Ruck, warf ihm die Jacke einfach über Hand und Gesicht … und sah zu, wie sich das Gift durch ihre Jeansjacke fraß, als bestünde die aus einlagigem Klopapier.

Es dauerte nur Sekunden, bis die zerfressenen Reste ihrer Jacke auf beiden Seiten zu Boden fielen. Mara sah angeekelt zu, wie sich das Gift gierig weiter durch den Stoff fraß. Die Knöpfe und der Reißverschluss waren das Letzte, was sich unter beißendem Gestank in nichts auflöste, und dann war Maras Jacke einfach verschwunden.

So einfach war es also doch nicht. Es bestätigte außerdem, was Mara schon geahnt hatte: Dieses Gefäß war offenbar keine gewöhnliche Schale.

Aber was jetzt?

Sollte sie den Mann befreien? Doch sofort erinnerte sie sich an die Warnungen des Zweiges und seine Botschaft. Auch wenn Loki sie um Hilfe angebettelt hatte – sie war doch dazu auserkoren, ihn wieder zu *binden*, und nicht, ihn *freizulassen*, oder? Der Professor hatte außerdem keinen Zweifel daran gelassen, dass mit Loki nicht zu spaßen war.

Mara war verzweifelt. Was sollte sie tun? Verdammt noch mal, alles, was sie sich überlegte, führte zu nichts! Warum war es denn so schwierig herauszufinden, was sie tun sollte!? Im Fernsehen war es doch auch immer ganz einfach! Da wusste man als Zuschauer schon lange vor dem Helden, was er zu tun hatte, und wartete nur darauf, dass der endlich auch auf die Idee kam!

Auch wenn die Zeit in ihrer Welt viel langsamer verstrich – selbst innerhalb einer Sekunde konnte viel Schreckliches passieren. Was, wenn Lokis Schreie wirklich das Schulgebäude zum Einsturz brachten?

In diesem Moment flackerte es hell über ihr in der Tropfsteinhöhle und Mara erkannte die mit quadratischen weißen Paneelen abgehängte Decke ihres Klassenzimmers, obwohl sie immer noch in der Höhle stand! Das Ganze bildete mit dem Rest der Höhle eine höchst eigenwillige Inneneinrichtung.

Ein Fenster! Ein Fenster in meine Welt!, dachte Mara aufgeregt. Ich bin in einer Vision und kann dabei in meine Welt schauen!

Da bemerkte sie, wie die Metallrahmen rings um die Deckenpaneele unendlich langsam, aber sichtbar immer weiter nachgaben. Obwohl die Zeit in ihrer Welt wie in Zeitlupe dahinkroch, würden bald die ersten schweren Gipsplatten herabstürzen!

Schon rutschte ein erstes Deckenpaneel quälend langsam aus der Verankerung hoch über Mara. Dabei zog es einen Schweif aus weißem Gipsstaub hinter sich her, wie die Zeitlupenaufnahme eines quadratischen Kometen auf dem Weg zur Erde …

Okay, in diesem Schneckentempo würde er mindestens fünf Minuten brauchen, bis er auf dem Boden aufschlug. Mara versuchte abzuschätzen, wo die Deckenplatte landen würde … und starrte in Lokis schmerzverzerrtes Gesicht. Als sie vorhin exakt an der gleichen Stelle im Klassenzimmer gestanden hatte, war dort ein anderes Gesicht gewesen: das von Basti! Wenn das Deckenpaneel also auf dem Boden im Klassenzimmer aufschlagen würde und Basti immer noch da lag, wo sie ihn verlassen hatte … Nein!

Wenn sie nun aber sofort zurückspringen würde in die Realität, dann würde auch die Deckenplatte wieder in Echtzeit fallen. Wie sollte sie Basti so schnell wegziehen oder die Platte daran hindern, weiter nach unten zu fallen!? Das war völlig unmöglich!

Oder aber …

Mara fasste einen Entschluss, und bevor sie es sich anders überlegen konnte, war sie schon neben Loki auf die Steine gestiegen und reckte sich dem unpassenden Bild an der Höhlendecke entgegen.

Dabei verdrängte Mara den Gedanken an die Schlange und sah stattdessen nach oben in das Fenster zu der seltsamen Welt, die eigentlich ihre Realität war.

Darauf achtend, dass sie weder Loki noch seine Fesseln berührte, balancierte Mara zwischen seinen gespreizten Beinen auf den Felsblöcken. Die Platte kam immer näher und näher. Wie schwer würde sie wohl sein?

Mara streckte ihre Arme aus. Das Paneel drehte sich immer weiter. Wenn die obere Ecke des Quadrats jetzt gleich nach unten zeigen würde, dann konnte Mara es vielleicht schon greifen. Dann würde sich zeigen, ob das Ganze nur ein Trugbild war und ihre Hände hindurchgleiten würden wie durch ein Gespenst!

Genug überlegt! Mara musste handeln. Also ging sie in die Knie, sprang hoch, streckte sich nach dem Paneel … und ihre Finger glitten einfach hindurch, als wäre dort nichts als feuchte Höhlenluft. Wackelig kam sie wieder auf den Kalksteinen zu stehen und ruderte mit den Armen, um nicht zu fallen.

Es war genau das passiert, was Mara befürchtet hatte. Sie überlegte angestrengt. War das vielleicht das Problem? Vielleicht musste sie viel stärker daran glauben, dass es möglich war, zwischen zwei Welten hochzuspringen und in die andere hinüberzufassen. Egal, wie unglaublich das klang!

Also duckte sich Mara zu einem weiteren Sprung. Sie konzentrierte sich, so gut sie konnte, auf die Gipsplatte und sprang … rutschte aber dabei mit dem rechten Fuß auf dem nassen Stein aus und hatte Mühe, die Balance wiederzufinden.

Doch Mara gab nicht auf. Sie duckte sich ein drittes Mal. Diesmal suchte sie sich nicht nur einen stabilen Stand auf dem Kalkstein, sondern auch einen stabilen Gedanken: Also. Ich stehe ganz offensichtlich in der Vision einer mythologischen Sage zusammen mit einem gefesselten Halbgott auf einem Tropfstein und schaffe es nicht, ein blödes Deckenpaneel aus meinem Klassenzimmer als echt anzuerkennen? Wenn, dann sollte es ja wohl andersherum sein, denn wenn etwas die Bezeichnung Gibtsjagarnichthochtausend verdient hat, dann ja wohl diese Höhle hier mit allem, was drin ist, und sicher nicht diese

Gipsplatte! Die kann man nämlich im Baumarkt kaufen! Und was man im Baumarkt kaufen kann, das kann man auch anfassen, jawohl!

Und mit diesem Gedanken schnellte Mara hoch. Diesmal aber sprang sie zur Seite, obwohl sie wusste, dass sie so nicht wieder auf den Felsen landen würde. Dabei streckte sie sich so weit sie nur konnte, versuchte aber nicht, die Platte zu greifen, sondern schlug stattdessen mit der flachen Hand dagegen … und spürte im selben Moment erleichtert, *dass* sie etwas spürte! Das Paneel wurde aus seiner Bahn geschlagen und für einen Moment schien es, als würde die schwere Platte auch hier in Lokis Höhle weiterschweben wollen. Doch schon in der nächsten Sekunde vermischten sich die zwei Welten auf die ungewöhnlichste Art und Weise – als nämlich tatsächlich eine Gipsplatte aus einem bayerischen Klassenzimmer neben dem Felsenbett des mythischen Halbgottes zerplatzte!

Die Scherben schlitterten in alle Himmelsrichtungen davon und mitten zwischen ihnen landete Mara Lorbeer so hart auf dem Steinboden, dass ihr für einen Moment die Luft wegblieb.

Als sie die Augen zur Decke richtete, war das Fenster zu ihrer Welt verschwunden. Die Tropfsteine waren zurückgekehrt und für einen kurzen Moment hatte Mara nur einen einzigen Gedanken: Das … eröffnet … *Möglichkeiten*!

Da registrierte sie, dass Loki aufgehört hatte zu schreien. Was war passiert? War er vielleicht vor Schmerzen bewusstlos?

Mara drehte sich auf den Rücken, stützte sich ächzend hoch, wandte ihren Blick dem Halbgott zu und starrte direkt in die Augen der größten Schlange, die sie jemals gesehen hatte. Der Speichel, der aus dem Maul des Reptils tropfte, ätzte direkt zwischen ihren Schuhen Löcher in den Steinboden und machte dabei ein Geräusch, das klang wie »Tsss …«

Mit einem Geräusch, das klang wie »Wuahk!«, riss Mara den Kopf zurück und fiel wieder auf den Rücken. Hektisch krabbelnd wie ein Krebs versuchte sie, sich von der Schlange zu entfernen, aber der Kopf folgte Mara mühelos mehrere Meter quer durch die Höhle. Hatte dieses Wesen denn gar kein Ende? Irgendwann musste es doch mal den Halt in der Decke verlieren und runterfallen, oder nicht?!

Die geschlitzten Augen der Schlange und das leicht nach oben gezogene Maul verliehen ihr eine Art milde lächelnden Ausdruck, der noch viel schrecklicher wirkte, als wenn die Schlange einfach zischend das Maul aufgerissen hätte. Mara kam es so vor, als wäre das Tier amüsiert und hätte gerade mehr Spaß als die letzten paar hundert Jahre zusammengenommen. Endlich mal was, das sich *bewegt*!

Mara robbte weiter rückwärts. Und während in dem einen Teil von ihr die Panik aufstieg, war der andere Teil maßlos erleichtert – denn weil sie die Schlange ablenkte, hatte Loki mit seinem Geschrei aufgehört. Und das bedeutete, dass Maras Schulkameraden endlich außer Gefahr waren.

In diesem Moment stieß Mara mit der Schulter an die Wand der Höhle. Rechts und links von ihr reckten sich Stalagmiten empor und versperrten die Flucht zur Seite. Sie saß in der Falle! Direkt vor ihr schraubte sich die Schlange in die Höhe und Mara musste hilflos zusehen, wie ein schillernder Speicheltropfen ätzenden Gifts das Maul des Viehs verließ, sich immer weiter dehnte, bis er zu einem dünnen Faden wurde, der nur noch wenige Zentimeter von ihrem Gesicht entfernt war …

Da hörte sie einen Schrei und sie erkannte Lokis Stimme. Diesmal brüllte er jedoch nicht vor Schmerzen wie gerade eben noch, sondern er klang so, als … ja, als würde er weinen! Und dabei rief er immer wieder klar und deutlich einen Namen: »Sigyn! Sigyn!«

Mara wunderte sich, dass sie trotz allem tatsächlich einen Gedanken daran verschwendete, wie ungeeignet dieser Name doch war, um gerufen zu werden … Sigyn …

Kapitel 5

Plötzlich war die Höhle verschwunden, die Schlange ebenso und Mara starrte in flirrende Hitze. Noch bevor sie aufatmen konnte, weil sie dem Vieh für den Moment entkommen war, war ihr klar, dass dies vielleicht gar kein Grund war, sich zu freuen: Sie befand sich abermals im Reich des Feuerbringers Loge!

Vor ihr stand Lokis Frau Sigyn mit der Holzschale in der Hand. Ihr Gesicht war verzerrt vor Trauer und Verzweiflung, als sie Mara erblickte.

»Warum bist du zurückgekommen, *Litilvölva*? Noch einmal wird er dich nicht verschonen!«

Sigyn sank vor Mara in die Knie und blickte ihr direkt in die Augen: »Flüchte, kleine *Völva*! Und tue es jetzt, bevor er …« Sie verstummte, als die geisterhaften Stimmen des seltsamen Vierzeilers durch das Schmatzen der Flammen drangen.

Hohen Mut verleiht deine Macht;
grimmig und groß wächst in dir die Kraft …

Ein mächtiges Dröhnen erschütterte den Boden und die Flammen rings um Mara und Sigyn schlugen hoch. Sigyn packte Mara an den Schultern und schrie: »Verschwinde! Sofort!«

Doch Mara hatte etwas anderes vor und schrie zurück: »Nur wenn Sie mitkommen! Loki braucht Sie!«

Zur leckenden Lohe dich wieder zu wandeln …

Anstatt einer Antwort rannen Sigyn nun Tränen über die Wangen. Jetzt verstand Mara: Sigyn konnte hier nicht weg! Loge hatte Sigyn in seiner Gewalt! Natürlich, das war die Erklärung!

spürst du die lockende Lust …

Endlich ergab alles einen Sinn. Mara war so aufgeregt von all den Erkenntnissen, die auf sie einprasselten, dass sie im Moment noch nicht einmal Angst verspürte. Natürlich, schrie es förmlich in ihr. Das bedeutet, Loge ist *nicht* gleich Loki, denn Loki ist in der Höhle, Loge ist hier und Sigyn ist bei ihm! Aber eben nicht freiwillig, und das heißt …

Schlagartig verging Mara jeder Gedanke an weitere detektivische Analysen. Sie spürte, wie die schweren Schritte des Feuerbringers näherkamen und gleichzeitig die Flammen glühend heiß in die Luft schossen. Noch war er nicht zu sehen, aber Mara wusste, er würde bald vor ihnen stehen!

Sigyn sah ihr mit flehendem Blick in die Augen, ließ ihre Hände von Maras Schultern herabgleiten und schloss sie fest um ihre Finger. Und als Mara Sigyns Händen mit dem Blick folgte, wurden auch die letzten Zweifel an ihrer Theorie ausgelöscht: Lokis Frau trug eine geschmiedete Eisenfessel am rechten Bein, die zudem rötlich glomm, als hätte sie ein Schmied gerade aus dem Ofen gezogen. Mara war sofort klar, dass dies nicht die Art von Fesseln war, die man einfach mit einer Haarnadel öffnen konnte: Sigyn wurde hier von Loge festgehalten wie ein Kettenhund und Mara hatte keine Idee, wie sie der Gefangenen helfen konnte.

Das war des Rätsels Lösung und zugleich die Erklärung für die Vision auf der Rolltreppe: Loge hatte Sigyn entführt und das Letzte, was Loki von seiner Frau sah, war das, was er Mara als Vision geschickt hatte: Ein Feuerwesen, das Sigyn mit sich riss.

Mara spürte Sigyns sanfte Berührung auf ihrem Arm und wollte ihr irgendetwas sagen, ihr versichern, dass alles gut würde, obwohl sie keine Ahnung hatte, wie sie das jemals erfüllen konnte. Doch da sah sie die gigantische Gestalt von Loge, der mit mächtigen Schritten auf sie zugestapft kam und dabei immer größer und größer wurde.

Seine geballten Fäuste glühten vor Wut und seine Augen schnitten weiß brennend durch das rötliche Flackern der Flammen. Und über alldem flüsterten die körperlosen Stimmen nach wie vor unerbittlich den Vierzeiler, der ihn immer gleißender lodern ließ.

»Litilvölva, kamst zurück, zu kauern vor dem König der Flammen«, ertönte die Stimme des Feuerwesens.

Mara wusste, dass er nun dafür sorgen würde, dass sie nicht noch einmal zurückkehrte. Wie aufgepumpt von der andauernden Wiederholung der Verse schien er vor Kraft fast zu platzen. Diesmal würde er Mara einfach zerschmettern oder zu einem kläglichen Häuflein Asche verbrennen. Oder beides.

Aber anstatt sich voller Furcht neben sie zu ducken, stand Sigyn entschlossen auf und stellte sich Loge in den Weg! In der rechten Hand hielt sie die Holzschale!

Loge aber holte mit beiden Armen weit aus und ließ seine brennenden Fäuste auf Sigyn niederrasen wie einen Dampfhammer. Mara sah noch, wie Sigyn ihre Schale mit beiden Händen fasste und über sich hielt wie einen Schild. Dann schlugen die lodernden Fäuste des Feuerbringers krachend auf sie ein! Niemals würde Sigyn so einen Schlag überleben!

Doch da betäubte ein durchdringendes Zischen Maras Ohren und ihr Blick wurde eingenebelt von heißem Wasserdampf. Als sie wieder etwas erkennen konnte, traute sie ihren Augen kaum: Sigyn hatte mit der magischen Schale den Schlag des Feuerbringers tatsächlich abgewehrt!

Wieder trafen die Fäuste auf die Holzschale, und wieder stob eine zischende Fontäne aus kristallklarem Wasser daraus hervor. Fast schien es Mara so, als würden die Arme des Feuerbringers für einen Moment verschwinden. Oder war das nur der immer wieder blitzartig aufwallende Wasserdampf, der den Blick auf die Feuerfäuste verdeckte?

Mara konnte nicht anders als fasziniert zusehen, wie geschickt Sigyn die wütenden Schläge des Feuergottes parierte. Der wurde immer zorniger, doch er drang nicht durch ihre Deckung. Offenbar bekämpften sich die beiden nicht zum ersten Mal und Mara fragte sich unwillkürlich, ob so vielleicht ein Ehestreit zwischen Göttern aussehen würde.

Da drehte sich Sigyn zu Mara herum und rief ihr zu: »Flieh, *Litilvölva*, flieh!«

»Sagen Sie mir, was ich mit Loki tun soll!«, schrie Mara zurück. Diese Antwort überraschte Sigyn und sie drehte sich zu Mara um. Loge nutzte diesen Moment, holte aus und schlug Sigyn mit seiner mächtigen, brennenden Faust zur Seite, sodass die arme Frau mehrere Meter durch die heiße Luft geschleudert wurde. Die Kette spannte sich quer vor Maras schockiertem Blick, und nur daran, dass diese schließlich schlaff zu Boden fiel, erkannte sie, dass Sigyn wohl irgendwo im Feuernebel aufgeschlagen sein musste. Was hatte Mara nur angerichtet!

Der riesige Feuergott stand nun direkt vor ihr. Er musste mindestens die Größe eines dreistöckigen Hauses haben, denn seine Faust war größer, als die arme Sigyn von Kopf bis Fuß gemessen hatte. Die ganze Gestalt bestand aus Millionen von winzig kleinen Flämmchen, die wild flackerten, unablässig ihre Form und auch die Position änderten, wenn Loge sich bewegte. Es schien aber nicht, als würde der Körper des Feuerbringers brennen, sondern vielmehr so, als *bestünde* er durch und durch aus diesen Flammen.

Loge hatte sich nun so weit zu Mara heruntergebeugt, dass sie statt der Form seines Gesichts nur die vielen einzelnen Flämmchen wahrnahm. Was aus weiterer Entfernung seine Augen bildete, war aus der Nähe betrachtet nur ein verwirrend flackerndes Gewimmel mit einem weiß glühenden Fleck in der Mitte. Mara wurde schwindelig.

Wie gelähmt sah sie zu, als der Feuergott seine gigantischen Pranken hob und höhnisch dröhnte: *»Gewarnt hat sie der Feuerbringer, doch weichen will die* Völva *nicht … nun schmecke die Lohe, vergehe in Loges rot lodernder Macht!«*

Mara spürte die Hitze und wusste, dass sie niemals so schnell so weit laufen konnte, dass die riesigen Fäuste sie nicht spätestens beim dritten Versuch zermalmen würden. Doch da schlitterte etwas aus dem Feuernebel über den Boden auf sie zu und stieß klappernd an ihren Fuß: Sigyns Holzschale!

Ohne auch nur einen Augenblick zu zögern, riss Mara die Schale in die Höhe und stemmte sie dem Feuergott entgegen. Und das keinen Moment zu früh, denn schon ließ dieser wieder seine Fäuste auf sie niedersausen. Mara spannte all ihre Muskeln an, biss die Zähne zusammen und kniff die Augen zu. Etwas über ihr explodierte und raubte Mara für einen kurzen Moment die Sinne.

Danach passierte erst einmal gar nichts. Oder lag es daran, dass ihr Gehör von dem dampfenden Zischen betäubt war? Nein, sie hörte doch deutlich das dumpfe Prasseln der Flammen! Und etwas fehlte: Die Geisterstimmen mit dem Vers waren verstummt. Aber warum griff sie der Feuergott nicht sofort noch einmal an oder beschimpfte sie wenigstens weiter?

Mara wagte es, die Schüssel ein Stück sinken zu lassen. Mit dem Anblick, der sich ihr nun bot, hatte sie nicht im Entferntesten gerechnet: Vor ihr stand der Feuergott und starrte mit einem verwundert bis dümmlich zu nennenden Blick auf seine Arme. Oder besser auf die Stelle, wo seine Arme endeten. Denn dort, wo eben noch seine brennenden Fäuste gelodert hatten, war nun … gar nichts. Loge blickte auf die flackernden Stümpfe am Ende seiner Unterarme, und ihm war anzusehen, dass auch *er* damit nicht gerechnet hatte.

Bildete Mara es sich ein oder hörte sie Sigyns Stimme von irgendwoher durch den Feuernebel dringen? War das wirklich ein Lachen? Ja, natürlich! Und da sah sie die Frau auch schon undeutlich durch den Flammenschleier auf sie zukriechen.

Auch ohne sie klar erkennen zu können, wusste Mara sofort, dass Sigyn verletzt war. Aber das Lachen der Frau war ebenso klar und deutlich, als sie Mara mit spürbarer Freude in der Stimme zurief: »Nie wieder wird er dich nun kleine *Völva* nennen, und ich auch nicht mehr, das schwöre ich! Haha! Du bist klein von Wuchs, aber groß in deiner Kraft! Aber nun geh, geh zu meinem Mann, und denk nicht mehr an mich!«

Mara wollte ihr die Holzschale zuwerfen, aber Sigyn winkte energisch ab: »Nein, nein, ohne dies kannst du Lokis Pein nicht lindern! Denk nicht mehr an mich, sag ich dir, und nun rasch, bevor die Gebete wiederkommen! *Verschwinde!*«

Maras Gedanken rasten nur so durch ihren Kopf, aber Sigyn sprach so eindringlich und das Flehen in ihrer Stimme war so unerträglich, dass Mara die Holzschale an ihren Bauch presste und sich mit aller Kraft auf Loki und seine Höhle konzentrierte. Sie schickte noch ein letztes Dankeschön an Sigyn, ohne zu wissen, ob sie es wirklich wahrnehmen würde, und kniff die Augen zusammen.

Als Mara die Augen wieder öffnete, glaubte sie für einen Moment, ihr Herz stolpern zu hören: Vor ihr lag Loki und schrie wieder unter den Schmerzen des Giftes. Die Schlange hatte sich offenbar an ihren Platz zwischen den Tropfsteinen zurückgezogen und vergnügte sich weiter mit ihrem Opfer. Bedeutete das, dass auch ihre Klasse wieder von den Schreien gepeinigt wurde? Oder hatte Loki die Verbindung zu ihnen vorhin unterbrochen und nicht wieder aufgenommen?

Ohne länger zu zögern, sprang Mara zu dem Halbgott und fing das glitzernde Rinnsal mit Sigyns Schale auf. Dabei gab sie sich alle Mühe, nicht an das fürchterliche Reptil zu denken, das sich irgendwo über ihr in den Schatten wand. Und es funktionierte: Die Schale fing das ätzende Gift auf, ohne Schaden zu nehmen, und Loki verstummte mit einem tiefen Seufzer.

Einen Moment lang geschah gar nichts und Mara konnte zusehen, wie die Wunden in Lokis Gesicht und auf seiner Hand verschwanden, als wären sie nie da gewesen.

Dann erst öffnete der Halbgott langsam seine Augen. Als er eine Gestalt über sich spürte, erhellte sich sein Blick. Trotz seiner schwarzen Pupillen spürte Mara so etwas wie Wärme, als er ansetzte: »Sig…«

Doch als er erkannte, dass es nicht seine Frau war, die ihn vor dem Gift schützte, legte er seine Stirn in Falten: »*Litilvölva* …«, sagte er mit einer sanften Stimme, die Mara völlig überraschte. »Bist du die, die mein Rufen hörte?«

»Ich … ich glaube schon«, antwortete Mara unsicher, denn ihr war äußerst mulmig zumute.

Sie konnte im Moment kaum einen klaren Gedanken fassen. Zu viele davon tummelten sich hinter ihrer Stirn und winkten beidhändig, um ja als Erster drangenommen zu werden. Ganz besonders heftig meldete sich allerdings eine Ungewissheit vorne in der ersten Bank.

»Ähm, ich will Ihnen gerne alles erklären, was ich weiß und woher ich die Schale hab, aber bitte darf ich mich nur für einen Moment auf etwas anderes konzentrieren, Herr … äh … Loki? Es geht auch bestimmt ganz schnell, hoffentlich …«, stammelte Mara etwas ungelenk und achtete darauf, die Holzschale nicht von der Stelle zu bewegen.

»Solange du mir die Pein des Schlangengiftes ersparst, bin ich gerne bereit, meinen Mund stillzuhalten, als wäre er mir nochmalig zugenäht«, sprach Loki, und irgendetwas an dem Wort *nochmalig* ließ eine dunkle Ahnung in Mara aufsteigen, die sie aber sofort niederkämpfte, um sich auf ihre jetzige Aufgabe zu konzentrieren.

Sie warf einen letzten Blick auf die Holzschale. Dann erst wandte sie sich ab, um einen der kürzeren Kalksteine auf dem Boden zu fixieren.

Du bist jetzt Basti und *ich will dich sehen*, dachte Mara und war überrascht, wie logisch es sich anhörte und wie einfach es letztlich war, wenn man erst einmal wusste, wie es ging. Prompt verschwand ein Teil der Höhle vor ihr und sie sah Basti vor sich auf dem Boden des Klassenzimmers liegen. Behutsam erweiterte sie ihren Wunsch auf die anderen Schüler, und tatsächlich öffnete sich das Tor in ihre Welt ganz kontinuierlich, genauso wie sie es wollte. Trotzdem blieb der Rest der Höhle um Mara bestehen und sie sah auch Loki neben sich, der aber anscheinend nichts von alldem mitbekam. Stattdessen schaute er an die Decke auf die Tropfsteine und summte zu allem Überfluss auch noch eine seltsam fröhliche Melodie, ganz so, als wäre er nicht an diese Steine gefesselt, sondern würde irgendwo an einem Pool im Liegestuhl sitzen.

Mara verdrängte den Gedanken an Eistee mit Eiswürfeln und konzentrierte sich darauf, das Bild vor ihr hin- und herzubewegen, damit sie sehen konnte, wie es ihren Klassenkameraden ging.

Kurz war sie geschockt, denn niemand schien sich mehr zu bewegen unter dem Schutt und den zerbrochenen Resten der herabgefallenen Deckenpaneele. Doch als sie etwas länger hinsah, bemerkte sie, dass sich der Staub in der Luft kaum merklich bewegte, und auch unter all den umgefallenen Bänken und Stühlen regte es sich. Allerdings so unendlich langsam, dass die Bewegung fast nicht zu sehen war. Natürlich, die Zeitverzögerung zwischen den Welten!

Sie musste tatsächlich recht lange auf eine Stelle starren, um überhaupt zu sehen, dass sich etwas tat. Erleichtert stellte sie schließlich fest, dass die Beben tatsächlich aufgehört hatten und ihre Mitschüler wohl mit dem Schrecken davongekommen waren.

Mara atmete tief durch. Für den Moment hatte sie es also tatsächlich geschafft! Sie hatte alle gerettet. Okay, bis auf Sigyn vor dem

Feuerbringer, sich selbst vor dem ganzen Wahnsinn und, ach ja, die ganze Welt vor … tja, vor was denn jetzt eigentlich? Da stand ja immer noch die Sache mit der Götterdämmerung im Raum. Aber das würde sie nun hoffentlich mit Loki ein für alle Mal klären können. Schließlich war der ihr jetzt echt was schuldig. Ach ja, und sie musste langsam mal ihren Schüssel-Arm wechseln, denn der zeigte schon erste Ermüdungserscheinungen.

Vorsichtig führte Mara die linke Hand an die Schüssel und ließ die rechte erst los, als sie die Schale auch wirklich sicher in der Hand hielt. Dann erst schloss sie das Bild in die andere Welt und wagte noch einmal einen prüfenden Blick nach oben, um sich zu versichern, dass sich die Schlange nach wie vor damit begnügte, pausenlos zu sabbern. Endlich gestattete Mara Lorbeer sich einen sehr, sehr tiefen Seufzer.

Ohne die Schatten in der Decke ganz aus den Augen zu verlieren, wandte sie sich nun dem gefesselten Halbgott zu, der da unter ihr lag und geduldig eine seltsam eintönige Melodie summend zu ihr hochsah.

»Also, wenn ich jetzt erst mal hier so stehen bleibe, kann ich dann ein paar Fragen, äh, fragen?«

Lokis schwarze Augen blitzten schalkhaft, als er antwortete: »*Litilvölva*, solange du die Schale über mein Haupt hältst und mich vor dem Seiber der verfluchten Schlange dort oben so vortrefflich schützt, gebietest du über mich so vollkommen, dass ich dir alle Wünsche von den Augen ablesen will. Aber bedenke, dass ich nur eine einzige freie Hand habe, um sie dir zu erfüllen.«

Dabei winkte er mit seiner freien Hand, grinste schelmisch dazu, und Mara musste unwillkürlich an den Professor denken. Die beiden würden sich humormäßig sicher sehr gut verstehen.

»Also gut, zuallererst mal hab ich eine echt doofe Frage und ich hoffe, dass das für Sie okay ist, Herr Loki. Also jetzt, wo Sie ja anscheinend eine Hand von Ihren Fesseln befreit haben … könnten Sie die Schale dann nicht selber halten?«

Kapitel 6

Eine Pause entstand und Mara fasste nun einen längst überfälligen Entschluss. Wenn all ihre Gesprächspartner von Loge bis Loki und von Professoren bis Polizistinnen ganz offensichtlich Schwierigkeiten hatten, ihr zu folgen oder sich einen Reim auf das zu machen, was sie tat, fragte oder sprach – dann war das ab sofort eben ganz alleine deren Problem! Also drückte sie Loki wortlos die Holzschale in die freie Hand und half ihm, sie an die richtige Stelle zu führen. Dabei richtete Mara den Blick immer wieder nach oben in die Schatten, um nicht noch einmal von der Schlange überrascht zu werden. Aber solange niemand in ihr Revier eindrang, schien sie sich da oben recht wohl damit zu fühlen, weiter auf Loki herunterzusabbern.

Der starrte einen Moment lang ungläubig auf die Holzschale in seiner Hand. Dann endlich fand er seine Sprache wieder und Mara fiel erneut die angenehm weiche Stimme des Halbgottes auf, als er erst freudig auflachte und dann sagte: »Gerne schütze ich mich selbst vor dem Geifer, kleine *Völva*. Lange genug war ich hilflos und konnte selbst nichts tun, als nur blindwütig zu schreien und um Hilfe zu betteln wie der Feigling, der ich war.«

Mara wusste, dass in diesem Satz mehr steckte als nur die Freude darüber, endlich selbst wieder etwas tun zu können.

»Oh, *Litilvölva*«, fuhr Loki fort. »Könnten meine ach so gestrengen Richter von damals mich so sehen, sie hätten mir die Schale sofort genommen, und ich bin sicher, sie hätte ein schnelles Ende ereilt unter *Mjölnir*s Schlag! Aber nachdem ich vor wenigen Tagen in blinder Wut meine linke Hand von *Narfis* blutigem Griff befreite und keiner von ihnen erschien, um mich abermals zu binden, scheint mir, dass sich wohl auch in Zukunft niemand hier einfinden wird.«

Mara hatte keine Ahnung, wer oder was ein *Mjölnir* war, aber sie war sich sicher, dass mit *Narfis blutigem Griff* die ebenso magischen wie ekelhaften Fesseln gemeint waren, die die Götter aus den Gedärmen von Lokis Sohn *Narfi* geschmiedet hatten. Sie sparte sich daher jede weitere Nachfrage ganz ausdrücklich. Aber etwas anderes hatte Maras Interesse geweckt …

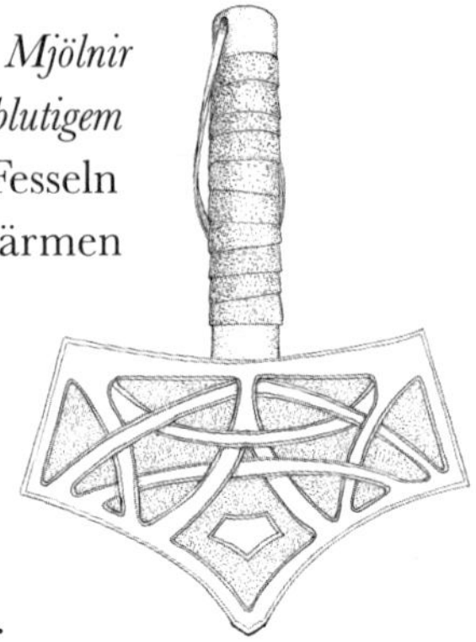

»Meinen Sie damit, dass es die ganzen anderen Götter nicht mehr gibt?«, fragte sie. Lokis Blick wurde hart, seine Stimme verlor jede Weichheit, und fast dachte Mara, sie hätte ihn mit dieser Frage wütend gemacht. Doch seltsamerweise lag in seinen Worten keine Wut, sondern nur die Last vieler Jahrhunderte, als er ihr mit einer seltsam entrückten Grabesstimme antwortete: »Wie soll der Loki das wissen, wo er doch nun schon so lange hier in seinem Gefängnis harrt und nur weiß, dass es den Loki wohl noch geben muss, da er sich selbst von Zeit zu Zeit schreien hört …«

Dann aber lachte er kurz auf, als hätte er gerade nur ein kleines Theaterstück aufgeführt. Mara war erstaunt, dass er bei all dem Grauen, das er durchlebt hatte, noch in der Lage war, überhaupt ein Geräusch zu machen, das an Lachen erinnerte.

»Wenn die anderen Götter alle verschwunden sind«, fragte sie weiter, »warum glauben Sie denn, sind Sie selbst immer noch hier?«

Loki zuckte mit der einen Schulter, die er bewegen konnte. »Das kann ich dir nicht sagen, kleine *Völva*, wie ich dir auch alles andere nicht sagen kann, das außerhalb meiner kalkweißen Hallen stattfand. Ich vermag dir wohl alles zu erzählen über die Entstehung von Tropfsteinen, die Gewohnheiten meines verehrten Mitbewohners, dem *Skadarnaut* dort oben in den Schatten. Oder darüber, wie es ist, über Jahrhunderte seine Glieder nicht zu strecken! Über den Verbleib der *Asen* und der *Wanen* jedoch und das Geheimnis meines langen Seins weiß ich weniger als nichts. Wobei auch weniger als nichts nicht mehr ist, als nun mal nichts nicht mehr oder weniger nichts sein kann, als nichts nun mal ist.«

Sichtlich stolz über diesen sprachlichen Irrgarten grinste Loki schelmisch zu Mara hinauf.

Oh ja, dachte sie, du würdest dich sicher gut mit dem Professor verstehen! Der hätte jetzt vielleicht sogar eine ebenbürtige Antwort gehabt. Mara hingegen hatte nur weitere Fragen. »Dann verstehe ich aber noch was nicht, Herr Loki … warum wollen Sie sich denn an den Göttern rächen, wenn es die doch anscheinend eh nicht mehr gibt?«

Doch da sah Loki sie mit einem verwunderten Blick an: »An den Göttern will ich mich rächen? Ich frage mich, wo du das gesehen haben kannst, kleine Seherin?«

Mara verstummte. Tatsächlich hatte Loki nichts dergleichen gesagt. Sie hatte es sich nur aus den Erzählungen des Zweigs und ihren bisherigen Erlebnissen zusammengereimt.

»Soll das bedeuten, dass Sie die Welt auch nicht in die *Ragnarök* stürzen wollen?«, fragte Mara etwas verdattert.

»Die *Ragnarök*? Ha! Nein, ich hatte genug Müßiggang, um über diese Torheit nachzudenken, *Litilvölva*. Alles hätten wir zerstört und uns selbst noch mit dazu, und nichts hätten wir erreicht außer einen neuen Anfang, der ja doch wieder so enden würde wie das, was man trachtete, beenden zu wollen. Nein, nicht ums Zerstören geht es, nur ums Sein soll es gehen. Denn wir haben nicht den Anfang gemacht, also werden wir es auch nicht beenden. So viel kann auch ein halber Gott verstehen, wenn er nur doppelt so viel Zeit hat nachzudenken!«

Mara war noch nicht einmal ein halber Gott und darum verstand sie auch gerade mal ein Viertel von dem, was Loki sagte. Aber zumindest hatte sie kapiert, dass er sich nicht an den Göttern rächen wollte.

»Aber an wem denn dann?«, plapperte es aus ihr heraus. »Ich meine, Sie … Sie sind doch wütend auf … irgendwen oder irgendwas?« Wie war es denn sonst zu erklären, dass man ihr den Zweig geschickt hatte, um Loki aufzuhalten? Es musste doch einen Grund geben, warum wer-auch-immer die Götterdämmerung befürchtete!

»Das will ich dir gerne sagen. Auf dass du es nie wieder vergisst«, antwortete Loki, und Mara spürte plötzlich den düsteren Unterton seiner Stimme, der in ihrem Bauch vibrierte. »Loki will Rache an dem, der ist, obwohl er nichts ist; dem, der mehr sein will als das, aus dem er geboren; dem, der glaubt, dass der *Logi* ihm die Kraft gibt, dem Loki zu widerstehen, und damit irrt; dem, der mein Teuerstes mir nahm:

Sie, die mir das größte Opfer brachte, so viel mehr gab, als ich jemals gegeben!«

Der Halbgott machte eine Pause und sprach dann plötzlich sehr leise weiter: »Ja, groß war der Loki im Nehmen, noch größer im Behalten, aber im Geben war er klein. Kleiner noch als diese elende Wanze, die mir seit Jahrhunderten am rechten Bein saugt und die ich nicht mehr missen will.« Er blickte Mara trocken an. »Ich habe sie *Odin* getauft. Wie findest du das?«

Und dann lachte er so sehr, dass ihm die Tränen über die Wangen liefen und ihm fast die Schüssel aus der Hand gefallen wäre. Sein Lachen wirkte ansteckend und Mara konnte nicht anders: Sie musste grinsen. Nicht über den Witz, dessen Pointe sie nur erahnen konnte, aber dafür umso mehr über Loki selbst und seine unbändige Freude am eigenen Scherz.

Doch plötzlich ging Lokis Kichern in ein Schluchzen über und die Tränen wirkten nicht mehr wie Lachtränen. Kein Zweifel: Der Halbgott war nahtlos zum Weinen übergegangen und wirkte nun so bemitleidenswert, dass Mara einen Kloß im Hals bekam. Wow, dachte sie gleichzeitig, der wechselt aber schnell seine Gefühlslagen! Wie soll man denn da hinterherkommen? Nicht dass ich vielleicht noch lache, wenn er längst wieder heult oder schon sauer ist! Denn obwohl Loki gefesselt war, wollte sie es auf keinen Fall riskieren, seinen Zorn auf sich zu ziehen!

Aber als Mara Loki anblickte, musste sie feststellen, dass sie schon wieder den Anschluss verloren hatte. Der Halbgott war bereits zwei Gefühle weiter. »Er hat mir mein Weib genommen und dafür werde ich ihn richten!«

Mara runzelte die Stirn. »Dein *Weib*? Damit meinst du deine *Frau* Sigyn, oder?!«

Ich habe gerade einen Halbgott verbessert, dachte Mara, jetzt muss ich mal langsam wieder ein bisschen aufpassen, was ich sage.

Aber Loki blickte sehnsüchtig auf die Holzschale.

»Sigyn«, seufzte er. »Ja, Sigyn war ihr Name. Und er hat sie mir genommen! Für immer!«

»Für immer?«, fragte Mara. »Aber kann man sie denn nicht irgendwie befreien?«

»Ha, so viel weiß ich wohl über meine liebste *Hel*, dass sie nicht gern aus ihren Hallen der Toten entlässt, wer diese einmal betreten.«

»Aber wieso denn *Hallen der Toten*?«, wunderte sich Mara. »Sigyn ist doch nicht tot!«

Da wandte der Halbgott seinen Blick von der Holzschale und seine schwarzen Pupillen sahen Mara so durchdringend an, dass sie das Gefühl hatte, sein stechender Blick würde an ihrem Hinterkopf wieder austreten und dort Löcher in die Wand schmelzen!

»Was sprichst du da?«, zischte Loki sie an. »Bist du gekommen, um mir mit der Hoffnung noch mehr Schmerzen zu bereiten? Der Flammenmann, der sich *Loge* nennt, hat sie von hier mitgenommen! Dort, wo du nun stehst, stand auch er und mit ihrem Feuertod hat er geprahlt!«

Mara sah, dass dem Halbgott wieder die Tränen in die Augen stiegen. Und schon Sekunden später wirkte er erneut wütend, als er grollte: »So groß war meine Wut und mein Verlangen, ihn zu packen, dass ich meine Hand losriss! Doch meine Faust glitt durch ihn, als wäre er nichts als glutheißer Nebel und er entschwand hohnlachend mit der Liebsten aus meinem Gefängnis!«

So schrecklich Lokis Bericht auch war, für Mara erhellte sich gerade eine ganze Milchstraße aus Glühbirnen! Endlich fügten sich die Puzzlestücke zu einem sinnvollen Ganzen zusammen. Aufgeregt tigerte sie in der Höhle hin und her und vergaß sogar für einen Moment die Schlange zwischen den Tropfsteinen. »Herr Loki! Sie müssen mir glauben! Ich habe Ihre Frau gesehen. Sie war bei diesem Loge in seinem Vulkan, wo auch immer der sich befindet. Und sie war nicht nur lebendig, sondern hat mich mit dieser Schale vor dem Feuerbringer beschützt. Und sie hatte eine glühende Fessel an ihrem Fuß, mit einer sehr langen Kette daran. Ich bin mir ganz, ganz sicher: Ihre Frau Sigyn ist nicht tot, sondern *gefangen*!«

Zum ersten Mal schien es, als wäre Loki sprachlos. In seinem Gesicht fand ein wahres Blitzgewitter an Emotionen statt und Mara ertappte sich dabei, wie sie unwillkürlich mitgrimassierte. Dabei war das gar nicht so einfach. Während seine Augen noch wütend blitzten, lachte sein Mund bereits, und kaum hatte der sich im nächsten Moment zu einem zornigen Schrei verzogen, hatten sich die Brauen schon wieder

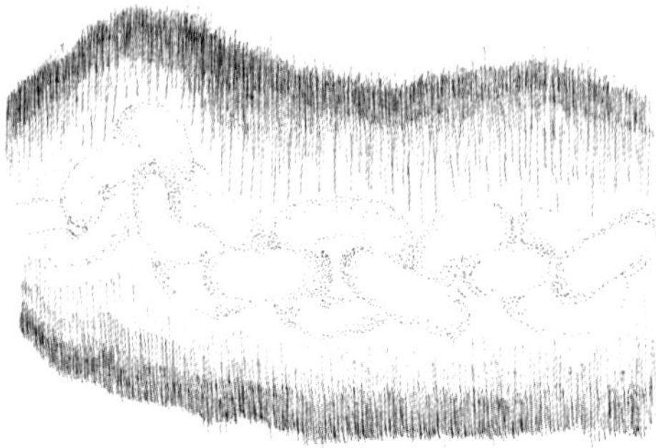

gelöst und die Stirn gelockert, als würde Loki gleich grinsen! Mara bemerkte, wie er unter der Last der Gefühle drohte, die Holzschale zu verlieren, und sprang an seine Seite. Gerade noch rechtzeitig fing sie die Schale auf, bevor er sich den gesamten ätzenden Inhalt in das Gesicht gekippt hätte. Diese Erkenntnis schien auch den Halbgott wieder halbwegs zur Besinnung zu bringen.

»Ich danke dir, kleine *Völva*«, sprach er und seine Stimme klang, als würde er einen Schwur aussprechen. »Höre, wenn es stimmt, was du da erzählst, dann wird der Loki dein Lied singen, bis es alle Asen und Wanen, alle Riesen und Zwerge, Schwarz-, Grau- und Weißalben gehört haben, und jedem einzelnen Menschen werde ich es im Traum anstimmen, bis sie alle vor dir niederknien, wohin du auch kommst!«

Mara war die Vorstellung, durch eine Fußgängerzone zu laufen, in der sich alle anderen Passanten um sie herum niederknieten wie in einer rückwärts laufenden *La-Ola-Welle*, höchst zuwider. Daher beeilte sie sich, Lokis Redefluss schnell zu unterbrechen, bevor er sich zu noch wahnwitzigeren Schwüren hinaufschraubte und diese am Ende vielleicht auch noch wahr machte.

»Ähm, ja, ja, danke. Das wäre wirklich ganz fürchterlich … äh, nett von Ihnen, Herr Loki, aber wirklich nicht nötig. Echt nicht! Vielleicht überlegen wir jetzt mal lieber, wie wir Ihre Frau befreien können, oder? Ach, und die Holzschale müssten wir mal ausleeren, glaub ich.«

Mara warf einen Blick in das fast volle Gefäß und sah darin das Gift die Ränder hinaufschwappen, als wäre es lebendig und auf der Suche nach einem Opfer.

Loki wusste natürlich, was nun passieren würde, aber er riss sich zusammen. Mit einem entschlossenen Blick sah er Mara an und sprach dann sehr knapp und gefasst: »Nun denn, dann bringen wir das doch ganz bald hinter uns. Um nicht zu sagen: Jetzt!«

Mit diesen Worten griff er an Maras Hand und schleuderte die Schale nach hinten, ohne loszulassen, sodass das zähflüssige Gift quer durch die Höhle flog, bis es sich klatschend um einen besonders dicken Tropfstein wickelte. Zischend und dampfend fraß es sich dort tief in den Stein. Gleichzeitig hatte Loki Maras Hand mit der Schale auch schon wieder in Position über seinem Gesicht gebracht. Doch er war nicht schnell genug. Ein Tropfen der ätzenden Flüssigkeit landete auf seiner Wange und fraß sich in die Haut! Loki schrie fürchterlich auf. Für einen kurzen Moment glaubte Mara sogar, seine blanken Kieferknochen sehen zu können. Dann schloss sich die Haut wieder über der grausamen Verletzung, als wäre dort nie eine Wunde gewesen.

Wehmütig blickte Loki Mara an: »Kannst du dir vorstellen, dass ich all die Jahre lang mein armes Weib jedes Mal schalt, wenn sie die Schale leerte? Anstatt mich meinem Schicksal zu überlassen, blieb sie bei mir in meinem Gefängnis und schützte mich tausend um tausend Mal vor dem Gift des Schlangerichs, und zum Dank fand der Loki tausend um tausend Mal nichts als giftige Worte. Er verdiente sie nicht, und trotzdem harrte sie an seiner Seite aus.«

Sein Gesichtsausdruck änderte sich so schnell, wie man die Seiten eines Bilderbuchs über den Daumen blättern konnte. Wütend stieß er hervor: »Mach mich los, *Litilvölva*, und ich zerreiße den Loge mit meinen bloßen Händen! Seine Flammen will ich ihm löschen, und zwar für immer. Nichts soll mehr verbrennen als er selbst immer und immer wieder auf dem Boden der Halle meiner liebsten, bleichen *Hel* zu einem kläglichen Häuflein Asche!«

Er sah Mara mit einem Blick an, in dem so vieles geschrieben stand, dass sie unwillkürlich einen Schritt zurück machen wollte. Da erinnerte sie sich an die Holzschale in ihren Händen und blieb stehen.

Mara war sich nicht wirklich sicher, ob das, was sie nun tun würde, tatsächlich das Richtige war. Andererseits hatte sie keine andere Wahl. Also nahm sie sich ein Herz und stellte fest, dass sich dieses bereits hinter einem Lungenflügel in Sicherheit gebracht hatte, falls Loki jetzt durchdrehen würde vor Wut.

»Ähm, ich muss Ihnen jetzt was erklären, was Ihnen vermutlich nicht so gut gefallen wird, Herr Loki. Sie sollten wissen, dass ich eigentlich nicht hier bin, um Sie zu befreien, sondern vielmehr geschickt wurde, um Sie wieder festzubinden. Und ich weiß leider noch nicht, von wem und warum. Außerdem habe ich bisher eigentlich eher … schlechte Sachen über Sie gehört. Zum Beispiel, dass Sie die Welt in die, äh, *Ragnarök* stürzen würden …«

Sie sah Loki prüfend an, doch der blieb auffallend still und sagte gar nichts. Also redete Mara weiter: »Der Bote kam auf jeden Fall nicht von diesem *Loge*, denn der hat schon zweimal versucht, mich umzubringen. Und das hätte er nicht getan, wenn er eigentlich will, dass ich für ihn eine Aufgabe erfülle. Also muss es jemand anderes gewesen sein, und diesem jemand ist es offensichtlich sehr wichtig, dass Sie hier gefesselt bleiben. Ich war übrigens auch dabei, als man Sie hier festgemacht hat. Ich glaube, ich stand da drüben, neben dem Stein! Und Sie müssten mich kurz davor auch schon einmal gesehen haben, denn ich habe Ihnen auf dem Steg zugesehen, als Sie sich in den Fisch verwandelt haben und man Sie mit Ihrem eigenen Netz geangelt hat.«

»Haha!«, lachte Loki trocken auf. »Wenigstens löst sich nun auch für mich ein Rätsel, denn so weiß ich nun der kleinen *Völva* einen Namen zu geben, die mich stumm anschaute, kurz bevor der Hammerschwinger mich fing, und ein zweites Mal, als sich der Schlangerich zum ersten Mal aus dem Dunkel wand. Jedoch warst du plötzlich verschwunden und ich hielt dich für ein Trugbild! Meine teuerste Sigyn meinte später, ich hätte vielleicht nur von einer meiner vielen Liebschaften geträumt und wenigstens sei sie ab sofort sicher, die einzige Frau in meinem Leben zu sein, haha!«

Mara fand Sigyns Spruch ganz schön fies, aber sie konnte sich schon vorstellen, was Lokis Frau damit wohl gemeint haben konnte. Sie würde vermutlich ihre Gründe dafür gehabt haben … Aber Mara war ja noch nicht fertig mit ihrer Erklärung. »Wie auch immer, ich will auf keinen Fall, dass dieses Göttergericht über uns hereinbricht, verstehen Sie? Und das Erdbeben, das Sie in meiner Schule ausgelöst haben, war echt ganz schön … krass. Und dann hab ich ja auch schon zweimal die Midgardschlange gesehen, die angeblich bei der Götterdämmerung mitmischt! Einmal, als sie noch, äh, jünger war, und dann noch einmal, als sie schon riesengroß war!«

Täuschte sie sich oder hatte Loki kurz *stolz* ausgesehen, als sie gerade von der Größe der Schlange geredet hatte?

»Und ich will auf gar keinen Fall dran schuld sein, dass dieses Monster plötzlich die Insel Sylt verschlingt. Oder England. Also, das ist der Grund, warum … also, darum will ich, ich meine, darum kann ich nicht …«

»… darum kannst du mich nicht befreien«, vervollständigte Loki ihren Satz. Seine Miene blieb dabei seltsam ausdruckslos.

Mara spürte sofort, wie ihr die Angst im Hals hochstieg, und sie beeilte sich nachzusetzen: »Und ich weiß ja außerdem noch gar nicht, wie eigentlich!«

»Siehst du, und wüsst ich's selbst, ich läg nicht hier unter dem Schlangerich. Und wüsstest du es, scheint mir deiner Rede nach, du würdest es doch nicht tun«, antwortete Loki und seine Miene war undurchdringlich wie die Felsen, auf denen er lag.

Mara konnte nur nicken und hinzufügen: »… noch nicht, nein. Tut mir leid.«

Der Halbgott sagte einen Moment lang gar nichts. Er schien nachzudenken. Doch dann entspannten sich seine Züge endlich wieder und die beängstigende Ausdruckslosigkeit wich einem Lächeln. »Wahrlich sieht es dem alten Loki gleich, dass er alle Wünsche auf einmal erfüllt haben will, aber er wird sich wohl noch ein wenig gedulden müssen. Du hast mir nicht nur die Schale meines geliebten Weibes gebracht, sondern in mir die Hoffnung genährt, sie tatsächlich eines Tages lebend wiedersehen zu dürfen. Das ist mehr, als ich jemals zu hoffen wagte, und für den Moment will ich damit zufrieden sein, kleine Völva. Loki möchte dir danken. Doch ist er ein Gott und es stünde ihm nicht. «

»Passt schon«, murmelte Mara und ignorierte den fragenden Blick des Halbgotts.

Sie wollte schon ihren Abschied anmoderieren, um endlich zurück in ihre Klasse zu wechseln, als ihr noch etwas einfiel. »Ich hab eine Idee, die es Ihnen wenigstens ein bisschen leichter macht«, sagte sie und kramte dabei in ihren Taschen nach den zwei Haarspangen, die sie immer bei sich trug. Die hakte sie in ihren ausgeleierten Haargummi ein und befestigte sie am Rand der Holzschüssel. So spannte sich der Haargummi jetzt unterhalb der Schüssel entlang über Lokis Handrücken, sodass das Gefäß in seine Handfläche gedrückt wurde und ihm nicht so leicht entgleiten konnte.

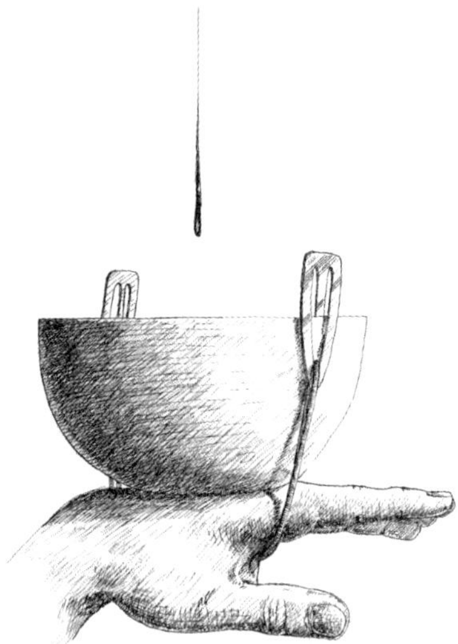

Loki starrte fasziniert auf die improvisierte Sicherungskonstruktion. »Du siehst mich sprachlos, *Litilvölva*. Wenn die Frauen in eurer Zeit schon zu solchen Erfindungen fähig sind, was müssen dann die Männer erst für Riesen im Geiste sein!«

Das war sicher als eine Art Kompliment gemeint, aber Mara konnte es so auf keinen Fall stehen lassen: »Geht so«, seufzte sie. »Manche haben in den letzten Jahrhunderten echt extrem nachgelassen. Der ein oder andere ist schon erschöpft, wenn er jeden Abend vom Sofa aus anderen Leuten beim Sport zuschaut. Also dann, bis bald! Ich komme wieder, sobald ich eine Idee habe, wie ich Ihnen Ihre Frau zurück bringen kann. Und ich verspreche Ihnen, Herr Loki: Wenn ich mir sicher bin, dass Sie tatsächlich keine Gefahr für die Menschen sind, dann werd ich es auch irgendwie schaffen, Sie zu befreien!«

»Warte noch!«, rief Loki ihr zu, bevor sie sich auf das verwüstete Klassenzimmer konzentrieren konnte. »Bitte tritt noch ein letztes Mal zu mir. Ich möchte dir etwas geben.«

Verwundert stellte sich Mara noch einmal an seine Seite. »Bitte leg deine Hände um meine Linke, und hab keine Angst«, sprach er. »Glaub mir, der Loki treibt keine Späße mit dir, denn er weiß, wo seine einzige Hoffnung liegt.«

Mara spürte, dass es ihm ernst war damit, aber trotzdem hatte sie ein mulmiges Gefühl, als sie ihre Hände um Lokis Linke legte und so mit ihm zusammen die Schale hielt. Der Halbgott schloss die Augen und Mara wartete gespannt, was nun geschehen würde.

Ein paar Sekunden lang passierte allerdings rein gar nichts. Mara musste unwillkürlich an ihre Mutter und ihr albernes Handauflegen denken. Wurde halt warm.

Aber was war das? Ein leichtes Kitzeln in den Handflächen? Oder doch nur Einbildung? Schwer zu sagen.

Mara konnte den geheimnisvollen Blick, mit dem er sie nun ansah, nicht einordnen. Was hatte er mit diesem Händchenhalten bezweckt? Oder wollte er nur prüfen, wie sehr sie ihm inzwischen vertraute? Aber es war ihm anzusehen, dass er nicht bereit war, mehr darüber zu erzählen.

Also bohrte Mara auch nicht weiter nach und sagte stattdessen: »Okay, dann danke für … bis bald!«

Und ohne eine Antwort abzuwarten, konzentrierte sie sich auf ihr Klassenzimmer.

Kapitel 7

Mara zuckte zurück, als sie feststellte, dass sie halb auf Bastis Arm lag. Hoppla, das war aber leicht gegangen, sie hatte sich doch kaum richtig konzentriert!

Mara sah sich um und war trotz des sie umgebenden Chaos erleichtert. Tatsächlich legte sich gerade erst der Staub und es konnte nicht mehr als eine halbe Minute seit dem letzten Beben vergangen sein. Die ersten Schüler rappelten sich sogar schon hustend auf und insgesamt sahen sie eher verwirrt als verletzt aus. Puh …

Mara musste sich erst mal daran gewöhnen, dass sich ihre Mitschüler nun wieder in normaler Geschwindigkeit bewegten. Da hörte sie neben sich ein Husten. Es war Basti.

»W… was ist denn passiert?«, stotterte er völlig überfordert und sah sich mit hektischen Blicken in dem verwüsteten Raum um. Da ging es ihm allerdings nicht anders als dem Rest der Klasse, denn zu Maras Erleichterung schien sich tatsächlich keiner zu erinnern, was während ihrer Schwarzäugigkeit passiert war. Doppelpuh …

Es war also genauso wie bei dem Amerikaner in der U-Bahn.Der hatte ebenso wie alle anderen nichts davon bemerkt, dass ein Halbgott durch ihn gesprochen hatte. Wenn Mara also überzeugend genug mitspielte, würde niemand Verdacht schöpfen.

Wer weiß, wenn unsere Schule irgendwann doch noch eine Theatergruppe hat, mach ich da vielleicht tatsächlich mit, dachte Mara.

Als der Feueralarm urplötzlich losschellte, musste sie allerdings kein bisschen schauspielern, um ebenso zusammenzuschrecken wie alle anderen im Klassenzimmer. Da platzte auch schon ein aufgelöster Herr Tonker in den Raum und starrte fassungslos auf das Chaos.

»Ist jemand verletzt?«, rief er und machte sich daran, ein paar der umgefallenen Bänke zur Seite zu räumen, um den Weg zur Tür freizumachen. »Bitte keine Panik jetzt, Leute! Steht auf und kommt hier raus auf den Gang!«

Einige Schüler bückten sich wie automatisch zu ihren Jacken und Schulsachen, die zum Teil unter Schutt und Glasscherben begraben lagen. Schon klirrte es laut. Claudi von der ersten Bank vorne rechts zuckte mit einem »Au!« zurück und steckte sich den Finger in den Mund.

»Lasst bitte eure Sachen, wo sie sind«, rief Herr Tonker mit einer Stimme, die keinen Widerspruch duldete. »Wenn das Gebäude sicher ist, können wir die immer noch holen. Und wenn nicht, dann ist es besser, ihr seid so schnell wie möglich draußen. Also los jetzt, raus, raus, raus! «

Das Adrenalin in Maras Körper ließ langsam nach und ihre Schmerzen meldeten sich zurück. So musste sie schließlich gar nicht mehr so *tun*, als wäre sie ebenso angeschlagen wie ihre Klassenkameraden. Der blau gefleckte Arm begann wieder zu pumpen und jetzt dröhnten auch wieder die Kopfschmerzen in ihrem Schädel.

Sie war heilfroh, als sie zusammen mit den anderen im Pausenhof ankam. Im Hof war die Evakuierung des Schulgebäudes in vollem Gange und verlief nicht ganz so planvoll, wie die Lehrkräfte sich das wohl gewünscht hätten. Die Schule erbrach Menschen aus allen Öffnungen, so als hätte sie sich an ihnen den Magen verdorben. Im Hinblick auf ihren eher ungenießbaren Sportlehrer konnte Mara das sogar recht gut nachvollziehen …

Es dauerte, bis alle Schüler und Lehrer durchgezählt waren und man festgestellt hatte, dass tatsächlich niemand fehlte. Mara gab sich Mühe, nicht allzu erleichtert zu wirken, aber natürlich fiel ihr ein Stein von der Größe der Zugspitze vom Herzen.

Plötzlich schloss sie jemand überschwänglich in die Arme und Mara erkannte erst nur an der Stimme, dass es sich um Professor Weissinger handelte: »Mara, Mara, Gott sei Dank, ich habe die Nachricht von dem Beben im Radio gehört! Ist alles in Ordnung? Bist du verletzt?«

Mara war nicht gerade der Typ für Umarmungen, aber nach dem ganzen Irrsinn tat es einfach nur gut.

Irgendwann sagte sie aber doch: »Mgsdmpf.«

»Bitte was?«, fragte der Professor, registrierte dann aber doch recht schnell, dass er zur Verbesserung der Sprachverständlichkeit nur seinen Griff etwas lockern musste.

Mara hob den Kopf aus seiner Jacke und atmete erst einmal ein. Dann wiederholte sie: »Mir geht's soweit ganz gut!«, und setzte noch nach: »Ich glaube, es ist niemandem was Schlimmes passiert. Vielleicht verschwinden wir erst mal von hier. Wenn ich Ihnen nämlich nicht gleich alles erzähle, platzt mir noch der Kopf!«

Professor Weissinger nickte nur, und die beiden wollten sich gerade um die Ecke stehlen, als direkt vor ihnen ein Streifenwagen der Polizei mit heulender Sirene bremste. Schon durch die Windschutzscheibe erkannte Mara das erstaunte Gesicht der Polizistin, die gestern noch in ihrem Wohnzimmer gestanden hatte.

Mist!, dachte Mara, aber da war es schon zu spät. Frau Gassner und der dicke Kornbichl waren bereits ausgestiegen und die Polizistin musterte Mara und den Professor so misstrauisch, als hätte sie die beiden im Verdacht, gerade persönlich das Erdbeben ausgelöst zu haben.

Und so falsch hätte sie damit gar nicht gelegen, dachte Mara grimmig, ließ sich aber nichts anmerken und sagte stattdessen: »Hallo, Frau Gassner.«

»Hallo, Mara Lorbeer«, antwortete die Beamtin, und der Polizist neben ihr nickte nur, eilte dann aber sofort einem Lehrer zu Hilfe, der ihn eilig heranwinkte.

Inzwischen waren weitere Streifenwagen und zwei Notärzte eingetroffen und im selben Moment bogen noch drei Fahrzeuge der Feuerwehr und ein kleiner Bus mit der Aufschrift THW um die Ecke. Mara war froh, dass weder die Sanitäter noch die Feuerwehr viel zu tun haben würden, sagte aber natürlich kein Wort.

»Was ist hier passiert?«, fragte die Polizistin in einem etwas zu scharfen Ton, aber Mara bemerkte auch, dass die Frau im selben Moment spürte, dass dazu keine Veranlassung bestand. Entsprechend sanfter wandte sich Frau Gassner dann auch an Professor Weissinger: »Ist sie in Ordnung oder braucht sie ärztliche Hilfe?«

»Nein, ich denke, abgesehen von ein paar blauen Flecken ist alles okay. Oder, Mara?«, antwortete der Professor.

»Ja, aber ich glaube, ein paar andere aus meiner Klasse sind verletzt. Wir sind aber alle vollzählig aus dem Zimmer rausgekommen, und das Beben hat aufgehört und kommt auch ni… also, es kommt hoffentlich nicht wieder«, beeilte sich Mara zu korrigieren. Ihr war natürlich klar, dass die Polizistin den Versprecher sehr wohl wahrgenommen hatte. Zu gerne hätte sie jetzt wohl mit Mara ein ausgiebiges Gespräch geführt, aber natürlich gab es Dringenderes für die Beamten zu tun.

»Na gut. Eventuell melde ich mich noch mal bei dir, Mara. Sag das bitte auch deiner Mutter, damit sie nicht überrascht ist«, sagte Frau Gassner, während sie ein Megafon aus dem Kofferraum des Streifenwagens fischte. Dann winkte sie zwei Kollegen heran und deutete auf die Straße: »Bitte sperrt mir hier die Straße, damit wir Platz haben für die Leut'!« Durch das Megafon rief sie: »Hier spricht die Polizei! Bitte bewahren Sie Ruhe und benutzen Sie die seitlichen Ausgänge aus dem Schulhof, um in der Mitte den Hilfskräften Platz zu machen! Ich wiederhole: Bitte benutzen Sie die seitlichen Ausgänge aus dem Schulhof!«

Mara und der Professor nutzten den Moment, um endlich zu verschwinden.

Wenig später und ein paar Straßen weiter hatte Mara dem staunenden Professor Weissinger nicht nur alles erzählt, sondern auch ihre Vermutungen über die Zusammenhänge zusammengefasst. Während sie an der Isar entlang in Richtung des Englischen Gartens gingen, dachte der Professor laut nach: »Ich glaube, du liegst mit deiner Vermutung goldrichtig, Mara. Loge hat Sigyn aus einem uns bisher unbekannten Grund entführt. Und er hat Loki sogar in dem Glauben gelassen, er hätte sie getötet. Vielleicht um für alle Fälle noch ein Faustpfand zu haben, das er gegen den wütenden Halbgott einsetzen könnte, falls der sich tatsächlich befreit. Dabei sollten wir bedenken, dass Loge ja trotz allem eine Art Variation des Loki ist. Was wäre, wenn Loge eigentlich Lokis Platz einnehmen will und dafür dessen Ehefrau Sigyn braucht? Das ist zwar nur Spekulation, aber es erscheint mir aufgrund deiner Schilderungen durchaus eine mögliche Erklärung.«

Mara nickte, denn das ergab irgendwie Sinn.

»Und dass du nicht versucht hast, Loki zu befreien, halte ich vor dem Hintergrund deiner ursprünglichen Mission durchaus für richtig!«, betonte der Professor.

Mara war erleichtert, denn sie hatte immer noch fürchterliche Gewissensbisse, sobald sie an den gefesselten Halbgott dachte.

»Auf die Gefahr, mich zu wiederholen«, fuhr der Professor eindringlich fort, »Loki ist wirklich bei Weitem die listenreichste und zwiespältigste Figur der gesamten nordisch-germanischen Mythologie! Er hat gelogen, betrogen und gemordet. Außerdem ist er der Vater aller großen Götterfeinde. Zusammen mit seiner ersten Frau, der Riesin Angrboda, hat er nicht nur den dir bereits bekannten Midgardwurm in die Welt gebracht, sondern auch den mächtigen Wolf Fenrir. Und die düstere Hel, die Wächterin der Hallen des Todes …«

»Ach, darum nannte er sie *meine liebste Hel*!«, erinnerte sich Mara. »Weil es seine Tochter ist!«

»Ja, so ist es. Und von Hel leitet sich auch das christliche Wort für ›Hölle‹ ab, denn hängt man nur ein einziges ›l‹ an ihren Namen, steht da auch schon der englische Begriff für Hölle: Hell.«

Mara fiel noch ein Detail ein: »Er hat auch gesagt, dass sie ungern jemanden wieder gehen lässt!«

»Ja, damit spielt er vielleicht auf den Balder an.« Mara zog fragend die Augenbrauen hoch und der Professor beeilte sich sofort zu sagen: »Nein, ich glaube, dass *Hugo Egon* Balder aus dem Fernsehen eher nichts damit zu tun hat. Balder war der zweite Sohn des Hauptgottes Odin und angeblich von so schönem Aussehen, dass ein Leuchten von ihm ausging. Er galt außerdem als sehr weise, sprachgewandt und freundlich. Ich würde Hugo Egon Balder sicher nicht die Sprachgewandtheit absprechen wollen, aber das helle Leuchten aufgrund seiner Schönheit muss mir bisher entgangen sein.«

Mara wurde ungeduldig. »Aber was hat Loki diesem Balder-Gott denn nun angetan?«

»Na ja, um es kurz zu machen: Er hat aus Eifersucht auf den von allen geliebten Balder durch eine List dafür gesorgt, dass er von einem Pfeil durchbohrt wurde, und danach auch noch verhindert, dass er wieder aus dem Totenreich der Hel zurückkommen durfte. Also, Mara, hab gegenüber Loki keine allzu großen Schuldgefühle. Er hat anderen viel Schlimmeres angetan als du ihm.«

»Sie haben ihn aber nicht da liegen sehen«, sagte Mara leise und der Professor verstummte.

Nachdem sie beide für einen Moment still nebeneinander hergelaufen waren, brach Mara das Schweigen: »Es ist echt Wahnsinn, wie viele Geschichten es über diese alten Götter so gibt und dass ich bisher kaum was drüber gehört hab. Ist echt schade, dass uns das in der Schule keiner erzählt.«

Der Professor seufzte. »Glaub mir, Mara Lorbeer. Es vergeht kein Tag, an dem ich das nicht ebenso bedauere.« Er blieb stehen und blickte über die Ludwigsbrücke, die über die Museumsinsel das südliche Isarufer mit dem nördlichen verband.

Plötzlich wurde er ernst: »Ich habe darüber nachgedacht, was du am Telefon zu mir gesagt hast. Nun, ich glaube nach wie vor, dass viel Muskelmasse und ein großes Schwert in dieser Sache lange nicht so hilfreich sind wie ein ordnungsgemäß funktionierendes Gehirn und etwas Fachbildung – aber dies sei nur am Rande bemerkt. Natürlich darfst du selbst entscheiden, von wem du dir helfen lassen willst.«

»Wenn ich das nächste Mal vor dem Feuerbringer stehe«, antwortete Mara, »würde ich mir ehrlich gesagt beides wünschen: einen guten Rat *und* viel Muskelmasse. Mit einem Schwert dran.«

»Ha!«, stieß der Professor beleidigt hervor. »Ich frage mich wirklich, ob Mr. Universum dir tatsächlich eine so große Hilfe wäre gegen …« Doch plötzlich verstummte er und legte seine Stirn in Falten. »Es sei denn«, brummte er und schwieg.

»Was?«, fragte Mara neugierig: »Was sei denn?«

»Nun ja, ich hätte da eine Idee«, begann der Professor zögerlich. Sein Blick wanderte zwischen dem seltsam zusammengewürfelten Bau des Deutschen Museums neben ihnen und dem großen Vater-Rhein-Brunnen gegenüber hin und her. »Es gibt da einen Helden in der germanischen Mythologie mit der beneidenswerten Eigenschaft der Unverwundbarkeit. Außerdem hat er Erfahrung im Kampf gegen mächtige Gegner und schwingt zudem noch ein mächtiges Zauberschwert. Du hast vielleicht schon mal von ihm gehört. Sein Name ist Sigurd, eher bekannt unter dem Namen Siegfried der Drachentöter.«

Kapitel 8

»Drachentöter?!«, platzte es begeistert aus Mara heraus. »Perfekt! Das ist eine Superidee, Herr Professor! Den nehmen wir!«

»Moment mal, was heißt hier *den nehmen wir*? Wir können doch nicht einfach …«

»Na klar können wir das!«, unterbrach ihn Mara. »Ich muss nämlich nur wissen, wohin ich will oder zu wem! Das ist der ganze Trick an der Sache! Ich darf nicht daran denken, von *wo* ich verschwinden will, wie gestern auf dem Kahn, sondern ich muss mich darauf konzentrieren, wo ich *hin* möchte! Es ist so einfach, verstehen Sie? Wenn man irgendwo hinlaufen will, dann … dann … muss man ja auch ins Ziel wollen und nicht an den Start, sonst kann man ja auch gleich, äh, stehen bleiben!« Mara bemerkte, dass ihr Vergleich hinkte wie ein dreibeiniger Tausendfüßler. Darum sprach sie schnell weiter: »Ist ja auch egal, wichtig ist doch nur, dass ich jetzt weiß, wie es geht, oder?«

Mara zog den Professor zu einer Bank, von der aus man auf die Isar hinunterblicken konnte und bedeutete ihm, sich zu setzen. »So, und jetzt schauen wir uns diesen Siegfried doch mal an!«

»Anschauen vielleicht! Aber das heißt noch lange nicht, dass wir ihn dann auch einfach so …«, entgegnete der Professor energisch und wunderte sich im nächsten Moment, dass die Worte »… mitnehmen können!« zwischen den hohen Bäumen eines mystischen Waldes verhallten.

Mara grinste und breitete die Arme aus: »Sehen Sie? Ganz einfach!« Insgeheim war sie allerdings selbst völlig überrascht, denn *so* leicht war es wirklich noch nie gegangen! Sie hatte ja kaum die Worte »Siegfried« und »Drachentöter« zu Ende gedacht, als sie schon beide hier gelandet waren. Das Ganze war so leicht gegangen wie ein Wimpernschlag! Fast erschreckend leicht.

Dafür spürte Mara, dass sie sich irgendwie seltsam erschöpft fühlte. Wenn ich ein Handy-Akku mit zehn Strichen wäre, dann hätte ich jetzt plötzlich nur noch sieben, dachte sie und lehnte sich an einen Baum.

Der Professor seufzte: »Mara, das ist wirklich leichtsinnig. Wir sollten uns vorher gut überlegen, ob wir …«

Aber Mara unterbrach ihn unwirsch und überspielte damit einigermaßen überzeugend ihre plötzlich einsetzende Unsicherheit: »Wir haben aber keine Zeit, uns viel zu überlegen! Sigyn ist beim Feuerbringer gefangen und hat keine Holzschale mehr, um sich vor ihm zu schützen! Sie hat mich gerettet und dafür werde ich sie jetzt befreien. Äh … irgendwie. Abgesehen davon wird sich Loki früher oder später vielleicht ganz losreißen, und wenn er dann erfährt, dass seiner Frau doch noch was Schlimmes passiert ist, weil wir zu lange beim Spazierengehen rumüberlegt haben, dann bin ich diejenige, die ihm das erklären muss, und nicht Sie, Herr Professor!«

Stille trat ein. Eine Weile war nichts zu hören, außer ein paar Vögeln und dem Rauschen der Bäume im Wind.

Mara bemerkte, wie ein prächtiger Hirsch zu ihnen auf die Lichtung trat und sie beide völlig ohne Scheu und seltsam unhirschig musterte, bevor er majestätischen Schrittes zwischen den hohen Nadelbäumen im Schatten verschwand. Komisches Tier, dachte Mara. Hätte mich nicht gewundert, wenn er uns gefragt hätte, ob wir uns verlaufen haben.

Der Professor war der Erste, der das Schweigen brach: »Also gut. Mag sein, dass du recht hast, Mara Lorbeer. Aber ich würde wenigstens zur Vorsicht raten wollen, denn wenn man die Sage von Siegfried und den Nibelungen schräg hält, läuft unten literweise das Blut heraus, und es wäre mir lieb, wenn sich unseres nicht daruntermischt.«

Dann sah er sich um, sog die frische Waldluft geräuschvoll durch die Nase ein und hielt einen Moment mit geschlossenen Augen die Luft an. Anschließend ließ er sie wieder entweichen und musterte Mara mit dem gewohnt schalkhaften Blick, den sie so an ihm mochte.

»Also? Wo lang?«, fragte er und wirkte dabei tatendurstig und neugierig.

Mara wollte gerade antworten, dass sie keinen blassen Schimmer hatte, als das Echo eines tiefen Grollens an ihr Ohr drang. »Ich glaube, da lang«, sagte sie und deutete überflüssigerweise mit dem Daumen über ihre Schulter.

Der Professor sah Mara an, als würde er gleich »Ach was, eeeeecht jetzt!?« rufen. Stattdessen seufzte er und stapfte so entschlossen los, dass Mara Mühe hatte, mit ihm Schritt zu halten.

Die Atmosphäre dieses Waldes hatte etwas Majestätisches. Schweigend gingen Mara und der Professor nebeneinander her. Plötzlich veränderte sich die Beschaffenheit des Bodens. Waren sie eben noch auf weicher Erde gelaufen und über dichtes Wurzelgeflecht gestiegen, wurde es nun zunehmend steiniger. Immer öfter mussten die beiden größere Felsen umgehen, die wie mahnende Zeigefinger aus dem Boden ragten, so als hätte eine gigantische Hand von unten die Erdkruste durchstoßen.

Schließlich gelangten sie an einen felsigen Abhang, von dem aus man eine Senke überblicken konnte. Sie war mit kristallklarem Wasser aus einem Gebirgsbach gefüllt und an ihrem nördlichen Ende erhob sich ein kuppelartiger Felsenberg mit einer gähnenden Höhle.

Überraschend hielt Professor Weissinger Mara am Arm fest und zog sie zurück hinter einen Baum: »Stopp. Wir gehen auf keinen Fall da hinunter, Mara! Wenn gleich das passiert, was ich vermute, dann wollen wir lieber hier oben sein und zusehen! Und ein wenig Information wird doch hoffentlich erlaubt sein, bevor du dich deinem neuen Schwarm vorstellst, oder nicht?«

»Noch ist er ja nicht da. Also bitte, gerne«, antwortete Mara spitz.

»Nun denn, wie mir scheint, ist das die Höhle des Drachen *Fafnir*, was auf Deutsch in etwa *Der Umarmer* bedeutet. Meiner Meinung nach ist das übrigens ein sicherer Hinweis darauf, dass es sich bei *Fafnir* ähnlich wie bei der Midgardschlange eher um eine Art mehrfüßigen Lindwurm handelt als um einen typischen Märchendrachen mit Flügeln und alldem. Dafür würde außerdem sprechen, dass man damals Schlangen, Lindwürmer und Drachen mehr oder weniger in einen Topf warf und auch nicht *die Schlange* sagte, sondern *der Schlangerich*.«

»Da tummeln sich für meinen Geschmack ein bisschen zu viel Schlangeriche in Ihrer Mythologie«, murmelte Mara, die sich gerade daran erinnerte, dass auch Loki die Schlange über ihm so genannt hatte.

»Moment mal, das ist nicht nur meine Mythologie, sondern gerade auch ganz besonders deine, verehrte Seherin Mara Lorbeer! Und wer weiß, vielleicht werden auch nach dir mal Naturkosmetikserien oder Putzutensilien benannt, wie zum Beispiel bei der berühmten Seherin mit Namen *Veleda*.«

»Eine Seherin, die heißt wie ein Wischmopp?«

»Nein, ein Wischmopp, der heißt wie eine Seherin, und das ist ein großer Unterschied … Psst, ich glaube, ich habe etwas gehört!«, flüsterte der Professor und duckte sich unwillkürlich hinter den Baum. Mara tat es ihm gleich.

Und da hörte sie es auch: Hufgetrappel! Ein Pferd näherte sich! »*Grani* …«, murmelte der Professor und ergänzte leise: »Das ist der Name von Siegfrieds grauem Hengst.«

Und tatsächlich: Aus westlicher Richtung erschien ein Reiter hoch zu Ross majestätisch aus dem Schatten der Bäume und blieb am Rand der Senke stehen. Der Reiter saß stolz aufgerichtet auf seinem sattellosen Hengst und schützte mit der rechten Hand die Augen vor der tief stehenden Sonne.

»Darf ich vorstellen, das ist Siegfried, Ihr persönlicher nordisch-germanischer Superheld«, flüsterte Professor Weissinger. Doch der Spott in seiner Stimme klang etwas bemüht, denn wie Mara war auch er sichtlich beeindruckt vom Anblick des sagenumwobenen Helden.

Ohne lange zu überlegen, tat Mara nun etwas, das sie schon länger vorgehabt hatte. Jetzt war dafür der perfekte Augenblick: Sie griff in die Tasche nach ihrem Handy und machte ein Foto. Und noch eins. Und dann noch eins mit dem pixeligen Digitalzoom.

Ob ich Mama eines der Fotos schicken soll? Oder vielleicht sogar an Papa?, überlegte Mara kurz, verwarf den Gedanken aber sofort wieder. Mal abgesehen von der Frage, ob man aus einer Vision heraus

Nachrichten verschicken konnte, würde das nur zu unangenehmen Fragen führen.

Wie zur Strafe für die heimlichen Fotos ertönte da plötzlich wieder das dumpfe Grollen, das sie hierhergeführt hatte. Mara spürte die Vibration sowohl in der Magengrube als auch im felsigen Boden, auf dem sie knieten. Auch Lokis Schreie hatten die Umgebung zum Beben gebracht. Aber während Lokis Schreie wirkten, als könnten sie Glas zum Platzen bringen, war das Geräusch des Drachenviehs so tief, dass man meinte, es eher zu fühlen als wirklich zu hören. Mara steckte ihr Telefon wieder ein, dachte kurz an Mama und schloss den Reißverschluss ihrer Jacke. Hier wollte sie das Handy am allerwenigsten verlieren.

Siegfried schien sich von dem Grollen des Drachen nicht einschüchtern zu lassen. Im Gegenteil: Er stieg mit einer eleganten Bewegung von seinem Pferd und zog ein ziemlich langes Schwert.

»Siegfrieds Schwert heißt *Gram*«, erklärte der Professor, der einfach nicht aufhören konnte, ein Wissenschaftler zu sein. »Es wurde von dem Zwerg *Regin* aus den Scherben der Waffe von Siegfrieds Vater Sigmund geschmiedet. Könnte dir wie so vieles vielleicht bekannt vorkommen, wenn du *Herr der Ringe* von Tolkien gelesen hast. Da schmieden die Elben für Aragorn aus den Scherben des Schwertes *Narsil* ein neues mit Namen *Andúril*.«

Aber bevor der Professor weiter referieren konnte, drückte Mara seinen Kopf zu Boden und wedelte hektisch mit der Hand: »Pssst!« Denn Siegfried schien tatsächlich etwas gehört zu haben. Und wenn nun wirklich ein Kampf mit einem Drachen bevorstand, wollte sie auf jeden Fall erst *danach* mit Siegfried sprechen!

Als sie beide vorsichtig ihren Kopf wieder aus dem Gras hoben, sahen sie, dass der blonde Recke sich bereits an den Abstieg gemacht hatte. Leichtfüßig tänzelte er den steilen Abhang hinab und schlug nach einem letzten Sprung mit beiden Beinen förmlich im felsigen Boden der Senke ein, als wäre er dort gerade erst aus dem Fels gewachsen.

Mara konnte nicht umhin, die ungemein … na ja, *athletische* Figur des Sagenhelden zu betrachten. Und sie konnte das objektiv betrachten, denn sie stand nun wirklich nicht auf solche Muskeltypen, nein danke, da waren ihr die inneren Werte aber wirklich wichtiger! Also, jetzt mal ganz neutral: Seine Hände umschlossen den Griff des Langschwerts und unter dem ärmellosen Lederwams traten seine angespannten Armmuskeln hervor. Das hatte schon … also das hatte auf jeden Fall … irgendwas. Und ganz im Gegensatz zu irgendwelchen Mr. Universums, die vor Muskeln kaum laufen konnten, wirkte Siegfried so beweglich wie eine Sprungfeder. Sein blondes langes Haar schien von Weitem zu leuchten, wie es da so im leichten Wind wehte. Und obwohl sie seine Augen nicht sehen konnte, wusste Mara, dass sie einfach stahlblau blitzen *mussten*! Was für ein …

»Klischee auf zwei Beinen«, ließ sich der Professor vernehmen.

Das Klischee schien inzwischen etwas auf dem Boden zu inspizieren, ging ein paar Schritte auf die Höhle zu und dann wieder zurück in Richtung des Gebirgssees. Schließlich blieb er stehen und überlegte.

Die Stimme des Professors drang leise an Maras Ohr: »Natürlich, er liest die Spuren des Lindwurms und stellt gemäß der Sage fest, dass dieser wohl des Öfteren aus seiner Höhle kommt, um das Wasser aufzusuchen. Spricht meiner Meinung nach auch völlig gegen einen Feuer speienden Drachen, sondern viel eher für ein amphibisches Tier wie eine Wasserschlange oder vielleicht gar für einen sogenannten Doppelatmer, eine Art Mischung aus Wasser- und Landwirbeltier.«

Mara sah ihn stumm an und der Professor verstand: »Äh, ja, spannend, aber im Moment vielleicht eher unwesentlich. Wie auch immer, laut der Sage wird sich der große Held nun im Boden eingraben, um den Drachen auf dem Weg zum Wasser von unten zu erstechen. Danach badet er in dem Blut des Lindwurms und seine Haut wird dadurch so unverwundbar wie die Schuppen des Drachen. Wie er das mit der Grube allerdings anstellen will bei diesem felsigen Untergrund, ist mir ein Räts…«

Der Professor wurde unterbrochen von dem Geräusch des Langschwerts, das Siegfried gerade mit einem mächtigen Stoß tief in den Stein getrieben hatte. Da riss er die Klinge auch schon wieder mit einer unbändigen Kraft heraus, um sie sofort wieder in den Boden zu rammen.

»Okay, aha, ja, das ist in der Tat … beeindruckend«, stammelte der Professor. »Aber ist ja auch kein gewöhnliches Schwert«, setzte er noch nach, als würde das dieser wuchtigen Vorstellung irgendeinen Abbruch tun.

»Warum ist er eigentlich alleine?«, flüsterte Mara. »Das hab ich bei Leuten wie Drachentötern und so eigentlich nie verstanden. Ich an seiner Stelle wäre hier mit hundert Mann angerückt. Alle mit ganz, ganz langen Speeren mit ganz, ganz scharfen Spitzen!«

»Aber der Zweikampf ist es doch, worauf es ankommt, Mara! Für die Germanen war der Ausgang eines solchen Duells sehr wichtig, um nicht zu sagen heilig! Ein Zweikampf der Häuptlinge vor einer Schlacht konnte diese entscheiden, bevor sie überhaupt begonnen hatte. Sogar bei Gerichtsverhandlungen wurde der Ausgang eines Zweikampfs als Beweis für Schuld oder Unschuld anerkannt. Man dachte nämlich, die Götter hätten sich somit für den Sieger entschieden! Nein, nein, wenn Siegfried ein Held sein will, dann muss er das schon alleine schaffen!«

Dieser hebelte gerade mit seinem Schwert geschickt ein fast quadratisches Stück Stein aus dem Boden, ergriff es mit der rechten Hand, ließ dann das Schwert fallen und fasste mit der anderen Hand nach. Ein kraftstrotzender Grunzlaut drang entfernt an Maras Ohr und auch der Professor konnte jetzt ein überraschtes Einatmen nicht mehr unterdrücken, als Siegfried doch tatsächlich den Felsquader in die Höhe riss und im selben Moment darunter trat wie ein Gewichtheber! Es war eine Sache, einem wolkenkratzergroßen Gott beim Angeln der Midgardschlange zuzusehen, aber eine durchschnittlich menschengroße Gestalt, die einen meterdicken Felsen über dem Kopf trug und nach ein paar dampfhammerhaften Schritten mit einem Wurf im Wasser versenkte – das war ein Anblick, der einem auf eine ganz andere Art und Weise die Sprache verschlug.

Schmatzend verschlang der See den Quader und das Wasser schlug darüber prasselnd zusammen, als würde es Siegfried applaudieren. Der drehte sich einfach weg und ging die paar Schritte zurück zu dem Loch im Boden. Dabei sammelte er ein paar trockene Äste auf, mit denen er offenbar sein Versteck kaschieren wollte, sobald er hineingestiegen war.

»Das sollte doch eigentlich …«, begann der Professor, doch er wurde unterbrochen von einem mächtigen Grollen, das den Berg erzittern ließ und ein komplexes Muster in die Wasseroberfläche des Bergsees schrieb. Der Drache!

Siegfried stieß einen kurzen, scharfen Pfiff aus und sofort zog sich sein grauer Hengst in den Wald zurück.

Das ist das erste Pferd, das verschwindet, wenn man pfeift, dachte Mara. Als sie wieder zu Siegfried schaute, war der bereits in seinem Versteck abgetaucht und bedeckte die Öffnung über sich geschickt mit den zurechtgelegten Ästen.

Und dann sah Mara den Drachen und glaubte, ihren Augen nicht zu trauen.

Der Professor hatte recht gehabt mit seiner Vermutung: Dieses Monster war tatsächlich eher ein »Schlangerich« als ein typischer Märchendrache. Mara erschien er wie eine kleinere Version der Midgardschlange, wobei der Begriff »klein« wirklich nur im Vergleich mit dem quadratkilometergroßen Monstrum im Meer angebracht war. Denn auch der Schlangerich, der sich gerade aus der Höhle schob, war so lang wie zwei Stadtbusse und maß vom Boden bis zum höchsten Punkt des gigantischen Schädels mindestens drei Stockwerke! Mehr als groß genug also, um Siegfrieds Schwert im Vergleich wie ein Streichholz wirken zu lassen.

Wie benebelt von dem Anblick vernahm Mara neben sich die Stimme des Professors: »Zwo, vier, sechs, acht, hihihi, zehn, zwölf, hohoo!«

Kein Zweifel, er zählte die Beine des Geschöpfes und schien sich darüber zu freuen wie ein Kind! Mara erinnerte sich, dass er auch über ihre Zeichnung der Midgardschlange ähnlich begeistert gewesen war, weil sie seine Theorie zum Aussehen des Monsters bestätigte.

Mit einem Drachen, wie Mara ihn sich vorstellte, hatte dieses Ungetüm tatsächlich wenig gemein. Das, was sich da auf sechs Beinpaaren aus der Höhle schob, sah eher aus wie eine Mischung aus Schlange und lang gestreckter Kellerassel. Die Augen und das Maul hatten etwas Schlangenartiges, während die Panzerung insektenhaft wirkte. Man musste wohl Wissenschaftler sein, um sich über diesen Anblick freuen zu können. In etwa so wie dieser völlig begeisterte Herr neben Mara, der gerade dazu übergegangen war, sich vor unterdrückter Freude in die Hand zu beißen.

Mara war froh, dass sie das Geschehen von hier oben beobachten konnte. Hier drohte ihr von dem Untier keine Gefahr. Und außerdem würde der Lindwurm gleich ganz andere Sorgen haben als irgendwelche heimlichen Zuschauer: Jeden Moment würde er nämlich über

Siegfrieds Versteck kriechen und der würde dann hoffentlich auch zustechen!

Ja, allem Anschein nach schien die Sage vor ihren Augen bis jetzt ihren mythologisch korrekten Verlauf zu nehmen, und sie hatten hier oben so etwas wie Logenplätze. Kurzerhand zückte Mara noch einmal ihr Handy und machte ein weiteres Foto. Was ihr Vater wohl zu *diesem* Bild sagen würde? Vermutlich nicht viel, denn solche Bildchen konnte man sich heutzutage mit jedem x-beliebigen Handy-Sparpaket besorgen. Und die sahen dann sogar weniger verwackelt aus. Vielleicht sollte sie versuchen, sich selbst zusammen mit dem Drachen aufs Bild zu kriegen? Oder ob der Professor vielleicht so nett sein würde und … Schließlich waren sie ja in Sicherheit, solange sie nicht mit Blitz fotografierten oder wild mit den Armen rudernd durch die Gegend brüllten.

»Ähm, Herr Professor, könnten Sie mir bitte einen kleinen Gefallen tun?«, flüsterte Mara leise und streckte ihm ihr Telefon entgegen.

»*Litilvölva!*«, antwortete der Professor und starrte Mara dabei aus schwarzen Augen an. Mara war viel zu erschrocken, um irgendetwas darauf zu erwidern, und bereute es sofort.

»LITILVÖLVA!«, wiederholte der Professor in zehnfacher Lautstärke, und Lokis Stimme nutzte dabei wirklich jede landschaftlich geeignete Gelegenheit für ein Echo: »HÖRE, höre, höre MICH, mich, mich!«

Offensichtlich fühlte sich aber nicht nur Mara angesprochen, sondern auch der Lindwurm. Echsengleich horchte er auf und wandte sich von Siegfrieds Versteck ab. Die Augen des Monsters verengten sich zu Schlitzen, als es Mara direkt in die ihren starrte! Dabei nahm es immer mehr an Geschwindigkeit zu, und hätte es dabei das Geräusch einer schneller werdenden Dampflok gemacht, ach wie verdammt passend wäre das gewesen …

Kapitel 9

Der Anblick des herannahenden Monsters riss Mara aus ihrer Starre. Sie packte den Professor an den Schultern und schrie: »Nicht jetzt, Loki! Bitte nicht jetzt!«

Mit einer Ruhe in der Stimme, die einer panischen Flucht völlig unangemessen erschien, antwortete der Professor in Lokis höflichem Tonfall: »Nun, dann bitte ich dich hiermit, bei nächster Gelegenheit noch einmal Gast in meinem steinschmucken Heim zu sein, kleine *Völva*. Der Loki möchte dir von einer Beobachtung berichten, die …«

»Jajajaja!«, unterbrach Mara den Redefluss des sprachgewandten Halbgottes. Endlich hatte sie es geschafft, den Professor auf die Beine zu zerren, und zwang ihn nun mit aller Gewalt, weg vom Rand der Senke zurück in den Wald zu stolpern.

»Ich komm so schnell ich kann, aber jetzt müssen Sie unbedingt aus dem Professor verschwinden! Sofort!«

Mara konnte noch aus den Augenwinkeln erkennen, dass Siegfried hinter dem Drachen aus seinem Versteck geschnellt war und, ohne zu zögern, auf sein Pferd zurannte, das ihm bereits den Abhang hinab entgegenkam!

Braves Pferdi!, dachte Mara irrsinnigerweise, während sie den Professor zwischen zwei Bäumen hindurch in den Wald manövrierte.

»Oh, die junge Menschenfrau möge mir verzeihen, falls der Halbgott ihr Unannehmlichkeiten bereitet!«, antwortete der Halbgott. »Du solltest wissen, strenge kleine *Völva*, dass es mir verborgen bleibt, von wessen Körper ich gerade Gebrauch mache, wenn ich …«

»Loki!«, schrie Mara, als sie die nahenden Schritte des Drachen bereits in der Magengrube spürte. »Bitte verschwinde! Jetzt!«

»Nun gut, ich will dir diesen Wunsch erfüllen, obwohl auch dir solch Rede nicht geziemt gegenüber einem Halbg…«

Mara klemmte den Kopf des Professors zwischen ihre Hände und brüllte ihre Botschaft direkt in die schwarzen Pupillen: »LOKI! HAU! AB!«

Nur eine fassungslos beleidigte Sekunde später und ohne ein weiteres Wort lichtete sich endlich der schwarze Schatten aus den Augen von Professor Weissinger und machte einem Blick höchster Überraschung Platz. Dieser wurde dadurch verstärkt, dass Mara das Gesicht des Professors zu dem eines schläfrigen Mopses zusammengeknautscht hatte! Sofort ließ sie ihn los. Als die Wangen des Professors wieder an die Stellen zurückfederten, wo sie hingehörten, erklang ein Geräusch, das sich in etwa so anhörte, als hätte der Professor »Webbl« gesagt.

Ob er danach noch etwas sagte, konnte Mara nicht mehr hören. Denn die Bäume hinter ihnen schienen förmlich zu explodieren, als sich der Lindwurm mit der Schnauze voran einen Weg in den Wald bahnte. Man musste kein Professor sein, um zu erkennen, was die einzig richtige Reaktion darauf war: kopflose Flucht!

Mara und der Professor stolperten mehr, als dass sie liefen, als neben ihnen die Krone eines riesigen Baumes aufschlug und mehrere kleine Bäume krachend unter sich begrub!

»Wir müssen hier weg!«, rief der Professor ihr über den Lärm hinweg zu.

Mara wollte erst so etwas wie: »Ach was! Eeeecht jetzt?« zurückbrüllen, als sie verstand, was der Professor meinte.

Natürlich! Sie mussten ja einfach nur aus dieser Vision verschwinden!

Ein riesiger Schatten fiel plötzlich auf sie und Mara spürte einen schmerzhaft groben Stoß in die Seite. Die Wucht ließ sie ein paar Meter nach rechts stolpern. Direkt neben ihr schmetterte ein umstürzender Baumkoloss auf den Waldboden und verfehlte sie nur um Haaresbreite! Im letzten Moment hatte sie der Professor weggestoßen und war dann selbst nach links ausgewichen. Der Baumriese lag zwischen ihnen und Mara hatte keine Ahnung, ob der Professor daneben- oder darunterlag!

Weg hier! Schnell! Mara zwang sich dazu, den Ort vor ihr geistiges Auge zu holen, an dem sie sich vor der Vision befunden hatten. Da sie den Professor nicht sehen konnte, breitete sie die Kraft ihrer Gabe so weit aus, wie sie nur konnte, damit er auf jeden Fall mit zurücktransportiert werden würde. Sie konzentrierte sich …

Mara sah auf die friedlich vor sich hin plätschernde Isar und atmete erleichtert auf. »Das war knapp!«, lachte sie. »Sie hatten so Recht. Ich dachte, wir müssen weiter wegrennen wie die Hühner, dabei mussten wir nur aus der Vision raus und das Problem ist gelö…«

Autos bremsten quietschend, krachten scheppernd ineinander. Menschen schrien panisch und stoben in alle Richtungen davon, als sich der Lindwurm haushoch mitten auf der Ludwigsbrücke aufbäumte und wütend kreischte. Die Brücke drohte bereits unter dem plötzlichen Gewicht des Lindwurms nachzugeben und erste Risse öffneten sich im Asphalt!

Ich habe einen Drachen nach München geholt!, dachte Mara panisch. Und bevor sie sich wundern konnte, wieso sie zu so etwas in der Lage war, wieherte etwas hinter ihr und sie musste nicht einmal hinsehen, um zu wissen, dass es sich um Grani handelte.

»Na Bravo«, murmelte der Professor und sie sahen zu, wie Siegfried sein scheuendes Pferd beruhigte und es im nächsten Moment dazu brachte, einem schleudernden Kleinbus auszuweichen. Maras Gedanken rasten: Egal, warum es ist, wie es ist – es darf nicht sein! Ich muss es rückgängig machen! Ich muss alle sofort wieder zurück in die Sage transportieren!

Da sah sie, wie eine Familie mit zwei Kindern gerade noch rechtzeitig ins Planetarium flüchten konnte, als auch schon ein Wildschwein gegen die dicke Glasscheibe der Tür prallte! Außerdem sprangen mehrere Rehe, ein Hirsch, unzählige Hasen und anderes Kleingetier auf der Brücke vor dem Museum wild durch die Gegend und flüchteten mal hierhin und mal dorthin vor Menschen, Autos, Lindwurm und den Hufen von Siegfrieds Pferd! Was sollte sie jetzt nur tun? Alle wieder zurück in den Wald versetzen? Aber genauso, wie sie unabsichtlich den Lindwurm, Siegfried und diese ganzen Tiere hierhergeholt hatte, würde sie doch nun auch alle Menschen mit in ihre Vision reißen, die sich zwischen ihr, diesem Monstrum und dem Helden befanden!

Dieser hatte doch tatsächlich gerade eine ältere Dame zu sich aufs Pferd gezogen und danach äußerst galant am nördlichen Ende der

Brücke abgesetzt. Hier und am anderen Ende staute sich bereits der Verkehr, denn die meisten Fahrzeuge waren ohne Rücksicht auf Ampeln oder Gegenverkehr auf dem jeweils kürzesten Weg vor dem Untier geflüchtet. Höflich reichte Siegfried der Frau noch ihren Einkaufstrolley hinunter, den er in der anderen Hand gehalten hatte. Doch gerade als die völlig verzückte Dame ihm ein Foto ihrer Tochter entgegenhielt, die schließlich etwas Besseres verdient hätte als diesen Nichtsnutz von Schwiegersohn, und ob er nicht mal zum Kaffee … da war der Recke schon davongaloppiert, setzte mit einem kühnen Sprung über einen gestürzten Fahrradfahrer hinweg und ritt nun mit gezogenem Schwert auf den Lindwurm zu! Wie es schien, war Siegfried von so etwas wie einer überraschenden Reise in eine andere Welt nicht von seinem Vorhaben abzubringen, den Lindwurm zu erlegen! Wow …

Der Professor hatte sich inzwischen gegen den Strom der fliehenden Menschen zu Mara durchgekämpft und stand nun keuchend neben ihr. »Mara! Wie … wie ist das möglich?«

Ja, das ist der Unterschied, dachte Mara. Wir schauen blöd aus der Wäsche und fragen dumm rum – aber ein Siegfried, der *tut* was! Sie nahm sich daran ein Beispiel und stemmte sich ächzend hoch: »Ich bring uns wieder zurück zu der Drachenhöhle, aber dafür muss dieses Viech in meiner Nähe sein. Und Siegfried. Wir müssen es nur irgendwie schaffen, die vielen Leute von der Brücke zu kriegen, damit ich die nicht alle mitnehme!«

Sie wurde unterbrochen von einer ohrenbetäubenden Kakophonie aus Knirschen, Krachen, Geschrei und wütendem Drachengebrüll. Die südliche Hälfte der Brücke gab unter dem Gewicht des Monstrums endgültig nach und der gesamte Lindwurm sackte zusammen mit dem mittelalterlichen Bauwerk nach unten in den Fluss! Mara war heilfroh, dass sich rund um den Drachen niemand mehr auf der Brücke befunden hatte! Schon war von dem Untier nichts mehr zu sehen und es hörte auch auf zu brüllen, als immer mehr Teile der Brücke in den Fluss stürzten! Siegfried hatte blitzschnell mit einem scharfen Haken nach links reagiert und der Hengst galoppierte für einen Moment haarscharf an der Kante der abgebrochenen Brücke entlang durch die meterhoch spritzenden Wasserfontänen, bis er sich und seinen Reiter endlich in die sichere Mitte der Brücke bringen konnte.

Vorerst schien es, als wäre der Lindwurm außer Gefecht. Allerdings hatte der ganz und gar nicht den Eindruck gemacht, als ließe er sich von einem Sturz und ein paar Steinbrocken lange aufhalten …

Inzwischen waren zwar die meisten Menschen von der Brücke geflüchtet oder hatten sich im Museum verschanzt, aber noch lange nicht alle! Der Professor hatte sich schnell wieder im Griff und rannte los, um Mara zu helfen, ihren Plan in die Tat umzusetzen! Nur ein paar Meter weiter scheuchte er bereits einen jungen Mann von seinem umgekippten Auto, der die ganze Zeit versucht hatte, seine offenbar sündhaft teure Subwoofer-Box aus dem Kofferraum zu retten.

»Los, machen Sie, dass Sie von der Brücke kommen!«, brüllte der Professor den jungen Kerl an, aber der schrie genauso laut zurück: »Weißt du, was das Scheißding kostet, Mann?!«

»Dein Leben, wenn du deinen Hintern jetzt nicht von der Brücke bewegst!«, schmetterte Professor Weissinger völlig unprofessoral zurück.

Doch Mara hörte schon nicht mehr zu, denn sie half einer jungen Mutter, die gerade versuchte, ihren Zwillings-Kinderwagen die Stufen zum Museum hinaufzuwuchten.

Da hörte Mara ein wütendes Schnauben und fuhr herum! Das Wildschwein startete einen neuen Anlauf gegen eine bereits mehrfach gesprungene Glastür und dahinter schrien mehrere kleine Kinder ängstlich auf! Sofort rannte Mara mit wedelnden Armen auf das riesige Vieh zu, um es abzulenken! Das klappte besser als gedacht, denn der Eber ließ nicht nur von den Kindern ab, sondern schwenkte sofort auf Mara ein und griff mit gesenktem Kopf an.

Mara flüchtete, so schnell sie konnte, quer über den Vorplatz. Als das wütend schnaubende Wildschwein schon bis auf den letzten Meter hinter ihr aufgeholt hatte, schlüpfte sie in letzter Sekunde zwischen den Rotorblättern der riesigen, rostigen Schiffsschraube hindurch, die vor dem Eingang ausgestellt war. Zufrieden registrierte sie ein satt klingendes »Donggg« hinter sich! Der Eber war ihr tatsächlich schnurstracks gefolgt und steckte jetzt zwischen einem der eisernen Blätter und der Stahlkonstruktion fest, auf die man die mächtige Schiffsschraube montiert hatte. Mara gestattete sich nur einen sehr kurzen, aber zufriedenen Blick zurück, während sie immer weiterrannte, dabei mit den Armen wedelte und rief: »Siegfried! Siegfried!«

Sichtlich erstaunt wandte dieser sein Pferd von dem abgebrochenen Rand der Brücke weg, wo er den verdächtig reglosen Lindwurm nicht aus den Augen gelassen hatte. Er ritt Mara entgegen und stoppte kurz vor ihr.

»Bitte sorgen Sie dafür, dass alle Leute von der Brücke verschwinden, damit ich uns wieder von hier wegbringen kann!«, rief sie zu ihm hinauf.

Siegfrieds Antwort bestand in einer gerunzelten Stirn. Außerdem stand sein Mund halb offen, was ihn insgesamt nicht mehr so arg heldenhaft erscheinen ließ, sondern eher ein wenig … beschränkt. Doch da kam auch schon Professor Weissinger angelaufen und rief dem tumb dreinblickenden Recken zu: *»Sigfrîd, schaffet diu liut von der brucken, wân die sehende maged sull mit dem wurm uber gan und in wider kêren zu der heiden!«*

Nun war es an Mara, tumb dreinzuschauen, Siegfried hingegen entrunzelte seine Stirn und preschte sofort davon.

»Nibelungensage: 12. Jahrhundert, Mittelhochdeutsch!«, rief der Professor, als er bereits auf dem Weg war, um dem Fahrer des verunglückten Kleinbusses zu helfen, sich aus dem Wagen zu befreien.

Natürlich, *Mittelhochdeutsch*, was sonst!, dachte Mara und verdrehte kurz die Augen. Aber sie war erleichtert, als Siegfried, ohne anzuhalten, ein junges Mädchen mit Gipsbein aufklaubte, das in dem Trubel seine Krücke verloren hatte, und mit ihm zum anderen Ende der Brücke ritt. Danach machte er sich sofort daran, eine Gruppe Schaulustiger mit gezückten Fotohandys von der Brücke zu hetzen, die für einen pixeligen Schnappschuss des fürchterlichen Ungeheuers offensichtlich bereit waren, ihr Leben zu riskieren.

Hoffentlich bleibt das verdammte Viech da unten noch ein paar Minuten ausgeknockt, damit es wirklich alle von der Brücke schaffen!, dachte Mara.

In diesem Moment fiel ihr ein Mann auf, der seine Beifahrerin aus einem Auto zu zerren versuchte. »Kann ich Ihnen helfen?«, rief sie ihm zu.

Der Mann drehte sich um und war Mara schon unsympathisch, bevor er zu sprechen begann: »Das kannst du gerne versuchen! Meine Tochter weigert sich auszusteigen und krallt sich wie verrückt an ihrem Sitz fest!«

Als Mara einen Blick auf das Mädchen im Auto warf, blieb ihr fast das Herz stehen.

»Larissa!«, schrie sie erschrocken auf und dachte: Nicht schon wieder! Sie ignorierte die verwirrten Blicke des Vaters, beugte sich in den Wagen und starrte ihrer Klassenkameradin und Theoretisch-immer-noch-Erzfeindin in die Augen: »Larissa! Du musst hier weg! Hörst du mich? Steig aus! Bitte!«

Larissas Vater sah sie erstaunt an: »Du kennst meine Tochter?«

»Ja, ja, wir sind in einer Klasse!«, antwortete Mara kurz und wandte sich wieder Larissa zu. Da endlich regte sich etwas in dem Mädchen und der Schleier über den trüben Augen hob sich: »Spinnerin«, sagte sie leise und lächelte dankbar.

»Mara!«, korrigierte Mara und löste gleichzeitig Larissas Hände von dem Sitz. »Komm, du musst aussteigen! Bitte!«

Larissa schien den Ernst der Lage völlig zu ignorieren. Sie lächelte immer noch, als sie ganz leise sprach: »Du hast die Spinne auch gesehen, stimmt's?«

Kein Zweifel: Larissa hatte einen Hau und Mara war zu hundert Prozent schuld daran! Sie konnte nur nicken, um nicht von dem Vater gehört zu werden, aber sie spürte, dass Larissa ihr trotz allem offensichtlich vertraute. Also versuchte sie jetzt, das Mädchen vorsichtig aus dem Sitz zu ziehen.

Gott sei Dank ließ Larissa das mit sich machen und ihr Vater sah staunend zu, wie Mara seiner Tochter behutsam half, sich aufzurichten. Doch plötzlich erstarrte sein Blick in einer panischen Fratze, die fast witzig ausgesehen hätte – aber eben nur fast, denn der Grund dafür war ein äußerst unwitziger: Mara, Larissa und ihr Vater standen Auge in Auge mit dem Lindwurm, der sie mit der kalten Wut einer Echse aus nächster Nähe anstarrte. Seine Schnauze war so nah, dass man den fauligen Atem auf der Haut spüren konnte. Nur zwei Schritte vorwärts und eine komplette Vollmeise hätten gefehlt, um ihn zu berühren.

»Du siehst den Drachen auch, oder, Spinnerin?«, fragte Larissa, und Mara nickte. »Das ist schön«, säuselte Larissa lächelnd, wandte sich dann einfach von dem Monster ab und ihrem Vater zu. »Siehst du den Drachen auch, Papa?«, sagte sie.

»D… d… dsmpf«, antwortete ihr Vater und kippte um.

»Er sieht ihn auch und mein Name ist *Mara*«, sagte Mara ganz ruhig ohne den Lindwurm aus den Augen zu lassen. »Und Larissa, ich möchte jetzt, dass du *wegläufst*.«

»Ich will aber bei dir bleiben, Spinnerin«, rief Larissa wie eine trotzige Barbiepuppe und stampfte dabei mit dem Fuß auf. Daraufhin zog der Lindwurm seine dünnen Lippen zurück und gab den Blick auf zwei baumdicke, rasiermesserscharfe Zähne frei, zwischen denen plötzlich eine lange, gespaltene Zunge hervorschoss, in das Auto links neben ihnen einschlug und den Wagen dabei mühelos in zwei Teile riss! Erst mehrere Meter entfernt kam der vordere Teil der Limousine kopfüber zu liegen und schaukelte langsam quietschend aus.

Warum hat er uns nicht getroffen?, dachte Mara. Ist er blind? Sie wagte es, Larissa ganz langsam in die andere Richtung zu schieben. Doch schon schlugen direkt neben ihr die Krallen des Lindwurms tief in den Asphalt ein und Mara erkannte, dass es kein Entkommen geben würde. Das Monster wollte mit seinen letzten zwei Opfern einfach noch ein bisschen Spaß haben …!

Langsam bewegte Mara sich und Larissa zurück nach links, aber schon schoss wieder die schlangenartige Zunge hervor, und nur eine Sekunde später durchschlug auch die andere Hälfte des Autos die steinerne Brüstung der Brücke und sank auf den Grund des Isarkanals.

Da hörte Mara neben sich auf dem Boden ein Wimmern und wusste, dass Larissas Vater wieder erwacht war. »Mein Auto!«, jammerte er und Mara wäre ihm dafür am liebsten auf die Hand getreten.

Die Situation weiterhin großflächig verkennend, beugte sich Larissa zu ihrem Vater hinunter: »Ich freue mich, dass du den Drachen auch sehen kannst, Papa, wo du mir doch mit der Spinne nicht geglaubt hast.« Sie nahm seine Hand und streichelte sie zärtlich. »Und das mit dem Auto ist doch nicht so schlimm, du kaufst dir doch eh immer so gern neue Autos!«

Okay, dachte Mara, diese Familie ist bekloppt, aber ich werde jetzt das Viech von den beiden weglocken!

Ohne abzuwarten, drehte sie sich um und wollte lossprinten, als sie auch schon zu Boden geworfen wurde. Es war Larissa, die sich an sie klammerte und schrie: »Nein! Bleib da, Spinnerin! Bitte bleib bei mir!«

Mara war hart auf dem Rücken gelandet und Larissa auf ihr, als sich auch schon der reptilienartige Kopf des Lindwurms vor ihnen in die Höhe schraubte und dabei sein Maul weit öffnete.

»HEY! HEY, HEY!«, hörte Mara plötzlich jemanden brüllen und sie sah, wie ein Stein von der Schnauze des Ungeheuers abprallte. Ein paar Meter neben ihr stand Professor Weissinger und schrie das Vieh aus Leibeskräften an: »Verswint, schiuzlich wurm! Verswint!«

Was immer er dem Lindwurm Mittelhochdeutsches entgegengebrüllt hatte, es wirkte: Das Monster wandte sich von Larissa und Mara ab und schnappte wütend nach dem Professor. Doch der nutzte ebenfalls die große Schiffsschraube als Deckung, in der nach wie vor das Wildschwein wütend schnaubte. Nur einen lauten Moment später war allerdings von Schraube und Schwein nichts mehr übrig als ein paar verbogene Stahlträger, zwischen denen sich der Professor nun völlig schutzlos duckte. Der Lindwurm hatte beides zwischen seinen mächtigen Kiefern zerdrückt, als wäre es ein Snack für den kleinen Hunger zwischendurch. Schon hob sich seine krallenbewehrte Klaue, um auch den Professor wie eine Made zu zerdrücken!

Mara reagierte blitzschnell. Sie schrie aus Leibeskräften und wiederholte, so gut sie konnte, was der Professor gesagt hatte: »Verschwind, du Schuzliwurm! Hier! Schuzli, Schuzli!«

Der Professor sah trotz seiner Notlage äußerst skeptisch zu ihr hinüber. Offenbar hatte Mara wohl einen ziemlichen Mist geredet, aber darauf kam es jetzt nicht an! Der Lindwurm sah zwischen Mara und dem Professor hin und her, als könne er sich nicht entscheiden, wen er zuerst zerschmettern würde. Doch dann erinnerte er sich, dass er ja über mehr als eine Pranke verfügte, stützte sich mit seinem zweiten Beinpaar auf der Brücke ab und hob die beiden vorderen Klauen für einen vernichtenden Doppelschlag!

Schon spürte Mara den Schatten der Krallen über sich. Sie wusste, dass sie niemals so schnell laufen konnte, dass der Lindwurm sie nicht trotzdem spielend erwischen würde.

Doch da hörte Mara Hufgetrappel hinter sich: Siegfried kam auf sie zugeritten! Aber der Hüne *saß* nicht auf seinem Pferd – nein, er *stand* darauf wie ein Zirkusartist! Das fehlende Paillettenkostüm und das gezogene Schwert unterschieden ihn allerdings ebenso deutlich von einem Kunstreiter wie die Tatsache, dass er nicht einfach nur zu einem verstaubten Synthesizer-Sound im Kreis herumritt, sondern geradeaus direkt auf den Lindwurm zu!

Mara konnte nur noch reagieren, indem sie sich platt auf den Boden warf. Da sprang der Hengst auch schon über sie hinweg und Siegfried stand auf dem Rücken des Pferdes wie angeklebt! Kaum berührten die Hufe wieder die Straße, ertönte ein gellender Pfiff, das Pferd blieb stehen, als hätte es plötzlich Wurzeln geschlagen, und Siegfried wurde dadurch Schwert voraus nach vorne katapultiert. Mara verstand erst jetzt seinen wahnsinnigen Plan!

Als der Lindwurm nämlich viel zu spät reagierte und seine Klauen hob, um nach Siegfried zu schlagen, hatte der bereits seine Klinge bis zum Heft in den verletzlichen Hals des Drachen getrieben! Sofort drang eine ekelhafte, schillernd grüne Flüssigkeit aus der Wunde – anscheinend das Blut des Drachen. Der Lindwurm kreischte ohrenbetäubend und warf sich hin und her, doch Siegfried ließ nicht los und hing nun baumelnd am Griff seines Schwerts.

Mara musste unweigerlich an den hochgezogenen Reißverschluss eines Winterpullovers denken, hatte sich aber schnell wieder im Griff.

»Bringen Sie Ihre Tochter hier weg! LOS!«, schrie sie dem Vater von Larissa zu. Der gehorchte und trug seine Tochter, so schnell er konnte, aus der Gefahrenzone. Mara konnte nicht anders. »Du bist nicht verrückt, Larissa! Glaub mir!«, rief sie ihr zu und winkte dazu etwas unbeholfen.

»Ich weiß, danke, Spinnerin!«, winkte Larissa zurück und die beiden verschwanden um die Ecke des Planetariums.

Sehr gut, alle weg!, dachte Mara erleichtert und wollte schon die Drachensenke vor ihr geistiges Auge rufen. Doch leider stellte der

Lindwurm gerade fest, dass er Siegfried nicht abschütteln würde und änderte darum seine Strategie. Der Held war inzwischen über und über mit dem grünlichen Drachenblut besudelt, hatte aber sein Schwert tatsächlich immer noch nicht losgelassen. Überraschend geschickt griff da der Lindwurm mit beiden Vorderklauen nach dem Helden und riss ihn dann mitsamt der Waffe von sich, als wäre er nicht mehr als eine lästige Fliege. Der kühne Recke wurde quer über die Brücke geschleudert und landete im ausladenden Becken des Vater-Rhein-Brunnens, wo er erst wie ein Wasserflugzeug schlitternd durch das schmutzige Wasser pflügte, bevor er gegen die Stufen vor der namensgebenden Bronzefigur prallte und dort benommen liegen blieb.

Sofort hatte der Lindwurm seine Aufmerksamkeit von der Wunde am Hals ab- und Mara zugewandt, als der Professor neben ihr erschien und sie hinter den umgestürzten Kleintransporter zog. Der Lindwurm wuchtete sich mit den vorderen zwei Beinpaaren auf die Reste der Brücke, um hinter das Auto blicken zu können, und kam fauchend immer näher.

»Los, weg von dem Auto!«, rief der Professor Mara zu, zückte eine Streichholzschachtel, entzündete gleich ein ganzes Bündel Streichhölzer und warf sie in das ausgelaufene Benzin auf der Straße. Sofort schlugen die Flammen mehrere Meter hoch aus dem Wagen, und tatsächlich: Mit einem wütenden Fauchen schreckte der Lindwurm vor dem Feuer zurück und riss schützend die Klauen hoch.

Die dicke schwarze Qualmsäule geschickt als Deckung nutzend machte sich der Professor davon in Richtung des bewusstlosen Siegfried. Doch da schob der Hengst Grani bereits seinen Kopf zwischen die Beine des Professors und schon saß dieser auf dem Rücken des Pferdes! So galoppierten Ross und Reiter nun dem ohnmächtigen Siegfried entgegen, wobei der Galopp des Professors nicht im Geringsten zu dem des Pferdes passen wollte!

Mara musste sich zwingen, von der Clownsnummer wieder zu dem Monster zu blicken, lief ein paar Meter zur Seite, um durch den dichten Qualm blicken zu können, und war erstaunt: Der Lindwurm hatte sich tatsächlich, so weit es ging, in den Fluss zurückgezogen und beschränkte sich darauf, in sicherem Abstand zu den Flammen ein paar

Drohgebärden abzuspulen. Wie es schien, hatte das Wassermonster vor dem Feuer panische Angst. Und plötzlich hatte Mara eine wahrlich siedend heiße Idee. Sie warf einen prüfenden Blick auf Siegfried. Der schlug gerade brüskiert die helfende Hand des Professors aus und bestieg dafür ganz besonders federnd seinen Hengst. Mara konnte sogar von hier aus sehen, wie der Professor die Augen zum Himmel verdrehte.

Aber in jedem Fall war Siegfried wieder voll einsatzfähig, der Professor war bei ihm und sonst kein Mensch im Weg! Jetzt durfte Mara keine Zeit mehr verlieren. Und schon während sie losrannte, um sich zwischen den Lindwurm und die anderen zu bringen, streckte sie ihre Arme aus und schloss die Augen.

Kapitel 10

Sigyn schrak zusammen, als Mara neben ihr erschien und erst einmal ziemlich plump zu Boden fiel.

»Hallo!«, keuchte Mara. »Ich bin hier, um dich zu retten.«

Doch Sigyn schüttelte nur fassungslos den Kopf. »Warum bloß bist du ein drittes Mal gekommen? Konntest du das denn nicht sehen, kleine Seherin? Diesmal wird er dich töten, denn ich kann dich nicht mehr schützen!«

Irgendwie hatte sich Mara Sigyns Reaktion ganz anders vorgestellt. Wenn die Kinohelden im Kerker erschienen, um ihre Freunde zu befreien, mussten sie immer zugleich ganz laut »Psst« machen und mit warnendem Blick den Finger an die Lippen legen, damit der Freudentaumel der Gefangenen nicht den Kerkermeister weckte.

Doch Sigyn schien ihre Retterin am liebsten würgen zu wollen, so frustriert sah sie aus. Tränen wütender Verzweiflung liefen ihr über die schmutzigen Wangen, während Mara erschöpft ihre verbliebenen Akkustriche zählte und schnell fertig war damit: einer.

Aber auch der Hausherr hatte den Besuch bemerkt. Wie zu Sigyns Bestätigung dröhnte die Stimme des Feuerbringers durch den Vulkan: »*Litilvölva!*«

»Jajaja«, grummelte Mara leise, als die Flammen wieder begannen, sich zur Gestalt des Loge zusammenzuziehen! Sigyn sagte nun gar nichts mehr und sah Mara nur noch mitleidig an.

»Okay, dann freu dich halt nicht«, sagte Mara matt und gab sich nicht einmal die Mühe, sonderlich heldenhaft zu klingen.

»Ich hab aber Hilfe mitgebracht!« Mit einer schlaffen Hand deutete Mara schräg hinter Sigyn und die folgte ihrem Blick.

Dort wand sich der riesige Lindwurm auf dem heißen Gestein und blickte gehetzt zwischen den ihn einschließenden Flammen hin und her. Keine Sekunde zu früh stoppten auch Siegfried und Professor Weissinger hoch zu Ross neben Mara und Sigyn.

Die schaute fassungslos zu den beiden Reitern auf, schien aber dabei den Professor gar nicht wahrzunehmen.

»*Sigurður*«, flüsterte sie ehrfürchtig und ein zart entrücktes Lächeln umspielte ihre rissigen Lippen.

Ach, schau mal an, den kennt sie, dachte Mara, schöpfte ebenso neuen Mut und rappelte sich entschlossen auf. Dann rief sie dem Professor zu: »Sagen Sie dem Lindwurm da drüben bitte in Mitteloberdeutschdings, dass der Flammenheini schuld ist an der Hitze und dem Feuer hier drin!«

Professor Weissinger hatte mit Mara in den letzten Tagen so viel Unfassbares erlebt, dass er gar nicht mehr wusste, wie es sich eigentlich anfühlte, nicht überfordert zu sein. Doch dann hellte sich seine Miene auf und er grinste, als er verstand, was Mara vorhatte. Er klopfte dem Helden vor sich auf den Rücken und rief ihm ein paar Worte auf Mittelhochdeutsch zu. Dabei deutete er auf sich und den Lindwurm!

Siegfried nickte nur, sprang von seinem Hengst, rief dem etwas Unverständliches zu und schon preschte das Pferd mitsamt dem Professor los. Der hatte nun schon zum zweiten Mal alle Hände und Füße voll damit zu tun, nicht herunterzufallen!

Mara blinzelte in die Flammen. Inzwischen war nun auch der Kopf des Feuerbringers in den Flammen sichtbar. Während das Feuer noch seine Arme und Beine formte, wandte er bereits seinen wütenden Blick hin und her.

Der Professor war halb reitend, halb liegend auf Granis Rücken dort angekommen, wo der Lindwurm ihn am besten sehen konnte: direkt vor seiner Schnauze.

Mutig reckte der Professor sein Kinn vor und rief dem Lindwurm in der historischen Sprache entgegen: »Ir sult uns hoeren, Fafnir, der fiuric man ist fiurens waltære, im stat der sin nach iuwerm schatze! Betwinge în, so sull der lohe erleschen – unde din guot, so du besezzen, sull andrest das dîne sîn!«

Mara verstand kaum ein Wort, sah aber zutiefst befriedigt, wie der Lindwurm namens Fafnir seinen Kopf hob und den sich immer weiter festigenden Loge mit einer Wut anfunkelte, die weit über bloße Mordlust hinausging …

Da ballte aber auch der Feuerbringer selbst seine flammenden Fäuste, trat aus der Glut und grollte dem Professor entgegen: »Nicht sprech' ich des Lindwurm Zunge, drum sag mir, was du hast gesprochen!«

»Herrje natürlich, Wagner'sche Stabreime«, grummelte der Professor. »Führt sich hier groß auf und versteht nicht mal Mittelhochdeutsch, dieser Operetten-Gott.« Doch da kam ihm anscheinend eine Idee, wie er im wahrsten Sinne des Wortes noch mehr Öl ins Feuer gießen konnte. Mit geschwollener Stimme rief er dem Feuerbringer zu: »Ehre dir, Loge, oh … lodernde … mächtige Lohe! Dies ist Fafnir, dir als Fafner bekannt, er kam … äh … zu verlöschen die Flammen! Ist dem Fafnir der Sieg, dann seine wird sein auch die Sigyn!«

Als Loge den Professor daraufhin wütend anstierte, deutete der zur Sicherheit lieber noch mal über die Schulter zum Lindwurm. »Hat *der da* gesagt, ich übersetz' nur.«

Da verengten sich Loges Augen zu weiß glühenden Schlitzen und er dröhnte zurück: »Nicht siegen der Fafner wird, vergehen soll er im Flackern der Flammen!« Und als Zeichen seiner Macht ließ er rund um den Lindwurm das Feuer auflodern! Der kreischte so ohrenbetäubend zurück, dass sich alle die Ohren zuhalten mussten. Gleichzeitig richtete der Lindwurm sich zu einer imposanten Drohgebärde auf. Das vordere Drittel des Viehs war nun aufrecht wie das einer Klapperschlange und dabei schwang es die krallenbewehrten Klauen hin und her durch die heiße Luft, dass der mächtige Luftzug die Flammen ringsherum für einen Moment fast verlöschte.

»Herr Professor! Kommen Sie da weg!«, schrie Mara. Der hatte das schon längst vor, die Frage war nur: Wie?

Hilflos zog Professor Weissinger an den Zügeln und erreichte nur, dass das Ross sich zwischen den beiden nahenden Giganten wiehernd im Kreis drehte. Und trotz des anhaltenden Kreischens des Lindwurms vernahm Mara auch noch mit Schrecken den ersten von vier wohlvertrauten Sätzen:

Hohen Mut verleiht deine Macht;

Mara fiel sofort auf, dass es deutlich mehr Stimmen waren als beim letzten Mal. Schon flackerte Loges Feuer heller und nun brüllte auch er dem Monster einen Kampfschrei entgegen. Wäre es nicht so heiß gewesen, Mara wäre das Blut in den Adern gefroren.

grimmig und groß wächst in dir die Kraft!

Der Feuerbringer glühte wie geschmolzenes Eisen in einem Hochofen – so viel Energie gewann er offenbar aus den vielstimmigen Versen. Aber noch griff er nicht an, sondern ließ nur seine Fäuste meterhoch auflodern. Auch der Lindwurm fauchte, kreischte und schnitt mit seinen Krallen durch die Luft. Trotzdem schien er einen Heidenrespekt vor der Flammengestalt zu haben!

Zur leckenden Lohe dich wieder zu wandeln,

Der Professor war inzwischen halb von dem Rücken des Hengstes gerutscht und hielt sich krampfhaft an den Zügeln fest, was das arme Pferd dazu veranlasste, sich nun andersherum im Kreis zu drehen.

spürst du die lockende Lust …

Da fiel Mara ein, dass Siegfried ja nur sein Pferd zurückpfeifen musste. Moment mal, wo ist der eigentlich?, fragte sie sich und drehte sich nach ihm um. Was sie sah, ließ ihr die Kinnlade herunterklappen.

Ihr Held war nicht mehr bei der Sache. Okay, er war durchaus bei der Sache, aber bei der falschen! Denn im Moment hielt er Sigyns Hände in den seinen und sie selbst mit seinem Blick festgenagelt. Außerdem verringerte sich der Abstand zwischen ihren Lippen gerade signifikant! Sigyn schien sich noch mit einem letzten Fünkchen Willen gegen die lockende Versuchung zu wehren, aber für Mara war es nur noch eine Frage von Sekunden, bis …

»SIEGFRIED!«, schrie Mara und deutete wild in die Richtung des Professors. Gott sei Dank reagierte Siegfried sofort und wandte sich umgehend von Sigyn ab, was diese mit einem leisen Seufzer quittierte.

Ein scharfer Pfiff auf den Fingern genügte und der Hengst ignorierte alle Steuerungsversuche von Professor Weissinger. Mit weit ausgreifenden Hufen galoppierte Grani nun auf Siegfried zu.

Mara schrie auf, als sie erkannte, dass es trotzdem zu spät war. Lindwurm und Feuergott stürzten bereits aufeinander zu und würden jeden Moment mit der Wucht von Güterzügen zusammenprallen!

Mara musste die beiden irgendwie voneinander abhalten! Kaum hatte sie eine Idee, konzentrierte sie sich auch schon darauf, und kaum hatte sie sich konzentriert, hatte sie auch schon ein Fenster zu einem anderen Ort geöffnet – und zwar mitten in der Luft zwischen den beiden Gegnern!

Erschöpft knickte Mara ein, sank auf die Knie und atmete flach die stickige, heiße Luft des Vulkans. Sie würde das Fenster ein paar Sekunden offen halten können, doch dann hätte sie ihren gesamten Akku verbraucht. Und sie wusste nicht, wie sie alle jemals wieder hier wegbringen konnte.

Aber für den Moment hatte sie erreicht, was sie wollte: Fafnir und Loge hatten ihre Angriffe gestoppt, denn das, was sie da vor sich schweben sahen, war ihnen gänzlich unbekannt und wirkte auch nicht so, als könne man einfach hindurchlaufen: Eine U-Bahn der Münchner Verkehrsbetriebe fuhr in Zeitlupe zwischen ihnen hindurch und die beiden Giganten starrten mit verständnislosem Blick auf das fremde, schlangenhafte Ding, in dem lauter kleine Menschen standen, die sich nicht zu bewegen schienen.

Siegfrieds Hengst hatte den armen Professor endlich aus der Gefahrenzone gebracht und Mara schloss erleichtert das Fenster. Die U-Bahn mit all ihren Insassen verschwand.

Mara sackte auf dem warmen Gestein zusammen. Sie hoffte sehr, dass die Fahrgäste nichts von alldem mitbekommen hatten. Wohl kaum, denn dieser Moment hatte in ihrer Welt wohl nicht länger als einen Sekundenbruchteil gedauert.

Mara spürte, wie ihr jemand half, sich wieder aufzurichten, aber ihre Augenlider waren schwer wie Blei. Es kostete Mara sehr viel Kraft, sie auch nur einen Spalt zu öffnen …

Die beiden mächtigen Kontrahenten hatten ihre Überraschung über die seltsame Erscheinung anscheinend ebenso schnell verdrängt, wie in ihnen die Wut aufeinander wieder hochgekocht war. Auf den Anblick, der sich Mara und den anderen jetzt bot, war keiner von ihnen vorbereitet. Und wie auch …

Der Feuerbringer war einfach auf den Lindwurm zugelaufen und hatte sich nicht um die Klauen und das schnappende Maul gekümmert – beides war völlig ungehindert durch seinen Flammenkörper hindurchgeglitten. Nun trat Loge in aller Ruhe neben das Monster, legte die brennenden Arme um dessen Hals und drückte mit aller Kraft zu. An den Stellen, wo die flackernden Arme sich um den Lindwurm gelegt hatten, dampfte und zischte es. Das Monster kreischte vor Schmerz und schlug immer panischer um sich, was auf Loge nicht mehr Effekt hatte als ein kurzer Windstoß in einem Lagerfeuer! Dafür lachte der Feuerbringer dröhnend, drückte immer weiter zu und man konnte zusehen, wie sich die Flammen durch die empfindlichen Stellen an der Unterseite des Lindwurms fraßen, wo er nicht durch seine Schuppen geschützt war.

»Danke für die Hilfe, Mara Lorbeer. Hätte nicht im Traum gedacht, dass ich noch früh genug da wegkomme«, murmelte plötzlich der Professor neben ihr und legte den Arm um sie.

»Ich wäre echt froh, wenn das nur ein Traum wäre«, antwortete Mara und lehnte sich erschöpft an seine Seite.

Siegfried hatte zwar sein Schwert gezogen, aber auch er wusste nicht, was er tun sollte, außer diesen Kampf der Giganten zu verfolgen. Dann sprach er in seinem volltönenden Bariton, ohne den Blick von den Kämpfenden zu lassen: »Des viures bringer wird dem wurm obsiegen.«

»Unser edler Reck' hat recht, der Feuerbringer wird siegen. Das Vieh hat keine Chance«, übersetzte der Professor.

Mara hatte so etwas schon befürchtet. Insgeheim hatte sie allerdings gehofft, dass der Lindwurm den Feuerbringer irgendwie bezwingen würde, und dann, na ja, Siegfried war ja schließlich ein Drachentöter …

Sigyn nickte traurig. »Wie vermag ein Schlangerich oder irgendein Wesen, sei es noch so mächtig, etwas zu vernichten, das nur aus Feuer besteht?«

»Ich will dich ja nicht unter Druck setzen, Mara, aber das wäre vielleicht der geeignete Moment, um von hier zu verschwinden«, flüsterte der Professor.

»Ja, Sie haben recht, aber ich glaube, ich hab mit der U-Bahn gerade eben meine letzte Kraft aufgebraucht. Ich selber muss ja nur loslassen und daran denken, wohin ich will, aber für uns beide brauche ich Kraft, und noch mehr, wenn wir zu viert sind«, flüsterte Mara zurück.

»Na, worauf wartest du dann noch? Mach sofort, dass du wegkommst!«, herrschte sie der Professor an. »Siggi und ich, wir kommen schon klar, und Sigyn wollte ja ohnehin nicht, dass du überhaupt zurückkommst und dich in Gefahr begibst! Also bring dich in Sicherheit!«

»Können Sie komplett vergessen«, antwortete Mara nur knapp.

»Oh«, machte der Professor und schwieg einen Moment. Dann aber grinste er Mara an, wischte sich den Schweiß von der Stirn und zog seine Jacke aus, um sie sich um die Hüfte zu binden. »Na gut, dann bleiben wir eben noch ein wenig, bis es dir wieder besser geht.«

Mara sagte nichts, aber sie war gerührt von der Reaktion des Professors und hoffte sehr, dass sie schnell wieder genügend Kräfte gesammelt haben würde. Im Moment war da nicht mehr als ein zartes Flackern ihrer Gabe irgendwo in den Untiefen ihres Unterbewusstseins. Ganz genauso, wie es am Anfang gewesen war, bevor … ja, bevor was eigentlich? Mara runzelte die Stirn. Seit wann genau hatte sich ihre anfangs so zurückhaltende Gabe zu dieser wahrhaft erschreckenden Macht gesteigert? Und warum war diese dann mit jedem Einsatz weniger geworden?

Seufzend erkannte sie, dass sie darauf mal wieder keine Antwort hatte. Und so blieb ihnen allen nichts anderes übrig, als weiter zuzusehen, wie der Feuerbringer den Lindwurm auf brutale Art und Weise langsam strangulierte. Sein grausames Lachen wurde dabei immer lauter.

»Ist dieser Fafnir wirklich böse?«, fragte Mara den Professor.

Zwar hatte der Lindwurm schon mehrfach versucht, sie oder ihre Freunde zu töten. Doch jetzt gerade empfand sie doch tatsächlich Mitleid für das Fabelwesen, das sich verzweifelt im Griff des Feuerbringers wand, immer weiter nach ihm schlug und dabei zusehends schwächer wurde.

»Nun ja, das kann man so einfach nicht beantworten«, sagte der Professor. »Fafnir war nicht immer ein Drache. Eigentlich war er ein Zwerg und erstach einst den eigenen Vater wegen eines Goldschatzes. Er bewachte den Schatz von nun an in einer Höhle und verwandelte sich dabei in dieses Ungeheuer. Könnte dir in Grundzügen mal wieder aus dem *Herrn der Ringe* bekannt vorkommen. Er hat wohl schon unzählige Schatzsucher ohne einen Funken Mitleid zerfetzt, aber ob er dieses schreckliche Ende verdient hat, möchte ich nicht beurteilen.«

Mara war plötzlich ganz schwindelig vor lauter Schuldgefühlen. Vor der Drachenhöhle hätte sie mit nicht mehr als ein bisschen wohligem Grusel aus sicherer Entfernung zugesehen, wenn Siegfried gemäß der Sage dem Lindwurm das Schwert von unten in den Bauch gestoßen hätte. Wer weiß, vielleicht hätte sie sogar noch mit ihrem Handy ein Foto geschossen. Aber jetzt …

Wie von ganz weit weg drang das Kreischen des gepeinigten Lindwurms an ihr Ohr und vermischte sich mit dem teuflischen Lachen des Feuerbringers zu einem einzigen, fürchterlichen Geräusch von Schuld.

Seltsam, dass die Dinge immer komplizierter wurden, je näher sie ihnen kam. Je mehr sie sich mit etwas beschäftigte, desto schwieriger schien alles zu werden. Dabei sollte man doch eigentlich das Gegenteil vermuten.

Wie in Trance beobachtete Mara, wie die Gelenke des Lindwurms einknickten als er geschwächt zusammensackte. Der riesige Schädel schlug dabei so hart auf dem Boden auf, dass sich darunter breite Risse im schwarzen Vulkangestein bildeten. Aber Loge ließ immer noch nicht los, er drückte nur noch fester zu …

Mara konnte den Anblick nicht mehr ertragen. Sie schloss die Augen und das Lachen des Feuerbringers verblasste zu einem entfernten Echo in ihrem Kopf. Mara fühlte sich mit einem Mal wie gelähmt. Warum wurde alles, was sie anpackte, immer falscher statt besser? Sie spürte, wie ihr die Tränen in die Augen schossen, und wünschte sich einen Moment lang nichts sehnlicher, als endlich wieder zu Hause zu sein und sich einfach die Hello-Kitty-Decke über den Kopf zu ziehen.

Aber nein!, riss sie sich aus ihrer Starre. Sie war die Einzige, die dafür sorgen konnte, dass es überhaupt ein *Später* gab! Und auf keinen Fall würde sie irgendwen hier im Reich des Feuerbringers seinem Schicksal überlassen! Niemals!

Das Flackern in den Augen des Lindwurms wurde immer schwächer und verlosch schließlich ganz. Aus unzähligen Brandwunden sickerte das zähe grüne Blut in die Risse im schwarzen Vulkangestein und verschwand in den vielen großen und kleinen Spalten, als würde es sich vor dem Feuerbringer im Boden verkriechen. Mara sah verwundert zu, wie sich der riesige Drache unter den Schuppen zusammenzog und in wenigen Augenblicken zu einer kleinen, vertrockneten Gestalt zusammenschrumpelte, die schlaff aus der Umklammerung des Feuerbringers rutschte und leblos zwischen den Drachenschuppen liegen blieb: Fafnir, der Zwerg.

Triumphierend stand der Feuerbringer über ihm und reckte seine lodernden Fäuste in die Höhe. Immer und immer wieder! Dabei lachte er sein grausam dröhnendes Lachen, das Mara durch Mark und Bein drang. Wie betrunken wirkte Loge von seinem Sieg, während unter seinen glühenden Schritten die Reste des Zwergs zu einem kläglichen Häuflein Asche verbrannten. Nun zerfielen auch die Drachenschuppen zu Staub und flossen zusammen mit den Resten des grün schimmernden Blutes in die Ritzen des Vulkangesteins. Unweigerlich hatte Mara noch einmal das Bild vor Augen, als Siegfried sein Schwert in den Hals des Drachen gerammt und sich daran festgeklammert hatte, während das grünliche Zeug ihn von Kopf bis Fuß …

»*Unverwundbar*«, flüsterte Mara.

Kapitel 11

Mara starrte zu Siegfried, an dem die Reste des Schleims noch gut zu erkennen waren. Natürlich! Laut der Sage badete Siegfried im Drachenblut und seine Haut wurde dadurch undurchdringlich. So hatte es der Professor erzählt. Trotz ihrer Einmischung hatte sich die Sage ihren Weg gebahnt.

Mara musste schnell handeln, bevor der Feuerbringer ihnen wieder seine Aufmerksamkeit zuwandte, und schon hatte sie dem Helden sein Jagdmesser aus dem Gürtel gezogen. Siegfried reagierte sofort und hielt ihren Arm mit eisernem Griff fest. Der Professor sah nur, dass Siegfried Maras Arm umklammert hielt und wollte sich sofort mutig auf den Helden stürzen. Doch als er Maras Gesicht sah, hielt er inne. Ganz langsam und ohne Siegfried aus den Augen zu lassen, wechselte Mara das Messer in die freie Hand. Sie gab sich dabei alle Mühe, so unbedrohlich wie möglich zu wirken – obwohl ihr andererseits klar war, dass sie für Siegfried in etwa so gefährlich war wie ein betäubter Goldhamster. Sie hob das Messer und bewegte es langsam in Richtung von Siegfrieds Arm. Der Held sah sie stoisch an, tat aber nichts, um sie aufzuhalten.

Okay, jetzt gilt's, dachte Mara, legte die Spitze des Messers auf Siegfrieds Armbeuge und zog dann mit festem Druck die rasiermesserscharfe Klinge über seinen Unterarm. Sie bildete sich ein, ein schabendes Geräusch zu hören, und gleichzeitig sah sie, wie an der Schneide des Messers kleine Funken sprühten, wie beim Anzünden eines Streichholzes. Als sie das Messer anhob, war die Klinge an einer Seite sichtbar platt geschliffen. Aber auf Siegfrieds Arm war nicht einmal ein Kratzer zu sehen! Siegfried griff nach dem Messer und blickte verdutzt auf die platte Schneide. Doch leider zog der Held den falschen Schluss aus den Indizien, denn er schüttelte nur verwundert den Kopf und warf die in seinen Augen minderwertige Waffe achtlos über die Schulter.

Ganz im Gegensatz zu Siegfried hatte Professor Weissinger natürlich sofort verstanden, was Mara damit bewiesen hatte. »Wie konnte ich das nur übersehen?!«, rief er begeistert. »Das Drachenblut, hahaha! Du hast ja so recht, Mara Lorbeer! Siegfried … ist …«

Mara wunderte sich nur kurz, warum der Professor plötzlich langsamer geworden war und auch das Grinsen aus seinem Gesicht verschwand. Vor ihnen stand Loge und blickte ebenso hochmütig wie grausam auf sie herunter.

Mara bemerkte zwar, dass der vielstimmige Chor aufgehört hatte, den ewig gleichen Vierzeiler zu rezitieren. Aber der Feuerbringer hatte durch die vielen Wiederholungen sichtbar genug Energie gesammelt, um nicht plötzlich wieder zu erstarren wie bei ihrem ersten Besuch.

»Erdrosselt hat Loge den Fafner. Dort fiel er, verloren den Flammen!«, dröhnte der Feuerbringer stolz zu ihnen hinab.

»Zwkmpf«, zischte Mara dem Professor zu, ohne eine Miene zu verziehen.

Aber der machte nur ein Gesicht, das aussah wie »Hä?« und wohl auch genau das bedeutete. Da grollte der Feuerbringer auch schon wieder und hob seine Flammenfaust: »Nun blicket zum Lindwurm; denn bald werd' auch euch ich dort betten!«

»Zwwwkmmmpf«, nuschelte Mara so eindringlich, wie man nur nuscheln konnte. Doch erst als sie verstohlen auf Siegfried zeigte, verstand der Professor endlich, was sie meinte.

Gerade als Loge seine Fäuste aufflackern ließ, rief er zu ihm hinauf: »Halt ein, Feuerbringer; und höre, was ich hab zu sagen! Wohl sahen wir deine Kraft; so wirst du uns richten, wie es dir beliebt!«

Sowohl Loge als auch Siegfried waren überrascht, als Professor Weissinger nun den Helden nach vorne schob und dem Feuergott betont salbungsvoll entgegenschmetterte: »Doch eher geziemt es wohl einem Gott, zu wählen den ehrvollen *Zweikampf*!«

Loge beugte sich hinunter und musterte den kühnen Recken mit argwöhnisch glühenden Augenschlitzen. Aber natürlich konnte er keinerlei Anzeichen entdecken, warum ihm dieses Menschlein gefährlicher werden sollte als der mächtige Lindwurm!

»Bezwingst du den Siegfried, sind wir deine Sklaven und dein sei die Sigyn für ew'ge Zeit!«, tönte Professor Weissinger weiter und ignorierte Sigyns erschrockenen Aufschrei: »Niemals! Niemals willige ich in diesen Handel ein! Eher will ich auf der Stelle sterben!«

Mara wollte ihr gerade beruhigend zuflüstern, dass der Professor einen Plan hatte, als Sigyn ihr einen verstohlenen Blick zuwarf und Mara erkannte, dass diese schon längst verstanden hatte und einfach nur ihre Rolle perfekt spielte.

Sigyns dramatische Reaktion verfehlte tatsächlich nicht ihre Wirkung. Der Feuerbringer schien sich an ihrer Angst förmlich zu weiden: »Der Handel, er gelte; denn Lokis Weib gibt er mir, durch Ehre mir endlich gebunden!«

Mit diesen Worten ließ Loge durch eine ausladende Handbewegung einen weiten Kreis aus kleinen Flammen aus dem Boden schlagen. Er selbst trat in den Ring hinein und baute sich dort mit verschränkten Armen auf, als wäre er sein eigenes eitles Standbild.

»Wir haben Glück, Mara! Dieser Loge ist zwar mächtig, aber ganz offensichtlich auch ein mächtiger Depp«, flüsterte der Professor Mara zu. »Anscheinend weiß er nichts von der Siegfried-Sage, was mich sehr wundert. Aber ich schätze, im Moment sollten wir einfach froh darüber sein!«

Siegfried, der kaum ein Wort verstanden hatte und seine eigene Sage und somit die Wirkung des Drachenbluts offenbar ebenso wenig kannte, wandte sich nun an Professor Weissinger und sprach zu ihm in seinem seltsamen Deutsch. Sofort raunte der Professor Mara die Übersetzung zu: »Wohl sehe ich, dass ihr viel Vertrauen in mich setzt, doch habt ihr mich nun dem Tode geweiht. Ohne Schrecken sehe ich ihm entgegen. Gehabt euch wohl.«

Siegfried nahm also immer noch an, dass es am stumpfen Messer und nicht etwa an seiner plötzlich erlangten Unverwundbarkeit gelegen hatte, dass er keine Schnittwunde davongetragen hatte. Aber der Professor wagte es nicht, Siegfried aufzuklären. Er wollte auf keinen Fall riskieren, dem Feuerbringer ihren Trick preiszugeben.

Siegfried wandte sich nun an Mara, kniete zu deren Schrecken vor ihr nieder und senkte sein Haupt. Dann sprach er wieder und der

Professor übersetzte: »Nie sah ich mächtigeres Wirken als in Euch, edles Fräulein. Bereitwillig geh ich in die Flammen, um im Kampfe um Eure Freiheit zu sterben.«

Er stand auf und verbeugte sich vor Mara, die überhaupt nicht wusste, was sie darauf erwidern sollte. Schließlich entschied sie sich für den armseligsten Hofknicks der gesamten Menschheitsgeschichte. Kurz bevor sie ebenso einbeinig wie albern umzukippen drohte, schaffte sie es aber, ihre Knie wieder zu sortieren und quetschte sich zum Abschluss sogar noch eine Art Lächeln aus dem Gesicht.

Siegfried war entweder Gentleman genug, um seine Gesichtszüge nicht entgleisen zu lassen, oder er hielt dieses vermurkste Getaumel für eine Art magischen Zaubertanz. Auf jeden Fall neigte er noch einmal höflich sein blondes Haupt, verbeugte sich dann vor Sigyn und küsste *etwas* zu lang ihre Stirn, bevor er sich abwandte und ohne ein weiteres Wort zu Loge in den Ring stieg. Kaum war er allerdings außer Hörweite, als Mara und Sigyn gleichzeitig ein Geräusch von sich gaben, das so ähnlich klang wie ein geseufztes »Hach …« Der Professor rollte seine Augen Richtung Himmel und schwieg.

Erhobenen Hauptes zog Siegfried nun in einer feierlichen Geste sein Schwert und streckte es dem Feuerbringer entgegen. Der ließ noch einmal effektvoll die Fäuste aufflammen und seine flackernden Züge verzogen sich zu einem grausamen Grinsen …

Schneller als die drei Zuschauer ihre Augen verdecken konnten, ließ Loge einen grellweißen Glutstrahl aus seinen Händen springen, der Siegfried vollständig umschloss! Geblendet mussten Mara, Sigyn und der Professor sich abwenden und sogar mit geschlossenen Augen sah Mara noch minutenlang kaum mehr als einen weißen Fleck.

Die Hitze wurde schnell so unerträglich, dass sie sich auf den Boden kauern und blind ein paar Meter von der Kampfarena wegkrabbeln musste.

Als Mara endlich wieder ihre Hand vor Augen erkennen konnte, wagte sie einen vorsichtigen Blick auf den Ring und musste sich auf die Zunge beißen, um nicht überrascht zu quieken: Dort stand ein splitterfasernackter Siegfried mit dem Rücken zu ihnen. Er hielt ein rot glühendes

Schwert in der Hand und starrte verwundert auf den Boden. Um ihn herum hatte sich seine Lederrüstung in Form von puderiger Asche zu ein paar kleinen Häufchen gesammelt, in deren Mitte eine breiig glühende Gürtelschnalle aus Eisen gerade dabei war, in einer neuen und zudem völlig unbrauchbaren Form zu erstarren.

Der Feuerbringer war mindestens genauso erstaunt darüber, dass Siegfried immer noch vor ihm stand, und brauchte einen Moment, um diese unerwartete Situation zu verarbeiten.

»Ja, da schaut er blöd, der göttliche Grillanzünder«, hörte Mara Professor Weissinger höchst zufrieden brummeln. Da hatte sich Loge allerdings schon wieder gefangen und zudem beschlossen, es einfach noch mal mit etwas mehr Feuerkraft zu versuchen! Mara riss geistesgegenwärtig ihre Jacke über den Kopf, Professor Weissinger und Sigyn zögerten keine Sekunde und taten es ihr mit Jacke und Mantel gleich. Schon wurden sie von einer heißen Druckwelle platt auf das Vulkangestein gedrückt, die ihnen ohne Schutz vermutlich die Haare angesengt hätte!

Loge brüllte wütend, als er Siegfried mit seinen glühend heißen Flammen traktierte, und hörte erst auf zu brüllen, als er sein Feuer reduzierte, um zu sehen, was es von Siegfried übriggelassen hatte. Ein überraschtes Grunzen des Feuerbringers ließ die drei ahnen, dass Siegfried wohl immer noch genauso unversehrt vor Loge stand wie zuvor.

Und da hörten sie noch etwas anderes: Sie hörten Siegfried lachen! Er lachte so laut und so höhnisch, dass Mara auch unter ihrer Jacke wusste, wie wütend der edle Held den Feuerbringer damit machte.

»Oh oh«, hörte sie Professor Weissinger rechts neben sich sagen und wusste, dass er mal wieder das Gleiche dachte.

Da meldete sich auch Sigyn, die links neben ihr lag: »Die Haut mag unzerstörbar sein – aber nun werden wir sehen, wie es sich mit des Helden Knochen verhält.«

Mara wagte einen Blick zurück und sah, dass Sigyn richtig vermutet hatte: Der Feuerbringer hob gerade seinen riesigen Fuß und ließ ihn mit einer solchen Wucht niedersausen, dass Siegfried davon im wörtlichsten Sinne in den Boden gerammt wurde! Augenblicklich erstarb auch das Lachen des Helden und Mara hielt erschrocken die Luft an.

Zufrieden blickte der Feuerbringer auf das Siegfried-förmige Loch im Vulkangestein. Mara konnte erkennen, dass sich die Oberfläche des Gesteins unter der Wucht und der Hitze seiner Flammen sogar wieder in flüssige Lava verwandelt hatte. Diese erkaltete allerdings sofort wieder und erstarrte an den Rändern des Loches zu seltsam geformten Blasen.

Loge wollte gerade seinerseits zu einem triumphierenden Gelächter ansetzen, als er ein ungläubiges Kichern vernahm, das immer lauter wurde. Es gehörte zu Siegfried, der sich abermals unversehrt aufrichtete. Mara, Sigyn und der Professor sahen fasziniert zu, wie er aus dem Loch stieg und dabei von dem heißen Gestein überhaupt keine Notiz nahm. Mit erhobenem Kopf sah Siegfried den Feuergott herausfordernd an. Dabei hatte er Mara im Übrigen seinen nackten Po zugewandt.

Der Professor robbte sich näher an Mara heran: »Na, das sieht doch schon mal ganz gut aus, oder?«

»Ich … ich schau doch gar nicht hin!«, stammelte Mara peinlich berührt.

»Ich spreche von dem *Zweikampf*, Mara Lorbeer!«

»Ah, ach so. Oh, äh, klar, wusst' ich«, brabbelte Mara und war erstaunt, dass es möglich war, ein noch röteres Gesicht zu bekommen, als sie durch die Hitze eh schon hatte.

Da rumste es auch schon wieder ohrenbetäubend und jede Verständigung wurde unmöglich. Wie von Sinnen schlug der Feuerbringer jetzt auf Siegfried ein, traktierte ihn abwechselnd mit Schlägen und Flammen, schleuderte ihn gegen Felsen und trampelte brüllend auf ihm herum. Dabei steigerte sich sein Gebrüll zu einer ohrenbetäubenden Raserei, während er erfolglos versuchte, dem hohnlachenden Helden mit einem Trommelfeuer gewaltiger Attacken auch nur einen einzigen Kratzer beizubringen.

Siegfried selbst schien dagegen immer mehr Gefallen an dem Spiel zu finden. Er veralberte seinen Gegner nicht mehr nur mit Gelächter, sondern auch mit frechen Gesten. Gerade winkte er Loge grinsend heran, als würde er um einen Nachschlag bitten. Der ließ auch nicht lange auf sich warten. Ein mächtiger Schwinger des Feuergottes traf Siegfried wie eine Abrissbirne und der flog in hohem Bogen über die Köpfe der drei hinweg. Sein Lachen verlor sich irgendwo hinter ihnen im Hall, bevor es ein dumpfer Aufschlag irgendwo im Hitzenebel jäh beendete. Mara erschrak. Nein … Doch schon drang das vertraute Gelächter des Helden wieder leise an ihr Ohr!

Der Feuerbringer war allerdings immer noch entschlossen, den ungleichen Zweikampf für sich zu entscheiden. Wütend stapfte er nun auf Mara, Sigyn und den Professor zu, immer Siegfrieds Stimme folgend, die von den schwarzen Felsen hin und her geworfen wurde und Loge nur noch mehr in Raserei versetzte.

»Weg hier!«, schrie Mara überflüssigerweise, denn natürlich hatten sich die anderen bereits aufgerappelt, um sich vor dem Feuergott in Sicherheit zu bringen.

Jeder Schritt des Feuerbringers schien aufgeladen zu sein von seiner ohnmächtigen Wut. Wo er hintrat, hinterließ er nun Fußabdrücke aus geschmolzenem Stein!

Doch kaum hatte Mara einen halben Schritt gemacht, blieb sie auch schon wieder stehen. Etwas war anders. Mit zusammengekniffenen Augen sah sie dem nahenden Feuergott entgegen und bewegte sich nicht mehr vom Fleck.

»Mara! Lauf doch! Lauf!«, schrie der Professor panisch.

Aber die schien nicht im Geringsten beunruhigt zu sein und grinste in sich hinein.

»Was in drei Teufels Namen gibt es denn da zu grinsen, Mara Lorbeer? Los, wir müssen …«

Doch Mara unterbrach ihn stumm mit einem erhobenen Zeigefinger. Verwundert starrten Sigyn und der Professor darauf und folgten ihm, als Mara nun auf den nahenden Loge deutete.

Seltsamerweise schien der Feuerbringer in der Zwischenzeit nicht wirklich näher gekommen zu sein. Er wirkte immer noch genauso weit entfernt wie gerade eben. Aber wie konnte das sein, wo er doch weiterhin auf sie zustapfte?

Nun grinste auch der Professor und Sigyn sah die beiden an, als hätten sie den Verstand verloren. Doch als sie auf Maras erneuten Fingerzeig wieder zu Loge blickte, erkannte endlich auch sie, was los war: Der Feuerbringer war nicht etwa weit weg. Im Gegenteil, er war sogar nur noch wenige Meter entfernt! Aber dafür war er sehr, sehr klein.

Das schien nun auch dem Feuergott aufzufallen, als er auf Maras Knie starrte. Erstaunt blickte er erst sehr langsam zu ihr hinauf … und dann plötzlich hektisch an sich herab. Eine fiepsige Stimme drang an die Ohren der drei: »Ihr wuchset so hoch, noch viel höher als ich?!«

Der Professor beugte sich hinunter zu Loge, der immer weiter schrumpfte und ihm bald nicht mal mehr bis zum Knöchel ging: »Oh werter Loge; ließet eure Kraft wohl zu wild im Kampfe wüten!«

Da konnte auch Mara nicht anders! Sie ließ sich ebenfalls auf die Knie sinken und sprach stolz ihren ersten eigenen Stabreim: »Und falls Ihr es nicht merkt; auch Eure mächtig machenden Stimmen machen Mittag!«

»Oho!«, rief der Professor. »*Merkt*, *mächtig*, *machenden*, *machen* und *Mittag*?! Fünf Alliterationen in einem! Das ist ja mal ein hübscher Stabreim, Mara Lorbeer!«

Der Feuergott stampfte wütend mit seinen kleinen Füßchen auf und wirkte dabei irgendwie niedlich. Auch war es inzwischen merklich kühler geworden. Die Flammen ringsum waren fast verschwunden und man konnte sogar schon den nächtlichen Sternenhimmel über dem Rand des Vulkans erkennen. Auch die Flämmchen des Feuerbringers brannten längst nicht mehr so hell und so dicht wie noch vor ein paar Minuten. Inzwischen wirkte er eher durchsichtig, als er da wie ein Kobold vor ihnen auf und ab tobte, als wäre er sauer auf den Meister Eder.

»Euch werd' ich lehren, zu lästern den mächtigen Loge!«, piepste das Feuergöttlein und hopste dazu wie ein wütender Hamster. »Das Feuer ich bringe; fressen wird Euer Fleisch die Fla…«

Der Rest war nicht mehr zu verstehen, denn ein nackter Fuß hatte den ehemaligen Feuergott auf dem Stein ausgedrückt wie ein glimmendes Streichholz.

Es war natürlich Siegfrieds Fuß, der sich nun wieder hob und den Blick freigab auf eine kleine, schmauchende Stelle am Boden, die sich gerade noch selbst Loge genannt hatte und nun nicht mehr war als ein Fleck verschmierter Asche.

»Sige«, sagte Siegfried und für einen Moment wurde es still.

Das hatte Mara auch ohne Übersetzung verstanden: Siegfried hatte sich zum rechtmäßigen Sieger des Zweikampfes erklärt. Laut wieherte Grani neben ihnen seine Zustimmung, während ihm der Held liebevoll den Hals tätschelte.

»So«, sagte der Professor. »Dann überlegen wir doch mal gemeinsam, wie wir jedes Tierchen zurück zu seinem Pläsierchen bringen, oder?« Doch als keine Antwort kam, bemerkte Professor Weissinger, dass sowohl Mara als auch Sigyn ein wenig abwesend wirkten. Dieser Zustand ließ erst nach, als er Siegfried seine Jacke überließ und dieser sie sich wie einen Lendenschurz umband.

Dann versuchte der Professor es noch einmal: »Ich hoffe sehr, zu euch beiden durchzudringen, ohne mich ebenfalls entkleiden zu müssen. Denn es wäre nun also wie gesagt an der Zeit, sich ein paar Gedanken darüber zu machen, wie wir wieder von hier verschwinden können. Dazu stellt sich zuallererst einmal die Frage, wie es dir jetzt geht, Mara?«

»Ganz gut, glaube ich«, antwortete sie, während ihre hochrote Birne nur langsam an Leuchtkraft verlor. Doch beim Thema »rot glühend« fiel ihr etwas ein, das sie schon seit ihrer Ankunft vorgehabt hatte, aber wozu sie durch die Kämpferei nicht gekommen war. »Bitte sagen Sie doch Siegfried, dass er sein Schwert mal an der Kette von Sigyn testen soll.«

Kaum hatte der Professor dem Helden übersetzt, holte der auch schon mit seinem Schwert aus. Sigyn ließ einen überraschten Seufzer hören, als sie in dieser Sekunde feststellte, dass die Kette gar nicht mehr glühte. Und schon durchtrennte das Schwert die Kette knapp hinter ihrer Fessel mit einem einzigen Schlag.

Wahnsinn, dachte Mara. Ich hangele mich hier seit Tagen von Problem zu Problem und für Siegfried, den Helden, ist das alles nur eine Frage von: *Wem hau ich wann wohin*?

Doch Mara wurde in ihren Gedanken jäh unterbrochen, als sie etwas spürte, das sie im ersten Moment gar nicht beschreiben konnte. Als hätte sie etwas seit Tagen im Griff gehabt und würde nun die Umklammerung lockern … oder als wäre sie tagelang in einer Rüstung aus Wackersteinen herumgelaufen, die jetzt einfach von ihr abfiel …

Mara fühlte sich von einer Sekunde auf die andere unglaublich befreit. Sie atmete erst einmal so tief durch, dass sie die Luft bis in ihre Zehenspitzen spürte. Dann fiel ihr Blick auf Sigyn und da wusste sie auch warum sie sich so unglaublich gut fühlte.

Sie tippte dem Professor auf die Schulter und deutete auf Lokis Frau: »Schauen Sie mal ganz genau hin!«

Der Professor tats und Sigyn blickte befremdet zurück. »Oh, Verehrteste, bitte verzeiht mein Starren, aber ich glaube, Ihr seid ein wenig … äh … durchsichtig. Ohne den Feuerbringer kehren nun offenbar alle von ganz alleine dorthin zurück, wo sie der Sage gemäß hingehören.«

»Ohne, dass ich die alle hin und her transportieren muss? Das ist ja super«, rief Mara erleichtert als sie bei Siegfried und seinem Hengst das gleiche Phänomen entdeckte.

Da drehte sich Sigyn zu Mara herum und die Freudentränen liefen ihr über die Wangen: »Ich kehre zurück zu meinem Gemahl?«

Mara nickte und im nächsten Moment wurde sie so stürmisch von Sigyn umarmt, dass ihr fast die Luft wegblieb.

Überrascht stellte sie fest, dass sie im gleichen Moment Schemen von Lokis Höhle wahrnahm und fasste einen Entschluss. »Ich bin gleich wieder da«, sagte Mara und der Professor nickte.

Kapitel 12

Mara fühlte sich so gut wie schon lange nicht mehr. Oder überhaupt noch nie! Es war einfach ein tolles Gefühl, dass alles plötzlich einen Sinn ergab. Sie seufzte zufrieden auf, während Loki nur noch Augen für seine Frau hatte, die vor ihm immer sichtbarer wurde.

Mara war nun klar, dass Loges magische Fesseln die arme Sigyn in seinem Reich festgehalten hatten, und nur darum hatte der Feuerbringer wohl auch dem Zweikampf zugestimmt: Hätte er triumphiert, wäre Sigyn auch ohne Fesseln an ihn gebunden gewesen! Von der Kette befreit, kehrte sie jedoch zurück an ihren Platz in der Mythologie: an die Seite von Loki.

»Niemals könnte ich dir genug danken, kleine Seherin«, sprach der Halbgott leise. »Und so will ich es gleich sein lassen.«

»Schon okay«, winkte Mara grinsend ab. »Aber ich hätte eine Frage.«

»Sprich, kleine Völva, aber verlange nicht, dass ich dich ansehe, denn mein Blick muss zu meinem Weib gerichtet bleiben, weil mir sonst das Herz zerspränge.«

»Klar, kein Problem«, sprach Mara also zu Lokis Hinterkopf.

»Als Sie vor kurzem meine Hand gehalten haben, gaben Sie mir etwas ab von Ihrer magischen Götter-, oder äh, Halbgötter-Kraft, die ich dann solange benutzen konnte, bis sie irgendwann aufgebraucht war, richtig?«

Loki nickte: »Nun, ich hoffe doch, dass du damit keinen Unfug angestellt hast, kleine Völva.« Aber Mara hörte an seinem schelmischen Unterton, dass er wohl auch am Gegenteil seinen Spaß gehabt hätte.

»Na ja, wie man's nimmt«, seufzte Mara. »Es wäre echt besser gewesen, wenn Sie es mir vorher gesagt hätten.«

»Oh, das wäre ja wohl einem Dank gefährlich nahe gekommen. Nein, nein, der Loki hat schon so viele seiner wunderbar schrecklichen Eigenschaften verloren, für die er bekannt, geliebt und gefürchtet war – da wird er nicht auch noch damit beginnen, sich bei einem kleinen Menschlein zu bedanken!« Und doch riss er sich für einen Augenblick von Sigyns Erscheinung los und schaute Mara mit seinen tiefschwarzen Augen an: »Aber eins will ich dir sagen: Sollte es jemals dazu kommen, dass der Loki seinen Dank ausspricht – dann wirst du ihn als Erste vernehmen, *Litilvölva*!«

Er grinste und flüsterte Mara in verschwörerischem Ton zu: »Falls ich dir allerdings ein allerletztes Mal mit ein wenig halbgöttlicher Kraft dienlich sein kann, musst du nichts weiter tun, als abermals meine Hand zu fassen.«

Kapitel 13

Als Mara in den Vulkan zurückkehrte, war Professor Weissinger gerade damit beschäftigt, Siegfried alles in seiner Sprache zu erklären und den Helden darauf vorzubereiten, dass er sich wohl bald ein weiteres Mal dem Lindwurm stellen müsse. Ob die Unverwundbarkeit anhielt, konnte er ihm nicht sagen, aber die Logik sprach eher dagegen. Mara bemerkte, dass Professor Weissinger sehr darauf achtete, Siegfried nichts über sein zukünftiges Schicksal zu erzählen.

Schließlich schärfte er Siegfried so eindringlich, wie er nur konnte, ein, dass er von diesem Abenteuer auf keinen Fall irgendwem berichten solle! Das Einzige, was er sich nicht verkneifen konnte, war der Hinweis, dass Siegfried mit dem Loch im Boden auf jeden Fall goldrichtig lag. Nicht dass er sich aus Langeweile oder Sportsgeist für irgendeine andere Strategie entschied!

Inzwischen war es in der Vulkansenke erst erfrischend kühl und schließlich einfach nur saukalt geworden. Als Mara durch die Stirn des Professors den Polarstern am Himmel schimmern sah, war es höchste Zeit, sich Lebewohl zu sagen. Sie selbst löste sich nicht auf, aber das hatte wohl etwas mit ihrer Spákonaschaft zu tun oder wie auch immer man das nannte.

Sigyn, Siegfried und auch der Hengst Grani waren kaum mehr zu erkennen. Es war nun auch nicht mehr möglich, sich gegenseitig zu umarmen oder die Hände zu schütteln, da man nur durch leere Luft fasste, also beließen sie es alle bei einem besonders herzlichen Winken. Mara konnte ein ganz, ganz leises Seufzen nicht unterdrücken, als sie einen letzten Blick auf Siegfried warf. Ohne mit der Wimper zu zucken, war er bereit gewesen, im Zweikampf den Tod zu finden – nur für sie! Mara! Okay, auch ein bisschen für Sigyn, aber trotzdem …

Das Letzte, was Mara von ihren Kampfgefährten sah, war Sigyns Winken und es schien, als würde auch Grani zum Abschied den Kopf senken …

Der Professor stellte zufrieden fest, dass auch alle anderen Hinterlassenschaften ihres Wirkens an diesem Ort verschwunden waren. Die Asche von Fafnir hatte sich in Luft aufgelöst und nichts sprach mehr dafür, dass hier ein wahrer Kampf der Titanen gewütet hatte.

So war schließlich der Moment gekommen, den Heimweg anzutreten. Mara blickte sich noch ein letztes Mal um, nahm dabei die Hand des Professors und konzentrierte sich dann auf die Ludwigsbrücke. Und kaum hatte sie das getan, waren die beiden auch schon verschwunden.

Tatsächlich kostete es Mara nicht mehr als einen flüchtigen Gedanken und schon standen sie und der Professor wieder auf der Ludwigsbrücke vor dem Deutschen Museum.

Wie zwei Synchronschwimmer schnappten beide gleichzeitig nach Luft – und zwar aus Erleichterung. Die Brücke sah aus, wie sie immer ausgesehen hatte. Jeder Stein war wieder an seinem Platz, nirgends war mehr ein Wildtier zu sehen, das grüne Drachenblut und wohl auch jedes Rosshaar von Siegfrieds Hengst waren spurlos verschwunden.

Mara schätzte, dass hier nicht mehr als ein paar Minuten vergangen sein konnten, denn gerade erst trauten sich ein paar Leute vorsichtig wieder aus dem Haupteingang des Planetariums heraus. Verwundert tapsten sie auf der plötzlich völlig intakten Brücke herum und so mancher rieb sich verwundert die Augen.

Mara und der Professor sahen sich stumm an. Obwohl sich alle Anzeichen der Katastrophe in Luft aufgelöst hatten, war die Erinnerung der Menschen wohl nicht gelöscht worden. Immer aufgeregter schnatterten die Leute durcheinander, um sich gegenseitig zu versichern, dass sie alle das Gleiche erlebt hatten! Einige kniffen sich gegenseitig oder waren mit hochgerolltem Ärmel auf der Suche nach jemandem, der ihnen diesen Gefallen tat. Und leider hörte Mara die Wörter *Drachen*, *Monster*, *Schwert* und *Pferd* ganz schön oft.

Das durfte auf keinen Fall so bleiben. Mara musste etwas tun und sie wusste auch schon, was. Okay, so in etwa …

Was sie sich jetzt vorgenommen hatte, war nämlich noch einmal ein ganzes Stück größer, als irgendwen oder irgendwas von einer Welt in eine andere zu versetzen. Sie würde dafür vermutlich Lokis gesamtes Göttergeschenk aufbrauchen, wenn es überhaupt genügen würde. Und die Zeit drängte, denn schon wurden einige auf sie aufmerksam. Mara hörte, wie ein kleiner Junge rief: »Da ist sie! Die hat mit dem Ritter gesprochen!«

»Und uns vor dem Schwein gerettet!«, rief ein Mädchen und zeigte auf sie. Auch die Frau mit dem Kinderwagen erkannte Mara sofort wieder und zu ihrem Schrecken sah sie noch jemanden mit ausgebreiteten Armen auf sich zustürmen.

»Spinnerin!«, rief Larissa und stolperte mehr, als dass sie rannte. Hinter ihr versuchte ihr Vater, Schritt zu halten, und rief etwas hinter seiner Tochter her.

Jetzt aber los, befahl sich Mara und zischte dem Professor zu: »Bleiben Sie ganz nah bei mir.« Dann schloss sie trotz des ganzen Wahnsinns um sie herum die Augen.

Sie ignorierte die nahenden Sirenen und das Geschrei und breitete die Arme aus. Mara atmete ruhig und regelmäßig und ließ dabei mit jedem Atemzug mehr von Lokis Kraft aus ihren Fingern strömen. Sie spürte, wie sich ihr Bewusstsein über die Brücke und die gesamte Museumsinsel ausbreitete. Aber das war nicht genug, zu viele Menschen hatten den Lindwurm gesehen und konnten sich in den letzten Minuten schon Kilometer weit entfernt haben.

Ich brauche einen Überblick, dachte Mara und tastete sich über die Zweibrückenstraße hinauf Richtung Marienplatz, am Isartor vorbei und auf die Sankt-Peters-Kirche zu. Sie erinnerte sich noch gut, wie sie mit der Schule einmal dort oben gewesen waren und über ganz München geblickt hatten. Es fiel ihr leicht, diesen Moment vor ihr geistiges Auge zu holen, und sie erschrak nicht, als sie nun plötzlich von dem alten Kirchturm über die Stadt blickte. Ganz im Gegenteil.

Litilvölva.

Sie hob ihre Hände und ließ Lokis Kraft nach allen Seiten über die Dächer strömen. Die Energie erfüllte die Straßen und streckte sich rundum dem Horizont entgegen.

Spákona.

Mara wusste genau, dass Lokis Göttergeschenk niemals genügen würde. Und doch blieb sie völlig ruhig, denn sie erkannte nun etwas, das ihr noch vor wenigen Tagen niemals in den Sinn gekommen wäre.

Ich bin Mara. Und. Ich. Kann. Was.

Mit diesen vier Worten schoss eine gleißend helle Kraft aus ihren Fingern und schob Lokis Energie bis weit über die Stadtgrenzen hinaus ins Münchner Umland.

Und dann, als sie wusste, dass der Moment gekommen war … da war es ihr, als würden die Götter persönlich ein Wort in ihr Ohr flüstern und sie musste es nur wiederholen.

gleymið

Die Menschen vergaßen, warum sie in Panik aus ihren Autos geflohen waren. Die Autos vergaßen, dass sie eben noch umgekippt am Straßenrand gelegen hatten. Die Straße vergaß die Bremsspuren, die Glastür den Sprung in der Scheibe, der Asphalt seine Wunden. Und in die Lücken der Erinnerung senkte sich nun ein ganz normaler Tag und breitete sich aus, bis er nahtlos passte.

gleymið

Mara schlug die Augen auf und sah genau das, was sie sich erhofft hatte: nichts Besonderes. Autos hielten an der Ampel, Menschen strömten aus dem Planetarium, stiegen in die Straßenbahn oder überquerten die Straße. Ein ganz normaler Tag auf der Museumsinsel. Sofort drehte sie sich um zu Professor Weissinger, aber sie sah ihm gleich an, dass auch dieser Teil des Plans funktioniert hatte. Der Professor war ganz nah bei ihr geblieben. Der Zauber hatte ihn ebenso verschont wie Mara selbst. Mara musste grinsen und der Professor grinste einfach nur zurück.

Eine Stimme riss sie aus ihrer Zufriedenheit. »Was lachst du denn so blöd, Spinnerin?« Vor Mara stand Larissa und in ihr Gesicht war der vertraute Ausdruck boshafter Hochnäsigkeit zurückgekehrt.

Mara war darüber so erleichtert, dass sie ihre Erzfeindin fast umarmt hätte, aber sie wollte nicht wieder neue Verwirrung stiften. Also sagte sie nur: »Hallo Larissa. Du gehst ins Museum?«

»Hä, spinnst du?«, schnappte Larissa zurück. »Seh ich aus wie so'n Museums-Blödi, oder was?«

Im Gegensatz zu früher fielen Mara jetzt so viele passende Antworten ein, dass sie nur auf die schönste deuten musste. »Aber nein, Larissa«, sagte sie und lächelte freundlich. »Glaub mir, keiner käme auf die Idee, dass du schon mal ein Museum von innen gesehen hast. Bis morgen.«

Doch bevor Larissa etwas antworten konnte, vernahm Mara eine vertraute Stimme neben sich. »Entschuldigung, ich würde gerne mit diesen Personen unter sechs Augen reden. Vielen Dank.« Die Stimme duldete keinen Widerspruch, die Uniform tat ihr Übriges und Larissa blieb nichts übrig, als wortlos abzudampfen. Ihr Vater fragte irgendetwas und deutete auf Mara, aber Larissa stieg nur wütend in das Auto und knallte die Tür zu, so fest sie konnte.

So konnten sich Mara und der Professor der Polizeibeamtin zuwenden, die anscheinend schon die ganze Zeit neben ihnen gestanden hatte.

»Hallo, Frau Gassner«, sagte Mara artig und auch Professor Weissinger nickte der Polizistin höflich zu. »Wie können wir Ihnen denn behilflich sein?«

Frau Gassners Blick kam direkt aus dem Niemandsland zwischen Ratlos und Frust: »Nun ja, ich habe ein Problem. Ich würde Sie beide jetzt wirklich sehr, sehr gerne verhaften.«

Der Professor blinzelte nicht einmal: »Aha, und warum genau?«

»Genau das *ist* mein Problem«, entgegnete Frau Gassner entnervt. »»Ich habe keine Ahnung, außer dass ich weiß, dass ich eigentlich eine Ahnung haben *müsste*.«

»Ich befürchte, das wird vor Gericht nicht genügen«, antwortete der Professor trocken.

»*Das weiß ich*«, presste die Polizistin zwischen zusammengebissenen Zähnen hervor. »Das weiß ich sogar *sehr, sehr, sehr, sehr, sehr, sehr* genau.«

»Nun, dann melden Sie sich doch einfach, wenn Sie mehr wissen als das. Unsere Nummern haben Sie ja. Guten Tag.« Und mit diesen Worten bugsierte Professor Weissinger Mara die Treppe hinunter zum Vater-Rhein-Brunnen.

»Sie schaut uns nach, oder?«, raunte Mara ihm zu. »Hundertprozentig«, brummelte der Professor, ohne sich umzudrehen.

»Oh Mann, sie muss schon hinter uns gestanden haben und ich hab sie gar nicht bemerkt! Dadurch war sie fast so nah wie Sie und hat nicht meinen vollen Zauber abbekommen.«

»Mag sein, aber es hat wohl gerade noch so genügt. Sie erinnert sich an nichts, woraus sie uns einen Strick drehen könnte. Und das ist erst mal das Wichtigste«, antwortete der Professor und mit diesem Satz kehrte auch sein Grinsen zurück.

Eine Zeitlang gingen sie einfach schweigend nebeneinander her. Beide wussten, dass sie mit dem Sieg gegen den Feuerbringer und Sigyns Rettung einen wichtigen, ersten Erfolg errungen hatten. Auch war Loki zumindest vorläufig besänftigt und sie wussten nun, dass er seine Wut nicht etwa gegen die alten Götter oder gar die Menschen gerichtet hatte, sondern gegen seinen Widersacher, den wagnerianischen Ex-Feuergott und momentanen Aschefleck Loge.

»Glauben Sie, dass wir den Feuerbringer wirklich besiegt haben?«, fragte Mara nach einer Weile.

»Darüber denke ich auch die ganze Zeit nach, Mara«, antwortete der Professor. »Da wir nicht wissen, wie es überhaupt dazu kommen konnte, dass er existiert, können wir auch nicht voraussagen, ob oder wann das wieder der Fall sein wird. Wir sollten aber lieber mal davon ausgehen, dass die Stimmen, aus denen er seine Kraft bezog, wohl weiter brav ihre Verse runterbeten werden. Und wer weiß, ob dann im Laufe der Zeit aus dem kleinen Aschehäufchen wieder ein Feuerbringer entsteht, der zu allem Übel auch noch ziemlich schlecht auf uns beide zu sprechen ist.«

»Dann müssen wir eben verhindern, dass es dazu kommt!«, sagte Mara entschlossen. »Wir müssen herausfinden, woher die Stimmen kommen, und sie dazu bringen, was anderes zu beten. Oder am besten ganz die Klappe zu halten.«

»Ja, ein wunderschöner Plan, verblüffend in seiner Einfachheit«, nickte der Professor. »Aber ich schätze, dass wir hier ganz ohne irgendwelche Anhaltspunkte auch nicht viel weiterkommen als unsere liebe Freundin von der Polizei mit dem Versuch, uns was nachzuweisen.«

»Dann müssen wir eben alles noch einmal durchgehen«, erwiderte Mara. »Wir sind jetzt schon so weit gekommen!«

»Da hast du recht, Mara Lorbeer. Aber wir haben auch ein paar neue Probleme: Zum Beispiel wissen wir jetzt, dass wir eben nicht mal einfach so einen Siegfried herholen können, damit der uns irgendwo raushaut!«

»Aber wieso denn«, schnappte Mara etwas zu laut, »das hat doch im Endeffekt ganz gut geklappt, oder vielleicht nicht?«

Professor Weissinger seufzte. »Aber Mara, wir riskieren bei solchen Einmischungen in die Mythologie, dass unser größter Vorteil flöten geht!«

»Welcher Vorteil denn?«, fragte Mara grummelig, die insgeheim doch gehofft hatte, vielleicht bei der einen oder anderen brenzligen Sache noch mal bei Siegfried vorbeizuschauen.

»Na, der Vorteil, dass wir im Gegensatz zu allen anderen Akteuren in diesem Spiel so vieles über sie wissen! Loki, Fafnir und Konsorten sind sozusagen Sklaven ihrer Geschichten. Aber wir wissen nicht nur, wie die meisten dieser Geschichten ausgehen, sondern auch, warum wer wo wem wie was getan hat. Das bedeutet, wir wissen unglaublich viel über sie – sie aber nichts über uns!«

So hatte Mara das noch nie betrachtet, aber natürlich hatte der Professor recht: Das Wissen über die alten Sagen und Mythen hatte ihnen immer wieder sehr geholfen. Sei es, weil sie von Siegfrieds Unverwundbarkeit wussten, bevor er selbst davon erfahren hatte, oder auch einfach, um manchmal ein bisschen besser durchzublicken in dem ganzen Wahnsinn. Doch der Professor war noch nicht fertig: »Aber Sagen und Mythen sind die eine Sache. Richtiggehend gefährlich wird es nämlich, wenn wir am Ende auch noch in der historisch realen Menschheitsgeschichte herumpfuschen. Was passiert denn, wenn zum Beispiel wegen uns dein Ururgroßvater niemals deine Ururgroßmutter kennenlernt? Macht es dann plötzlich neben mir plopp und du bist weg?«

»Hmpf. Sie haben recht«, musste Mara zugeben, obwohl sie sich nur ungern von all den Möglichkeiten verabschiedete, die sich eigentlich dadurch anboten. Na ja, vielleicht konnte man ja ab und zu … ausnahmsweise … in Notsituationen … Hm.

Die beiden waren nun in einem weiten Bogen um die ehemalige Unglücksstelle herumgelaufen und hatten in sicherer Entfernung auf der anderen Isarseite wieder die Richtung zu Maras Zuhause eingeschlagen.

Professor Weissinger wollte in die U-Bahn steigen, um zur Uni zurückzufahren und sich endlich an den Stapel mit den Prüfungen zu setzen, der dort schon viel zu lange auf ihn wartete. Und Mara hatte das dringende Gefühl, endlich wieder zu Hause aufkreuzen zu müssen. Aber eins wollte sie doch noch loswerden!

Mit einem mühsam unterdrückten Grinsen wandte sie sich an Professor Weissinger: »Ach, fast hätt' ich's vergessen: Sie erinnern sich vielleicht noch an den Suebenknoten?«

»Wie könnte ich den jemals vergessen, Mara Lorbeer«, seufzte der Professor. »Hätte der doch fast dafür gesorgt, dass wir dieses kleine Abenteuer nicht zusammen hätten erleben dürfen. Warum, was ist denn damit?«

»Na ja, ich hab Loki gefragt, warum er an dem Tag, als er das Fischernetz erfand, diese Frisur getragen hat«, antwortete Mara und biss sich auf die Lippen, um den Moment noch ein wenig länger auskosten zu können.

»Ach was!«, rief Professor Weissinger. »Na, jetzt bin ich aber mal gespannt! Nun komm schon, spann mich nicht auf die Folter, Mara Lorbeer! Nein, warte, ich will es erst selbst versuchen: Du erinnerst dich an meinen Vorschlag mit dem suebischen Fischer, der an einen Fischernetzerfinder glaubte und der sich im Laufe der Zeit …«

»Geben Sie es auf, Herr Professor!«, winkte Mara lachend ab. »Da kommen Sie nie drauf!«

»Warte!«, rief der Professor und nahm erneut Anlauf. »Wie wäre es damit: Loki gibt es schon länger, als wir alle glauben. Und er ist eigentlich verwandt mit Sagengestalten wie dem afrikanischen Anansi oder dem ossetischen Syrdon, und somit existiert eine Art Stereotyp in allen …«

Mara schüttelte vergnügt den Kopf. »Kann ja alles sein, aber das ist nicht die Antwort!«

»Gut, gut! Dann ist es vielleicht, dann könnte … dann … okay, dann komme ich nicht drauf«, seufzte Professor Weissinger mit nur scheinbar gespielter Enttäuschung. »Na, komm schon, *Litilvölva*, lass mich teilhaben an deiner Weisheit.«

Mara ließ genüsslich noch ein paar weitere Sekunden verstreichen und sah den Professor mit einem kecken Blick von oben bis unten an. »Sie geben also auf?«

»Ja, ich gebe auf!«, knirschte der. »Aber jetzt raus damit!«

Doch Mara war noch nicht fertig: »Was wären Sie bereit, dafür zu tun?«

Der Professor riss die Arme hoch: »Ja, was soll ich denn noch tun, als drum bitten?!«

»Zum Beispiel die Einladung meiner Mutter annehmen und am Freitag bei uns zum Abendessen vorbeischauen?«

Der Professor sah sie verwundert und gleichzeitig hocherfreut an und Mara ergänzte schnell: »*Ohne* meiner Mutter das Gefühl zu geben, sie hätte nicht mehr alle Tassen im Schrank, wenn Sie Ihnen die Vorzüge einer Celtic Energy Disc™ nahebringen will oder gegen beginnenden Haarausfall eine Sitzung der Heilenden Hand anbietet?«

»Ich verspreche hoch und heilig, dass ich mich bezüglich der Celticdings in nichtssagend-höfliche Worthülsen hülle, und ich freue mich schon jetzt ganz ausdrücklich auf eine Sitzung der Heilenden Hand, obwohl ich nicht weiß, von welchem beginnenden Haarausfall du sprichst, junge Dame!«

Mara streckte ihm die Hand entgegen: »Freitag um 19 Uhr in der Edlingerstraße.«

»Ich werde da sein! Und jetzt sag mir endlich, warum Loki diese Frisur am Kopf tragen musste oder ich nörgle dir eine Wendeltreppe ins Genick!«

»Weil er verdammt lange Haare hat und die ihm beim Fischen im Weg waren«, antwortete Mara, und zum ersten Mal in ihrem Leben genoss sie die nun einsetzende Stille. Ahh …

»Nein«, ploppte es schließlich aus dem Professor.

»Doch«, sagte Mara und grinste noch breiter.

»Aber warum an der SEITE und nicht hinten wie jeder andere langhaarige Hippie auch?«

»Weil er nur eine Hand zur Verfügung hatte. Mit der anderen hielt er ja sein kostbares Netz, und da ist er ihm halt ein bisschen verrutscht.«

»Also war es gar kein Suebenknoten …« Der Professor lehnte sich an einen Baum und fuhr sich mit beiden Händen durch die Haare.

»Nö, das war einfach nur ein missglückter Dutt. Und als ich ihn darauf angesprochen habe, fand er das gar nicht so witzig, der eitle Kerl. Aber ehrlich gesagt, ich weiß nicht genau, ob das jetzt für oder gegen Ihre oder meine Theorie spricht. Eins weiß ich jetzt aber ganz sicher …«

»Die Wissenschaft sollte sich vielleicht gelegentlich ein bisschen weniger wichtig nehmen«, vervollständigte Professor Weissinger ihren Satz und machte ein Gesicht, das deutlich zeigte, wen er mit »die Wissenschaft« meinte.

»Ja, so kann man es auch sagen«, nickte Mara zufrieden. »Also dann …«

»Also dann …«, wiederholte Professor Weissinger etwas matt. »Wir sehen uns Freitag um sieben!«

»Ganz genau! Und denken Sie an Ihr Versprechen! Ach ja, und …« Doch statt viel zu reden, sprang Mara auf den Professor zu und umarmte ihn so fest, wie sie nur konnte. Der lachte und umarmte Mara noch fester zurück.

Kapitel 14

Eine halbe Stunde später stand Mara vor der Haustür und drehte ihren leicht verbogenen Schlüssel im Schloss herum. Da fiel ihr plötzlich auf, dass jemand verdächtig regungslos im Hof neben den Mülltonnen im Halbschatten stand. Noch vor ein paar Tagen hätte sie sich wohl darüber ziemlich erschrocken, aber durch die Erlebnisse der letzten Tage hatte ihr Erschreck-O-Meter wohl eine Art Kurzschluss abbekommen. Deshalb wandte sie sich kurzerhand von der Haustür ab und dem seltsam steifen Mann im Hof zu.

Schon nach wenigen Schritten erkannte sie in ihm Nachbar Dahnberger, doch der erkannte Mara nicht. Genauer gesagt, schien er generell überhaupt nichts zu erkennen oder irgendetwas zu machen. Er stand einfach da, mit halb geöffnetem Mund, und starrte ins Nichts.

Da erinnerte sich Mara wieder, dass sie ihn ja heute früh schon einmal getroffen hatte, und zwar im wahrsten Sinne des Wortes: War da nicht irgendetwas aus ihr herausgeschossen und er hatte sofort aufgehört zu meckern? Natürlich, sie war nur so damit beschäftigt gewesen, geradeaus zu laufen, dass sie sich nicht einmal mehr umgedreht hatte. Leider wusste sie überhaupt nicht, was genau sie mit ihm angestellt hatte, geschweige denn, wie sie diesen Zustand wieder beenden sollte. Einem düsteren Gedanken folgend legte sie ihre Finger auf sein Handgelenk und nach etwas nervösem Gefummel fühlte sie auch einen regelmäßigen Pulsschlag. Puh, Gott sei Dank!

Da bemerkte sie, dass Herr Dahnberger einen kleinen Schritt auf sie zu gemacht hatte. Sie zog noch einmal prüfend an seinem Handgelenk und der Nachbar folgte brav wie ein dressiertes Hündchen an der Leine. Oder ein dressierter Zombie …

Nur ein paar Minuten später hatte Mara in seiner Jackentasche den Wohnungsschlüssel gefunden und führte Herrn Dahnberger über den

Hof, durch das Treppenhaus und hinein in seine eigene Wohnung. Dort setzte sie ihn vorsichtig in den abgewetzten Sessel im Wohnzimmer. Mara fiel sofort auf, dass der Sessel nicht etwa mit Blick in den Raum positioniert war, sondern seitlich an der Wand stand. Und genau auf dieser Seite war auch die Armlehne stark abgewetzt und ein auffällig dunkler Fleck prangte in Kopfhöhe auf der Tapete. Kein Zweifel: Herr Dahnberger bestritt seine Abende damit, mit dem Ohr an der Wand zu lauschen. Und auf der anderen Seite lag ihre Wohnung!

Dazu passte natürlich auch das Telefontischchen direkt neben dem Sessel und der Besenstiel in greifbarer Nähe, mit dem er so gerne gegen die Wand drosch.

Gerade eben hatte Mara noch fest vorgehabt, ihren Nachbarn sofort aus seiner Trance zu befreien, aber jetzt verspürte sie plötzlich erst einmal Lust auf eine heiße Dusche und frische Klamotten.

Was soll's, dachte sie bei sich, als sie Herrn Dahnbergers muffige Wohnung verließ und mit seinem Schlüssel hinter sich absperrte, ich kümmere mich später um ihn. Entweder er wacht von alleine auf und ich sag ihm, dass ich seinen Schlüssel gefunden habe, oder ich komm später wieder und er sitzt noch da, wo er sowieso die ganze Nacht lang sitzen würde, wenn er hinter uns her spioniert.

Selten hatte Mara eine heiße Dusche so sehr genossen, ja sogar der leicht stechende Geruch von Mamas BioResonance-Shampoo duftete heute nach nichts anderem als vertrauter Geborgenheit. Okay, und ein bisschen sehr nach Fenchel.

Als sie sich angezogen hatte, fiel ihr Blick hinaus auf die Esche im Hof und sie erinnerte sich daran, wie vor ein paar Tagen alles begonnen hatte. Mit einem sprechenden Zweig, den man zu ihr geschickt hatte, damit sie das Ende der Welt abwandte …

Mara war sich sicher, dass sie und der Professor die drohende Götterdämmerung auf jeden Fall schon mal verzögert hatten. Klar, sie hatten noch nicht alle Rätsel gelöst. Aber trotzdem fühlte sie sich erstaunlich zuversichtlich, dass ihnen das schon noch gelingen würde.

Da fiel ihr Blick auf das Bett und die Zettel von dem elenden Rückführungs-Seminar. Mara musste unwillkürlich die Augen zusammenkneifen. Auf den billig kopierten Blättern drängelten sich eng die Buchstaben und die Zettel flimmerten förmlich durch die inflationär geschmacklose Verwendung verschiedenster Schrifttypen, Wörtern in Kursiv, unterstrichen, fett gedruckt oder allem gleichzeitig. Nein, sie hatte jetzt wirklich keine Lust, sich da durchzukämpfen.

Mara seufzte und wollte schon kopfschüttelnd das Zimmer verlassen, als sie wie vom Donner gerührt stehen blieb.

Irgendetwas schnürte ihr die Kehle zu und sie musste erst einmal das Fenster aufreißen, tief durchatmen und ein paar Mal hintereinander schlucken. Erst dann war sie in der Lage, sich umzudrehen und noch einmal auf das oberste Blatt des Seminarprogramms zu schauen. Dort stand unmissverständlich und so deutlich lesbar, wie es die schlechte Kopie zuließ:

Hohen Mut verleiht deine Macht;
grimmig und groß wächst in dir die Kraft!
Zur leckenden Lohe dich wieder zu wandeln,
spürst du die lockende Lust …

Mara starrte auf die Buchstaben, von denen sie nicht glauben wollte, dass sie wirklich dort geschrieben standen. Zitternd legte sie die Blätter auf ihrem Schreibtisch ab. Sie musste sofort Professor Weissinger anrufen!

Mara lief hinaus in den Flur auf der Suche nach ihrer Jacke, in der sie ihr Handy gelassen hatte, und hätte fast ihre Mutter über den Haufen gerannt. Die war soeben völlig aufgelöst zur Tür hereingekommen und ließ einen solch gellend lauten Schrei der Überraschung los, dass Mara schon hoffte, sie hätte damit vielleicht Herrn Dahnberger wieder aufgeweckt.

»Du liebe Zeit, Mara!«, rief ihre Mutter mit Tränen in den Augen. »Warum gehst du denn nie an dein Handy, um Gottes willen!? Deine Schule stürzt zusammen und du bist nicht erreichbar!? Ich dachte schon, du wärst im Krankenhaus … oder noch schlimmer!« Dann umarmte sie Mara so erleichtert und so heftig, dass der fast die Luft wegblieb.

»Ist doch alles gut, ich … ich bin ja da«, nuschelte Mara zwischen den Armen ihrer Mutter hervor und unterdrückte den ersten Impuls, sich von Mama zu lösen. Denn offiziell waren sie ja noch zerstritten, oder?

Da schossen Mara ebenfalls die Tränen in die Augen. So standen sie eine Weile unbeweglich mitten im Flur und hielten sich einfach aneinander fest.

Mara konnte sich nicht daran erinnern, wann sie ihre Mutter das letzte Mal umarmt oder ihr irgendetwas Nettes gesagt hatte. Unweigerlich musste sie an Loki denken, der es in all den Jahrhunderten nicht einmal geschafft hatte, ein kleines Dankeschön über seine Lippen zu bringen. Mara fiel es gerade ähnlich schwer, ihrer Mutter einfach nur ein paar liebe Worte zuzuflüstern, um sie zu trösten – obwohl sie es doch jetzt so gerne getan hätte!

Aber ihre Lippen waren wie verschweißt. Sie konnte sich einfach nicht von jetzt auf gleich ändern! Und wenn sie nun ihrer Mutter plötzlich sagte, wie sehr sie sie liebte, würde die bei Mara doch zuerst mal Fieber messen! Wenn sie aber nicht gleich irgendetwas tat, dann würde sie sich das nie verzeihen – oder platzen!

Doch da kam Mara eine Idee und sie lächelte, als sie sich konzentrierte …

Mara spürte, wie ihre Mutter überrascht einatmete! Sie öffnete die Augen einen Spalt, um zu kontrollieren, ob alles so war, wie sie es erwartete. Zufrieden stellte sie fest, dass dies der Fall war. Mara hatte sich nämlich für die Lösung des Loki entschieden: Anstatt zu sprechen, hatte sie etwas gegeben.

Eng umschlungen standen Mutter und Tochter auf der sonnendurchfluteten Lichtung des urwüchsigen Waldes unterhalb der Gnitaheide. Nichts war zu hören außer dem Zwitschern der Vögel und dem leisen Rauschen der hohen Tannen. Schon als Mara hier mit dem Professor auf der Suche nach Siegfried gelandet war, hatte sie sich insgeheim vorgenommen, diesen wunderschönen Ort irgendwann ihrer Mutter zu zeigen.

»Siehst du das auch …«, flüsterte Mama und ihre Stimme zitterte aufgeregt zwischen der Angst vor einem Nein und der riesengroßen Hoffnung auf ein Ja.

»Ja, Mama. Ich sehe es auch«, sagte Mara.

»Oh Mara, Schatz … das … das ist so wunderbar! Ich wusste natürlich immer schon, dass ich es in mir habe! Aber dass du es jetzt auch sehen kannst, macht mich so glücklich!« Und Mara spürte Mamas Tränen des Glücks an den eigenen Wangen.

Du liebe Zeit, ich bin mal gespannt, wie ich aus der Nummer wieder rauskomme, dachte Mara. Aber zum ersten Mal seit langer Zeit war sie viel zu glücklich, um sich darüber ernsthaft Sorgen zu machen. Stattdessen grinste sie einfach noch ein bisschen breiter und blinzelte dem Hirsch mit dem prächtigen Geweih zu, der äußerst unhirschig zu ihnen herübersah.

Der Hirsch blinzelte zurück und Maras Welt war in Ordnung.

Prof. Rudolf Simek

Wort- und Sacherklärungen

Zur Aussprache altnordischer Namen (Altnordisch ist die Sprache, die man in Norwegen und Island in der Wikingerzeit und im Mittelalter gesprochen hat):

Ein Akzent auf einem Vokal bedeutet zunächst einen langen Vokal, wobei es in späterer Zeit zu unterschiedlichen Lautwerten kam: á wird im heutigen Isländisch zum Beispiel wie au gesprochen.

Bei den Konsonanten kennt das Altnordische zwei zusätzliche, nämlich die stimmhaften und stimmlosen Reibelaute ð und þ, die ausgesprochen werden wie englisch breathe bzw. englisch thin.

Die germanische Mythologie heute

Im 19. Jahrhundert sahen die Forscher kaum einen Unterschied zwischen der heidnischen (d. h. vorchristlichen) Religion der Skandinavier und der Vorfahren der Deutschen und behandelten beides schlicht als *Deutsche Mythologie* (so der Titel des Handbuchs von Jakob Grimm von 1835). Die Bezeichnung jeglicher germanischer Mythologie als »deutsch« hat im frühen 20. Jahrhundert bis in den Nationalsozialismus dazu geführt, dass diese gesamte Mythologie als eine Art Religion der »Deutschen« vor Einführung des Christentums angesehen wurde. Dies geschah ungeachtet der Tatsache, dass die Südgermanen zum großen Teil schon vom 5. bis zum 8. Jahrhundert Christen wurden, die Skandinavier aber erst im 10. und 11. Jahrhundert. Dazu kam, dass solche wenig ausgereiften Theorien des 19. Jahrhunderts durch Richard Wagner in seinen Opern unglaubliche Verbreitung fanden. Dadurch erhielten auch Walküren, Alben und Riesen mit ihren völlig unhistorischen Hörner- oder Flügelhelmen über die Opernbühne ein Eigenleben, das mit den tatsächlichen Quellen zur heidnischen Zeit fast nichts mehr zu tun hatte. Verstärkt wurden viele Irrtümer durch eine vielfach sehr populärwissenschaftliche Forschung in den 20er- und 30er-Jahren, die von den Nazis als Erforschung einer »echt germanischen Religion« stark gefördert wurde.

Nach dem 2. Weltkrieg war daher das Studium der germanischen und skandinavischen Mythologie wenig verbreitet, da die Begeisterung nationalsozialistischer Wissenschaftler und Politiker ihr einen schlechten Ruf eingebracht hatte. Abgesehen von ganz wenigen Ausnahmen beschäftigten sich erst seit den 80er-Jahren des 20. Jahrhunderts Forscher und Künstler wieder mit Themen der germanischen Mythologie, wobei man jetzt auch auf die sehr großen zeitlichen und regionalen Unterschiede aufmerksam wurde. Diese sind allerdings nicht wirklich überraschend, wenn man bedenkt, dass gewisse Vorstellungen und der Glaube an bestimmte germanische Götter im Zeitraum von etwa 500 v. Chr. bis 1000 n. Chr. verbreitet waren: von den Goten am Schwarzen Meer bis zu den Angelsachsen auf den Britischen Inseln und – viel später – bis nach Island. Solche Unterschiede betreffen aber nicht nur die Götter selbst. So hören wir von einem (Stammes-) Gott Saxnôt eben nur bei den Sachsen, und von Loki außerhalb Skandinaviens gar nichts. Ähnlich verhält es sich mit Kultstätten in Mooren, den riesigen (vor-)wikingerzeitlichen Hallen, die auch religiösen Kulten gedient haben dürften, und besonders die Begräbnisbräuche unterscheiden sich von Region zu Region grundlegend, sogar mit sehr kleinräumigen Unterschieden.

Begriffs- und Namenserklärungen

Arminius war ein Fürst der → Cherusker, der den Römern im Jahr 9 nach Christus in der → Varusschlacht mit der Vernichtung von drei Legionen eine der verheerendsten Niederlagen beibrachte. Im Laufe von nur drei Tagen gelang es Arminius, mit seinen Verbündeten drei römische Legionen, drei Reitereinheiten und sechs Kohorten (Untereinheiten der römischen Legion) mitsamt dem Tross des römischen Heeres zu vernichten. Arminius' germanischer Name ist unbekannt, weshalb über historische Parallelen zum Drachentöter → Siegfried aus dem *Nibelungenlied* spekuliert wurde. Die an Arminius als historische Person angelehnte Gestalt Hermann der Cherusker wurde in Deutschland eine nationale Mythen- und Symbolfigur, der auch das Hermannsdenkmal seinen Namen verdankt.

Asgard (altnordisch *Ásgarðr* – »Heim der Asen«) ist der Wohnort der Götter in der nordisch-germanischen Mythologie. In Asgard liegen die Götterwohnungen und → Walhall. Auch der Göttersitz → Hliðskjálf, von wo aus → Odin die gesamte Welt überblickt, befindet sich dort.

Ursprünglich wurde Asgard als ein Teil → Midgards aufgefasst, sodass die Götter nahe bei den Menschen wohnten. → Snorri Sturluson stellte sich aber vor, dass Asgard im Himmel liegt und durch eine Brücke (→ Bifröst) mit der Welt der Menschen verbunden ist.

Aura ist die griechische Göttin der Morgenbrise. Der Sage nach wird sie ungewollt schwanger, verfällt darüber dem Wahnsinn und versucht, ihre neugeborenen Zwillinge zu töten.

Balder ist ein Gott der nordischen Mythologie, der zu einem sehr alten Mythos gehören dürfte. Die Geschichte von Tod und Begräbnis Balders ist nämlich sehr gut belegt: Der gute und reine Gott Balder ist unverwundbar, weil seine Mutter Frigg allen Dingen auf der Erde das Versprechen abgenommen hat, ihn nicht zu verletzen. Dabei hat sie allerdings die Mistel vergessen, deswegen drückt → Loki Balders blindem Bruder Hödr einen Mistelzweig in die Hand, als alle Götter zum Spaß auf Balder schießen, und dieser Zweig tötet Balder. Als die Totengöttin → Hel Balder herausgeben will, weil die ganze Welt ihn betrauert, stellt sich allein eine alte Riesin – nämlich Loki in Verkleidung – dagegen, und so bleibt Balder in der Unterwelt. Die Bestattung Balders durch die Götter auf einem brennenden Schiff hat man lange als die typische Form wikingerzeitlicher Begräbnisse angesehen, was aber kaum stimmen kann.

Berserker (altnordisch *Berserkr*, Plural *Berserkir* – »die ohne Hemden«, eigentlich wohl aber »die Bären-Hemder«) sind Krieger, die im Kampf in eine Art ekstatische Kampfeswut verfallen und deswegen als unverwundbar galten: → Snorri ordnete diese schwer zu kontrollierenden Krieger, die in ihrer Berserkerwut wie die Hunde heulen und in ihre Schilde beißen, dem Gott → Odin zu. In den Sagas gelten oft Gruppen von 12 Berserkern als königliche Elitekrieger.

Bifröst (altnordisch) heißt die Brücke zwischen → Midgard und → Asgard, die von den Göttern als Verbindung zwischen Himmel und Erde erbaut wurde. Die Brücke wird von → Heimdall gegen die Riesen bewacht. Sie wird auch Regenbogenbrücke genannt.

Bildsteine sind Grabsteine, vor allem aus der → Wikingerzeit und der davor liegenden Völkerwanderungszeit. Sie tragen statt der in Skandinavien (und besonders in Schweden) damals üblichen Runeninschriften reine Bilddarstellungen, die nur äußerst selten durch → Runen erganzt werden. Sie kommen fast nur auf der schwedischen Ostseeinsel Gotland, aber dort in großer Zahl, vor und geben einen Eindruck davon, wie man damals mythologische Szenen bildlich darstellte. Allerdings versteht man heute oft nicht, was die Bilder auf den Steinen zu bedeuten haben. Viele Szenen und auch Motive lassen sich gar nicht deuten. Zu den identifizierbaren, auch aus Erzählungen bekannten Mythen gehören etwa der von Wieland dem Schmied oder aber → Thors Fischzug.

Die **Brukterer** (lateinisch *Bructeri*, *Boructuarii*) waren ein kriegerischer, germanischer Volksstamm im westlichen Teil des »freien Germanien«, wurden aber wiederholt von den Römern geschlagen, so auch 12 vor Christus von → Drusus. Aus ihren Reihen stammte auch die berühmte → Seherin Veleda.

Die **Cherusker** (»Hirschmenschen« – von german. **Herut* = Hirsch) waren ein Volksstamm im antiken Germanien mit Siedlungsgebiet zwischen Weser, Elbe und Harz. Um 50 vor Christus erstmals erwähnt, gingen die Cherusker um das 4. Jahrhundert nach Christus im Volk der Sachsen auf. → Arminius, der Gewinner der → Varusschlacht, war ein germanischer Fürstensohn vom Stamm der → Cherusker.

Codex Regius → Snorri Sturluson

Die Drei Beten gehören ebenfalls in den großen Zusammenhang eines Drei-Frauen-Kults, wie er sich quer durch die Zeiten immer wieder zeigt. Beten werden sie wegen ihrer Namen genannt, die fast immer auf der Silbe *-bet(h)* enden, meist Ambeth, Wilbeth und Borbeth. Die Beten finden sich in Kirchen und Klöstern Deutschlands, im Elsass und in Tirol, aber trotz ihrer Bezeichnung als »heilige Jungfrauen« ist ihnen nie direkt eine Kirche geweiht.

Dienstag → Wochentagsnamen

Disen (*Disir*, evtl. altsächs. *Idisi*) – Auf einen Disenglauben mit Opferplätzen weisen unter anderem schwedische und norwegische Ortsnamen hin. Man fasst den Glauben an die Disen wie den an die → Walküren, → Nornen und → Matronen heute als verschiedene Manifestationen weiblicher (Halb-)Gottheiten auf. Das altnordische Wort *dís* kann auch einfach »Frau« bedeuten.

Donnerstag → Wochentagsnamen

Draupnir (»Der Tropfende«) heißt → Odins Ring, von dem alle neun Nächte acht weitere identische Ringe tropfen. Er wurde von dem Zwerg Sindri geschmiedet.

Drusus (Nero Claudius Drusus, 38–9 v. Chr.), auch der »ältere Drusus« genannt, war ein römischer Politiker und Heerführer und Stiefsohn des Kaisers Augustus mit dem Siegerbeinamen Germanicus. Im Jahr 10 vor Christus bekämpfte Drusus die Chatten, einen germanischen Volksstamm, kehrte zeitweilig nach Rom zurück und setzte dann den Krieg in Germanien fort. Im Gebiet der → Cherusker erreichte er die Elbe, wo ihn angeblich die Erscheinung einer riesenhaften Frau vom weiteren Vorrücken abbrachte. Auf dem Rückmarsch brach sich Drusus beim Sturz vom Pferd ein Bein und starb an den Folgen.

»Du kannst nicht vorbei«, ruft der Zauberer Gandalf in Tolkiens *Der Herr der Ringe* einem Monster mit der Bezeichnung Balrog entgegen. Er stoppt es auch tatsächlich, stürzt aber mit ihm in die Tiefe.

Edda → Snorri Sturluson

Eikthyrnir ist ein Hirsch in der nordischen Mythologie. Er steht auf dem Dach von → Walhall, und von seinen Geweihenden tropft die Quelle Hvergelmir, welche alle Flüsse der Welt speist.

Einherjar (altnordisch – »die allein Kämpfenden«) werden in der altnordischen Mythologie die im Kampf gefallenen Krieger genannt, die nach ihrem Tod von den → Walküren vom Schlachtfeld zu → Odin nach → Walhall gebracht werden. Zu → Ragnarök werden die Einherjar auf der Seite der Götter gegen den → Fenriswolf und die anderen Feinde der Menschen und Götter zum Kampf antreten.

Fafnir ist der berühmte Drache aus der germanischen Heldensage, der von → Siegfried/Sigurd getötet wird, als er sich in einer Grube versteckt und ihn Siegfried dort mit einem Stich in die ungeschützte Unterseite töten kann. Ursprünglich war Fafnir aber gar kein Drache, sondern ein Zwerg, der gemeinsam mit seinem Bruder Regin seinen Vater Hreidmarr tötet, um an dessen Goldschatz zu kommen. Er teilt nicht mit Regin, sondern zieht sich mit dem Schatz in eine Höhle zurück, wo er ihn mit Hilfe des Schreckenshelms und eines Zauberschwerts bewacht, wobei er schließlich Drachengestalt annimmt.

Nachdem Regin Siegfried angestachelt hat, Fafnir zu töten, brät sich dieser das Herz des Drachen, und das Blut, das er kostet, lässt ihn die Sprache der Vögel verstehen. Dadurch erfährt er, dass Regin auch ihn töten will und erschlägt diesen daher. Das Drachenblut, in dem Siegfried badet, macht ihn darüber hinaus auch (weitgehend) unverwundbar.

Fenrir, Fenriswolf → Monster

Fischernetz; scheint laut → Snorri Sturluson in der nordischen Mythologie als Erfindung → Lokis zu gelten, allerdings will dieser nicht, dass die Götter von der Erfindung profitieren (und damit Loki in Lachsgestalt fangen), und versucht es zu verbrennen.

Freitag → Wochentagsnamen

Freyr und **Freyja** sind ein Gott und eine Göttin der nordischen Mythologie, die beide als Kinder des Gottes → Njörðr bezeichnet werden. Während Freyr (auch mit dem Beinamen Yngvi-Freyr) Schutzgott der schwedischen Königsdynastie der Ynglingen war und wie diese einen goldenen Eber als Attribut hatte, dürfte die Göttin Freyja in der → Wikingerzeit der alten Göttin Frigg, der Gemahlin von → Odin, den Rang abgelaufen haben. Jedenfalls wird sie viel häufiger in Mythen erwähnt, egal ob es um Schwänke über → Riesen geht, die immer wieder Freyja zur Frau begehren (aber natürlich nie bekommen), oder um die Herkunft des kostbaren Halsschmucks Brisingamen, der von Zwergen hergestellt worden ist. Freyja wird allerdings vorgeworfen, dass sie sich den Schmieden hingegeben habe, um den begehrten Schmuck zu bekommen.

Futhark → Runen

Germanen, germanisch

Als germanisch bezeichnet man heute im Prinzip alle die Völker seit etwa 500 vor Christus, welche in Skandinavien, im heute deutschsprachigen Gebiet und den heutigen Niederlanden wohnten. Vom südlichen Dänemark aus besiedelten germanische Stämme, nämlich die Angeln und die Sachsen, um 500 auch das bis dahin keltisch-römische England. Es ist also ganz einfach falsch, die Germanen nur als »die ersten Deutschen« zu bezeichnen, sondern Germanen fanden sich in ganz Nordwesteuropa und durch Kolonisation, etwa in Grönland, auch weit darüber hinaus.

Woher aber kamen die Germanen? Das lässt sich so nicht beantworten, weil man heute einfach die Völker, die im 1. Jahrtausend vor Christi Geburt in der norddeutschen Region und Dänemark siedelten, so nannte, unabhängig davon, woher sie ursprünglich gekommen sein mögen. Deswegen wird heute auch der Begriff »indogermanisch« nicht mehr verwendet, der früher für alle keltischen, germanischen, slawischen, aber auch lateinischen, griechischen und sogar indischen Sprachen verwendet wurde, weil sie auf eine gemeinsame Urform zurückgehen dürften. Stattdessen spricht man jetzt von indoeuropäisch.

Der Name der Germanen wird jedenfalls von Gaius Julius Caesar zum ersten Mal erwähnt, und könnte vielleicht sogar auf eine Bezeichnung zurückgehen, die eine Gruppe von Germanenstämmen rechts vom Niederrhein sich selbst gegeben hatte. Populär gemacht hat ihn jedenfalls Caesar, und bald nach der Zeitenwende ist er für die diversen Völkerschaften östlich und nördlich des Rheins gang und gäbe. Zur Unterscheidung von diesen »Südgermanen«, die ans Römische Reich grenzten, hat man den Begriff »Nordgermanen« für die Bewohner Skandinaviens eingeführt, welche allerdings erst Jahrhunderte später ins Licht der Geschichte traten. Gerade diese haben uns in mittelalterlichen Schriften viel über die germanischen – besser aber – nordgermanischen oder nordischen Götter hinterlassen.

Germania → Tacitus

Gjallarhorn (altnordisch – »das laut tönende Horn«) ist das Horn des Gottes → Heimdall. Er bläst es, um die Götter vor dem Anbruch von → Ragnarök zu warnen.

gleymið!, von altnordisch *gleyma* »vergessen«.

Gnitaheide ist der Ort, an dem der → Lindwurm → Fafnir durch → Siegfried den Tod findet.

Götterdämmerung → Ragnarök

Grimm, Jakob (1785–1863) **und Wilhelm** (1786–1859), waren zwei Brüder und die berühmtesten Germanisten des 19. Jahrhunderts. Beide beschäftigten sich auch intensiv mit Sprachforschung und begannen von 1852 an das bis heute größte deutsche Wörterbuch herauszugeben; Jakob studierte schon früh die → germanische Volkskultur und Religionsgeschichte und veröffentlichte 1835 seine sogenannte *Deutsche Mythologie*, welche mit drei Bänden bis heute eines der materialreichsten Werke zu diesem Thema ist, auch wenn viele Ansichten darin längst als überholt gelten. Gemeinsam veröffentlichten die Brüder Grimm schon 1812–15 ihre Sammlung von Märchen, die sie in vielen deutschsprachigen Gebieten aufgezeichnet hatten und die sich noch heute als *Kinder- und Hausmärchen* ungebrochener Beliebtheit erfreuen. Auch in ihnen entdeckte Jakob Grimm viele Anspielungen auf die germanische Mythologie.

Gullveig (altnordisch – »Gold-Trank, Gold-Rausch«, aber eher »die personifizierte Gier nach Gold«) ist eine Zauberin oder → Seherin in der → *Völuspá* (altnordisch – »die Weissagung der Seherin«), dem berühmtesten Götterlied der *Lieder-Edda*. Sie wird erst nach ihrer dreifachen Wiedergeburt unter dem Namen Heiðr zauberkundig genannt. Gullveig wird (wohl fälschlich) auch als Personifikation → Freyjas gedeutet, die diejenige Göttin ist, die am engsten mit Gold assoziiert wird und zu den Wanen gehört, aber nach dem Wanenkrieg bei den Asen anzutreffen ist. Möglicherweise ist in Gullveig/Freyja eine »Agentin« der Wanen zu sehen, die durch Goldgier, Lust und Zauberei Zwietracht unter den Asen säen sollte.

Hávamál (*Háv*, altnordisch – »Die Sprüche des Hohen«) ist eine in der Handschrift des → *Codex Regius* zusammengehörige, ursprünglich aber wohl unabhängige Folge von Gedichten in der *Edda*, die, bis auf kurze mythologische Abschnitte, der eddischen Wissensdichtung zuzuordnen sind. Die 164 Strophen werden auf deutsch als »Sprüche des Hohen« bezeichnet und damit → Odin in den Mund gelegt. Sie umfassen Regeln und Lehren für den täglichen Gebrauch (z. B. das Verhalten als Gast beim Essen) sowie Lehren in Liebesdingen und auch Strophen, die aufzählen, wovor man sich hüten soll. Dem folgen dann eine Reihe von Lehren an einen jungen Mann namens Loddfáfnir, woran sich der für die Mythologie bedeutendste Teil anschließt, das sogenannte »Runengedicht Odins«. Dort ist beschrieben, dass Odin durch ein Selbstopfer die Kenntnis der → Runen erwarb, indem er neun Nächte ohne Speis und Trank am »windigen Baum« hing. Im letzten Teil der *Hávamál* finden sich Ankündigungen von Zaubersprüchen, die aber selbst nicht mitgeteilt werden.

Heimdall ist der Wächter der Götter in der nordischen Mythologie. In der → *Völuspá* wird er als Vater aller Menschen bezeichnet. Zur Götterdämmerung wird er in sein → Gjallarhorn blasen, das auf der ganzen Welt zu hören sein wird. Er gilt als → Lokis Todfeind.

Hel ist im germanischen Glauben einerseits die Unterwelt, und obwohl das Wort dem deutschen Wort »Hölle« entspricht, ist es in der Glaubenswelt der → Germanen kein Ort der Bestrafung. Hel ist aber auch (wenngleich wohl erst durch mittelalterliche Personifikation dieser Hölle) die Göttin der Unterwelt. Sie wird somit zu den → Monstern der germanischen Mythologie gezählt und wie die anderen als → Lokis Tochter bezeichnet.

Hel nannte der christliche norwegische König Olaf der Heilige (gestorben 1030) gegen Ende der → Wikingerzeit aber auch seine Streitaxt, wohl um zu zeigen, wohin er die damit Erschlagenen schickte.

Hexen → Seherinnen

Hliðskjálf (altnordisch) bezeichnet → Odins Thron, und ist ein Sitz, der es den Göttern erlaubt, die gesamte Erde zu überblicken.

Hugin(n) und **Munin(n)** (»Gedanke und Erinnerung«) heißen die beiden Raben → Odins, die seine Boten und Späher sind. Die Verbindung von Odin und Raben ist alt, was vielleicht von Odins Funktion als Kriegsgott und den Raben auf dem Schlachtfeld herrühren könnte.

Ahmad **Ibn Fadlān** ibn al-'Abbās ibn Rāschid ibn Hammād war ein arabischer Gesandter, der nach 922 einen Reisebericht zu den Wolgabulgaren und den warägischen Rus verfasste. Seine Geschichte wurde unter anderem von Michael Crichton nacherzählt und dabei effektvoll mit der Beowulf-Sage vermischt. Der Reisebericht bildete einen Anstoß für den Film *Der 13. Krieger* mit Antonio Banderas als Ibn Fadlān.

Idisi sind weibliche Wesen im → *Ersten Merseburger Zauberspruch*, die hier das »Heer hemmen« und »Fesseln lösen« sollen. Sie könnten den nordischen → Walküren nahestehen, da diesen ähnliche Macht über das Heer zugesprochen wird. Eine Verbindung Idisi mit den → Disen liegt durch den Namen ebenfalls nahe.

Iduns Äpfel werden von der Göttin Idun (altnordisch *Iðunn* – »die Verjüngende«) in einer Truhe verwahrt. Die Götter sollen von diesen Äpfeln essen, wenn sie altern, um so wieder jung zu werden.

Island ist die größte Vulkaninsel der Erde und liegt knapp südlich des nördlichen Polarkreises. Auf Island befinden sich auch heute noch etwa dreißig aktive Vulkane. Die Kultur Islands wurde über viele Jahrhunderte bis heute durch die isländische Literatur geprägt. Zu den bekanntesten Werken altisländischer Literatur zählt die *Edda*, womit sowohl die *Lieder-Edda* und die *Snorra-Edda* (von → Snorri Sturluson) gemeint werden (beide 13. Jahrhundert).

Jólnir ist ein Beiname → Odins und wird mit dem heidnisch-germanischen (Opfer-)Fest zu Mittwinter, Jul (altnordisch *jól*), assoziiert. Jul ist noch heute die skandinavische Bezeichnung für Weihnachten.

Karl der Große (747 oder 748–814) war erst König des Fränkischen Reiches und dann Römischer Kaiser. Die Bedeutung seiner sogenannten karolingischen Erneuerung, eine weitreichende Bildungsreform auf mehreren Ebenen, wird heute sehr hoch eingeschätzt.

Kenningar (altnordisch *Kenning*, Pl. *Kenningar*) sind poetische Umschreibungen von Begriffen in mehreren Wörtern, die man in der → *Edda* und auch in der → Skaldendichtung findet. Die mythologischen Kenningar sind teilweise recht kompliziert und manchmal nicht aufzulösen, wenn man den entsprechenden Mythos nicht kennt. Heute bieten sie oft die einzigen Hinweise auf sonst nicht oder nur anders überlieferte Mythen.

Leinen und Lauch (*linnr ok laukr*) – Lauch (oder eine verwandte zwiebelartige Pflanze) wurde im germanischen Norden als heilkräftige Pflanze betrachtet. Zusammen mit Leinen als Verband wurde der Lauch in medizinischen Schriften aus dem Mittelalter als Antiseptikum (Desinfektion) eingesetzt. Im mittelalterlichen → Island wurde der *laukar-garðr* (Lauchgarten) sogar zur Bezeichnung des klösterlichen Heilkräutergartens.

Lindwurm (althochdeutsch *lint* »Schlange«) ist die Bezeichnung für ein schlangen- oder drachenartiges Fabelwesen. Der Drache → Fafnir aus der germanischen Heldensage, der von → Siegfried/Sigurd getötet wird, wird auch als Lindwurm bezeichnet.

Litilvölva (»die kleine Seherin«) → Seherinnen

Lokasenna (altnordisch – »Lokis Spottrede«) ist ein Lied der älteren → *Edda*, in dem → Loki mittels seiner Beschimpfungen einiges über den angeblichen Charakter der heidnischen Götter mitteilt.

Loki ist der zwiespältigste Gott der nordischen Mythologie, und obwohl er in den Mythengeschichten bei → Snorri Sturluson und auch der *Lieder-Edda* recht häufig vorkommt, ist er außerhalb Skandinaviens nicht zu finden. Es fällt mitunter schwer, ihn unter die Götter zu zählen, so sehr tritt er als deren Feind auf: Er ist für den Tod des unschuldigen Gottes → Balder verantwortlich, er ist der Vater der Feinde der Götter, nämlich der → Midgardschlange, des → Fenriswolfs und der → Hel, und in dem Eddagedicht → *Lokasenna* (»Lokis Spottrede«) beschuldigt er alle anderen Götter ausgiebig wirklicher oder erfundener Untaten, bis ihn → Thor als Einziger vom Trinkgelage vertreiben kann.

Andererseits ist es gerade Loki, der den Göttern aus schwierigen Situationen hilft, die aber zum Teil von ihm selbst verschuldet sind: So hat beim Bau von → Asgard durch den Riesenbaumeister und seinen unglaublich starken Hengst er den Vertrag besiegelt, der dem → Riesen im Falle der zeitgerechten Fertigstellung nicht nur → Freyja zur Frau, sondern sogar Sonne und Mond verspricht. Als es aussieht, als würde der Riese den Vertrag einhalten können, muss sich Loki in letzter Minute in eine Stute verwandeln, um den mächtigen Hengst abzulenken. Aus dieser für Loki schmählichen Verbindung entstammt das Götterpferd Sleipnir. Auch für die Erfindung des → Fischernetzes scheint Loki zwar verantwortlich zu sein, will es aber dann den Göttern vorenthalten, indem er seine Erfindung ins Feuer wirft. In ausgesprochenen Schwankgeschichten, die aber vielleicht sehr jungen Datums sind, spielt Loki durchweg die Rolle von Thors Begleiter: sowohl bei Thors Fahrt zu Utgardaloki, wo sich die mächtigen Götter Thor und Loki vor den viel stärkeren Riesen blamieren, als auch in dem schwankhaften Gedicht *Thrymskviða* (auf Deutsch meist »Heimholung des Hammers« genannt), in welchem sich Thor und Loki als Freyja und Zofe verkleiden müssen, um so zum Riesen Thrym zu ziehen. Am weitesten geht eine Szene bei Snorri Sturluson, in welcher die Götter die Riesin → Skaði zum Lachen bringen müssen, die nicht gerade zum Humor neigt: Erst als Loki einen

Strick um seine eigenen Hoden und den Bart eines Ziegenbocks bindet, muss sogar sie über das entstehende Gezerre und Gezeter lachen.

Die Deutungen Lokis sind daher sehr vielfältig. Zu bedenken ist auf jeden Fall, dass es nie einen Loki-Kult oder eine identifizierbare Schutzfunktion durch ihn gab, sodass er eigentlich ein »funktionsloser« Gott ist, den man besser als wichtigen Faktor in Mythenerzählungen ansieht statt als Gott im engeren Sinne. Aber die Parallelen zu den Sagen von Prometheus und dem gefangenen Riesen im Kaukasus in der Geschichte von Lokis Bestrafung (als Strafe für den Tod Balders) sprechen für das hohe Alter der Figur innerhalb der Mythologie.

Matronen – Wir wissen von einem Matronenkult nur durch Inschriften auf Weihesteinen und Votivaltären, von denen über elfhundert bekannt sind, davon über die Hälfte mit germanischen Matronennamen. Aber erst die Vermischung keltischer, römischer und germanischer Vorstellungen führte zu der Entstehung dieser Denkmäler, wie man sie heute zum Beispiel im Rheinischen Landesmuseum in Bonn bestaunen kann. Meist sind drei Frauen abgebildet, von denen eine die Haube einer verheirateten Frau trägt, die beiden äußeren die gelösten Haare einer Jungfrau.

Die ***Merseburger Zaubersprüche*** wurden nach dem Ort ihrer Auffindung in der Bibliothek des Domkapitels zu Merseburg benannt, wo sie erst im November 1841 entdeckt wurden. Die Herkunft der *Merseburger Zaubersprüche* ist unbekannt. Sie sind in einer Handschrift des 10. Jahrhunderts überliefert, aber sicherlich älter. Beim ersten Merseburger Zauberspruch handelt es sich um einen »Lösesegen«, der Gefangene aus ihren Fesseln befreien soll. Der erste Teil beschreibt, wie einige (walkürenartige) Frauen (→ Idisi) gefangene Krieger von ihren Fesseln befreien, während die letzte Zeile den eigentlichen magischen Befehl enthält: insprinc haptbandun, invar vigandun (»entspringe den Fesseln, entfliehe den Feinden«). Der zweite Merseburger Zauberspruch ist ein Heilzauber, der den verrenkten Vorderlauf eines Pferdes heilen soll.

Midgard (altnordisch *Miðgarðr* – »Wohnort in der Mitte«) nannten die → Germanen das Zentrum der Welt, die von den Menschen bewohnte Erde.

Midgardschlange; sie ist ein enorm großes (und deswegen auch *Jörmungandr*, also »riesiges Zauberwesen«, genanntes) Meermonster, das im Ozean liegt, der die bewohnte Erde umgibt, und diese völlig umschließen kann, wenn sie sich selbst in den Schwanz beißt. Deswegen wird sie von den → Skalden auch als »Gürtel der Erde« bezeichnet. Ob es tatsächlich die Midgardschlange ist, der man in wurm- und schlangenartigen Wesen auf → Bildsteinen und noch in frühmittelalterlichen kirchlichen Steinplastiken in England und Skandinavien begegnet, ist nur da sicher, wo sie in Verbindung mit dem Gott → Thor auftritt. Die Vorstellung aber, dass diese Riesenschlange, wenn sie sich im Meer bewegt, für Erdbeben verantwortlich ist, hat sich sogar in Deutschland bis ins 14. Jahrhundert gehalten.

→ Snorri und das Eddagedicht vom Riesen Hymir erzählen die weitverbreitete Geschichte von Thors Fischzug, in der er mit einem → Riesen aufs Meer zum Fischen geht und dabei die Midgardschlange an seinem Köder – einem Stierschädel – anbeißt. Es gelingt ihm aber nicht, sie zu töten, weil der Riese vorher aus Angst die Angelschnur durchschneidet. Deswegen wird die Midgardschlange zu den → Ragnarök gegen Thor antreten, der sie zwar besiegen und töten kann, aber durch ihr Gift selbst ums Leben kommt. → Monster

Mittwoch → Wochentagsnamen

Monster der germanischen Mythologie sind all jene Wesen, welche die Menschen und Götter nach heidnischer Vorstellung bedrohen, also auch → Riesen und → Trolle. Im engeren Sinn werden als solche monströsen Bedrohungen aber vor allem diejenigen Wesen betrachtet, die am Ende der Welt zu den → Ragnarök über die Welt hereinbrechen und Menschen und Götter vernichten werden. Dazu zählen neben dem Feuerriesen Surtr und den sogenannten → Muspellssöhnen vor allem der Wolf Fenrir und die → Midgardschlange, nicht aber der

Drache → Fafnir, den ja → Siegfried/Sigurd tötet, und der außerdem ursprünglich ein Zwerg ist.

Muspell ist wahrscheinlich eine germanische Bezeichnung für das »Weltende durch Feuer«. Es gibt allerdings unterschiedliche Bedeutungen: Im Althochdeutschen und Altsächsischen bedeutet das Wort sicher »Weltende«, in der altnordischen Literatur bezeichnet es schon einen → Riesen, dessen Gefolgsleute (Muspells-Leute, Muspells-Mächte, Muspells-Volk) mit ihm zu den → Ragnarök ziehen. Muspellzsynir sind die Söhne des Muspell, also des Feuers oder des Feuerriesen.

Naue, Julius (1835–1907) war ein deutscher Maler und Archäologe.

Die **Nibelungensage** ist ein im deutschen und skandinavischen Mittelalter weitverbreiteter heldenepischer Stoff, der im Mittelalter in zahlreichen voneinander abweichenden Fassungen überliefert ist, wovon das mittelhochdeutsche *Nibelungenlied* die bekannteste ist. Die Sage schlägt sich u. a. in zahlreichen Liedern der *Lieder-Edda* nieder.

Nidhöggr (»Der hasserfüllt Schlagende«) ist ein Drache in der nordischen Mythologie. Er wird in der → *Völuspá* als Totendrache genannt, der das Blut der Toten trinkt und Leichen frisst. Bei → Snorri nagt er an den Wurzeln des Weltenbaums → Yggdrasil und sein Spion ist das Eichhörnchen → Ratatöskr, und hier in der *Snorra-Edda* quält der Drache auch die Toten und liefert so einen weiteren Baustein für die spätere christliche »Hölle« als Ort der Bestrafung.

Njörðr ist in der nordisch-germanischen Mythologie Herrscher über die See und das Feuer. Seit → Jakob Grimm nimmt man an, dass die Figur dieses Gottes mit der Erdgöttin Nerthus beziehungsweise einem göttlichen Geschwisterpaar zusammenhängen könnte, das später als Njörðrs Kinder → Freyr und Freyja selbst Teil der Mythologie wurde. Unter anderem sprechen dafür noch heute viele skandinavische (Kult-) Ortsnamen und die Herleitung von Njörðrs Namen aus dem urgermanischen Nerþuz.

Nóatún (»Schiffsplatz oder -stadt«) ist einer der Götterpaläste in → Asgard und der Wohnsitz des Meeresgottes → Njörðr.

Nornen sind Schicksalsfrauen in der nordischen Mythologie, von denen → Snorri erzählt, dass sie Urd, Verdandi und Skuld (also »Vergangenheit, Gegenwart und Zukunft«) heißen, und an einer Quelle unter der Weltesche → Yggdrasil das Leben der Menschen bestimmen. Einerseits ist in der Heldendichtung der »Beschluss der Nornen« identisch mit »Unglück«, andererseits haben sie auch eine lebensfördernde Seite, die sie mit den → Disen gemeinsam haben. Diese schicksalhafte Funktion findet sich noch in den viel späteren → Grimm'schen Märchen in Form der guten und bösen Feen. Das Konzept von »Schicksalsfrauen« ist aber viel älter als die Nornen, wie zum Beispiel der römerzeitliche germanische → Matronenkult zeigt.

Odin (südgerman. *Wodan*, altengl. *Woden*) ist der höchste und bedeutendste Gott der germanischen Mythologie und auch schon am frühesten belegt, nämlich um 650, in der Runeninschrift auf der Fibel von Nordendorf bei Augsburg. Odin hat viele Rollen: Er ist Göttervater, Himmelsherrscher, Gott des Krieges und der Toten sowie Herr des Jenseitsortes → Walhall, er ist aber auch Gott der Dichtung, der → Runen und sogar der Magie. Im Gegensatz zu → Thor sind von ihm zwar viele Namen bekannt – über 160 altnordische Namen für Odin sind belegt –, aber nur wenige Mythengeschichten, die sich um ihn ranken. Der wichtigste Mythos ist zweifellos der sogenannte »Raub des Skaldenmets«, also der aus Speichel und Honig vergorenen Flüssigkeit, welche die Gabe der Dichtkunst verleiht. Ein → Riese hatte den Skaldenmet in seine Gewalt gebracht und tief im Berg versteckt. Odin dringt in Gestalt einer Schlange durch ein Loch in den Berg ein, verführt die den Met bewachende Riesentochter und trinkt daraufhin den Met völlig aus, bevor er in Gestalt eines Adlers nach → Asgard flieht und dort den Met wieder in bereitgestellte Gefäße spuckt.

Die wenigen erhaltenen Mythengeschichten um Odin beschäftigen sich allesamt mit der Verführung von Mädchen, diesen Zug hat Odin mit dem griechischen Göttervater Zeus gemeinsam. Wenn man einem relativ jungen Eddagedicht der *Lieder-Edda* trauen kann, dann war Odin nicht nur der Gott der Dichter, sondern auch des königlichen Gefolges, während Bauern und Knechte eher Thor verehrten.

Ragnarök (n. Pl. »Schicksal der Götter«) ist nach heidnischer nordgermanischer Vorstellung das Ende der Welt. Auch das altnordische Wort → Muspell (althochdeutsch Muspilli) wurde für diesen Weltuntergang durch Feuer verwendet, was wohl der viel ältere Begriff für den Weltuntergang war. Dabei erscheinen die → Monster der Außenwelt sowie die Kinder → Lokis (Fenrir, → Midgardschlange) und Feuerriesen, um zum letzten Mal gegen die Götter und die sie unterstützenden menschlichen toten Krieger (die sogenannten → Einherjar) anzutreten. Zwar können die Götter die Monster besiegen, kommen aber selbst dabei um, und die Welt verbrennt. Später entsteht eine junge, neue Welt mit einer jüngeren Generation von Göttern: So erzählt es zumindest die → *Völuspá* (»Weissagung der Seherin«). Übrigens ist Ragnarök ein Pluralwort, so dass man von *den* Ragnarök sprechen muss.

Ratatöskr (»Bohrerzahn«) ist ein Eichhörnchen aus der nordischen mythologischen Dichtung, das an dem Weltenbaum → Yggdrasil auf und ab läuft und dem Drachen → Nidhöggr, der unter den Wurzeln lebt, die Worte des in den Ästen sitzenden Adlers herabträgt, um Zwietracht zu säen.

Riesen spielen in der altnordischen Mythologie eine wesentliche Rolle und sind als Naturgeister im weitesten Sinne zu betrachten, die zu den Urbewohnern der Welt gehören. Allerdings lebten sie in der Außenwelt, die außerhalb des besiedelten Gebietes liegt und voller Gefahren und Kälte steckt. Den Menschen und Göttern können die Riesen positiv oder negativ gegenüberstehen.

Riesen und Götter sind auf verschiedene Arten miteinander verbunden. So stammen beispielsweise die ersten nordischen Götter wie zum Beispiel → Odin von einer Riesin (Bestla) ab. Einige Götter heirateten Töchter von Riesen (so beispielsweise → Njörðr die → Skaði) oder wollen sie verführen (wie → Freyr die Gerðr). Riesen versuchten,

Göttinnen mit Gewalt oder List für sich zu gewinnen, scheiterten dabei aber. Früher wurden einige Riesen auch als sehr weise beschrieben, mit der Zeit scheint aber der negative Aspekt der Riesen in der germanischen Mythologie die Oberhand gewonnen zu haben. Die Riesen stellten eine konstante Bedrohung der Welt der Götter und Menschen dar, und → Thor verbringt seine Zeit vorwiegend mit der Bekämpfung der Riesen (z. B. Thrymr, Hymir).

Das ursprüngliche Wort für die alten, mächtigen Urriesen, altnordisch *Jötunn*, bezeichnet die Riesen weitgehend wertfrei, wobei Thurse (altnordisch *þurs*) gegen Ende des Heidentums einen in erster Linie bedrohlichen Charakter angenommen hatte und → Trolle als ebenfalls meist bedrohliche Gestalten in vielen Sagas eine Rolle spielen. Später im Christentum kam es dann wieder zu einer gewissen Verharmlosung der Riesen, indem sie zwar als gewalttätig, aber auch als dumm beschrieben werden und deshalb leicht zu überwinden sind.

ᚠᚢᚦᚨᚱᚲ–Runen sind germanische Schriftzeichen, die bald nach dem Beginn unserer Zeitrechnung aus Alphabeten der Mittelmeersprachen und älteren germanischen Symbolzeichen gebildet wurden. Das sogenannte Ältere Futhark ist nach den ersten sechs Zeichen benannt und besteht aus vierundzwanzig, das Jüngere Futhark ab Mitte des 8. Jahrhunderts aus sechzehn Zeichen.

Seherinnen wurden bei den → Germanen schon in der Römerzeit in hohen Ehren gehalten, weil sie als Wahrsagerinnen die Zukunft voraussehen konnten und somit auch den Ausgang von Schlachten prophezeiten. Die Römer erkannten das Vertrauen der Germanen in diese weisen Frauen und versuchten diese darum entweder zu bestechen (um die Prophezeiungen zu ihren Gunsten ausfallen zu lassen) oder aber sie gefangenzunehmen und ins römische Reich zu bringen. Durch die Römer sind die Namen etlicher dieser Seherinnen bekannt (Veleda, Albruna, Ganna, Waluburg), von denen einige ihr Leben als Tempeldienerinnen in Italien oder sogar Ägypten beendeten. Die Seherinnen waren aber keine Priesterinnen. Ihr einziges Standesabzeichen war ein Stab, der den Seherinnen später in Skandinavien ihren Namen gab, denn altnordisch *Völva* heißt eigentlich »Stabträgerin« oder eben »Seherin«.

Die Seherinnen der → Wikingerzeit waren aber offenbar nicht nur Wahrsagerinnen, sondern auch Bewahrerinnen des Wissens der germanischen Mythologie, zumindest wird ihnen in einigen Liedern der → *Edda* solches Wissen zugeschrieben. Dazu gehört vor allem die berühmte → *Völuspá* (»Weissagung der Seherin«), welche von den Anfängen der Welt über die Mythologie bis zum Weltuntergang zu den → Ragnarök berichtet. *Spá* heißt nämlich »Weissagung«, und die Seherinnen konnte man daher auf Altnordisch auch als *Spá-kona* bezeichnen (*kona*: »Frau«), also Frauen, die Weissagungen über die Zukunft machen konnten. Solche Frauen trugen ihre Berufsbezeichnung mitunter als Beinamen, wie etwa Heimlaug völva (»die Seherin«), Thorbjörg lítilvölva (»die kleine Seherin«) und Thordís spákona (»die Wahrsagefrau«).

Seit dem Mittelalter schrieb man den Seherinnen aber auch die Fähigkeit zu, die Zukunft beeinflussen zu können, indem sie die Geister beschworen und so etwa eine Hungersnot durch das Herbeizaubern eines Fischschwarms beenden konnten. Diese angeblichen Zauberkünste durch Geisterbeschwörungen führten dann am Ausgang des Mittelalters und in der frühen Neuzeit dazu, dass solche Frauen mitunter als Hexen betrachtet, sowie auch verfolgt und hingerichtet wurden.

Seiðr (altnordisch – »Zauber«) ist die spezifisch skandinavische Ausformung von Praktiken in der Magie, die der Versuch des Menschen ist, sich das Übernatürliche dienstbar zu machen. → Snorri Sturluson spricht von → Odin als Meister der Magie und beschreibt in diesem Zusammenhang zwei Arten von Magie: die weiße und die schwarze Magie. Zur weißen Magie gehörten Vorhersagen der Zukunft, wie sie die germanischen → Seherinnen praktizierten, Fruchtbarkeits- und Wetterzauber und der Gesundheitszauber. Der Liebeszauber wurde wohl zur schwarzen Magie (Schadenszauber) gezählt und galt als äußerst schändlich.

Siegfried (in Skandinavien Sigurd genannt) ist der berühmteste Held der germanischen Heldensage: Er ist es, der mit einem von → Fafnirs

Bruder Regin geschmiedeten Schwert den Drachen Fafnir töten und daher den verfluchten Schatz an sich bringen kann und der durch das Drachenblut auch fast unverwundbar wird. Seine einzige verwundbare Stelle am Rücken wird aber aufgrund des Fluches, der auf dem Gold (genauer: auf dem zum Schatz gehörenden Ring) liegt, auch ihm zum Verhängnis. Aber das tat seiner Berühmtheit keinen Abbruch: Eine ganze Folge von Gedichten der *Lieder-Edda*, aber auch Sagas und selbst Bilddarstellungen aus dem mittelalterlichen Skandinavien zeigen uns Sigurd; durch das *Nibelungenlied* (um 1200) wurde er auch dem deutschsprachigen Publikum vertraut.

Skalden sind die Dichter in frühmittelalterlicher Zeit, die meist aus → Island stammten und sich an wikingerzeitlichen Königshöfen verdingten. Ihre komplizierten Gedichte enthalten häufig poetische, auf Mythen beruhende Umschreibungen verschiedener Dinge und Personen (so wird »Gold« als »Bett des Drachen« bezeichnet) und sind somit wichtige Quellen der Mythologie.

Skaði ist eine → Riesin, die sich als Wiedergutmachung einen Mann unter den Göttern suchen darf, aber dabei nur die Füße sehen darf, wobei sie (versehentlich) → Njörðr statt → Balder wählt. Nach → Snorri möchte Skaði aber nicht wie Njörðr am Meer wohnen, sondern lieber in den Bergen. Bei ihrem Gatten ist es genau andersherum. Sie vereinbaren schließlich, dass Njörðr neun Nächte bei Skaði in den Bergen und Skaði neun Nächte bei Njörðr wohnen wird, aber leider scheitert ihre Ehe letztendlich trotzdem. Dass eine junge germanische Seherin den Tipp für die 9-Tage-Regelung gab, ist nicht überliefert, aber die Zahl neun spielt in der germanischen Religion und Mythologie auf jeden Fall eine große Rolle.

Snorri Sturluson (1179–1241) war der berühmteste isländische Dichter und Wissenschaftler des Mittelalters, daneben auch noch Häuptling, Gesetzessprecher und einer der reichsten und mächtigsten Männer → Islands. Er schrieb nicht nur zahlreiche Skaldengedichte, sondern auch eine umfangreiche Geschichte der norwegischen Könige von den mythischen Anfängen bis ins Jahr 1177, die *Heimskringla*. Davor verfasste er schon um 1225 ein schmales Buch mit dem Titel *Edda*, das sich zwar eigentlich an junge Dichter wendet, um ihnen Grundlagen und Regeln der Dichtkunst der → Skalden zu vermitteln, das aber im zweiten Hauptteil auch zahlreiche Geschichten aus der heidnischen nordischen Mythologie erzählt. Diese *Snorra-Edda* (zur Unterscheidung von der nur fälschlich so benannten *Lieder-Edda*) ist somit die Hauptquelle für Geschichten über die nordischen Götter. Weil man im Spätmittelalter glaubte, dass die Gedichte einer Handschrift namens *Codex Regius* die eigentliche Vorlage für Snorris Werk waren, gab man auch dieser dann (fälschlicherweise) den Namen Edda.

Sueben waren ein → germanisches Volk oder sogar ein Völkerverband, gegen den schon Julius Caesar kämpfte, woraufhin sie wieder in das rechtsrheinische Germanien zurückkehren mussten. → Tacitus schreibt in seiner *Germania* (Kap. 38) am Ende des 1. Jahrhunderts, dass sie im Gebiet der Elbe siedelten. Er weiß auch schon von ihrer eigentümlichen Haartracht, für die die Männer die Haare über der rechten Schläfe zu einem Knoten drehten; dieser Suebenknoten ist auch archäologisch als Tatsache belegt.

Tacitus, Cornelius (ca. 55–117 n. Chr.) war ein römischer Historiker, der in seinem Geschichtswerk *Historiae Annales*, noch mehr aber in seiner als *Germania* bekannten Beschreibung der → Germanen, als Erster ausführlich von Sitten, Gebräuchen und selbst der Religion der Germanen berichtet, auch wenn die meisten seiner Informationen aus zweiter Hand stammen dürften und er deswegen nicht immer verlässlich ist. Weil er selbst mit dem Lotterleben der römischen Gesellschaft unzufrieden war, bemühte er sich, die Germanen als »edle Barbaren« darzustellen, um diese militärisch ja recht erfolgreichen Völker trotz ihrer Einfachheit den Römern als Vorbild in der Lebensführung vorzuhalten. Was die germanischen Götter anbelangt, so bezeichnet er diese mit den lateinischen Namen, welche sich teils auch durch die Übertragung der → Wochentagsnamen bestätigen lassen. Davon abgesehen beschreibt er auch verschiedene Kulte und erzählt von der Abstammung der Germanen von den Ahnvätern Tuisto und Mannus.

Tempel im engeren Sinne sind aus germanischer Zeit nicht bekannt, sondern religiöse Feiern wurden wohl in den großen, repräsentativen Hallen der Häuptlinge oder Fürsten abgehalten – deswegen wird das altnordische Wort *hof* auch für Kultgebäude, Bauernhöfe und Fürstenhöfe gleichermaßen verwendet. Bislang hat man erst zwei kleine Gebäude (in Dänemark und Südschweden) entdeckt, die vielleicht ausschließlich als Kultgebäude zu bezeichnen wären.

Thor (altnordisch *Þórr*, altenglisch *Þunor*, althochdeutsch *Donar*) ist nicht nur der stärkste, sondern wohl auch der am meisten verehrte germanische Gott im wikingerzeitlichen Skandinavien. Obwohl er weder der älteste Gott noch der Göttervater ist (als dieser gilt Wotan/→ Odin), wurde er schon im 3. oder 4. Jahrhundert mit dem römischen Hauptgott Jupiter gleichgesetzt: Das beweist der → Wochentagsname Donnerstag. Thor/Donar ist (wie der griechische Halbgott Herakles) aufgrund seiner enormen Kräfte der Verteidiger der Götter und der Bekämpfer von → Riesen, → Trollen und der → Midgardschlange. Seine mächtige Götterwaffe ist der Thorshammer Mjölnir (»der Leuchter« oder »der Zermalmer«), der in der heidnischen Spätzeit nicht nur auf Runensteinen auftritt, sondern auch als Amulettanhänger von Frauen getragen wurde – offenbar als heidnische Antwort auf das christliche Kreuz. Die jungen Mythenerzählungen, wie sie uns → Snorri Sturluson wiedergibt, dichten ihm noch Eisenhandschuhe (zum Halten des Hammers), einen Kraftgürtel sowie zwei unerhört starke Söhne namens Móði und Magni (»Kraft« und »Stärke«) an. Tatsächlich aber ist Thor nicht nur der Mittelpunkt der meisten überlieferten nordischen Göttermythen, sondern auch Held des bekanntesten altnordischen Mythos überhaupt, nämlich → Thors Fischzug nach der Midgardschlange.

Thors Fischzug → Midgardschlange

Thumelicus ist der Sohn des → Arminius und der Tusnelda und wurde vermutlich im Jahr 15 nach Christus in römischer Gefangenschaft geboren. Zwei Jahre später wurde er als Angehöriger der besiegten → Germanen im Triumphzug des Germanicus zusammen mit seiner Mutter durch die Straßen Roms geführt. Thumelicus wuchs als politische Geisel des römischen Imperiums in Ravenna auf, das in Italien liegt. Der römische Schriftsteller → Tacitus berichtete, Thumelicus sei ein trauriges Schicksal beschieden gewesen, aber seine ausführliche Schilderung von Thumelicus' Leben ist heute leider verloren. Aufgrund des Tacitus-Zitates (»Der Knabe wuchs in Ravenna auf. Von dem Spiel, das das Schicksal mit ihm getrieben hat, werde ich zu gegebener Zeit berichten.«) und der Tatsache, dass Thumelicus in einer Stadt mit einer berühmten Gladiatorenschule aufwuchs, wird zuweilen angenommen, dass Tacitus mit »Spiel« die Gladiatorenkämpfe meinte und dieser somit sein Leben in einem Schaukampf beendete.

Thurisaz ist der Name der → Rune ᚦ im Urnordischen und entspricht dem altnordischen Wort *Thurs* für »Riese«. Man spricht diese Rune wie ein englisches »th« aus.

Trickster nennt die Wissenschaft den Typ von Helden (oder Gott), wie ihn → Loki repräsentiert: Er übt eine Doppelfunktion aus, ist einerseits hilfreich und für die Götter als Erfinder, Baumeister oder Helfer nützlich, andererseits ist er aber auch ein Betrüger, der die Götter (und nicht nur sie) regelmäßig hintergeht und ihnen systematisch Schaden zufügt. Parallelen dazu finden sich in verschiedenen alten Kulturen, zum Beispiel im Kaukasus in der mythologischen Gestalt des Syrdon.

Trolle sind eine Untergruppe der → Riesen und in vielen Sagas werden die beiden Begriffe auch gleichbedeutend verwendet. Trolle wohnen in Höhlen und sind den Menschen meist feindlich gesinnt, aber in den Sagas finden sich auch etliche Geschichten von Trollfrauen, die zu Beschützerinnen oder sogar Geliebten von Helden werden und von ihnen auch schwanger werden können. Davon, dass Trolle in der

Sonne versteinern, wie es sich im 19. Jahrhundert in den norwegischen Volksmärchen (und bei Tolkien) findet, ist in den Sagas nie direkt die Rede, von der Mehrköpfigkeit der Trolle dagegen schon.

Týr (althochdeutsch *Zîu*) ist vermutlich der alte Himmelsgott, allerdings ist er in der → Wikingerzeit schon so sehr verblasst, dass man bis auf den Mythos vom Verlust seiner rechten Hand bei der Fesselung des Wolfes → Fenrir kaum etwas von ihm weiß. Aussagekräftiger ist der Name, denn eine der altnordischen Bezeichnungen für Götter schlechthin ist *tívar*, und das ist der Plural von Týr. Dazu kommt, dass der Name mit dem griechischen Zeus und dem lateinischen Jupiter ebenso wie den Bezeichnungen für Götter allgemein im Altindischen (deva), Altirischen (día) und Lateinischen (dei) verwandt ist, sodass sein Name ursprünglich wohl gleichbedeutend mit »Gott« war.

Urdsbrunnen (altnordisch *Urðar brunnr* bedeutet »Brunnen der Urd« oder »Schicksalsbrunnen« zu altnordisch *urðr* »Schicksal«) heißt laut → Snorri Sturluson eine der Quellen unter den Wurzeln der Weltesche → Yggdrasil. Bei ihr halten die Götter ihre Beratungen ab, und in ihrer Nähe wohnen die drei schicksalsbestimmenden → Nornen Urd, Verdandi und Skuld.

Valaskjálf (altnordisch) ist eine mit Silber gedeckte Götterwohnung, die als uralt beschrieben wird. Sie wird keinem bestimmten Gott zugewiesen, → Snorri Sturluson erwähnt aber, dass sie → Odin gehöre.

Die **Varusschlacht** wurde unüblicherweise nach ihrem Verlierer, dem römischen Senator und Politiker Publius Quinctilius Varus (47/46 v. Chr. bis 9 n. Chr.) benannt. Die Diskussionen um den Ort der Schlacht reißen auch seit den indizienreichen Ausgrabungen in Kalkriese nicht ab, werden seitdem sogar teilweise noch hitziger geführt. Es kursieren angeblich etwa siebenhundert Theorien darüber, wo die Varusschlacht stattgefunden haben soll. Der römische Geschichtsschreiber → Tacitus nennt einen »Teutoburger Wald« als Ort. Doch der gleichnamige Wald bei Detmold wurde erst viel später, im Jahr 1616, so benannt

– eben weil man hier die Varusschlacht vermutete. Darum findet sich auch dort das Hermannsdenkmal, welches eine eher verklärte Version des → Arminius darstellt.

Veleda → Seherinnen

»Vivat!« stammt aus dem Lateinischen von dem Verb *vivere* (leben) und ist ein Hochruf, der übersetzt bedeutet: »Er/sie/es möge (soll) leben!« Dieses Hochlebenlassen wurde auch als Trinkspruch benutzt.

Völsunga saga ist eine umfangreiche altnordische Saga, welche eine Prosanacherzählung derjenigen Edda-Lieder des → *Codex Regius* darstellt, die sich mit → Siegfried/Sigurd und dem Untergang der Nibelungen beschäftigen. Somit ist auch diese Saga ein Dokument der → Nibelungensage, aber beschäftigt sich viel mehr als das mittelhochdeutsche *Nibelungenlied* mit der Geschichte Sigurds. Sowohl für → Richard Wagner als auch für J. R. R. Tolkien war die *Völsunga saga* eine der wichtigsten Quellen.

Völuspá (»Weissagung der Seherin«) ist das erste, berühmteste und wohl auch älteste der mythologischen Gedichte der sogenannten *Lieder-Edda* im → *Codex Regius*. Die 64 Strophen werden einer Seherin in den Mund gelegt und berichten in Form einer Weissagung vom Anfang und Ende der Welt, von Entstehung und Untergang der Götter und Menschen. → Snorri Sturluson hat dieses Gedicht in seiner *Snorra-Edda* für die Prosadarstellung der nordischen Mythologie intensiv genutzt. Die *Völuspá* berichtet von der Schaffung der Welt aus dem Urriesen Ymir, von der Urgeschichte der Götter und der Menschen, von → Riesen und Zwergen und vom ersten Krieg zwischen Asen und Wanen. Dem folgen die Beschreibung der den Göttern und Menschen gefährlichen Mächte sowie eine breite Schilderung der endzeitlichen Ereignisse um die → Ragnarök. Das Verlöschen der Sonne, der Sturz der Götter und der vernichtende Weltbrand bedeuten aber kein endgültiges Ende. Die letzten Strophen der *Völuspá* beschreiben die Entstehung einer zukünftigen, besseren Welt.

Wagner, Richard (1813–1883) hat sich nicht nur als Komponist, sondern auch als Librettist besonders mit Stoffen des Mittelalters (*Tannhäuser*, *Lohengrin*) und des germanischen Altertums beschäftigt. Sein Opernzyklus *Der Ring des Nibelungen*, bestehend aus dem »Vorspiel« *Das Rheingold* und den drei Opern *Die Walküre*, *Siegfried* und *Götterdämmerung*, beruht zwar durchaus auf eigenem Studium der altnordischen *Eddas* und Sagas (besonders der → *Völsunga saga*, welche die Heldenlieder der *Lieder-Edda* in Prosa wiedergibt) sowie der damals existierenden Handbücher darüber (wie → Jakob Grimms *Deutsche Mythologie*), aber Wagner erlaubte sich zahlreiche Freiheiten mit seinem Stoff. Seine recht eigenwilligen (Um-)Interpretationen der mythologischen Stoffe führten aber leider zu zahlreichen falschen und trotzdem noch heute durch seine Opern verbreiteten Vorstellungen von der germanischen Mythologie. Dazu kam die übertriebene Stabreimtechnik, die zwar dem wissenschaftlichen Stand seiner Zeit entsprach, aber im Deutschen (anders als im Altnordischen) ausgesprochen gekünstelt wirkt und somit der altnordischen Dichtung einen schlechten Ruf verschaffte.

Die wesentlichsten Veränderungen in inhaltlicher Hinsicht, die Wagner vornahm, sind die Rolle → Lokis, den er mit einem angeblichen Feuerriesen Logi zu einer Gestalt verschmolz, die Rolle → Odins im Leben → Siegfried/Sigurds sowie die sehr an spätmittelalterlichen Vorstellungen orientierten → Walküren, welche ursprünglich Totendämonen waren, wovon bei Wagner nichts mehr geblieben ist.

Wahrsagerinnen → Seherinnen

Walhall (Valhöll – »Die Halle der Gefallenen«) ist → Odins prachtvolle Halle in → Asgard, dem Wohnort der nordisch-germanischen Götter. Die → Walküren wählen auf dem Schlachtfeld Gefallene aus und bringen sie zu Odin. Dieses Totenheer soll den Göttern einst zu den → Ragnarök beistehen.

Walküren (altnordisch Pl. *valkyrjar*) bedeuten »die die Gefallenen Auswählenden«. Walküren waren ursprünglich wohl Totendämonen, denen die auf dem Schlachtfeld gefallenen Krieger zufielen. Mit der

Verschiebung der Vorstellung von → Walhall als Schlachtfeld zum Kriegerhimmel ergab sich auch eine Veränderung im Hinblick auf die Walküren. Die enge Verbindung zu → Odin bestand weiterhin, aber die Funktion der Walküren war nun die von in die Schlacht eingreifenden und damit das Schicksal bestimmenden überirdischen Kriegerinnen (zumindest beschreibt das so das altnordische Darraðarljóð), die die Wünsche Odins ausführen und die im Kampf gefallenen Helden zu ihm führen. Dieser Vorstellungswandel machte die Walküren zum beliebten Inventar der Heldendichtung, wo sie vermenschlicht werden und der Liebe zu Irdischen verfallen können.
→ Richard Wagners Oper *Die Walküre* bezieht ihren Stoff in modifizierter Form aus der → *Völsunga saga*. Dort ist die neue Vorstellung der Walküren in die germanische Heldensage eingearbeitet und hat mit alten mythologischen Konzepten wenig zu tun.

Wednesday → Wochentagsnamen

Weltuntergang → Ragnarök

Der Begriff **Wikinger** bezeichnet Angehörige von kriegerischen, zur See fahrenden Personengruppen der meist germanischen Völker des Nord- und Ostseeraumes in der Zeit zwischen 793 und 1066 nach Christus (Wikingerzeit). Das Wort Wikinger leitet sich von dem altnordischen *víkingr* ab, was »Seekrieger, Pirat«, ursprünglich jedoch vermutlich »Leute aus dem Land der Buchten (= Norwegen?)« bedeutet. Heute verwendet man oft den Begriff Wikinger für alle Skandinavier der Wikingerzeit, auch wenn sie nicht als Seeräuber tätig waren, wie zum Beispiel die skandinavischen Siedler auf → Island oder Grönland.

Wochentagsnamen, und zwar sowohl die deutschen wie die englischen und die in den skandinavischen Sprachen, gehen auf die Übersetzung römischer Wochentagsnamen zurück. Weil die Römer ihre Wochentage nach Göttern und Planeten benannten, wurden diese Götternamen durch die Namen germanischer Götter ersetzt.

Am deutlichsten ist das beim Donnerstag, der im Deutschen auf den Gott Donar zurückgeht, wobei das englische Thursday und das norwegische/dänische/schwedische Torsdag auf der altnordischen Form desselben Götternamens, nämlich *Thórr*, beruhen. Die Gleichsetzung Donars/Thors mit Jupiter in der Übersetzung des lateinischen Dies Iovi (»Tag des Jupiter«, daraus französisch jeudi) zeigt jedenfalls die hohe Stellung von → Thor.

Im Fall von Freitag ist es weniger offensichtlich, denn dessen Name geht nicht auf den Gott → Freyr oder die Göttin Freyja zurück, sondern auf die Göttin Frigg, die Gemahlin Odins; auf Althochdeutsch heißt der Wochentag nämlich noch frîatac, auf Altenglisch frígedeag, und dass man den Wochentag der Venus (Dies Veneris, daraus französisch vendredi) mit der Göttin Frigg in Verbindung gebracht hat, weist darauf hin, dass diese damals im südgermanischen Raum bekannter als Freyja war.

Beim Tag des römischen Gottes Merkur (lateinisch Dies Mercurii, daraus französisch mercredi) sind das Deutsche und die anderen germanischen Sprachen unterschiedliche Wege gegangen: Das germanische Wodanesdag wurde nämlich zu altenglisch wódnesdaeg (daraus Wednesday) und altnordisch *Óðinsdagr* (dänisch Onsdag) »Tag des Wodan/ → Odin«. Im Deutschen dagegen wurde der »Tag des Wotan« schon früh, nach Beispiel des Griechischen, durch die Übertragung von kirchenlateinisch media hebdomas (»Wochenmitte«) verdrängt.

Am problematischsten ist aber die Herkunft des deutschen Namens Dienstag. Zwar wird im Englischen und in den skandinavischen Sprachen der Tag des römischen Kriegsgottes Mars (Dies Martii, daraus französisch mardi) mit dem Namen des germanischen Gottes Tíwaz (althochdeutsch *Ziu*, altnordisch → *Týr*) gleichgesetzt, im Althochdeutschen noch ganz korrekt als zî(o)stag übertragen, aber das »n« im deutschen Dienstag könnte darauf hinweisen, dass der Name vielleicht nicht direkt aus zî(o)stag, sondern aus einem Tag des Things (also der Rechtsversammlung) entstanden sein mag.

Yggdrasil (»Pferd Yggs (= Odins)«) ist der Weltenbaum der *eddischen* Mythologie, denn er findet sich so zum ersten Mal in den → *Edda*-Texten. An ihm beziehungsweise unter seinen drei Wurzeln finden die mythologischen Welten ihren Platz: Die Menschen, die → Riesen und die → Hel. Wo das → Asgard der Götter liegt, ist nicht direkt beschrieben, scheint aber als Teil von → Midgard, der Menschenwelt, über selbiger zu sein. → Odin opferte sich selbst durch Erhängen und erwarb so die Kenntnis der → Runen. Der Name des Baums könnte also bildlich als das »Pferd«, auf dem der Erhängte Odin »reitet«, gedeutet werden, aber ganz klar ist es dennoch nicht, warum der Weltenbaum so heißt.

Die ***Ynglingasaga*** ist die erste Saga in der von → Snorri Sturluson verfassten *Heimskringla*, einer Geschichte der norwegischen Könige. In dieser Saga wird von der Herkunft der nordischen Könige von den Göttern und deren Ankunft in Skandinavien berichtet.

Der Autor

Multitalent Tommy Krappweis – Bestsellerautor, Musiker, Comedian, Regisseur und Produzent – wurde 1972 in München geboren, wo er bis heute lebt und arbeitet.

In den 46 Jahren dazwischen war er u. a. Stuntman in Western-Shows, Ensemblemitglied von »RTL Samstag Nacht«, erfand mit Norman Cöster die Kultfigur »Bernd das Brot«, gründete die Produktionsfirma »bumm film« und das VFX-Studio »BigHugFX«, produzierte u. a. für RTL, ProSieben und den BR, erhielt den Grimme-Preis, machte Musik in Fußgängerzonen, Konzertsälen und für Filme, schrieb Drehbücher, All-Ager-Fantasyliteratur und – zusammen mit seinem Vater Werner Krappweis – Autobiografien. Er führte u. a. Regie bei der Verfilmung seines Romans »Mara und der Feuerbringer« und der Hörspielproduktion seiner Buchreihe »Ghostsitter«.

Neben seiner kreativen Arbeit engagiert sich Tommy Krappweis u. a. im Phantastik-Autoren-Netzwerk PAN für eine größere Akzeptanz der deutschen phantastischen Literatur und des deutschen Genrefilms.

Außerdem schreibt er seit Jahren gegen den Missbrauch von Germanen, Göttern, Wikingern und Co. durch alte und neue Nazis an.

Wo beginnt die Sage – wo endet die Wirklichkeit?

Die Trilogie MARA UND DER FEUERBRINGER von Grimme-Preisträger und Bestsellerautor Tommy Krappweis – vollständig überarbeitet und mit Bonusmaterial versehen!

Die Geschichte der fünfnjährigen Mara Lorbeer, die als letzte germanische Seherin verhindern soll, dass sich der Halbgott Loki von seinen Fesseln befreit, erlangte Kultstatus in den Communities der Fantasy-, LARP-, Gaming- und Mittelalterfreunde. Tommy Krappweis schuf eine witzige und spannende Geschichte mit einer einzigartigen Hauptfigur, die man ob ihrer schrulligen Art einfach gern haben muss und verfilmte Band 1 selbst fürs Kino. Prof. Rudolf Simek sorgte als wissenschaftlicher Berater dafür, dass alle Fakten über die Germanen und ihre Götter dem aktuellen Stand der Wissenschaft entsprechen.

Mara und der Feuerbringer (Band 1)
ISBN 978-3-946425-71-7
Mara und der Feuerbringer – Todesmal (Band 2)
ISBN 978-3-946425-72-4
Mara und der Feuerbringer – Götterdämmerung (Band 3)
ISBN 978-3-946425-73-1

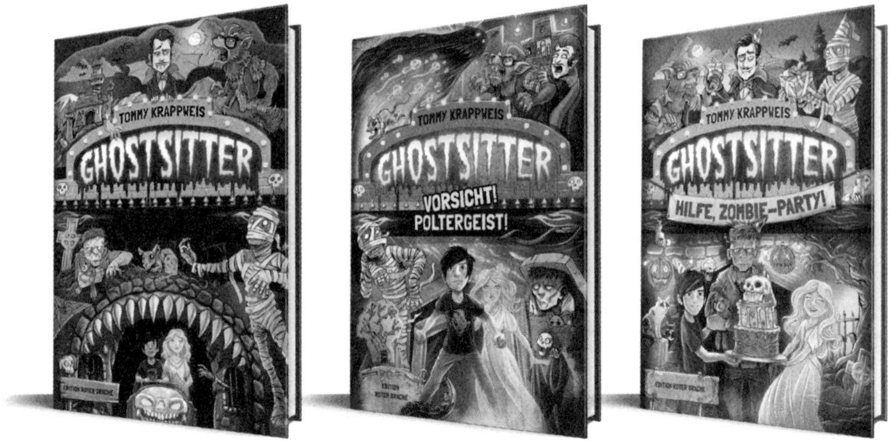

TOMMY KRAPPWEIS

GHOSTSITTER

Die rasend komische All-Ager-Reihe von Bestsellerautor Tommy Krappweis

Je Band 240 - 272 Seiten, 14,8 x 21 cm, Hardcover, 10.95 EUR

Band 1: Geister geerbt
ISBN 978-3-946425-75-5

Band 2: Vorsicht! Poltergeist!
ISBN 978-3-946425-78-6

Band 3: Hilfe, Zombie-Party!
ISBN 978-3-946425-81-6

Band 4: Schreck im Spiegelkabinett
ISBN 978-3-946425-84-7

Band 5: Tanz der Untoten
ISBN 978-3-946425-87-8

Band 6 (mit Carsten Steenbergen): Jäger des verlorenen Serums
ISBN 978-3-96815-005-5

Die Geschichte des vierzehnjährigen Gaming-Fans Tom und seiner Geisterbahn voller quicklebendiger Untoter wurde mehrfach mit dem Lovelybooks-Leserpreis ausgezeichnet; sowohl in Buchform als auch als prominent besetzte Hörspielserie. Letztere startete als das erfolgreichste Amazon Music Original des Jahres und geht inzwischen in die achte Staffel. Ab sofort erscheint die Buchreihe exklusiv bei Edition Roter Drache – natürlich mit den Original-illustrationen von **Timo Grubing**.

Falls Euch das Buch gefallen hat, besucht unsere Präsenzen im Netz und folgt uns auf den sozialen Medien:

roterdrache.org

www.roterdrache.org/catalog

editionroterdrache

Verlag.EditionRoterDrache

Edition Roter Drache

@EditRoterDrache

RoterDrache2006

Die Edition Roter Drache ist Fördermitglied im
Phantastik-Autoren-Netzwerk e.V.

PAN

PHANTASTIK-AUTOREN-NETZWERK E.V.

www.phantastik-autoren.net